MARC OLDEN

DER UNSICHTBARE WÄCHTER

Roman

Übersetzt von
Alexandra v. Reinhardt
und Traudi Perlinger

PAVILLON VERLAG
MÜNCHEN

PAVILLON TASCHENBUCH
Nr. 02/136

Titel der Originalausgabe:
The Ghost

Umwelthinweis:
Dieses Buch wurde auf
chlor- und säurefreiem Papier gedruckt.

Deutsche Erstausgabe 3/2001

Der Pavillon Verlag ist ein Unternehmen der
Heyne Verlagsgruppe, München
http://www.heyne.de
Printed in Germany 2001
Umschlagillustration: Tony Stone Images/Shaun Egan
Umschlaggestaltung: Nele Schütz Design, München
Satz: Buch-Werkstatt GmbH, Bad Aibling
Druck und Bindung: Elsnerdruck, Berlin

ISBN: 3-453-17668-5

Für meine Mutter, Courtenay Olden,
in liebevoller Verbundenheit

Mein besonderer Dank gilt Diane Crafford für ihre bereitwillige Unterstützung; des weiteren danke ich Richard Pine und Lori Andiman dafür, dass sie mich ernst genommen haben, sowie Carlo Fargnoli für seine Selbstlosigkeit. Ihr seid die besten New Yorker!

Und den blutigen Schweiß und die Reue so heiß –
wer kannte das besser als ich!
Der Mann, der mehr Leben durchlebt als eins,
schaut mehrmals dem Tod ins Gesicht.

Oscar Wilde
Die Ballade vom Zuchthaus zu Reading

1

Der Beobachter

Er beschattete sie seit zwei Tagen. Wartete in dunklen Ecken gegenüber ihrer Wohnung in Manhattan.

Folgte ihr an einem kühlen Junimorgen in den Central Park und beobachtete, wie sie auf der Schafswiese joggte.

Fuhr ihr nach Queens nach, zu einem leeren italienischen Restaurant, wo sie vierzig Minuten allein in einer der hinteren Nischen saß. Sie wirkte nervös.

Seine Vermutung: sie war versetzt worden.

Er spähte durch das Restaurantfenster und machte Eintragungen in sein Tagebuch. Sie benutzte ein Handy – zwei Anrufe –, bestellte einen Salat und stocherte darin herum.

Er führte Tagebuch über jede Frau, private Aufzeichnungen von Ereignissen, Überlegungen und Erfahrungen.

Sie war die Einzige, die noch lebte.

Er kehrte zu seinem Wagen zurück. Warten machte ihm nichts aus. Er war ein zäher Bursche mit starkem Willen und der Beharrlichkeit einer Bulldogge. Nach außen hin gab er sich gleichgültig und unbeteiligt, doch sein Gehirn arbeitete unablässig.

Er schaltete den CD-Player ein, trank seinen schwarzen Kaffee, lehnte sich auf dem Fahrersitz bequem zurück und schloss die Augen. Lauschte Luciano Pavarotti, den er scherzhaft »Fette Lucy« nannte.

Seine Liebe zu der Frau glich einer Oper, war verzehrend und rücksichtslos. Alles oder nichts. Er konnte es nicht ertragen, sie aus den Augen zu verlieren.

Er hatte nachgedacht und war zu dem Schluss gekommen, dass ein krummbeiniger Dominikaner auf einem Mountainbike die Frau ebenfalls beschattete. Der »Domo« tat so, als interessierte er sich nur für die Schaufenster auf der Columbus Avenue, und nippte an seiner Flasche Evian. Ganz schön gewitzt.

Er wusste, warum der Kerl sie verfolgte. Sie hatte Leute ins Gefängnis gebracht, und jetzt wollte jemand es ihr heimzahlen.

Der Dominikaner hätte ein Taschendieb sein können. Oder ein Crack-Dealer, der seine Runden drehte. Oder aber ihm gefiel der Hintern der Dame, und er wollte mit ihr anbandeln. Die verdammten Latinos liebten es ja, Eroberungen zu machen. Möglich wäre auch, dass der Domo Lust auf Basketball hatte: halbes Spielfeld, fünf Dollar pro Mann. Es könnte die verschiedensten Gründe geben, weshalb er auf seinem kleinen schwarzen Fahrrad von der Columbus Avenue zum Central Park West und zurück fuhr.

In Wirklichkeit war der Dominikaner ein Killer, der sieben oder acht Menschen auf dem Gewissen hatte. Der Beobachter hatte sich in der Polizeistation aufgehalten, als der Latino verhört wurde, allerdings nicht wegen Mordes, sondern weil er einen Hund angezündet und von einem Dach in Washington Heights in die Tiefe geworfen hatte.

Sie war immer noch im Restaurant. Trank einen Cappuccino und schaute auf ihre Uhr.

Der Beobachter konnte sie nicht gegen alle Feinde beschützen. Sie hatte viel zu viele.

Er hatte einen Plan, der nicht schiefgehen konnte.

Sie würden New York verlassen. Nur sie beide. Mit genug Geld, um es sich für den Rest ihres Lebens gutgehen zu lassen.

Er war zuversichtlich und gefasst, dank Tai Chi und Origami. Tai Chi für die Kondition und Kaltblütigkeit, Origami für die Geduld und den Schönheitssinn.

Falte tausend Origami-Kraniche, und dein Wunsch wird in Erfüllung gehen.

Er konnte keinen Kranich falten, ohne an sie zu denken.

Sie verließ das Restaurant und fuhr zur Bibliothek in Queens, wo sie in alten Ausgaben New Yorker Zeitungen blätterte und einige Fotokopien machte, was seine Neugier weckte.

Er hätte gern einen näheren Blick darauf geworfen, entschied sich aber dagegen. Viel zu riskant.

Eine weise Entscheidung, denn wer schlenderte gleich darauf in die Bibliothek? Ihr Lover, ein ehemaliger Kripobeamter vom Morddezernat, der jetzt bei einem privaten Sicherheitsdienst arbeitete. Sie aßen in einem nahe gelegenen chinesischen Restaurant zu Abend, lasen sich die Weissagungen auf den Zetteln in ihren Glückskeksen vor und lachten darüber.

Später fuhren sie in einen beliebten kubanischen Nachtclub in Jackson Heights und tanzten zu den Salsa-Rhythmen einer Live-Band. Er bekam einen trockenen Mund, während er sie von der überfüllten Bar aus beobachtete. Sie war eine umwerfende Tänzerin, bewegte sich geschmeidig und so verführerisch, so aufreizend, dass man glauben konnte, sie sei nicht weit vom Orgasmus entfernt.

Mitternacht. Sie verließ den Club mit ihrem Lover und begleitete ihn zu seinem Apartment in Brooklyn Heights. Ein leidenschaftlicher Kuss, während sie in der Halle auf den Lift warteten. Der Beobachter erschauderte vor Ekel. Mussten sie sich in der Öffentlichkeit so schamlos aufführen?

Er starrte in den Rückspiegel und dachte über alle Episoden des vergangenen Tages nach, ließ alle Aktivitäten der Dame im Geist noch einmal Revue passieren. Kein Zweifel, sie führte etwas im Schilde.

Er schaltete die Taschenlampe ein und überflog seine Notizen.

Das italienische Restaurant. Die Bibliothek.

Keine Zufälle, dachte er.

Sie war nicht versetzt worden. Sie war in das Restaurant gegangen, um jemanden zu treffen und ihm Würmer aus der Nase zu ziehen, aber nicht bei einem vertraulichen Plausch.

Per Handy hatte sie mit jemandem in der Küche oder Vorratskammer gesprochen. Das erklärte ihre Nervosität und Appetitlosigkeit.

Die Dame sammelte Informationen. Der Beobachter konnte in ihr wie in einem offenen Buch lesen. Er wusste genau, worauf sie aus war. Er hatte einen Mord begangen, um einen der wichtigsten Männer in der City zu schützen, und die Lady schnüffelte in dieser Sache herum.

Eins zu null für den Beobachter.

2

Ross Magellan

Es war kurz vor drei Uhr in der Nacht, als sie ihre Wohnung in Manhattan verließ und zum Bruckner Expressway in der South Bronx fuhr. Sie parkte hinter einer ramponierten Plakatwand, holte eine Pistole aus dem Handschuhfach und stieg aus.

Ein anderes Auto parkte vor der Plakatwand, und sie ging darauf zu. Der kleine Mann am Steuer öffnete eine Hintertür. Er war Puertoricaner, achtunddreißig Jahre alt – fünf Jahre älter als Ross –, hatte eine Stirnglatze und trug einen Pferdeschwanz. Die Augen waren hinter einer dunklen Brille verborgen, und er hielt eine Zigarette zwischen Daumen und Zeigefinger.

Detective Ross Magellan setzte sich auf den Rücksitz und schob die Pistole in eine Tasche ihres Sweatshirts.

»Morgen, Freddy«, sagte sie. »Warum wolltest du mich sehen?«

Detective Freddy Palacio musterte sie im Rückspiegel und kratzte sich an der Nasenspitze. »Stockfinster hier!«

Die Schnellstraße war wirklich in Schwärze gehüllt. Diebe hatten die Kupferkabel der neu installierten Beleuchtung geklaut und an Altmetallhändler verkauft.

»Du wolltest doch äußerste Geheimhaltung«, sagte Ross. »Die ist hier garantiert.«

»Reden wir lieber darüber, was ich *nicht* will«, erwiderte Freddy. »Ich will nicht brummen. Ich geb dir und Joe Labriola den größten Fall eures Lebens. Ich möchte dafür bezahlt werden. Für nix gibt's nix auf dieser Welt.«

»Verstehe.« Ross fegte einen Moskito von ihrem Gesicht. »Du bringst eine Nutte um, verletzt ihren Freier, und jetzt versuchst du zu pokern. So ist es doch?«

Freddy nahm seine dunkle Brille ab. Vor Nervosität blinzelte er ununterbrochen. »Eine Hand wäscht die andere, mehr habe ich nicht gesagt.«

Ross schüttelte den Kopf. »Ich kann mich nicht daran erinnern, dass du so dumm warst, als wir zusammen gearbeitet haben, aber das ist ja zwei Jahre her.«

»Dumm?« Freddy bekam vor Wut einen hochroten Kopf.

»Zwei oder mehr Prostituierte zu beschäftigen ist ein Verbrechen, für das man ein bis sieben Jahre eingelocht werden kann. Was hast du dir nur dabei gedacht?«

»Ich muss für zwei Scheidungen blechen, und drüben in Brooklyn behauptet so 'n Luder, sie hätte gerade ein Kind von mir bekommen. Ihr Anwalt liegt mir in den Ohren, dass er Geld sehen möchte. Ich musste irgendwas machen.«

»Deshalb arbeitest du nachts als Chauffeur und Bodyguard für einen Begleitservice, fährst die Mädchen zu ihren Dates, wartest draußen, bis sie ihren Job erledigt haben, gehst rein und kassierst die Kohle. Jeder kriegt ein Drittel – die Agentur, das Mädchen und du. Doch dann wirst du gierig.«

Freddy warf die Hände hoch. »Könnten wir von etwas anderem reden?«

»Gierig mit einem großen G«, fuhr Ross unbeeindruckt fort. »Eines der Mädchen erzählt dir, es hätte einen ständigen Freier, einen Zahnarzt und nebenberuflichen Halsabschneider, der mit ein paar Italienern aus Staten Island Geld zu Wucherzinsen verleiht. Letzte Woche taucht der Zahnarzt zu seinem üblichen Date auf und hat hundert Riesen Cash bei sich. Du ziehst deine Knarre, der Zahnklempner zieht *seine,* und zwei Sekunden später sitzt du total in der Scheiße.« Sie zwinkerte Freddy zu. »Weißt du, was dein Problem ist? Du hältst dich immer noch für einen Cop, glaubst immer noch, alle Trümpfe in der Hand zu haben. Das möchtest du nicht missen, stimmt's? Geht jedem gefeuerten Bullen so, vermute ich.« Ross beugte sich vor, tätschelte Freddys Unterarm und säuselte: »Aber wenn man dir Pistole und Dienstmarke abnimmt, und wenn du wegen Mordes mit fünf bis fünfzehn Jahren rechnen musst, bist du eben kein Cop mehr.«

»Du bist jetzt seit zwölf Jahren bei der Polizei«, knurrte Freddy. »Und Labriola dürfte seit etwa fünfzehn Jahren Bundesstaatsanwalt sein.«

»Na und?«

»Dieser Fall wird euch den entscheidenden Karrieresprung bescheren. Wenn du Reiner überführst, ist dir eine Beförderung sicher, und Labriola könnte mit großen Erfolgschancen für den Senat kandidieren, was meines Wissens sein Lebenstraum ist. Ich serviere euch New Yorks obersten Richter für alle Rauschgiftdelikte auf einem Silbertablett – ihr braucht nur zuzugreifen. Stell dir nur mal die Schlagzeilen vor – Adam Reiner als Betrüger entlarvt! Ein Richter, der bestechlich ist, Beweismittel verschwinden lässt und Zeugen einschüchtert! Einen so großen Fisch hattest du bestimmt noch nie an der Angel.«

»Wenn du von mir hören willst, wie gütig und großmütig du bist, muss ich dich leider enttäuschen. Dir geht es doch nur darum, deine eigene Haut zu retten, und zufällig war dir das Glück hold. Du bist über einen Richter gestolpert, der unter Spielsucht leidet und Schmiergelder annimmt, um seine Verluste wettzumachen. Reiner mag ja zum Abschaum der Menschheit gehören, aber du lieferst ihn nur ans Messer, weil du selbst bis zum Hals in Schwierigkeiten steckst.«

»Was aber nichts daran ändert, dass ihr Reiner ohne meine Tipps nie auf die Schliche gekommen wärt«, konterte Freddy. »Der Mann ist gerissen, frönt seiner Leidenschaft nur außerhalb der Stadtgrenzen, bei privaten Pokerrunden. Tarnt diese Ausflüge als Fahrten zu juristischen Seminaren und Konferenzen, rührt in New York keine Karte an. So was nenn ich durchtrieben!«

»Und du schenkst mir diesen Leckerbissen! Willst du dem Weihnachtsmann Konkurrenz machen?«

Er lächelte ihr zu, wobei hässliche Zähne zum Vorschein kamen. »Ich hatte eben ausnahmsweise Glück. Jemand musste Reiner zu diesen Pokerpartien chauffieren, und das war zufällig ich.«

»Du hattest Hilfe, denn zufällig kennst du den Winkeladvokaten, der mit Richter Reiner unter einer Decke steckt. Er war es schließlich, der dir den Job beim Begleitservice verschafft hat. Du bist ein echter Glückspilz, das sagte ich schon.«

»Na ja, wie man's nimmt … Jedenfalls hab ich ein paar Pluspunkte gesammelt, das wirst du sicher zugeben, wenn du nicht ein sehr kurzes Gedächtnis hast.«

Ross wusste genau, worauf er anspielte, und starrte mit gerunzelter Stirn auf ihre Hände. »Ich habe schon die ganze Zeit darauf gewartet, dass du das zur Sprache bringst«, murmelte sie wütend.

Freddy hob den Zeigefinger. »Reiner ist schuld daran, dass du um ein Haar ums Leben gekommen wärst. Jetzt hast du die Gelegenheit, es ihm heimzuzahlen, dank dem guten Freddy. Du kannst ihn hinter schwedische Gardinen bringen – aber vergiss bitte nicht, wer das möglich macht.«

Ross betrachtete den Neumond, und ihre schmalen Augenschlitze funkelten mit ihm um die Wette. »Ich vergesse nichts, weder Gutes noch Böses … Richter Reiner hat einen Psychopathen freigesprochen, obwohl er genau wusste, dass der Kerl mit mir ein Hühnchen rupfen wollte. Dieser Irre hat dann absichtlich Elizabeth Ruiz überfahren, kam mit hundert Meilen pro Stunde angerast und trennte ihr den Kopf vom Rumpf ab, weil er sie mit mir verwechselt hatte … Das verursacht mir heute noch Albträume, und ich habe ständig ihr Grab vor Augen … nicht sehr angenehm, mit dem Gedanken zu leben, dass dieses Grab eigentlich für mich bestimmt war!«

»Und der Kerl wurde nie geschnappt«, warf Freddy ein.

»Nein, er läuft irgendwo frei herum – ich nehme an, in Albanien oder Serbien, denn er stammte vom Balkan. Wir haben sogar Interpol eingeschaltet, aber die Fahndung blieb erfolglos.« Ross lehnte sich zurück. »Aber reden wir lieber über dich … Auf deine Bitte hin habe ich mit Labriola geredet, und er ließ sich auf einen Deal ein, der meiner Ansicht nach sehr vorteilhaft für dich ist. Und auf deine Bitte hin war ich damit einverstanden, verdeckte Ermittlungen gegen Reiner anzustellen.« Sie schüttelte den Kopf. »Aber jetzt verlangst du etwas Unmögliches von mir, Freddy. Wenn ich Labriola sage, dass du noch mehr für dich herausschlagen willst, zieht er sein ursprüngliches Angebot zurück, und du stehst wieder im Regen und giltst als unzuverlässig. Dann wird dir kein Mensch mehr unter die Arme greifen.«

Freddy klopfte mit seinem billigen Ring auf das Lenkrad. »Ich möchte aber nicht mit Leuten einsitzen, die wissen, dass ich ein Bulle bin. Das könnte Probleme geben – du weißt schon, was ich meine!«

Ross schüttelte erneut den Kopf. »Mit dem Mob, der dir das Leben schwermachen würde, kommst du gar nicht zusammen. Du verbringst ein Jahr auf der Eglin Air Force Base in Florida – das ist eine Kaserne, wo du dich in bester Gesellschaft befindest: Bankdirektoren, Computerhacker, Politiker, Buchhalter, ein paar Informanten … Warmes Klima, Palmen, Orangen in Hülle und Fülle … Du wirst dort herrlich braun, und anschließend beginnst du irgendwo ein neues Leben. Glaub mir, Freddy, an dieser äußerst milden Strafe führt wirklich kein Weg vorbei! Immerhin hast du die Nutte auf dem Gewissen, das solltest du nicht vergessen.«

»Red noch einmal mit Labriola – bind ihm notfalls einen Bären auf!«, beharrte Freddy eigensinnig. »Ich will ein freier Mann bleiben! Verdammt, du bist der beste Spitzel, mit dem ich je zusammengearbeitet habe, und Spitzel müssen eines besonders gut können – lügen!«

Ross lächelte den Leuchtkäfern vor dem Autofenster zu. Muskeln nutzten einem bei verdeckten Ermittlungen nicht viel – es kam hauptsächlich darauf an, ob man sich überzeugend verstellen konnte. Man musste ein guter Schauspieler sein und Menschen manipulieren können. Sie liebte diese Arbeit.

»Ich lüge nie«, behauptete sie wider besseres Wissen. »Ich drücke mich nur so aus, dass die Leute daraus möglicherweise falsche Schlüsse ziehen.«

»Vornehme Umschreibung!«, meinte Freddy grinsend.

»Außerdem sage ich nie zu viel. Das ist das Geheimnis des Erfolgs – man darf nie zu viel reden.«

»Ich habe dich oft genug in Aktion erlebt – du lügst mit

Worten, mit Blicken. Sogar Schweigen setzt du als Waffe ein, und man muss schon *sehr* gut sein, um das zu schaffen.«

»Meine Aufgabe besteht darin, Leute zu täuschen und sie hinters Licht zu führen«, erklärte Ross, »und mir ist jedes Mittel recht, um ans Ziel zu kommen. Meine Arbeitgeber lassen mir völlig freie Hand.«

Freddy erschauerte. »Du hast den gefährlichsten Job im ganzen Dezernat, und ich kapier immer noch nicht, wie du das verkraftest. Ein einziger Fehler, und dein Name wird auf der Police Plaza in die Gedenktafel für all jene Cops eingraviert, die bei der Ausübung ihres Berufes ermordet wurden. Aber wenn ich länger darüber nachdenke, glaub ich doch zu wissen, wie du das durchhältst.«

»Und wie lautet deine Vermutung?«

»Du bist süchtig. Hast zwar Schiss, kommst aber nicht von der Sucht los.«

»Welcher Sucht?«

»Es macht dich high, ein Doppelleben zu führen und Leute zu betrügen, besonders Leute, die dich umbringen würden, wenn sie wüssten, dass du eine Polizistin bist.«

»Du könntest Recht haben«, gab Ross zu. »Aber wir schweifen vom Thema ab. Labriola will Reiner zur Strecke bringen, und er hat wie ich seine Gründe dafür. Du kannst uns helfen oder aber Sand ins Getriebe werfen. Die Entscheidung liegt allein bei dir.«

Freddy kaute an den Nägeln und murmelte mit einem Finger im Mund: »Hier pflegten wir Informanten zu treffen, als wir Partner waren, weißt du noch? Es war deine Idee. Keine angezapften Telefone, keine Wanzen oder Videokameras zu befürchten. Sehr clever! Trotzdem gab's aufregende Situationen, stimmt's?«

Ross schloss die Augen. Freddy deutete dezent an, dass sie in seiner Schuld stand.

Das stimmte.

Ross und Freddy, Jamaikanern auf der Spur, die zur Tarnung ein Bestattungsinstitut betreiben und auf Sargdeckeln mit Heroin und Kokain handeln, maskiert und mit Gummihandschuhen, um nicht identifiziert zu werden. Ross als »Onkel« – NYPD-Code für einen verdeckten Ermittler. Schwarze Lederkluft, schwarzer Lippenstift, riesige Ohrringe, geht um Mitternacht ins Haus, um Drogen zu kaufen. Einzige Möglichkeit, die Dealer zu überführen und einen Haftbefehl zu erwirken. Freddy auf der anderen Straßenseite, spielt einen besoffenen Penner, friert sich in kniehohem Schnee fast zu Tode. Hat einen Kopfhörer, ist das »Gespenst«, NYPD-Code für einen unsichtbaren Wächter. Ein Losungswort verrät ihm, dass Ross Hilfe benötigt, er stürzt in das Bestattungsinstitut und feuert auf den Jamaikaner, der seiner Partnerin ein Messer an die Kehle hält und sie vergewaltigen will.

Ross räusperte sich. »Im Augenblick wissen nur drei Leute, dass du Reiner verraten hast – mein Lieutenant, Labriola und ich, aber das wird sich ändern, wenn du Labriolas Angebot ablehnst. Und je mehr Leute Bescheid wissen, desto größer wird die Gefahr, dass dir etwas zustößt.«

Freddy starrte auf seine glühende Zigarette, kaute an der Unterlippe und atmete tief durch. »Du willst doch nur bluffen!«

Ross tastete nach den Autoschlüsseln in der Tasche ihres Sweatshirts. »Das Leben ist hart, Freddy, und Dummköpfe bekommen das ganz besonders zu spüren. Labriola kann dir einen Prozess ersparen und dich als Zeugen beschützen lassen. Das wirst du brauchen, denn wenn Reiner baden geht, wird eine Menge krimineller Energie seiner Helfershelfer freigesetzt!«

»Die Albaner«, flüsterte Freddy. »Reiner und sein Anwalt Lou Angelo sind mit diesen Irren verbündet, die schon für einen Schnürsenkel morden!«

Ross nickte. »Und – möchtest du in der Nähe sein, wenn wir sie hochgehen lassen? Glaubst du immer noch, dass ich nur bluffe?«

Freddy schüttelte hilflos den Kopf. »Ich weiß nicht, was ich glauben soll.«

»Denk darüber nach. Wenn du Labriola in die Quere kommst, hängst du früher oder später mit der Zunge am Fleischerhaken und hoffst nur noch auf einen schnellen Tod.«

Nach kurzem Schweigen kapitulierte Freddy. »Vielleicht ist Florida doch nicht so übel.«

»Es gibt schlimmere Orte auf dieser Welt.«

Freddy kratzte sich an der Nasenspitze. »Wenn wir schon beim Bluffen sind – Lou Angelo hat mir erzählt, dass Reiner letzte Nacht in Boston um fünfundsechzig Riesen gepokert und verloren hat!«

Ross wedelte Freddys Rauchschwaden beiseite, öffnete die Wagentür und stieg aus. Sie hatte keine Zigarette mehr geraucht, seit sie vom Rauschgiftdezernat, wo er ihr Partner gewesen war, ins OCCB gewechselt hatte – die Abteilung für die Bekämpfung des organisierten Verbrechens.

Es hatte eine Zeit gegeben, als sie sich nur lebendig fühlte, wenn sie rauchte und damit ihre Gesundheit ruinierte. Heutzutage behalf sie sich mit schwarzem Kaffee oder Kaugummi. Tabak kam für sie nicht mehr in Frage.

Gähnend ging sie auf ihr Auto zu. Zigarettenrauch war widerlich, warum war ihr das früher nicht aufgefallen?

Freddy folgte ihr, wie damals, als sie Partner gewesen waren.

Privat hatten sie nie etwas miteinander gehabt. Ross stand nicht auf kleine Männer, die wie ein Turnbeutel rochen. Mit ihren eins fünfundsiebzig war sie einen Kopf größer als Freddy, was ihn mehr störte als sie.

Außerdem war sie Kubanerin, und Kubaner schauten auf Puertoricaner herab, hielten sie für Halbaffen, die schlecht Spanisch sprachen. Kubaner waren Snobs, die sich allen anderen überlegen fühlten.

Bei ihrem Auto angelangt, sagte Freddy: »Lou Angelo beklagt sich, dass der Begleitservice wegen meines kleinen Problems in heller Aufregung ist. Außerdem macht er sich Sorgen um Reiner.«

Ross lehnte sich an die Motorhaube und betrachtete die Sterne. »Das Leben ist eben nicht einfach, wenn man Anwalt, Vertreter und Ganove in einer Person ist.«

»Und wie kommt ihr miteinander aus?«

»Mr. Angelo und ich verstehen uns ausgezeichnet, und ich bin dir sehr dankbar für die Vermittlung dieser Bekanntschaft. Irgendwann werde ich ihn fragen müssen, warum er einem angesehenen Richter Geldkoffer von albanischen

Gangstern zukommen lässt, aber im Augenblick möchte er mich als Klientin gewinnen.«

Freddy kicherte. »Wie ich Lou kenne, will er dich nicht *nur* als Klientin gewinnen. Der Bursche ist zwar über sechzig, hält sich aber immer noch für einen tollen Lover. Hat er dein Märchen geschluckt?«

»Selbstverständlich. Für Mr. Angelo bin ich Ross Marino, die auf lateinamerikanische Musik steht und eine eigene Firma hat – *G and E Records*. Ich bringe nicht nur CDs auf den Markt, sondern manage die Künstler auch. Erinnerst du dich noch an Gloria Paz?«

»Ihr gehört *G and E*. Du hast ihren Bruder vor einer Verhaftung als Dealer bewahrt. Hübscher Bengel, der viel Glück hatte. Wäre normalerweise für eine ganze Weile ins Kittchen gewandert und total verdorben wieder rausgekommen.«

»Gloria tut aus Dankbarkeit alles, worum ich sie bitte.«

Freddy zündete sich eine neue Zigarette an. »Eigentlich hätte ich Reiner letzte Nacht zu einer Pokerpartie chauffieren sollen. Hätte mir zwei Riesen eingebracht. Lou meinte jedoch, in Anbetracht meiner prekären Lage sollte ich lieber darauf verzichten. Er gab mir als Zeichen seines guten Willens einen Fünfhunderter und heuerte dann einen anderen Fahrer an, auch einen Bullen.«

»Wer ist der Mann?«

»Ein Schwarzer namens Cleveland Nobles, Abteilung Straßenkriminalität. Arbeitet nebenbei als Gorilla im Aztec Club auf der Tenth Avenue. Dort hat Lou ihn auch kennen gelernt. Lou liebt Clubs, und er hat eine besondere Vorliebe für Cops.« Freddy schnippte mit den Fingern. »Ehe ich's vergesse – der Richter und Lou haben eine neue Erwerbsquelle entdeckt.«

»Bringt ihr angeblicher Wohltätigkeitsverein nicht genug ein?«

»Reiner pokert nun mal im ganz großen Stil und ist deshalb ständig in Geldnöten. Jetzt behauptet er, sich um den Posten des Nachlassrichters von Manhattan bewerben zu wollen. Das ist erlogen und erstunken, aber Angelo sammelt eifrig Spenden für die Wahlkampagne. Dreimal darfst du raten, wohin die Gelder fließen.«

»Reiner kauft Wolle und lässt Socken für Obdachlose stricken«, sagte Ross sarkastisch.

»Schön wär's! Die meisten Spenden kommen von Anwälten, die Reiner in den Arsch kriechen wollen, weil er ihnen als Nachlassrichter die wirklich lukrativen Fälle zuschanzen kann.«

»Alle Leute reden gern, das gehört zu den ersten Dingen, die man bei der Polizei lernt. Ich muss Lou Angelo dazu bringen, über die *richtigen* Dinge zu reden.«

»Das dürfte dir nicht schwerfallen«, meinte Freddy. »Der Kerl redet wie ein Wasserfall, prahlt damit, welche Leute er kennt, gegen wen er vor Gericht großartige Siege errungen hat. Ein bisschen Koks, und er ist nicht mehr zu bremsen. Die Mädchen vom Begleitservice haben ihm den Spitznamen ›Geschwätzige Elster‹ verliehen. Bei einer unserer Rundfahrten von Club zu Club hat er mir auch von der Polizistin erzählt, die er angeblich beschützt, weil sie Augenzeugin eines Mordes war und sowohl einen sehr fetten Kater als auch einen Bullen belasten könnte. Als ich ihn fragte, warum er sich für sie einsetzt, stellte er sich leider taub. Hast du schon was rausbekommen?«

»Gestern hab ich ein bisschen rumgeschnüffelt«, antwortete Ross. »Ich war bei Angelos Lieblingsitaliener in Queens und hab mich mit seinem Freund, dem Kellner Emilio, unterhalten, leider nur per Handy. Er hat sich geweigert, die Küche zu verlassen, hat mir erklärt, er wolle nicht mit mir gesehen werden, selbst wenn ich die Freundin der Polizistin sei. Er befürchtet, dass der Kerl, der die Frau zum Schweigen bringen möchte, dann auch ihn umlegen könnte. Ich sagte, ich sei nicht ihre Freundin, sondern nur neugierig, aber das hat ihn ebenso wenig beeindruckt wie die Erwähnung deines Namens.«

»Emilio ist ziemlich ängstlich«, meinte Freddy grinsend.

»Er hat behauptet, kein Dealer mehr zu sein.«

»Dass ich nicht lache! Der Job als Kellner ist doch nur Tarnung – er kann seine Kunden im Restaurant treffen, was weniger gefährlich ist als irgendein heimlicher Treffpunkt, und die Behörden lassen ihn in Ruhe, weil er ein regelmäßiges

Gehalt bekommt. Glaubst du, dass Angelo nach Queens fährt, um Pasta zu essen? Er holt sich dort den Stoff von seinem Hauptlieferanten ab.«

»Emilio hat gesagt, die Polizistin würde nicht mehr bei ihm wohnen, und er hätte keine Ahnung, wo sie sich jetzt aufhält. Er meint, dass Lou Angelo es wissen könnte … Daraufhin habe ich mir alte Zeitungen angeschaut, aber nichts entdeckt, was auf eine Verbindung zwischen Angelo und weiblichen Cops hindeutet. Jetzt streckt Connie seine Fühler aus, und ich hoffe, er wird fündig.«

»Hast du sonst jemandem von dieser vermissten Polizistin erzählt?«

»Meinen Kollegen? Nein, da halte ich meinen Mund. Mein Auftrag lautet, einen korrupten Richter zu überführen, und nicht, eine Polizistin zu suchen, die sich irgendwo versteckt, weil ein Bulle sie umlegen will. Wir können nicht ausschließen, dass Angelo sich nur wichtig macht und uns einen Bären aufbindet. Außerdem sind Cops nicht gerade begeistert, wenn man in ihren Reihen nach einem Schuldigen sucht.« Ross betrachtete ein Flugzeug, das mit blinkenden Lichtern die Bahn des Neumonds kreuzte. »Und wie steht es mit dir – hast du mit jemandem über diesen Fall gesprochen?«

»Nein, natürlich nicht. Warum fragst du?«

»Weil ich beschattet werde.«

»Verdammt, und das sagst du mir erst jetzt?«, stöhnte Freddy.

»Ich wollte dich nicht beunruhigen, bevor wir unsere Abmachungen getroffen hatten … Der Kerl ist verdammt geschickt, denn ich habe ihn noch nicht gesehen.«

»Wie kannst du dir dann so sicher sein, dass es ihn gibt?«

»Ich spüre es, wenn ich beobachtet werde.«

»O Gott!« Freddy schnitt eine gequälte Grimasse. »Hast du mit deinem Gespenst darüber gesprochen?«

Ross verneinte. Wenn bekannt würde, dass man sie beschattete, käme sie möglicherweise in Schutzhaft, und sie wollte diesen Fall unbedingt erfolgreich abschließen, auch wenn sie dabei ihr Leben riskierte. Das war für sie schließlich nichts Neues.

Sie würde Reiner überführen, und danach würde sie sich um den Wurm kümmern, der unsichtbar zu sein glaubte.

»Und wenn dieser Kerl mit Reiner unter einer Decke steckt und dich beschattet, um an mich heranzukommen?«, jammerte Freddy. »Verdammt, einer deiner Leute muss mich auf dem Kieker haben!«

»Du denkst nicht logisch«, entgegnete Ross ruhig. »Sowohl Labriola als auch mein Lieutenant wissen über dich Bescheid. Weshalb sollten sie mich beobachten lassen?«

»Und was ist mit deinen Wächtern? Reiner könnte einen von ihnen bestochen haben.«

Ross schüttelte den Kopf. »Wir arbeiten schon lange zusammen, und ich habe volles Vertrauen zu ihnen. Wenn Reiner Kontakt zu ihnen hätte, wäre er schon auf die Barrikaden gegangen, hätte uns vorgeladen oder irgendwelche Gerichtsbeschlüsse erwirkt. Schließlich versuchen wir, ihn hinter Gitter zu bringen.« Sie führte weiter aus, dass der Richter sämtliche Tricks anwenden würde. Jüdische Organisationen würden das NYPD des Antisemitismus beschuldigen, und Politiker würden damit drohen, Bullen an Telefonmasten baumeln zu lassen. Reiner könnte sogar einen albanischen Kriminellen beauftragen, aktiv zu werden. Doch bislang war nichts Derartiges passiert.

Freddy holte tief Luft. »Jemand ist also hinter *dir,* nicht hinter mir her?«

Ross bestätigte es ihm, während sie sich ans Steuer ihres Wagens setzte. Sie verschwieg, dass sie nicht an Zufälle glaubte. Sie wurde beschattet, seit sie sich für Richter Reiner interessierte, und dafür musste es irgendeinen Grund geben.

3

Angewandte Technologie

In der Tiefgarage eines Wohnhauses auf der East Eighty-First Street öffnete der Beobachter die Tür eines grünen BMW, der in der Nähe des Aufzugs geparkt war, mit einem gestohlenen Schlüssel. Es war Viertel nach vier, früher Morgen.

Er griff unter den Vordersitz und holte einen Mikrokassettenrecorder hervor. Das Band lief noch. Er drückte auf Stop, dann auf Reverse, dann auf Play, stellte die Lautstärke auf Minimal und hielt das Gerät dicht ans Ohr.

Er lauschte, hob eine Augenbraue. Interessant …

Detective Ross Magellan war in diesem BMW heute Nacht zu dem Treffen mit ihrem ehemaligen Kollegen gefahren. Das Auto und das Apartment, in dem Magellan jetzt wahrscheinlich tief und fest schlief, gehörten dem OCCB, waren beschlagnahmt worden, als ein Israeli, der Manhattans größten illegalen Videohandel betrieben hatte, endlich dingfest gemacht werden konnte. Wann immer Magellan verdeckt ermittelte und einen wohlhabenden Eindruck erwecken musste, quartierte sie sich hier ein und fuhr in dem BMW spazieren.

Der Beobachter streichelte den Kassettenrecorder mit einem behandschuhten Finger und schob ihn in eine Hemdtasche. Nur ein Heiliger konnte Geheimnisse für sich behalten, und Ross Magellan war keine Heilige.

Auch der Beobachter war kein Heiliger.

Er besaß Kopien von Magellans Schlüsselbund – zwei Wohnungen, zwei Autos, ein Schließfach im Fitness-Studio, ihr Büro beim OCCB.

Genauso akribisch sammelte er Informationen über Ross Magellans Hintergrund. Er wusste, dass ihre jüngere Schwester in einem so genannten Sanatorium auf Long Island behandelt wurde. Er wusste, dass sie einen Mann umgebracht hatte und alles tun würde, um Richter Reiner zu Fall zu bringen.

Er wusste, warum Magellans Ehemann ermordet worden war, warum sie einen falschen Namen benutzte. Die Dame hatte eine Mauer um sich errichtet, und der Beobachter riss sie Ziegel für Ziegel ein.

Lautlos schloss er die Tür des BMW. Die Alarmanlage bereitete ihm keine Probleme. Er hatte sie gestern außer Betrieb gesetzt und richtig vermutet, dass Magellan viel zu beschäftigt war, um den Schaden gleich reparieren zu lassen.

Erzähl dein Geheimnis dem Wind, und der Wind wird es den Bäumen verraten. Ein Lächeln huschte über das Gesicht des Beobachters. Nicht einmal der Wind und die Bäume wussten so viel über Ross Magellan wie er.

Auch über Freddy Palacio wusste er Bescheid. Sie hatten zusammen gearbeitet, wenn auch nur kurze Zeit. Palacios großes Problem war seine Dummheit. Anders konnte man es nicht bezeichnen, wenn ein Cop von Nutten Geld kassierte und eine Schießerei mit einem geilen Zahnarzt riskierte.

Magellan war alles andere als dumm. Nicht gewitzter als der Beobachter, aber wesentlich schlauer als Freddy, dessen Intelligenzquotient den ganzen Berufsstand blamierte.

Detective Palacio war mit seinem Latein am Ende, doch dazu gehörte wahrlich nicht viel.

Als der Beobachter von dem geplanten Treffen erfahren hatte, war sein erster Gedanke gewesen, eine Wanze in den BMW einzubauen, aber seine Abhörvorrichtungen waren leider nicht optimal. Wenn er zu dicht auffuhr, würde Magellan ihn auf der einsamen Straße bemerken, und wenn er genügend Abstand hielt, würde der Empfang durch Autotelefone, Fernseher und Hochhäuser so gestört sein, dass er kein Wort von der Unterhaltung verstand.

Deshalb hatte der Beobachter sich für die einfachste Lösung entschieden, den Mikrokassettenrecorder in Magellans Auto versteckt und bei der Tiefgarage auf ihre Rückkehr gewartet.

Sie war zweimal um den Block gefahren, um sich zu vergewissern, dass sie nicht verfolgt wurde. Er hatte sich nur mit Mühe ein Lachen verkneifen können.

An der Einfahrt war sie sogar ausgestiegen und hatte misstrauisch in alle Richtungen geschaut, ohne ihn zu entdecken. An eine Mauer gedrückt, mit den Schatten verschmolzen, war er zur Salzsäule erstarrt und hatte aus schmalen Augenschlitzen beobachtet, wie sie endlich in die Tiefgarage fuhr.

Die Mikrokassette. Er presste sie an seine Brust. Sieg und Niederlage ... Heute Nacht hatte er einen Sieg über Ross Magellan errungen, hatte wieder einmal bewiesen, dass sie ihm gehörte.

Er zog seine Handschuhe aus. Höchste Zeit, nach Hause zu gehen und ein paar Stunden zu schlafen, bevor er sich im Revier melden musste.

Unbemerkt verließ er die Tiefgarage und eilte durch öde Straßen, der schwachen Morgenröte entgegen.

4

Nützliche Neuigkeiten

Ross Magellan kam um Viertel vor eins ins Büro des Generalstaatsanwalts am Foley Square und überraschte Joe Labriola beim Mittagessen. Er öffnete ihr lächelnd die Tür, mied aber direkten Blickkontakt.

»Ich habe letzte Nacht mit M gesprochen. Reiner und Lou Angelo haben einen neuen Schwindel aufgezogen«, berichtete Ross. »Sieht ganz so aus, als könnten wir ihnen eine weitere Betrugsaffäre nachweisen.«

M war Freddys Codename. M für Manuel, seinen zweiten Vornamen.

»Manchmal ist Gott wirklich gütig«, murmelte Labriola. Er war Italiener, sechsundvierzig Jahre alt, nicht größer als Ross, aber wesentlich breiter, mit leichtem Bauchansatz und Hakennase. Er trug einen dunklen Anzug, ein graues Hemd und eine braune Krawatte mit gelben Golfschlägern. Wie alle Staatsanwälte, die Ross kannte, war auch Labriola aggressiv und anspruchsvoll, wollte unbedingt die Nummer eins sein. Solche Leute machten sich nicht viele Freunde, legten es auch gar nicht darauf an.

Ein zweiter Mann stand am Fenster und betrachtete die Rückseite des Metropolitan Correctional Center. Das war Sonderagent Frank Beebe vom FBI, ein fünfundvierzigjähriger Bursche aus dem tiefsten Georgia mit Stiernacken und buschigen Augenbrauen, die über der Nase zusammenwuchsen. Seine Statur und eine Vorliebe für Kordanzüge und braune Stiefel hatten ihm den Spitznamen »Bär« eingebracht.

Das FBI finanzierte die Untersuchungen, die das NYPD in Bezug auf Richter Reiner anstellte.

In den fünf Tagen, seit sie mit ihm arbeiten musste, hatte Ross festgestellt, dass er geizig war und keine Späße liebte. Am meisten störten sie seine kalten blauen Augen, die jede Frau auszuziehen schienen.

Sie setzte sich auf eine Ledercouch, genau unter das große Farbfoto des Präsidenten, und berichtete den beiden Männern über Reiners erfundene Wahlkampagne. Labriola hatte hinter seinem Schreibtisch Platz genommen und stocherte mit einer Plastikgabel in den Resten seines Cheeseburgers mit Pommes frites herum.

»Gefällt mir«, kommentierte er, als Ross geendet hatte. »Es würde mir aber noch viel besser gefallen, wenn Sie mir sagen könnten, dass Sie gegen Lou Angelo genug in der Hand haben, um Druck auf ihn auszuüben und ihn zu zwingen, Reiner fallenzulassen.«

»In den fünf Tagen habe ich meiner Ansicht nach schon sehr gute Arbeit geleistet«, bemerkte Ross gelassen.

»Könnte besser sein.«

»Würden Sie mir das bitte erklären?«

Labriola schob sich ein Kartoffelstäbchen in den Mund. »Mittlerweile sollte Mr. Angelo bereits sagen: ›Wenn ich Reiner nicht preisgebe, wandere ich ins Kittchen.‹ Ist das der Fall?«

»Noch nicht, und ich werde ihn weder heute noch morgen so weit haben. Aber ich komme diesem Ziel allmählich näher.«

Frank Beebe wandte sich endlich vom Fenster ab und fixierte Ross mit seinen Vogelaugen.

»Hört sich reichlich vage an, Darling«, spottete er. »Haben Sie Angelo am Angelhaken oder nicht?«

»Heute Abend gehen wir zusammen tanzen.« Ross redete betont langsam und hielt seinem stechenden Blick ruhig stand. »Ich, ein Freund von mir, Lou Angelo und seine Begleiterin. Ich nehme nicht an, dass er seine Frau mitbringen wird.«

»Vermutlich war es Ihre Idee, sich auf Kosten der Steuerzahler zu amüsieren.« Beebes Ton verriet, wie sehr ihm das missfiel.

Ross gab keine Antwort. Stattdessen schlug sie ihren Schreibblock auf und tat so, als würde sie sich Notizen machen. Sie brauchte etwas Zeit zum Nachdenken. Wie sollte sie diesen beiden Machos Paroli bieten?

Sie zeichnete den Kopf eines Pferdes – geblähte Nüstern, steil aufgerichtete Ohren. Sie ritt seit ihrem zehnten Lebensjahr und hatte bei der berittenen Polizeitruppe angefangen, die für Ordnung zu sorgen hatte, wenn Paraden oder Demonstrationen stattfanden, und die außerdem im »Märchenwald« patrouillierte – so hieß der Central Park im Kollegenkreis. Irgendjemand hatte behauptet, ein Pferd sei vorne und hinten gefährlich und in der Mitte unbequem. Das stimmte nur, wenn man nicht mit diesen herrlichen Tieren umgehen konnte.

Verdammte Machos ... Ross hatte nicht die Absicht, sich von ihnen einschüchtern zu lassen, auch wenn sie ihr heute besonders hart zusetzten. Sie wusste, warum die beiden Herren so gereizt waren.

Bei Labriola lag es an einem Artikel in der heutigen *Times*, in dem er scharf angegriffen wurde. Vor einem Jahr hatte der Staatsanwalt die Verhaftung und Verurteilung eines Mächtigen der Wall Street durchgesetzt. Später stellte sich die Unschuld des Mannes heraus. Ein eklatanter Fall von staatlichem Machtmissbrauch, schrieb der Kolumnist und erwähnte natürlich auch Ruby Ridge und Waco, die ebenfalls zu Unrecht beschuldigt worden waren.

Labriola wollte in die Politik gehen, und dieser Zeitungsartikel war Gift für seine Karriere, erinnerte ihn bitter daran, dass er es sich nicht leisten konnte, die Juristerei mit schlechten Noten an den Nagel zu hängen. Er musste Richter Reiner überführen, um ruhmreich seinen Hut zu nehmen.

Was »Bär« betraf – der hätte sich gefreut, wenn sein Name in der *Times* und anderen Zeitungen erwähnt worden wäre, doch gestern hatten seine Bosse beim FBI nicht ihn, sondern einen jüngeren Agenten zum Leiter einer Antiterror-Einheit ernannt. Einen Schwarzen, was die Demütigung noch schlimmer machte.

Ross war ganz sicher, dass seine Freunde und Verwandten

das zur Sprache bringen würden, wenn er seinen fetten Hintern wieder mal in Georgia präsentierte.

Frank Beebe brauchte den Fall Reiner, um seinen Vorgesetzten zu zeigen, dass er ein Spitzenagent war. Vorläufig beklagte er sich darüber, dass er als Weißer das Opfer einer geheimen Quotenregelung geworden war.

Ross vergrößerte die Nüstern des Pferdes. Labriola und Beebe wollten unbedingt Karriere machen. Nun, sie könnte ihnen einen guten Rat geben: man wird manipulierbar, wenn man alles auf eine Karte setzt.

Sie antwortete Beebe, ohne von ihrem Notizblock aufzuschauen. »Es war tatsächlich meine Idee, zusammen tanzen zu gehen. Das gibt mir und Lou Angelo die Gelegenheit, einander besser kennen zu lernen. Er hat erwähnt, dass er in seiner Jugend Mambo-Wettbewerbe in den Catskills gewonnen hat, wo er als Hilfskellner arbeitete, um sein Jurastudium zu finanzieren. Und ich habe erwähnt, dass mein Mann im Gefängnis sitzt und mir die Scheidung verweigert. Angelo hat sich erboten, mir zu helfen. Das heißt, er hat den Köder geschluckt. Jetzt müssen wir uns nur noch über das Honorar einig werden.«

Sie schaute von ihrer Zeichnung auf. »Ich möchte aber noch einmal auf M zurückkommen. Er will aussteigen.«

Labriola ballte seine Faust um die Plastikgabel. »Was, zum Teufel, soll das heißen?«

Beebe stieß sich vom Fensterbrett ab und verschränkte seine Arme vor dem breiten Brustkorb.

Ross betrachtete das Pferd. »Ich konnte ihn beruhigen. Er wollte eine Garantie, dass er nur mit mir arbeitet.«

»Kein Problem – über die Kompetenzen sind sich doch alle einig. Das NYPD ermittelt im Fall Reiner, das FBI trägt die Kosten. Ihr verhaftet ihn, wir bringen ihn vor Gericht.«

Ross klappte ihren Notizblock zu. »Ich habe M erklärt, dass er sich an die getroffenen Vereinbarungen halten muss, da wir uns auf keinen neuen Handel einlassen werden. Doch wenn er nicht mitspielt, schwimmen uns alle Felle davon. Richter Reiner bekommt zwangsläufig Wind von unseren Ermittlungen, und er wird Gott und die Welt auf uns hetzen, angefangen vom Bürgermeister und Gouverneur, die seine Ernennung befürwortet haben, bis hin zu jüdischen Organisationen und Richterverbänden im ganzen Staat …«

Labriola hielt sich eine Hand vor die Augen. »Worauf wollen Sie hinaus?«

»Wir brauchen M«, erwiderte Ross.

Beebe schnaubte. »Und wir brauchen *Sie,* weil er nach Ihrer Pfeife tanzt, das meinen Sie doch?«

Ross lächelte ihn an. »Sie haben doch nicht etwa die Absicht, uns heute Abend zu begleiten?«

»Richtig erraten.«

»Das werden Sie bleiben lassen.«

»Dieser Tanzabend geht auf Kosten des FBI, und deshalb werde ich mit von der Partie sein, Missy.«

Ross warf Labriola einen Blick zu, der sich genötigt fühlte, Beebe zurechtzuweisen. »Nicht ›Missy‹, Frank, sondern Detective Magellan. Sie leitet diese Untersuchung, und das FBI beaufsichtigt sie nur, wenn große Summen den Besitzer wechseln, damit das Geld nicht in die falschen Hände gerät. Sollten wir beispielsweise Angelo oder M schmieren müssen, dürfen Sie gern mit dabei sein.«

»Unsere Gelder könnten aber auch auf ausländischen Konten von Cops landen«, konterte Beebe.

Labriola sah ihn strafend an. »Detective Magellan leitet die Untersuchung, wie ich schon gesagt habe. Wenn sie Ihre Hilfe benötigt, wird sie es Sie bestimmt wissen lassen. Ende der Debatte.«

Der »Bär« starrte Ross wütend an. »Ich tu nur meine Pflicht, Miss Magellan.«

»*Detective* Magellan«, verbesserte Ross. »Der Anfangsbuchstabe ist ein D, kommt im Alphabet gleich nach C. Bereitet Ihnen die Zusammenarbeit mit Frauen irgendwelche Probleme?«

Beebe starrte den Fußboden an. »Mir bereitet die Zusammenarbeit mit einer Frau Probleme, die nie die Wahrheit sagt, deren ganzes Leben auf Intrigen und Lügen basiert.«

»Das hört sich fast so an, als hielten Sie mich für eine Psychopathin!«

»Das haben *Sie* gesagt.«

»Ich glaube, Sie sollten ohne Haarnetz schlafen. Ihrem Gehirn fehlt es offensichtlich an Sauerstoff.«

»Ganz schön scharfzüngig, *Missy.*«

Labriola räusperte sich. »Hören Sie auf, sie zu provozieren, Frank. Ich kenne Ross, und sie säße nicht hier, wenn sie nicht gut wäre.«

»Warum hat sie den Tod einer Zeugin auf dem Gewissen, wenn sie so clever ist?«

Bevor Ross etwas sagen konnte, hob Labriola beide Hände. »Das reicht, Frank!«, sagte er scharf. »Sie gehen wirklich zu weit, und das könnte problematisch werden – für Sie, damit wir uns richtig verstehen!«

Der Staatsanwalt warf Ross einen beschwörenden Blick zu. »Überlassen Sie das bitte mir.« Er wandte sich wieder Beebe zu und redete so langsam, als hätte er ein geistig behindertes Kind vor sich. »Detective Magellan war beauftragt, eine albanische Bande in der Bronx hochgehen zu lassen. Die Kerle hatten sich auf Brillantschmuck spezialisiert und gingen bei ihren Überfällen äußerst brutal vor. Ross machte sich an einen von ihnen heran, einen Typen namens Sammy …«

»Nicht Sammy – Sali«, korrigierte Ross. »Sali Korat.«

»Also gut, Sali«, meinte Labriola. »Er nimmt ihr ab, dass sie Kontakte zu reichen Südamerikanern hat, die auf Diamanten scharf sind. Sali denkt, es wären Kolumbianer, und Ross lässt ihn in diesem Glauben. Ich sollte noch erwähnen, dass er sich in sie verguckt hatte und deshalb auch noch an gebrochenem Herzen litt, als man der Bande den Prozess machte. Und hier kommt Richter Reiner ins Spiel. Es ist üblich, dass verdeckte Ermittler ihre Aussagen unter Ausschluss der Öffentlichkeit machen, um sie vor Racheaktionen zu schützen. Reiner missachtet diese Regel und setzt Ross bewusst der Gefahr aus, ins Visier der Angeklagten zu geraten. Dem nicht genug, lässt er Sali gegen eine niedrige Kaution laufen.«

Der Staatsanwalt trank einen Schluck Mineralwasser, bevor er fortfuhr: »Ross hatte eine Freundin, die im Schmuckhandel tätig war – Elizabeth Ruiz.«

»Wir waren sehr eng befreundet«, warf Ross ein. »Ich liebte sie wie eine Schwester.«

Labriola nickte. »Miss Ruiz sah Detective Magellan auch zum Verwechseln ähnlich, und das wurde ihr zum Verhängnis. Sie besaß ein Juweliergeschäft, an dem Ross angeblich beteiligt war, und sie wollte aussagen, dass Sali ihr heiße Ware angeboten hatte. Doch sobald Richter Reiner ihn auf freien Fuß gesetzt hat, fährt Sali Miss Ruiz über den Haufen und setzt sich ins Ausland ab. Tatsächlich hatte er es jedoch nicht auf Elizabeth abgesehen, sondern auf Ross. Albaner sind nicht zurechnungsfähig, und Sali war besonders verrückt. Er konnte es einfach nicht verkraften, dass eine Frau ihn ausgetrickst hatte.«

Der Staatsanwalt leerte sein Glas. »Nicht Ross ist schuld am Tod von Elizabeth Ruiz, sondern Richter Reiner, und er erweist den Albanern immer noch viele Gefallen. Vielleicht können wir das endlich beweisen – dank Detective Magellan und ihrem Freund M.«

Ross fügte hinzu: »Ich arbeite nicht für das FBI und bin Ihnen keine Rechenschaft schuldig. Wenn Sie das einsehen, werden wir ausgezeichnet miteinander auskommen. Überlassen Sie M und Angelo getrost mir.«

Der Agent verdrehte die Augen. »Gott steh uns allen bei!«

Magellans Handy klingelte. Sie holte es aus ihrer Handtasche, drückte auf die Taste, die ihr die Nummer des Anrufers verriet, und entschuldigte sich bei Labriola. »Das ist mein Chef. Den kann ich nicht warten lassen.«

Der Staatsanwalt nickte verständnisvoll.

Ihr Vorgesetzter war Lieutenant Carlo Fargnoli, ein ehrgeiziger Mann, der zu Depressionen neigte und nur an nützlichen Freundschaften interessiert war.

»Was gibt's, Loo?«, fragte Ross.

»Tut mir Leid, wenn ich euch störe«, sagte Fargnoli, »aber ich habe interessante Neuigkeiten über den Kerl, der dich in den letzten Tagen beschattet hat. Dir scheint nichts aufgefallen zu sein, oder?«

Scheiße! Ross schloss die Augen. Fargnoli witterte Lügen auf eine Meile Entfernung. Wenn er erfuhr, dass sie Informationen für sich behalten hatte, wäre sie den Fall los. Ihm blieb gar keine andere Wahl. Ein toter Ermittler, der verdeckt arbeitete, machte negative Schlagzeilen, speziell, wenn er weiblichen Geschlechts war.

Ross sagte die Wahrheit. »Ich habe keine Menschenseele gesehen.«

»Er wird dir keine Probleme mehr bereiten«, berichtete Fargnoli. »Man hat ihn heute Morgen auf einer Baustelle in der Bronx gefunden, gefesselt und verbrannt. Bevor sie ihn anzündeten, haben die Täter seinen Rücken als eine Art Trampolin benutzt und ihm das Rückgrat gebrochen.«

Das hätten auch irre Stepptänzer bewerkstelligen können, fuhr er fort, aber er verdächtigte weder Fred Astaire noch Gene Kelly und wüsste es sehr zu schätzen, wenn Ross bald zu einem Gespräch unter vier Augen in sein Büro käme.

5

Der Köter

Der Dealer wohnte in einem heruntergekommenen Wohnblock auf der 107th Street, in Sichtweite der römisch-katholischen Kirche Mutter Gottes Aller Betrübten.

Kurz nach Mitternacht klopfte der Beobachter, einen neuen Aktenkoffer in der Hand, an die Tür des Dealers im achten Stock. Drinnen begann ein Hund wütend zu bellen, was den Beobachter nicht überraschte.

Er war darüber freilich alles andere als erfreut. Wenn ein Drogenhändler einen Hund besaß, handelte es sich meistens um einen Bullterrier oder einen Rottweiler, und mit beiden Rassen war nicht zu spaßen.

Unwillkürlich griff er nach der *Glock,* die unter seinem Sakko im Pistolengurt steckte. Es wäre ihm lieber, die Waffe nicht benutzen zu müssen, aber das würde ganz von dem Hund abhängen, dessen Gebell ihm durch Mark und Bein ging. Vor einem Jahr hatte der Beobachter in East New York bei einer Drogenrazzia gesehen, wie zwei Bullen zehn Schüsse auf einen angreifenden Bullterrier abgaben, der einem der Dealer gehörte. Das verdammte Vieh hatte sich immer noch wild gebärdet, bis ein Polizist es mit einem Baseballschläger endgültig zur Strecke brachte.

Der Beobachter hielt seinen Aktenkoffer an den Türspion, damit Emilio Albert, Kellner und Drogenhändler, die Initialien *L.A.* sehen konnte. Lou Angelo liebte teure Gegenstände, deshalb hatte der Beobachter eine Menge Dollarscheine hingeblättert, um den Aktenkoffer zu erstehen und mit einem Monogramm versehen zu lassen. Er würde diese Ausgabe nicht bereuen, wenn Mr. Albert sich durch das noble Stück dazu verleiten ließ, die Tür zu öffnen.

Vorläufig stand der Beobachter noch auf einem Flur, der nur von zwei nackten Glühbirnen beleuchtet wurde. Die Namensschilder deuteten darauf hin, dass hier hauptsächlich Hispanics wohnten, illegale Einwanderer mit gefälschten Green Cards, die in den USA ihr Glück versuchen wollten und bedauerlicherweise so unkultiviert waren, dass es auf allen Korridoren nach Pisse stank.

Jenseits der Tür fragte eine Männerstimme: »Sind Sie der Bursche, mit dem ich gerade telefoniert habe?«

»Ich bin Mr. Angelos Chauffeur. Und Sie sind Emilio aus dem italienischen Restaurant?«

»Sagen Sie Mr. Angelo, dass ich in meiner Wohnung keine Geschäfte abwickle.«

»Ich werde es ihm ausrichten, aber im Augenblick ist er vollauf damit beschäftigt, zwei junge Damen auf dem Rücksitz seiner Limousine zu befriedigen.«

»Verdammt, da ist es kein Wunder, dass er nicht selbst mit mir telefonieren kann! Jemand sollte ihm klar machen, dass er viel zu alt ist, um es mit zwei Weibern aufzunehmen.«

»Seine Sache, wenn er's nicht packt. Würden Sie mir jetzt bitte das Päckchen geben, damit ich verduften kann?«

Emilio Albert schnaubte. »Was ist los? Haben Sie Angst vor Spaniern?«

»Eigentlich nicht – normalerweise haben sie Angst vor *mir.*«

Das war die Wahrheit, nichts als die Wahrheit.

»Warum? Sind Sie ein verrückter Chauffeur?«

»Richtig geraten – ich bin ein wilder Mann am Steuer.«

Der Beobachter rieb sich den Nacken. Er kaufte Emilio die Geschichte nicht ab, dass die Wohnung für Geschäfte tabu war. Alle Dealer waren geldgierig, und Emilio Albert bildete bestimmt keine Ausnahme.

»Mr. Angelo weiß es sehr zu schätzen, dass Sie bereit sind, ihn so kurzfristig zu beliefern. Er hat mich beauftragt, Sie für Ihre Mühe gebührend zu entschädigen.«

»Okay, aber ich lasse mich nur dieses eine Mal darauf ein.«

»Ich verspreche Ihnen, dass Sie mich nie wieder sehen werden.«

Worauf du dich verlassen kannst!

Der Beobachter hörte, wie die schwere Metallstange, mit der die Tür verriegelt war, zurückgeschoben wurde. Ein Schlüssel drehte sich im Schloss, Emilio gab einen kurzen Befehl auf Spanisch, und das Gebell hörte auf.

Der Beobachter atmete auf und fuhr sich mit der Zungenspitze über die Lippen. Seine grünen Augen funkelten bösartig.

Die Tür wurde geöffnet, und er sah ein Zimmer mit niedriger Decke und schäbigem Teppichboden. Videokassetten, CDs, Comic-Hefte und Kleidungsstücke lagen auf dem Boden, auf Stühlen und einer durchgesessenen Couch herum. Auf einem wackeligen Kartentisch erspähte der Beobachter die Utensilien des Dealers – Waage, durchsichtige Tüten, Kokain, Fläschchen mit Crack, Bargeld. Es gab keine Klimaanlage, die frische Luft kam von einem geöffneten Fenster zur Straße hin.

Ein junger Puertoricaner stand im winzigen Flur, eine abgesägte Schrotflinte in der Hand. Er hatte kurze Beine und eine Stupsnase, und seine fettigen dunklen Haare waren zu einem Samurai-Knoten frisiert. Die Kleidung bestand aus schlaffen Khakishorts, weißen Espadrillos und einem T-Shirt mit der Aufschrift: WENN SCHNELLE VERNICHTUNG NOT TUT: U.S. MARINES.

Emilio Albert hatte nie bei den Marines gedient, da war sich der Beobachter ganz sicher. Schließlich war er selbst bei dieser Elitetruppe gewesen. Auf den ersten Blick war zu erkennen, dass der Dealer nur ein Möchtegern war, der Mädchen imponieren wollte. Seine Kraft reichte vielleicht zum Ablecken einer Briefmarke, nicht aber, um zwölf Wochen höllische Grundausbildung zu überleben.

Emilio ist ängstlich, hatte Freddy Palacio gesagt.

Trotzdem war Vorsicht geboten. Der Bursche hatte eine Waffe *und* einen Hund. Das Tier stand dicht neben seinem Herrn und beäugte den Besucher misstrauisch, was durchaus verständlich war. Ein Kampfhund, der diesen Namen verdiente, musste ständig auf der Hut sein.

Emilio senkte die Schrotflinte, winkte den Beobachter ins Zimmer und schloss die Tür. Er war allein gewesen und hatte sich von lateinamerikanischen Klängen berieseln lassen. Der Beobachter hasste diese Musik.

Er deutete mit dem Kinn auf den Bullterrier. »Ihr Köter macht mich nervös. Könnten Sie ihn vielleicht im Bad einsperren, bis wir unser Geschäft abgewickelt haben?«

Emilio betrachtete seinen Hund. »Sie sagten, Mr. Angelo wolle mehr als sonst bezahlen. Was heißt das im Klartext?«

»Doppelter Preis für die Ware.« Der Beobachter zog ein Bündel Geldscheine aus der Tasche. »Und ein Hunderter zusätzlich für die Störung zu Hause.«

Emilio starrte das Geld an, bückte sich und streichelte demonstrativ seinen Hund. »Sagen wir zweihundert. Yankee – so heißt er – liebt Eiscreme, aber nur beste Sorten.«

Dar Beobachter ging auf das Spiel ein. »Sie übervorteilen Mr. Angelo.«

»Tja, wenn ihm das nicht passt, soll er sich das Zeug anderswo besorgen.«

»Dann muss ich wohl nachgeben.«

»Finde ich auch.«

»Also gut – zweihundert.«

»Cool.« Emilio legte die Schrotflinte auf den Kartentisch, redete auf Spanisch mit dem Bullterrier und ging ins Bad. Der Hund folgte ihm und wurde eingesperrt.

Dar Dealer drehte sich um, blieb wie angewurzelt stehen und warf die Arme hoch.

Der Beobachter trug jetzt schwarze Handschuhe und zielte mit seiner *Glock* auf Emilios Kopf. »Das ist kein Raub«, erklärte er und machte einige Schritte rückwärts, bis seine Beine den Kartentisch streiften.

»Wozu dann die Knarre, wenn Sie mich nicht berauben wollen?«, fragte Emilio.

»Dazu kommen wir gleich.« Der Beobachter winkte ihn mit der Pistole näher zu sich heran. »Auf den Boden, mit dem Gesicht nach unten.«

Emilio gehorchte notgedrungen.

»Wo steckt die Polizistin?«, wollte der Beobachter wissen. »Ich meine die, die Sie mit Drogen versorgt haben.«

Emilio hob den Kopf vom Boden. »Ich kenn keine Polizistin.«

Der Beobachter stellte die Musik lauter, legte seine Pistole auf den Kartentisch, sprang in die Luft und landete mit beiden Füßen auf Emilios Wirbelsäule.

Der Dealer schrie. Im Bad begann Yankee laut zu bellen und an der Tür zu kratzen.

»Wir können das auf die weiche oder harte Tour erledigen«, sagte der Beobachter. »Ihre Entscheidung.«

»Ich schwör bei meiner Mutter, dass ich nicht weiß, wo die Polizistin ist«, schluchzte Emilio. »Sie ist umgezogen, das ist alles, was ich Ihnen sagen kann.«

»Wohin?«

»Hat sie mir nicht gesagt. Was ich nicht weiß, kann ich nicht verraten, hat sie erklärt.«

Der Beobachter nickte. »Hört sich nach Jenn an. Sie war ein guter Cop, bevor sie drogensüchtig wurde. Eine der besten, die ich je gekannt habe. Worüber habt ihr euch unterhalten, abgesehen von den Preisen für den Stoff?«

Emilio schaute entsetzt hoch. »Sie sind der Bulle, der sie umbringen wollte. Der, vor dem sie Angst hat.«

»Jenn Sanchez und ich haben noch ein Hühnchen miteinander zu rupfen, drücken wir's mal so aus. Hat sie meinen Namen erwähnt oder Näheres über mich erzählt?«

Emilio schüttelte den Kopf. »Nein, sie sagte nur, Sie seien ein Cop wie sie selbst, sie hätten zusammen gearbeitet, und dann hätten Sie versucht, sie umzubringen. Sie in dem Glauben zu wiegen, sie wäre wirklich tot, sei ihre einzige Überlebenschance.«

»Fast wäre ihr dieses Täuschungsmanöver gelungen. Aber eben nur fast.«

Emilio ließ den Kopf auf den Boden sinken. »Sie werden auch mich umbringen.«

Es war keine Frage, sondern eine nüchterne Feststellung.

Der Beobachter bückte sich. »Ich möchte, dass Sie Wort für Wort Ihre letzte Unterhaltung mit Jenn Sanchez wiederholen. *Wort für Wort,* wenn ich bitten darf. Nichts auslassen.«

Knack. Irgendwo splitterte Holz. Er schaute auf und stellte fest, dass Yankee seinen Kopf durch die Badtür schob.

Ohne den Hund aus den Augen zu lassen, wollte der Beobachter nach seiner Pistole greifen. Gleichzeitig versuchte Emilio aufzuspringen, hielt sich dabei am Kartentisch fest und stieß ihn um. Seine Drogenutensilien landeten auf dem Teppich, ebenso seine Schrotflinte und die *Glock.* Der Beobachter wirbelte auf dem Absatz herum, stolperte über den umgestürzten Tisch und fiel auf Emilio, der ihn von sich stieß und in Richtung Fenster kroch. Der Beobachter rollte auf den Bauch, bekam einen Knöchel des Dealers zu fassen und zerrte ihn zurück.

Emilio trat mit seinem freien Fuß und traf seinen Angreifer an der Stirn. Der Griff lockerte sich ein wenig. Jetzt kickte Emilio gegen die Hand, und es gelang ihm, sich zu befreien. Er taumelte auf die Beine, rannte zum Fenster.

Der Beobachter war ihm dicht auf den Fersen, als es Yankee endlich gelang, sich durch das Loch in der Tür zu zwängen. Mit gebleckten Zähnen eilte er seinem Herrn zu Hilfe.

6

Du hast etwas vergessen

Der Köter war hässlich. Stämmig, muskulös, mit einem kurzen, breiten Schädel und einer schwarzen Nase. Die dunklen runden Augen stierten nach vorne, die kleinen Ohren waren rosa, die Vorderbeine gespreizt.

Yankee wog keine fünfzig Pfund, aber er war eine mörderische Bestie.

»Bring ihn um!«, feuerte sein Herr ihn an. »Zerfleisch den Kerl!«

Während der Bullterrier Hackfleisch aus diesem Cop machte, würde er durch das Fenster verduften – die Tür erreichen zu wollen wäre viel zu gefährlich. Er würde sich für eine Weile nach Puerto Rico oder Santo Domingo absetzen, später nach New York zurückkehren und seinen lukrativen Handel fortsetzen.

Emilio kletterte auf den schmalen Sims hinaus, mit dem Gesicht zur Mauer, die Arme nach beiden Seiten ausgestreckt, die Finger in den Verputz gekrallt. »Schau nicht nach unten, Emilio«, murmelte er vor sich hin. »Setz ganz vorsichtig einen Fuß vor den anderen und schau auf gar keinen Fall nach unten!«

Er bekreuzigte sich, holte tief Luft und rückte Zentimeter für Zentimeter der Freiheit entgegen.

Der Beobachter musste schnell handeln. Emilio hatte sein Gesicht gesehen. Der Kerl durfte nicht entkommen.

Vorrangig war jedoch der Hund.

Das einfachste wäre natürlich, das Biest zu erschießen. Leider hatte er keine Zeit, auf dem Boden nach seiner *Glock* oder Emilios Schrotflinte zu suchen.

Immerhin konnte er noch nach seinem Aktenkoffer greifen und ihn als Schutzschild benutzen. Der Bullterrier bohrte seine scharfen Zähne ins harte Leder und zerrte. Eine Art Tauziehen zwischen Mensch und Tier.

Der Beobachter war in bester körperlicher Verfassung, geschmeidig und muskulös, aber ihm war klar, dass er es nicht mit einem Kampfhund aufnehmen konnte. Früher oder später – vermutlich früher – würde Yankee ihm den Koffer entreißen, und dann säße er ganz tief in der Scheiße!

Improvisieren war angesagt. Sein Blick fiel auf eine Gabel, er hob sie blitzschnell auf und stach in die Hundenase. Blutend wich Yankee ein wenig zurück, rutschte auf den Videokassetten aus und verlor das Gleichgewicht. Eine kurze Atempause für den Beobachter. Er bückte sich nach der Schrotflinte, packte sie am Lauf und schlug mit mörderischer Wucht auf Kopf und Rücken des Bullterriers ein, bis dieser zusammenbrach und regungslos dalag.

Ein Feind erledigt. Jetzt musste er sich um den zweiten kümmern.

Keuchend, die Schrotflinte in der Hand, schaute er aus dem Fenster.

Emilio war nicht weit gekommen. Wie Espenlaub zitternd, stand er an die Hauswand gepresst da, durchaus noch in Reichweite.

Der Beobachter hatte nicht die Absicht, ihn zu verfolgen. Der Sims war höchstens fünfzehn Zentimeter breit, rissig und mit Taubenkot überzogen.

Auf dieser Seite des Gebäudes gab es keine Feuertreppen, die dem Dealer eine schnelle Flucht ermöglicht hätten, und beim Anblick seines Angreifers geriet er vollends in Panik. »Ich komm nicht wieder rein«, wimmerte er.

Der Beobachter zuckte mit den Schultern. »Wie Sie wollen.« Abknallen konnte er Emilio nicht, denn es wäre ungünstig, wenn die Gerichtsmediziner Kugeln im Leichnam fänden. Andererseits durfte er den armseligen Wicht nicht laufen lassen. Von Verzweiflung getrieben, würde der Dealer sich möglicherweise doch noch zu den Feuertreppen auf der Ostseite vortasten. Das musste verhindert werden.

Yankee atmete noch, konnte sich aber nicht mehr zur Wehr setzen. Der Beobachter hob das schlaffe Tier auf und trug es zum Fenster.

»Du hast etwas vergessen«, rief er Emilio zu und warf mit dem sterbenden Hund nach dessen Herrn.

Emilio hob abwehrend eine Hand. Der Bullterrier streifte ihn an der Schulter, brachte ihn aus dem Gleichgewicht. Seine Füße verloren den Halt auf dem schmalen Sims, und er stürzte rücklings in die Tiefe, zusammen mit seinem Hund. Ihm blieb gerade noch Zeit zu einem gellenden Schrei.

Der Beobachter wartete nicht auf den Aufprall. Er steckte seine Pistole ein, schob einige Fläschchen Crack in die Hosentasche, vergewisserte sich, dass er keine verräterischen Spuren hinterlassen hatte, und verließ mit dem beschädigten Aktenkoffer in der Hand das Apartment.

Er fuhr von Queens nach Manhattan. Auf der Columbus Avenue musste er an einer roten Ampel warten und nutzte die Zeit, um sein Gesicht im Rückspiegel zu betrachten. Eine leichte Anspannung war nicht zu übersehen.

Ihm war ein verhängnisvoller Fehler unterlaufen. Er hatte den im Bad eingesperrten Bullterrier unterschätzt.

Verdammter Köter! Er fluchte selten, doch jetzt konnte er einfach nicht anders.

Dieser gottverfluchte Hund hatte ihn daran gehindert, den Aufenthaltsort der Frau zu erfahren, die wie durch ein Wunder noch am Leben war, obwohl er nie daran gezweifelt hatte, dass er sie um die Ecke gebracht hatte.

Nur weil er Ross Magellan überwachte, wusste er jetzt, dass Jenn Sanchez sich irgendwo versteckte. Es war ihr Pech gewesen, dass sie zufällig beobachtet hatte, wie er einen Mann ermordete.

Er war Magellan zu Dank verpflichtet, und er würde sich noch in dieser Nacht erkenntlich zeigen.

Auf seine ganz spezielle Art und Weise.

7

Eine wahre Geschichte aus Florida

Rechtsanwalt Lou Angelo war zweiundsechzig Jahre alt, ein korpulenter Italiener mit schütteren Haaren. Sein rundes lächelndes Gesicht strahlte Ehrlichkeit, Freundlichkeit und leichte Unsicherheit aus. Er trug mit Vorliebe teure zweireihige Anzüge, maßgeschneiderte weiße Hemden und auffällig gemusterte Krawatten, hatte einen Ring am kleinen Finger und eine protzige goldene Uhr am Handgelenk.

Kurz vor Mitternacht winkte er Ross Magellan von einem Tisch im Club Tipico vergnügt zu. Sie tanzte mit Connie Pavlides, einem vierzig Jahre alten Griechen – vorzeitig ergraut, dunkle Augen, intelligent und einfühlsam, seit einem Jahr ihr fester Freund. Er war Cop beim Morddezernat gewesen, bis eine schwere Schussverletzung seine Frühpensionierung erzwang. Jetzt arbeitete er bei einem privaten Sicherheitsdienst als stellvertretender Leiter der New Yorker Filiale.

Lou Angelo saß Seite an Seite mit Mercy Howard, einer jungen Schwarzen, die er als »meine Trainerin« vorgestellt hatte. Ross wusste freilich von Freddy Palacio, dass die zweiundzwanzigjährige Mercy ein Callgirl war, eines der begehrtesten Mädchen des Begleitservice, für den er tätig gewesen war.

Der Anwalt war verrückt nach ihr, das konnte jeder sehen. Er legte ihr immer wieder eine Hand auf den drallen Oberschenkel, hing förmlich an ihren Lippen und nickte eifrig, wenn sie ihm etwas ins Ohr flüsterte.

Ross und Connie bewegten sich langsam im Takt der Musik, unweit der Band, dicht vor dem *conguero,* dem Trommler, so dass Lou Angelo nicht hören konnte, worüber sie sich unterhielten. Ross liebte die Conga, die große kubanische Trommel, besaß selbst eine und hatte von den Schlägeln Schwielen an den Händen, weil sie ihren Berufsstress oft an dem Instrument abreagierte.

Einer der kubanischen Musiker legte seine Trompete beiseite, trat ans Mikrofon und sang »The Shadow of your Smile« auf Spanisch, gar nicht mal so übel.

Ross beobachtete, wie Lou Angelo und Mercy Howard mit Champagner anstießen und sich verliebt in die Augen schauten. Es schien ihnen nichts auszumachen, dass sie ein absurdes Paar abgaben: der Anwalt ein Weißer, verheiratet, drei

Kinder, Jurist mit Beziehungen zu einflussreichen Politikern, vierzig Jahre älter als die braunhäutige Schönheit, die seidiges dunkles Haar, einen üppigen Busen und eine Kleinmädchenstimme hatte, was offenbar den Beschützerinstinkt in Männern weckte.

Diese Vorzüge machten sich bezahlt. Mercy trug an diesem Abend ein silbriges Cocktailkleid, Schuhe mit extrem hohen Absätzen und einen blauen Blazer mit Goldknöpfen – natürlich Geschenke von Lou Angelo, der sich gerühmt hatte, dass allein der Blazer zwei Riesen gekostet hatte.

Ross besuchte den Club Tipico mindestens zweimal im Monat. Sie liebte das Ambiente – Hemden in grellen Farben, Chrom, Spiegel, wechselndes Licht. Am meisten liebte sie aber die Musik, die sie einfach im Blut hatte – Salsa, Mambo, Merengue …

Man kannte sie hier als Ross Marino, eine kubanische Geschäftsfrau, die großzügige Trinkgelder verteilte, phantastisch aussah und genauso phantastisch tanzte. Dafür wurde sie besonders gut bedient, und der Champagner war ein Geschenk des Hauses. Das imponierte all den Schurken, die sie hierher einlud.

Mercy hatte ehrfürchtig geflüstert: »Wow, Sie haben's wirklich weit gebracht!«

Zwei Bands spielten abwechselnd für die Gäste – hauptsächlich Latinos und Schwarze, dazu einige wagemutige Weiße. Washington Heights war alles andere als eine gehobene Wohngegend – eine Viertelmillion Dominikaner hatte sich hier niedergelassen, und entsprechend hoch war die Verbrechensrate. Deshalb mussten alle Gäste im Club Tipico zwei Metalldetektoren passieren und sich abtasten lassen. Als zusätzliche Schutzmaßnahme waren überall Videokameras installiert, und die Geschäftsleitung durfte die Aufnahmen erst nach einem halben Jahr löschen.

Ross küsste Connies Hals und streichelte seinen Hinterkopf. Sie tanzten eng umschlungen, rührten sich kaum von der Stelle. Connie war der einzige Mensch, bei dem sie sich völlig entspannen konnte, und sie liebte ihn von ganzem Herzen. Ein guter Tanzpartner, der sich nicht scheute, neue

Schritte auszuprobieren, obwohl er als Sohn eines griechischen Metzgers eigentlich nicht prädestiniert für lateinamerikanische Rhythmen war. Connie beherrschte jeden Hüftschwung, jede Armbewegung, er führte sie geschickt – und dabei hatte er ihr einmal lachend erzählt, wie tollpatschig er als Siebzehnjähriger gewesen war: er hatte sich zur Marine gemeldet und es irgendwie geschafft, auf hoher See gleich *zweimal* über Bord zu gehen! Kaum zu glauben, wenn man diesen attraktiven Mann heute sah, der auch im Bett keine Wünsche offen ließ.

»Lass Lou Angelo ungestört mit seinem Täubchen turteln«, riet er ihr jetzt. »Erzähl mir lieber von diesem Dominikaner, der dich beschattet haben soll und als verkohlte Leiche mit gebrochener Wirbelsäule gefunden wurde. Wäre interessant zu wissen, was in seinem Tageshoroskop stand.«

»Sein Name war Juan Rivas, genannt John-John. Illegaler Einwanderer, zwanzig Jahre alt. Arbeitete als Killer für *Las Muñecas,* eine dominikanische Bande, spezialisiert auf die Beraubung von Drogenhändlern. Harte Jungs, gefährlicher als Klapperschlangen. Lieutenant Fargnoli sagt, John-John hätte sich oft unweit meiner Wohnung aufgehalten. Seltsam, dass ich ihn nie gesehen habe.«

»Was heißt *muñeca?*«

»Puppe. Alle Mitglieder dieser Bande sind sehr jung – Teens und Twens. Gegründet wurde sie von einer Frau namens Graciella Catala und ihrem Bruder Ricky. Dominikaner, beide völlig meschugge. Graciella leitet die Bande jetzt allein, weil Ricky eingelocht wurde.«

»Was hat er angestellt?«

»Einen achtjährigen Jungen vergewaltigt. Wird zwanzig bis vierzig Jahre brummen müssen. Das hat er *mir* zu verdanken.«

Connie holte tief Luft. »Das wusste ich nicht.«

Ross konnte verstehen, dass er gekränkt war. Er wollte, dass sie ihm vertraute, doch das brachte sie oft nicht über sich. Geheimniskrämerei gehörte zu ihrem Alltag, war bei ihrem Job unvermeidbar, und ungewollt prägte dieses Verhalten auch ihr Privatleben.

Es dauerte einige Minuten, bis Connie sein Schweigen brach. »Wie bist du diesem Ricky auf die Spur gekommen?«

Ross schaute ihm in die Augen. »Ich hatte eine haitianische Putzfrau, die mir eines Tages weinend berichtete, ihr Sohn sei von einem Dominikaner missbraucht worden, vor dem sie jedoch schreckliche Angst habe.«

»Mom war vermutlich illegal eingewandert?«

Ross nickte. »Deshalb hatte sie sich nicht getraut, zur Polizei zu gehen. Sie befürchtete, man würde sie und ihren Sohn ausweisen. Wir haben uns von Frau zu Frau unterhalten. Dann habe ich mich an die Einwanderungsbehörde gewandt, sie durfte im Land bleiben, und Ricky wurde aus dem Verkehr gezogen. Das ist jetzt zwei Jahre her.«

Connie betrachtete die Decke. »Ich vermute, dass Rickys Gnadengesuch vor kurzem abgelehnt wurde. Er glaubt nicht mehr an Wunder und ist stinksauer, dass er die schönste Zeit seines Lebens im Zuchthaus verbringen muss. Deshalb hat er seine große Schwester gebeten, einen Killer auf dich anzusetzen. Nächste Frage: Wer hat diesen Killer namens John-John umgelegt?«

»Lieutenant Fargnoli meint, er sei das Opfer eines Bandenkriegs geworden. *Las Muñecas* sind nämlich übermütig geworden und berauben jetzt *caletas.*«

»Dann müssen sie geradezu sträflich dumm sein.«

Ross war ganz seiner Meinung. *Caletas* waren Häuser in Vororten, wo Kolumbianer das beim Drogenhandel eingenommene Geld horteten, bis sie es außer Landes schaffen konnten. Diese kolumbianischen Familien führten nach außen hin ein unauffälliges kleinbürgerliches Leben, mähten den Rasen, führten ihre Hunde spazieren und kauften ihren Kindern zu Weihnachten Barbie-Puppen. Allerdings luden sie ihre Nachbarn nie zu sich ein, weil in allen Zimmern Kartons voller Dollarscheine herumstanden.

Wenn jemand es auf dieses Geld abgesehen hatte, richteten die Kolumbianer wahre Blutbäder an. Sie folterten und ermordeten ganze Familien, einschließlich der Hunde und Katzen. Es hatte schon Fälle gegeben, wo sogar allen Hühnern auf dem Hinterhof die Hälse umgedreht worden waren.

Man musste wirklich wahnsinnig sein, um sich mit ihnen anzulegen.

»Graciella sollte ihre ganzen Kräfte auf das eigene Überleben konzentrieren, anstatt sich an mir rächen zu wollen. Wie auch immer – es wird zu allen Zeiten Leute geben, die eine Mordswut auf uns Cops haben. Das gehört nun einmal zum Berufsrisiko.«

Sie hatte sich mit Connie schon mehrere Male darüber unterhalten, wie man am besten mit Angst umging. Ross hatte ihre eigene Methode entwickelt: Sie verdrängte jeden Gedanken an die Gefahr, der sie Tag für Tag ausgesetzt war.

Heute hatte Fargnoli darauf bestanden, dass einer ihrer unsichtbaren Wächter als Chauffeur der gemieteten Limousine im Dienst war. Glenn Ford war fünfunddreißig, ein Schwarzer mit großen Händen und Füßen, der nichts als Sex im Kopf hatte. Während er jetzt vor dem Club Tipico im Wagen wartete, legte er sich bestimmt neue Strategien zurecht, wie er bei einer Frau möglichst schnell ans Ziel der Wünsche kam.

Ross hätte ein anderes »Gespenst« bevorzugt – Detective Harry Earles, einen ruhigen, ausgeglichenen Mann, der alle Tricks kannte. Aber er hatte heute Nacht nicht zur Verfügung gestanden, weil er sich um seine schwer kranke Frau kümmern musste.

Auch Connie passte auf Ross auf – nicht als Cop, sondern als Freund, und das wusste sie durchaus zu schätzen. Er war ein Profi und hatte ihr schon so manchen guten Tipp gegeben. Sie hatte ihm anvertraut, dass sie Richter Reiner überführen wollte und zu diesem Zweck Kontakt mit Lou Angelo aufgenommen hatte.

»Reiner hat seinen Untergang mehr als verdient«, sagte Connie, als hätte er ihre Gedanken gelesen. »Es ist kein Geheimnis, dass der Mann viel Dreck am Stecken hat.«

»Wie viel?«

»Eine Menge. Er soll seinen albanischen Freunden die Namen von zwei Informanten verraten haben, die kurze Zeit später tot aufgefunden wurden. Außerdem soll er eine Videokassette mit dem Geständnis des albanischen ›Paten‹ vernichtet haben, so dass dieser Mann immer noch frei herumläuft. Mir ist auch zu Ohren gekommen, dass er Fotos aus Akten verschwinden lässt, um die Jagd auf gesuchte Verbrecher zu erschweren.«

»Warum ist er so eng mit den Albanern verbunden?«

»Er hat eine Zeit lang in Albanien gelebt, wo sein Vater Diplomat war. Und ich nehme an, dass die Albaner ihn mit hohen Summen bestechen.«

»Mein Gott, warum sitzt dieses Schwein immer noch auf dem Richterstuhl?«

Connie schüttelte den Kopf. »Weißt du nicht, dass New York die schlimmsten Richter im ganzen Land hat? Arrogante Typen, die sich über die Verfassung und über unsere Gesetze erhaben fühlen und nach eigenem Gutdünken entscheiden. Muss ich noch deutlicher werden?«

Ross schlang beide Arme um seinen Hals. Nein, er brauchte nicht deutlicher zu werden. Sie kannte sich selbst bestens aus.

Im Staat New York gab es wie auch anderswo eine Kommission zum Schutz der Öffentlichkeit vor miserablen Richtern, doch diese Behörde stellte sich blind und taub, wenn Beschwerden eingingen. Gegen 1400 Richter waren Klagen vorgebracht worden – nur sechs von ihnen wurden verwarnt, einer abgesetzt. Reiner könnte sich als Hexe verkleiden und vor der City Hall auf einem Besen reiten, und die Kommission würde nichts gegen ihn unternehmen.

Deshalb musste Ross unumstößliche Beweise für Reiners Vergehen sammeln. Mit weniger würde Joe Labriola sich nicht zufrieden geben. Doch wenn sie ihm lieferte, was er brauchte, würde es heißen: Volldampf voraus! Der Bundesgerichtshof war mächtiger als die Landesgerichte, er fällte härtere Urteile und setzte keine Strafen zur Bewährung aus. Außerdem konnte die Kommission sich dort nicht mehr schützend vor einen Richter stellen. Beim Bundesgericht hätte Reiner keine Chance, ungeschoren davonzukommen.

Der Kubaner sang jetzt »The Island« von Ivan Lins, eines von Ross' Lieblingsliedern. Im Original hörte es sich allerdings wesentlich romantischer an.

Connie zog sie trotzdem noch enger an sich. »Ich kenne einen Richter, der auf minderjährige Nutten steht. Wenn sie aus irgendwelchen Gründen vor Gericht landen, spricht er sie fast immer frei. Und er schläft nicht mal mit diesen Mädchen. Der perverse Kerl gießt ihnen nur Wein über die Füße und saugt dann an ihren Zehen. Das beschert ihm einen Orgasmus, und dafür lässt er sie laufen.«

»Warum wundert mich das nicht?«, murmelte Ross sarkastisch und schaute zu ihrem Tisch hinüber. Lou Angelo gähnte und warf einen Blick auf seine Uhr. Er hatte getanzt, bis seine Beine nicht mehr mitmachten – ein bisschen altmodisch, nicht ganz auf dem Laufenden, was neue lateinamerikanische Rhythmen betraf, aber ansonsten ganz passabel. Zwischendurch hatte er ein riesiges Steak verdrückt und eine beachtliche Menge Champagner getrunken, ein paar schmutzige Witze zum Besten gegeben und mit seinen Erfolgen geprahlt. Verständlich, dass er allmählich müde wurde. Schließlich war er nicht mehr der Jüngste.

Ross hatte an diesem Abend tiefe Einblicke in sein Liebesleben erhalten, nur mit halbem Ohr zugehört, als er sich weitschweifig über gewonnene Prozesse ausließ, aber umso aufmerksamer gelauscht, als er von der Wahlkampagne für Richter Reiner erzählte. Sie wollte noch mehr erfahren, bevor Angelo zum Aufbruch mahnen würde, und deshalb lenkte sie Connie vom Tanzparkett zu den Tischen.

Lou Angelo, dessen Gesicht mittlerweile ziemlich gerötet war, zog ihren Stuhl kichernd näher an seinen heran. »Das müssen Sie hören … Eine wahre Geschichte, ist letzte Woche passiert, als ich mit Mercy und meiner Frau in Florida war. Ich möchte eine Eigentumswohnung in Fort Lauderdale kaufen, deshalb …«

»Wow!«, fiel Ross ihm ins Wort. »Sie waren mit Mercy *und* Ihrer Frau in Florida?«

»Warum nicht? Ich habe keine Geheimnisse vor meiner Frau. Wir hatten zwei Suiten mit Blick aufs Meer gemietet – eine für meine Frau, eine für mich und Mercy. Also, ich unterschreibe den Kaufvertrag, und dann gehen wir alle an den Strand, um ein bisschen zu feiern – meine Frau, Mercy, ich und die Hauseigentümerin, eine Dame namens Lauren. Sie erzählt uns, dass sie das Aquarium einer alten Jüdin betreut, die den Sommer in New York verbringt. Laurens Mann ist am Strand nicht mit von der Partie, sitzt mit ein paar Freunden an der Bar. Und Lauren erspäht plötzlich einen Schulfreund, den sie seit einer Ewigkeit nicht mehr gesehen hat.«

Lou Angelo erstickte fast vor Lachen. Ross musste ihm auf den Rücken klopfen, bevor er fortfahren konnte.

»Zwischen Lauren und diesem Burschen hat's sofort gefunkt, das konnte man sehen. Stimmt's, Mercy?«

»Stimmt«, bestätigte Mercy breit grinsend.

Der Anwalt beugte sich begeistert vor. »Lauren lädt ihn ein, mit ihr die Fische in der Wohnung der jüdischen Dame zu füttern. Als sie aus dem Lift steigen, schiebt der Mann eine Hand unter sein T-Shirt, um sich am Bauch zu kratzen. In diesem Moment kommt zufällig eine andere alte Jüdin vorbei und glaubt, der Kerl hätte eine Pistole und würde Lauren kidnappen. Sie verständigt die Polizei, ein Sonderkommando rückt an, horcht an der Wohnungstür, hört lautes Stöhnen. Die Cops glauben, Lauren würde vergewaltigt, brechen die Tür auf … und sehen, dass Lauren ihren Schulfreund oral befriedigt! Sie ziehen sich schleunigst zurück, genehmigen sich einen Drink an der Bar und biegen sich vor Lachen. Laurens Mann bekommt zufällig mit, worum es geht, rast die Treppen hinauf und ertappt seine Frau in flagranti.«

Mercy und Connie stimmten in sein Gelächter ein. Nur Ross sah keinen Anlass zur Heiterkeit. »Und was ist dann passiert?«

»Soviel ich weiß, hat Laurens Mann die Scheidung eingereicht, und sie soll sich nach Hawaii oder Neuseeland abgesetzt haben.« Er stand auf. »Entschuldigung, aber für mich wird es langsam Zeit …«

»Für mich auch«, sagte Mercy hastig. Sie konnte es sich nicht leisten, ihren großzügigen Lover zu verärgern.

»Soll ich nicht doch die Rechnung begleichen?«, fragte Angelo.

Ross lächelte ihm zu. »Nein, Sie waren eingeladen.« Sie deutete auf den braunen Briefumschlag neben seinem

Champagnerglas. »Aber ich wäre Ihnen dankbar, wenn Sie sich möglichst bald dieser Angelegenheiten annehmen würden.«

Der Umschlag enthielt Verträge, die Gloria Paz mit Musikern abschließen wollte, sowie den Entwurf für eine Abfindung an einen leitenden Angestellten der Musik-GmbH, den man loswerden wollte. Um Angelo von ihrer Tarnung zu überzeugen, hatte Ross ihn gebeten, alles auf juristisch korrekte Formulierungen zu überprüfen.

Er tätschelte ihre Hand, bevor er sie an seine Lippen führte. »Wird noch in dieser Woche erledigt, das verspreche ich Ihnen. Vielen Dank für diesen Abend, der einem alten Mann ein paar schöne Stunden beschert hat.« Lachend zog er mit seiner schwarzen Freundin ab.

Die Band spielte eine Salsa-Version des Titelsongs von *The Flintstones.* Connie grinste. »Unterwegs mit Ehefrau *und* Freundin – der Kerl hat Nerven wie Drahtseile!«

»Und er hat Geld«, fügte Ross hinzu. »Jede Menge Kohle! *Gestohlene* Kohle!«

»Wie kommst du auf diese Idee?«

Ross drehte den Stiel ihres Champagnerglases hin und her. »Er hat gerade eine Eigentumswohnung in Florida gekauft. Er verreist mit seiner Frau und einer Freundin, die teure Kleidungsstücke bevorzugt. Seine eigenen Klamotten sind übrigens auch nicht gerade billig. Außerdem will er seiner geliebten Mercy ein Apartment auf der East Side spendieren, unweit meiner Wohnung.«

»Davon war heute Abend nicht die Rede.«

»Ich habe andere Informationsquellen.«

Freddy Palacio.

»Du glaubst also, dass er jemanden bestiehlt, um sich diesen Lebensstil leisten zu können?«

»Ich weiß es«, sagte Ross. »Und er ist nicht der erste Anwalt, der sich aus fremden Kassen bedient.«

»Und wen haut er übers Ohr?«

»Reiner, wen denn sonst?« Sie griff nach Connies Hand. »Wenn der Richter davon Wind bekommt, wird er seine albanischen Freunde einschalten, und dann möchte ich nicht in

Angelos Haut stecken. Nicht einmal die Mafia lässt sich mit Albanern ein.«

»Gut für dich! Wenn du ihm das klar machst, sagt er bestimmt gegen Reiner aus.«

Ross nickte. Sie vertraute Connie nicht an, dass Lou Angelo eine Polizistin beschützte, die Angst um ihr Leben hatte. Wenn der Anwalt ihr half, den Cop zu finden, der diese Frau bedrohte, würde sie ihn vielleicht nicht zwingen, Richter Reiner zu belasten.

8

Die nächsten fünf Minuten

Ein Uhr morgens. Der Beobachter öffnete mit einem gestohlenen Schlüssel die Tür eines braunen Sandsteinhauses an der Ecke Seventy-fourth Street und Central Park West.

Die Eingangshalle des vierstöckigen Gebäudes war nur schwach beleuchtet, und es gab nur einen Lift. Er überlegte, ob er damit in die oberste Etage fahren sollte. Nach einem langen und anstrengenden Tag war er ziemlich müde.

Sein Instinkt riet ihm, lieber vorsichtig zu sein. Der Aufzug könnte stecken bleiben, und dann säße er in der Falle und müsste warten, bis irgendwelche Mechaniker ihn befreiten. Jemand könnte unliebsame Fragen stellen, was er hier mitten in der Nacht zu suchen hatte. Möglicherweise würde er nicht nur Ross Magellan, sondern auch fünfzig Millionen Dollar verlieren. Schlimmstenfalls könnte es ihn sogar das Leben kosten, wenn er aus Bequemlichkeit den Lift benutzte. Der Körper hatte dem Geist zu gehorchen, nicht umgekehrt.

Der Beobachter schob sich drei Kaugummis in den Mund und stieg langsam die Treppen hinauf. Im vierten Stock angelangt, setzte er sich auf die oberste Stufe und öffnete seinen beschädigten Aktenkoffer. Es war vulgär, Kaugummi zu kauen. Er hasste diese weit verbreitete Untugend. Zum Glück sah ihn jetzt niemand.

Auf dieser Etage gab es nur zwei Wohnungen. Eine gehörte einem Buchhalter, der zurzeit mit seiner Frau Urlaub in Brasilien machte. Die andere gehörte Ross Magellan.

Eigentumswohnungen in dieser Gegend waren nicht gerade billig. Der Beobachter hatte für die Yuppies, die hier lebten, nur Verachtung übrig. Weil sie in Satinbettwäsche schliefen und Designerklamotten trugen, hielten sie sich für die Größten, obwohl ihr Intelligenzquotient bestenfalls durchschnittlich war. Seiner Ansicht nach passte Magellan nicht hierher, und sie hätte sich diese Wohnung von ihrem Gehalt auch niemals leisten können. Aber ihr verstorbener Vater hatte ihr eine ansehnliche Summe hinterlassen.

Der Beobachter zog seine dünnen Chirurgen-Handschuhe an und öffnete die Tür, die natürlich mit einem zusätzlichen Sicherheitsschloss ausgestattet war. Als Nächstes holte er Schere und Klebeband aus seinem Aktenkoffer, schnitt zwei Streifen ab und klebte sie über die Schlösser. Endlich konnte er den ekligen Kaugummi aus dem Mund nehmen. Er schmierte das Zeug über die Klebebänder, säuberte seine Finger, betrat die Wohnung und schloss von innen ab.

Im Flur blieb er eine Weile stehen, bis seine Augen sich an die Dunkelheit gewöhnt hatten. Es roch nach Magellans Parfum und ihren Topfpflanzen. Durch ein Fenster, das auf den Central Park hinaus ging, fiel Mondlicht, das von einem Wandspiegel reflektiert wurde. Vor dem Kamin stand eine bequeme Ledercouch. Einmal hatte sie dort ihren Morgenrock liegen gelassen, und er hatte sein Gesicht in dem weichen Stoff vergraben, dem ihre Düfte anhafteten … Der Beobachter biss so fest die Zähne zusammen, dass sein Kiefer schmerzte. Er durfte sich nicht von erotischen Phantasien überwältigen lassen, sonst könnte ihm ein Fehler unterlaufen.

Er knipste seine Taschenlampe an und betrat das Wohnzimmer. Magellan hatte einen guten Geschmack, liebte schlichte Eleganz. Bei früheren Besuchen hatte er im Schlafzimmer das breite viktorianische Messingbett und ein antikes hölzernes Schaukelpferd bewundert – beide Stücke mussten eine schöne Stange Geld gekostet haben. Berberteppiche auf den Parkettböden, Sofakissen aus Seide und Samt, einige abstrakte Bilder an den Ziegelwänden. Auf dem Kaminsims prangten diverse Urkunden und Medaillen – Belohnungen für ihren Arbeitseinsatz und ihre Tüchtigkeit, sehr beeindruckend. Welcher Cop schaffte es, schon mit zweiundzwanzig das goldene Wappen zu erhalten?

Ihre Conga stand in einer Ecke, direkt unter einem großen Oberlicht, daneben ein Tischchen mit einem Foto im Silberrahmen: ihre Schwester, Francesca Linda Dominica Moniz. Kosename Chessy. Siebzehn Jahre alt, mit einem runden Gesicht und dunklen Haaren, die so lang waren, dass sie darauf sitzen konnte. Sie befand sich zurzeit in einer Nervenheilanstalt auf Long Island, wo Psychotherapeuten ihr helfen sollten, nach einer höllischen Kindheit seelisch zu gesunden. Chessy war Magellans großes Geheimnis. Sie wollte ihre kleine Schwester um jeden Preis beschützen, und das machte sie selbst verletzlicher, als ihr lieb war. Es befriedigte den Beobachter, ihren wunden Punkt zu kennen.

Im Schein der Taschenlampe machte er sich eine Tasse Kräutertee, wie immer, wenn er Magellan ohne ihr Wissen besuchte. Das Fehlen eines einzigen Teebeutels würde ihr nicht auffallen – zwei könnten hingegen bereits die sensiblen Alarmglocken in ihrem Gehirn auslösen.

Er rührte nie ihre Nahrungsmittel an. Benutzte nie ihr Telefon, auch nicht das Bad. Wenn er den Tee ausgetrunken hatte, würde er die Tasse spülen und mit einem Taschentuch abtrocknen. Auch die Spüle würde er sorgfältig trocken reiben.

Er setzte sich an einen Tisch aus Teakholz. Während er darauf wartete, dass der Tee ein wenig abkühlte, betrachtete er die Drogen, die er aus Emilios Wohnung mitgenommen hatte. Die hellblauen Fläschchen waren mit *B.D.* beschriftet – Abkürzung für *Blue Death,* einer der beliebtesten Crack-Mischungen.

Der Durchschnittsbürger würde natürlich nie etwas anrühren, das ›Tod‹ hieß, egal welcher Farbe. In der Drogenszene waren solche Namen hingegen besonders attraktiv, verhießen sie doch einen zusätzlichen Nervenkitzel. Wenn man wirklich wissen wollte, was Dummheit war, musste man sich mit Rauschgiftsüchtigen unterhalten.

Der Beobachter wusste, von wem Emilio Albert dieses Zeug bezogen hatte. Möglicherweise hatten sie irgendwann über Jenn Sanchez gesprochen. Er würde dem Dealer demnächst auf den Zahn fühlen.

Seine Gedanken schweiften erneut zu Ross Magellan. Es war äußerst unwahrscheinlich, dass sie plötzlich hier auftauchte. Den Abend hatte sie mit Lou Angelo, dessen Flittchen und ihrem Lover in einem der lateinamerikanischen Clubs verbracht, die sie so liebte. Er selbst verabscheute diese Sündenpfuhle, verzieh ihr aber großmütig diese Schwäche.

Vielleicht würde sie den Anwalt anschließend auf einen Drink in ihre Zweitwohnung einladen, die zwar in Wirklichkeit dem OCCB gehörte, Angelo aber in dem Glauben wiegen würde, dass sie eine erfolgreiche Geschäftsfrau war. Ihr griechischer Freund würde bestimmt mitspielen – schließlich war er selbst mal ein Cop gewesen. Der Beobachter konnte sich allerdings nicht vorstellen, dass Magellan ihn in *alle* Geheimnisse einweihte. Dafür war sie viel zu misstrauisch.

In *diese* Wohnung konnte sie Lou Angelo jedenfalls nicht einladen – die Medaillen über dem Kamin würden ihre Tarnung schlagartig zunichte machen.

Der Beobachter fühlte sich hier wie zu Hause. Innerhalb dieser vier Wände war er Magellan nahe, war ihr Lover, ihr *wirklicher* Lover, auch wenn sie nichts davon wusste. Heimliche Liebe konnte sehr reizvoll sein. Außerdem war er ihr zu Dank verpflichtet.

Das wollte er zu Papier bringen. Er holte sein Tagebuch aus dem Aktenkoffer, schlug es auf, trank einen Schluck Kräutertee und begann zu schreiben, mit roter Tinte, in seiner korrekten Schrift, wo kein Buchstabe schief stand.

Er dankte Ross Magellan, dass sie ihn zu Emilio Albert geführt hatte, dem er die Information verdankte, dass Jenn Sanchez sich irgendwo vor ihm versteckte. Den Mord an Juan Rivas erwähnte er nur kurz in einem Nebensatz, obwohl er Magellan vermutlich das Leben gerettet hatte. Bevor er starb, hatte der Killer nämlich zugegeben, dass Graciella Catala ihn angeheuert hatte, um die Polizistin umzubringen.

Würde Graciella einen anderen Killer auf Magellan ansetzen? Ja, damit musste man rechnen. Ricky war ihr Ein und Alles gewesen, und die Vergewaltigung eines kleinen Jungen war in ihren Augen kein Verbrechen. Gerüchten zufolge hatte sie selbst eine inzestuöse Beziehung mit Ricky gehabt, und wenn das stimmte, hatte Magellan sie nicht nur ihres Bruders, sondern auch ihres Geliebten beraubt, als der Bursche ins Zuchthaus wanderte.

Wie würde Magellan wohl reagieren, wenn sie *ihres* Lovers beraubt wurde? Connie Pavlides weilte zwar noch unter den Lebenden … aber nicht mehr lange!

Der Beobachter knirschte mit den Zähnen, und dann schrieb er: *Setze mich wie ein Siegel auf dein Herz und wie ein Siegel auf deinen Arm. Denn Liebe ist stark wie der Tod, und ihr Eifer ist fest wie die Hölle. Ihre Glut ist feurig und eine Flamme des Herrn, dass auch viele Wasser nicht mögen die Liebe auslöschen noch die Ströme sie ertränken.* Diese Verse aus dem Hohen Lied Salomos beschrieben seine Gefühle für Ross Magellan besser als alle Liebesgedichte, die er kannte, und er brachte sie ein zweites Mal zu Papier, als er plötzlich das Rumpeln des Aufzugs hörte.

Mit der Taschenlampe in der Hand schlich er zur Tür und schaute durch den Spion. Er konnte den ganzen Korridor überblicken.

Sein Instinkt hatte ihn nicht getrogen: der Lift fuhr bis zur obersten Etage, und Magellan stieg aus. Sie hatte eine gelbe Orchidee in der Hand – ihre Lieblingsblume –, und sie sah müde aus, gähnte sogar. Trotzdem war sie schön, und er hätte sie gern in die Arme genommen und ihr versichert, dass er sie beschützte, dass er – und *nur* er – dafür sorgen würde, dass ihr nichts passierte.

Er knipste die Taschenlampe aus. Ross Magellan war clever und trickreich, aber er konnte in ihr wie in einem offenen Buch lesen. Wenn sie das wüsste, wäre ihr Selbstbewusstsein ziemlich erschüttert.

Er lächelte. Die nächsten fünf Minuten würden interessant werden, denn in diesem Haus gab es keine Feuertreppe. Fast sah es so aus, als säße er in der Falle …

9

Manipuliert

Ross Magellan stand vor ihrer Wohnung und suchte in ihrer Handtasche nach einer Pistole.

Die Schlösser waren mit Kaugummi verklebt. Ein beliebter Trick von Einbrechern, damit die Eigentümer sie nicht überraschen konnten.

Sie ging zur Treppe, schaute nach oben und unten. Niemand zu sehen. Aber sie konnte von ihrem Standort aus nicht erkennen, ob die Tür zum Dach offen stand. Und wenn sie sich vergewisserte, könnte sie in einen Hinterhalt geraten.

Ihr Mund wurde trocken, ihr Herz schnürte sich zusammen. In ihrer Tasche war keine Pistole. Sie war unbewaffnet!

Natürlich – wozu hätte sie zu der Verabredung mit Lou Angelo eine Waffe mitnehmen sollen? Ihre beiden Pistolen lagen in dem Safe, der in einen Wandschrank der Zweitwohnung auf der East Side eingebaut war.

Ohnehin führte sie verdeckte Ermittlungen meistens unbewaffnet durch. Die Leute, mit denen sie es dabei zu tun hatte, waren äußerst misstrauisch und verdächtigten jeden Fremden mit Pistole sofort, ein Bulle zu sein. Wenn man ihr Vertrauen gewinnen wollte, musste man auf Selbstschutz verzichten.

Natürlich gab es Ausnahmen von dieser Regel. Wenn sie es mit Dealern in der South Bronx zu tun hatte, nahm sie eine Pistole mit, denn drogensüchtige Frauen – und dafür musste sie sich ja ausgeben – liefen Gefahr, ausgeraubt und vergewaltigt zu werden.

Bisher hatte sie es geschafft, am Leben zu bleiben, obwohl ihr Job darin bestand, Ganoven jeglicher Art zu überführen – russische Kunstdiebe, kolumbianische Drogenhändler, Kinderschänder, Killer … Sollte einer von ihnen ihre Tarnung durchschauen, wäre es um sie geschehen.

Ross starrte ihre Wohnungstür an. Wie hatte ein Einbrecher das Sicherheitsschloss aufbekommen? Einer von Connies Kollegen hatte es eingebaut, ein Israeli, ehemaliger Geheimagent. Israelis waren die besten Schlosser von New York, weil die meisten ihr Handwerk im Kampf gegen Terroristen gelernt hatten. Connies Kumpel hatte ihr sehr ans Herz gelegt, nie ihre Schlüssel zu verlieren, denn sogar er würde mit seiner Spezialausrüstung mindestens zwei Stunden benötigen, um die Tür zu öffnen.

Besaß jemand Duplikate ihrer Schlüssel? Dieser Gedanke war so beängstigend, dass sie ihn rasch verdrängte.

Schaudernd zog sie ihre Stola enger um die Schultern. Der Einbrecher musste den Lift gehört und sie durch den Spion beobachtet haben. Er wusste, dass sie allein war. Verdammt!

Sie rannte zum Aufzug, denn wenn ein anderer Hausbewohner ihn nach unten holte, säße sie in der Falle. Sie müsste die Treppe hinabrennen, und man lernte schon in der Grundausbildung, dass Konfrontationen in Treppenhäusern besonders gefährlich waren.

Als sie die gläserne Lifttür schloss und auf den Knopf zum Erdgeschoss drückte, sah sie, dass ihre Wohnungstür einen Spalt weit geöffnet wurde, so als wollte der Einbrecher sich vergewissern, dass die Luft rein war. Dann glitt die Metalltür des Lifts zu, und er setzte sich in Bewegung. Ross holte ihr Handy aus der Tasche und rief bei der nächsten Polizeiwache an. Ein Sergeant Nelson Pedroza war am Apparat. Sie berichtete von dem Einbruch, nannte ihren Namen, gab die Adresse an. Pedroza versprach, sofort einen Streifenwagen zu schicken, und riet ihr, nichts auf eigene Faust zu unternehmen.

Der Lift hielt im Erdgeschoss. Ross hielt den Atem an. Hatte der Einbrecher die Treppe genommen, lauerte er ihr in der Eingangshalle auf? Sie musste das Risiko eingehen. Die Halle war leer. Sie rannte aus dem Haus.

Auf der anderen Straßenseite war eine Musikschule für Kinder. Der dunkle Eingang eignete sich als Versteck, bis die Polizei eintreffen würde. Von dort aus würde sie außerdem sehen können, ob jemand ihr Gebäude verließ. Rasch überquerte sie die Straße und nahm ihren Beobachtungsposten ein.

Das Klirren von Glas ließ sie erschrocken zusammenzucken. Das Geräusch kam vom Ende der Straße, wo ein elegantes Hochhaus direkt an den Central Park grenzte. Vorsichtig spähte sie in jene Richtung. Ein schwarzer Obdachloser, in eine Armeedecke gehüllt und mit einer Duschhaube auf dem Kopf, durchwühlte Mülltonnen und warf alles Verwertbare in einen Einkaufswagen. Er war viel zu beschäftigt, um Ross zu bemerken.

Sie lehnte sich an die Tür der Musikschule und blickte zu ihrer Wohnung hinauf. Die Fenster waren dunkel. Nichts deutete auf einen Einbruch hin. Aber sie hatte gesehen, wie ihre Wohnungstür sich einen Spalt weit öffnete. Oder hatte sie sich das nur eingebildet?

Sie warf einen Blick auf ihre Armbanduhr. Viertel vor zwei. Sie sehnte sich plötzlich nach einer Zigarette. Noch mehr sehnte sie sich nach einer Pistole.

Heute wollte sie Chessy in der Nervenheilanstalt besuchen. Deshalb übernachtete sie nicht bei Connie und hatte ihn auch nicht zu sich eingeladen. Sie wollte früh losfahren und vor dem schlimmsten Berufsverkehr am Abend wieder zu Hause sein. Dafür hatte sie sich einen Tag frei genommen. Jeder Cop hatte Anspruch auf fünf so genannte »E-Days« im Jahr – E als Abkürzung von Emergency. Man brauchte keine Erklärungen abzugeben, was man an diesen freien Tagen unternahm, ob man wirklich etwas Dringliches zu erledigen hatte oder nur ausspannen wollte. Ihren letzten E-Day hatte Ross mit Connie in Atlantic City verbracht. Sie hatten beim Blackjack siebenhundert Dollar gewonnen und das Geld für ein erlesenes Mahl und Champagner im ältesten Restaurant der Stadt verbraucht.

Ross trat nervös von einem Bein aufs andere. Verdammt, wo blieben die Polizisten? Und was sollte sie machen, wenn der Dieb aus dem Haus kam und ihre Wertsachen wegschleppte? Endlich bog ein Streifenwagen mit blinkendem Blaulicht um die Ecke. Keine Sirene, um den Einbrecher nicht zu warnen.

Sie rannte auf die Straße, schwenkte die Arme und deutete auf ihr Haus. Der Streifenwagen hielt dicht vor ihr. Zwei Uniformierte stiegen aus, ein Schwarzer mit Grübchen im breiten Gesicht, auf dessen Namensschild DYEHOUSE stand, und eine Weiße mit breiten Hüften und schmalen Lippen, die McAvoy hieß. Ross stellte sich als Detective Magellan vor und fügte hinzu, ihre Dienstmarke befinde sich in der Wohnung. Niemand habe das Haus verlassen, während sie draußen wartete.

»Aufzüge machen zu viel Lärm. Wir nehmen die Treppe«, sagte Dyehouse, der einen höheren Rang als die Frau hatte. »Wo ist Ihre Wohnung?«

»Im vierten Stock.«

McAvoy schaute missmutig am Gebäude empor. »Scheiße, ganz oben!«

Dyehouse grinste. »Gehen wir! Treppensteigen ist gesund.«

Ross öffnete die Haustür und ließ die Uniformierten vorangehen.

Vierte Etage. »Detective Magellan, kommen Sie bitte her.«

Dyehouse stand vor ihrer Wohnungstür und strahlte sie mit einer starken Taschenlampe an. McAvoy stand mit verschränkten Armen neben ihm und schüttelte mit geschlossenen Augen den Kopf. Ross spürte, dass die Frau sie nicht leiden konnte. Weil sie besser aussah oder weil sie es schon zum Detective gebracht hatte, während McAvoy Streife fahren musste? Vielleicht aus beiden Gründen. Polizisten waren gegen Neid genauso wenig gefeit wie andere Menschen.

»Schauen Sie sich die Schlösser an und sagen Sie uns, was Sie sehen«, verlangte Dyehouse.

Ross hätte fast laut aufgeschrien. Keine Spur von Kaugummi an den Schlössern! Ihr wurde schwindelig.

Dyehouse schaltete die Taschenlampe aus und holte tief Luft. »Würden Sie uns noch einmal erzählen, was Sie gesehen haben, als Sie vorhin nach Hause kamen?«

Ross tastete die Schlösser ab. »Sie waren mit Kaugummi verklebt. Ich konnte meine Schlüssel nicht benutzen.«

McAvoy musterte sie von Kopf bis Fuß. »Sie scheinen auf einer Party gewesen zu sein, *Detective.* Haben Sie möglicherweise etwas zu viel getrunken?«

Dyehouse warf seiner Kollegin einen tadelnden Blick zu. »Gehen wir rein.«

Ross sperrte die Tür auf, betrat den Flur, machte Licht. Die beiden Polizisten griffen nach ihren Pistolen. McAvoy blieb am Eingang stehen, Dyehouse folgte Ross in die Wohnung.

»Schauen Sie nach, ob irgendetwas fehlt.«

Ross ging von einem Zimmer zum anderen. Nichts fehlte, und es deutete auch nichts darauf hin, dass ein Einbrecher in der Wohnung gewesen war. Sie ließ sich auf einen Sessel vor dem Teakholztisch fallen und bedeckte ihre Augen mit den Händen. Da war es wieder, jenes grässliche Gefühl, das sie seit Tagen gehabt hatte, weil sie spürte, dass sie von jemandem beschattet wurde, der so gut war, dass nicht einmal sie ihn entdecken konnte. Nach Juan Rivas' Ermordung war das Gefühl verschwunden, und sie hatte aufgeatmet. Jetzt war es schlimmer denn je.

Der unsichtbare Mann, der in ihr Leben getreten war, seit sie sich mit Richter Reiner beschäftigte, war nicht tot. Er war heute Abend hier gewesen.

»Wie viele Drinks haben Sie auf der Party zu sich genommen?«, fragte McAvoy wieder.

»Ich habe gearbeitet«, antwortete Ross müde und öffnete eine Tischschublade.

»So kann man es natürlich auch nennen, wenn man sich einen schönen Abend macht«, sagte McAvoy hämisch. »Leiden Sie vielleicht unter Verfolgungswahn? Sie wollen doch nicht behaupten, dass jemand Sie durch raffinierte Manipulation um den Verstand bringen will, wie in dem Streifen mit Ingrid Bergman. So was gibt's wirklich nur im Kino. Übrigens haben wir immer noch keinen Ausweis zu sehen bekommen.«

»Red keinen Blödsinn«, wies Dyehouse sie zurecht. »Du brauchst dir doch nur die Medaillen auf dem Kaminsims anzuschauen.«

Die Frau zuckte mit den Schultern. »Diese Dame könnte die Wohnungsschlüssel gestohlen haben. Vielleicht führt sie uns an der Nase herum. Wäre doch möglich, oder etwa nicht?«

Ross holte ihren Dienstausweis aus der Schublade und überreichte ihn dem Schwarzen, der einen Blick darauf warf und dann wieder die Auszeichnungen auf dem Kaminsims betrachtete. »Dezernat für organisiertes Verbrechen, zweiter Dienstgrad! Da haben Sie schon ganz schön viel erreicht.« Seinem Tonfall war Respekt und Ehrerbietung zu entnehmen. »Sehr erfreut, Sie kennen zu lernen, Detective.« Er gab den Ausweis seiner Kollegin.

McAvoy studierte ihn und streckte ihn Ross wortlos hin, ohne sie anzusehen. Wenn eine so junge Frau den zweiten Dienstgrad hatte, musste sie entweder sehr tüchtig sein oder einen mächtigen Gönner in der Chefetage haben. In beiden Fällen brauchte sie sich nur zu beschweren, und McAvoy würde die nächsten zwanzig Jahre irgendeine Moschee der Black Muslim in Harlem bewachen müssen!

»Schauen Sie oben nach«, bat Ross den Schwarzen. »Vielleicht hat sich der Kerl auf dem Dachboden versteckt.«

Dyehouse überließ es seiner Kollegin, den Auftrag auszuführen. Ross sah sich wieder im Zimmer um. Nichts fehlte, alles lag am richtigen Platz. Aber jemand war hier gewesen.

McAvoy kehrte nach einigen Minuten zurück und schüttelte den Kopf. Die Dachtür sei abgeschlossen, und nichts deute darauf hin, dass jemand sich daran zu schaffen gemacht hatte.

»Wir müssen darüber Bericht erstatten, Detective«, sagte Dyehouse bedauernd.

Ross nickte. An seiner Stelle hätte sie das Gleiche getan. Natürlich würde sie wie eine Hysterikerin dastehen, die sich den Einbruch nur eingebildet hatte. War es die Absicht des Unsichtbaren, sie zur Närrin abzustempeln?

Der Schwarze sprach per Funk mit der Polizeiwache, dann stiegen er und McAvoy in den Lift. Ross trat ans Fenster und stellte fest, dass mittlerweile drei Streifenwagen auf der Straße standen. Noch peinlicher für sie! Nicht nur zwei, sondern sechs Cops würden den Kopf schütteln. Niemand würde ihrer Geschichte Glauben schenken.

Sie beobachtete, wie die Wagen abfuhren, und kam sich wie das letzte Arschloch vor, als sie in die Küche ging. Eine Tasse Kräutertee würde ihre Nerven hoffentlich so weit beruhigen, dass sie einschlafen konnte. Ohne ein paar Stunden Schlaf würde sie den Tag mit Chessy nicht überstehen.

Während sie überlegte, wie sie Lieutenant Fargnoli den Vorfall erklären sollte, griff sie nach dem Teekessel.

Wie von der Tarantel gestochen, sprang sie vom Herd zurück. Der Kessel war warm.

10

Ganz im Geheimen

Er stand auf der Schwelle zum Schlafzimmer und beobachtete die Krankenschwester dabei, wie sie Eisenschienen an die welken Beine seiner Frau schnallte und ihr die orthopädischen Schuhe anzog.

Die Schwester, eine junge Schwarze namens Grenada Bratt, war freundlich, warmherzig und teilnahmsvoll. Sie kostete ihn ein kleines Vermögen, war aber jeden einzelnen Dollar wert, nicht einmal mit Gold aufzuwiegen.

Der Beobachter rieb die Narbe an seinem Nacken. Er trug an diesem Morgen einen Frotteebademantel über dem Schlafanzug und offene Sandalen – Geburtstagsgeschenke von seiner Frau. Er unterdrückte ein Gähnen, hatte nicht einmal die fünf Stunden geschlafen, die er sich normalerweise gönnte. Schlaf war dem Tod ähnlich, und der Tod war eine unbekannte Größe, etwas, das sich seiner Kontrolle entzog. Aus diesem Grund verbrachte er möglichst wenig Zeit im Bett.

Sobald seine Frau ihn bemerkte, deutete er auf den kleinen Weihnachtsbaum am Fußende ihres Bettes. Das künstliche weiße Bäumchen war mit blauen Lichterketten geschmückt. Seine Frau lächelte ihn dankbar an.

Helene liebte es, das ganze Jahr über einen Christbaum zu haben. Als der Beobachter spät in der Nacht aus Magellans Wohnung zurückgekommen war, hatte er die Lichterkette ausgetauscht, damit sie am Morgen etwas Neues sah. Helene hatte nichts gehört, schlief immer sehr tief, nachdem sie ihre starken Medikamente eingenommen hatte. Trotzdem bemühte er sich, kein Geräusch zu machen, während er den alten Schmuck entfernte, die beiden blauen Ketten um den Baum drapierte und einen fröhlichen Santa Claus, der in seinem Schlitten vor und zurück schaukelte, an der Spitze befestigte. Helene hatte so wenig Gelegenheit zur Freude, aber es machte sie glücklich, ihr Bäumchen anzuschauen.

Sie wohnten in einem zweistöckigen roten Ziegelhaus in Long Island City, in einer ziemlich tristen Gegend mit vielen Fabriken, Güterbahnhöfen und Lagerhallen. Um Helene die Anstrengung zu ersparen, die Treppe getragen zu werden, hatte er aus dem Wohnzimmer ihr Schlafzimmer gemacht. Auf diese Weise konnte sie im Rollstuhl in die Küche, ins Esszimmer und in den Hinterhof fahren. Und wenn sie im Bett lag, konnte sie den Nachbarn aus dem Fenster zur Straße zuwinken.

Ihr größtes Vergnügen bestand darin, die Vorgänge auf der Brücke zu beobachten, die Queens mit Manhattan verband, besonders am Abend, wenn die Queensboro Bridge hell beleuchtet war. Dazu hörte sie dann Musik von Bach.

Der Beobachter trat jetzt an ihr Bett und warf einen Blick auf das Essenstablett. Sie hatte das Frühstück, das er – wie jeden Morgen – zubereitet hatte, kaum angerührt. Frisch gepresster Orangensaft, ein weiches Ei, Toast, eine in Scheiben geschnittene und mit Zimt bestreute Banane, Tee, Vitamine ... alles stand noch herum. Nur die gelbe Rose, mit der er das Tablett geschmückt hatte, hielt sie jetzt in ihren blau geäderten Händen.

Er rieb sich wieder die Narbe. Sie schmerzte heute – ein sicheres Zeichen, dass es bald regnen würde. Helenes Appetitlosigkeit bereitete ihm Sorgen, denn das bedeutete, dass sie wieder trank. Die Ärzte hatten ihr jeden Alkohol verboten, sie vor Leberschäden gewarnt und ihr eindringlich vor Augen gehalten, wie gefährlich die Mischung von Medikamenten und Alkohol war. Doch Helene war eigensinnig und sehr erfinderisch. Ihr Lieblingsgetränk war Wodka, und es gelang ihr immer wieder, heimlich welchen zu besorgen. Es bereitete ihr große Genugtuung, dass sie als Krüppel sowohl ihren Mann als auch ihre Krankenschwester überlisten konnte.

Jetzt galt es, die Flasche zu finden und den Inhalt wegzuschütten. Dann würde das Spiel von vorne beginnen.

Helene war Anfang vierzig, mit großen Augen, hängenden Schultern und breiten Hüften. Von der Taille abwärts war sie gelähmt. Bis vor zehn Jahren hatte sie als Buchhalterin in der New York Public Library gearbeitet. Dann war ein Feuerwehrwagen mit rasender Geschwindigkeit gegen ihr Auto geprallt, hatte ihr die Wirbelsäule gebrochen und ihr ungeborenes Kind getötet.

Während die Ärzte um ihr Leben kämpften, strengte der Beobachter einen Prozess gegen die Stadt an, verlangte eine Entschädigung in Millionenhöhe. Ein Dutzend Zeugen hatte gesehen, wie der Feuerwehrwagen über eine rote Ampel gebraust war, und der Fahrer hatte zugegeben, die Kontrolle über das Fahrzeug verloren zu haben. Der Beobachter war sicher, dass er den Prozess gewinnen würde. Er hatte sich gründlich geirrt.

Seine Klage wurde abgewiesen, und die Stadt bezahlte lumpige zehntausend Dollar. Begründung: Helene war schon mehrere Male in Verkehrsunfälle verwickelt gewesen und wegen Trunkenheit am Steuer zu Geldstrafen verurteilt worden. Das rächte sich jetzt bitter.

Ihre Krankenversicherung hatte einen Teil der Kosten für die aufwändige Behandlung übernommen, aber längst nicht alle. Die häusliche Pflege musste der Beobachter aus eigener Tasche bezahlen. Er borgte sich Geld bei der Gewerkschaft, kündigte seine Lebensversicherung und die private Altersvorsorge, und als ihm trotzdem das Geld ausging, ersann er Mittel und Wege, sich illegal welches zu beschaffen.

Moralische Bedenken hatte er nicht. Gegenwärtig waren hunderttausend Dollar in seinem Keller versteckt.

Er war kaltschnäuzig, und die Gefühle anderer Menschen interessierten ihn herzlich wenig. Helene und Magellan bildeten die einzigen Ausnahmen. Helene war ihm, abgesehen vom Trinken, immer eine gute Frau gewesen, und an seiner tiefen Zuneigung hatte sich nichts geändert, obwohl sie nun schon so lange im Rollstuhl saß. Verständlicherweise gab es Tage, an denen sie Depressionen hatte und sich selbst bemitleidete, weil sie so hilflos war. Aber sie konnte auch fröhlich und ganz zufrieden sein, und dann war sie genauso liebenswert wie vor ihrem Unfall.

Für Ross Magellan empfand er verzehrende Leidenschaft. Trotzdem hatte Helene einen festen Platz in seinem Leben, einen wichtigen Platz, und er hatte nicht die Absicht, sie im Stich zu lassen. Wenn er mit Magellan und fünfzig Millionen Dollar die Stadt verließ, würde Helene sie begleiten.

Der Beobachter wusste aus eigener Erfahrung, wie schmerzlich es war, betrogen zu werden. Er hatte mit weiblichen Cops gearbeitet, die ein Messer hinter dem Rücken versteckten und auf die erstbeste Gelegenheit warteten, ihn zu erdolchen. Er hatte diesen Frauen vertraut, ihnen alles gegeben, während sie ihn nur lachend zum Narren hielten. Unter einem sauberen Handschuh verbarg sich oft eine schmutzige Hand. Etwas Derartiges würde er Helene niemals antun. Sie brauchte ihn.

»Du hast fast nichts gegessen«, sagte er tadelnd.

»Medikamente führen manchmal eben zu Appetitlosigkeit«, antwortete sie mit der Kleinmädchenstimme, die sie immer dann benutzte, wenn sie ihn weich stimmen wollte. »Wusstest du das nicht? Du hast wieder bis spät in die Nacht gearbeitet. Eine große Sache?«

»Kann sein. Wird sich bald herausstellen.«

»Hört sich vielversprechend an. Vielleicht wirst du dann endlich befördert. Ich werde nie verstehen, warum deine Vorgesetzten deine Leistungen nicht gebührend zu schätzen wissen. Wann wirst du mir und Grenada Näheres über den Fall erzählen?«

Grenada kämmte gerade Helenes Haar. »Sie wissen doch, dass er uns nichts erzählen darf, solange die Untersuchung nicht abgeschlossen ist. Aber ich bin ganz Ihrer Meinung – wenn es nach mir ginge, wäre Ihr Mann schon morgen Polizeichef.«

Der Beobachter grinste. Grenada übertrieb ein bisschen, aber sie meinte es gut. Sie war Ende zwanzig, schlank, hatte hohe Backenknochen und einen breiten Mund. Sie war sanft und sehnte sich nach dem Gefühl, gebraucht zu werden. Bei reichen weißen Frauen, die häuslicher Pflege bedurften, war die Krankenschwester sehr begehrt. Sie liebte alle schwachen Geschöpfe und brachte Helene echte Zuneigung entgegen. Der Beobachter schätzte sich glücklich, sie gefunden zu haben.

Er schob sich die letzten Cashewnüsse in den Mund und machte auf dem Nachttisch Platz, rückte Helenes Lesebrille und eine Plastikflasche Mineralwasser zur Seite. Es war Zeit, ihr eine kleine Freude zu bereiten. Dazu brauchte er nur die blaue Papierrolle aus einer Tasche seines Bademantels zu holen und auf dem Tisch zu glätten. Die beiden Frauen schauten fasziniert zu, wie er das 15 auf 25 cm große Blatt geschickt zu falten begann. Es nahm schnell die Form eines Frosches an.

Origami war eine schwierige Kunst. Man durfte weder kleben noch schneiden, nur falten. Das war wahnsinnig kompliziert, aber gerade das reizte ihn daran. Bei der Arbeit dachte er an Magellan.

Als der Papierfrosch fertig war, stellte er ihn auf ein Kissen neben Helene und klopfte ihm leicht auf den Rücken. Der Frosch hüpfte. Helene klatschte mit leuchtenden Augen in die Hände. Der hüpfende Frosch gehörte zu ihren besonderen Lieblingen, zusammen mit dem Vogel, der mit den Flügeln schlug, wenn man ihn am Schwanz zupfte.

Der Beobachter gab Grenada unauffällig ein Zeichen, ihn in die Küche zu begleiten. Sie nickte, und sobald sie allein waren, ergriff sie selbst das Wort.

»Ich weiß schon, was Sie mir sagen wollen. Ihre Frau hat sich wieder Wodka besorgt. Ich habe die Flasche gefunden und weggeworfen. Jemand hält sich für sehr schlau, hatte das Zeug als Shampoo getarnt. Und als die Sachen geliefert wurden, schickte sie mich unter dem Vorwand nach oben, sie brauche noch ein Kissen. Als ich zurückkam, hatte sie das angebliche Shampoo versteckt. Ich brauchte zwei Stunden, um es zu finden.«

Der Beobachter klopfte ihr anerkennend auf die Schulter. »Wahrscheinlich hat sie einen der Lieferburschen mit ein paar Dollar zu dieser Schmuggelaktion überredet.«

»Ich weiß, welcher es war – der Haitianer. Den Kerl können Sie getrost mir überlassen. Wenn ich mit ihm fertig bin, wird er sich wünschen, er wäre mit seinem Boot in irgendein anderes Land gerudert.«

Er lächelte. »Das glaube ich Ihnen aufs Wort!«

»Sie ist meine Patientin. Ich bin stolz auf meine Arbeit und lasse mir nicht von irgendeinem Einwanderer ins Handwerk pfuschen. Wie schon gesagt – nach unserem Gespräch wird er bestimmt nie wieder versuchen, Wodka in dieses Haus zu schmuggeln! Ich bin Ihnen so dankbar für alles, was Sie für Levell getan haben.«

Levell Bratt war ihr Mann, ein Siebenundzwanzigjähriger, der seinen Drogenkonsum mit einer Reihe von Einbrüchen in der Bronx finanziert hatte. Außerdem hatte er mehrere alte Leute überfallen, wenn sie ihre Wohnungen betreten wollten. Ein zweiundneunzigjähriger Mann, ehemaliger KZ-Insasse, war dabei vor Schreck an Herzschlag gestorben. Levell wurde eingelocht.

Grenada liebte ihn seit der Zeit, als beide noch Teenager gewesen waren. Sie hatten zwei Kinder, zwei Mädchen, acht und neun Jahre alt. Trotz Levells Schandtaten blieb sie ihm treu und versuchte, seine vorzeitige Entlassung aus der Haft zu erwirken. Das klappte nicht, denn dazu hätte er einen Job vorweisen müssen, und die meisten Geschäftsleute waren nicht bereit, einen ehemaligen Sträfling einzustellen. In dieser kritischen Situation hatte der Beobachter die Initiative ergriffen. Ihm blieb gar keine andere Wahl, denn Helene war auf Grenada angewiesen, und solange diese sich ständig Sorgen um ihren Mann machte, verrichtete sie ihre Arbeit unkonzentriert.

Der Beobachter besorgte Levell einen Job als Taxifahrer und setzte die Entlassung auf Bewährung durch. Jetzt kurvte Levell schon seit drei Monaten in Manhattan herum und konnte es durchaus mit seinen Kollegen – größtenteils Pakistani, Bengalen und Sikhs – aufnehmen, jedenfalls was das Fahren bei roten Ampeln und den gnadenlosen Kampf um jeden Fahrgast betraf. Er nahm keine Drogen mehr, und Grenada war selig, dass er wieder bei ihr war.

»Haben Sie eine Idee, wie wir Helene dazu bringen können, etwas zu essen?«, fragte der Beobachter.

Grenada stellte Teewasser auf. »Sie liebt Seifenopern, kriegt nie genug von *All My Children* und *General Hospital.* Und wenn sie ganz gebannt von der Handlung ist, füttere ich sie. Dann isst sie brav alles auf.«

Der Beobachter nickte zufrieden. Sie war wirklich in jeder Hinsicht eine Perle.

Grenada ging wieder zu Helene, der Beobachter blieb in der Küche, trank Kräutertee und betrachtete die Vögel, die sich in seinem Kirschbaum tummelten und an den Früchten pickten. Er hatte nichts dagegen, denn zum Kirschenpflücken blieb ihm keine Zeit. Das war vor dem Unfall Helenes Aufgabe gewesen. Sie hatte aus den Kirschen sogar einen ganz ordentlichen Wein fabriziert. Doch das war sehr lange her …

Zwei Krähen stritten sich erbittert um einen Ast. Keine war vernünftig genug, einfach auf einen anderen Ast zu fliegen. Offensichtlich fühlte jede sich im Recht, wollte um jeden Preis ihren Platz behaupten. Sie hackten so wütend aufeinander ein, dass die Federn flogen. Der Beobachter dachte: Da sieht man's mal wieder – Wut erzeugt Gewalt.

Er ging in sein Zimmer im ersten Stock, schloss die Tür ab und machte einen langen Eintrag in sein Tagebuch.

Magellan/9. Juni
Dein Mangel an Dankbarkeit bringt mich manchmal gehörig in Wut, und das weckt destruktive Kräfte. Ich hoffe, dass ich nie gezwungen sein werde, sie gegen dich einzusetzen. Du bist am Leben, weil ich dich beschütze. Das gibt mir das Recht, über deinen Lebensweg zu bestimmen, zu entscheiden, was das beste für dich ist. Deine jetzige Gleichgültigkeit kränkt mich zutiefst, aber ich weiß, dass du mich eines Tages lieben wirst. Damit unsere Liebe Bestand hat, muss ich dich von der Welt isolieren, dich aus dieser Stadt wegbringen.

In den vergangenen achtundvierzig Stunden habe ich für dich zwei Menschen umgebracht. Emilio Albert ist tot, weil er möglicherweise die Polizei auf meine Spur geführt hätte. Und wenn man mich einsperren würde, wärst du völlig schutzlos deinen Feinden ausgeliefert. Was Juan Rivas betrifft, so musste er sterben, weil er einer jener Feinde war, die es auf dich abgesehen haben. Bedauerlicherweise sind die Leute, in deren Auftrag er dich ermorden sollte, noch am Leben, und du schwebst weiter in Gefahr. Vielleicht werde ich dich irgendwann bitten, für mich das Gleiche zu tun, was ich für dich getan habe. Es wäre ein Beweis deiner engen Bindung an mich, deiner Dankbarkeit, und einen solchen Beweis habe ich wahrlich verdient.

Ich bin von Natur aus kein gewalttätiger Mann, werde aber immer wieder gezwungen, mich zu verteidigen. Wenn jemand Druck auf mich ausübt, handle ich so, wie ich es unter normalen Umständen nicht tun würde. Ich töte, um mich zu schützen und, was noch wichtiger ist, um dich zu schützen.

Wir werden zusammen leben oder zusammen sterben. Ich beobachte dich im Geheimen, in aller Stille.

11

Rückblende

Das Oakes Institute lag inmitten weicher Hügel an der Nordküste von Long Island, die wegen der riesigen Landsitze von Millionären »Goldküste« genannt wurde. Um halb elf fuhr Ross in einem blauen Audi auf den Parkplatz. Sie trug ein graues Sweatshirt, schwarze Jeans, Reitstiefel und eine dunkle Sonnenbrille. Ihre kleinkalibrige Pistole war unter dem Sweatshirt versteckt.

Es war die 38er, von Cops manchmal als »Spielzeugwaffe« belächelt, aber sehr nützlich, wenn man im Untergrund arbeiten musste. Ross hatte sie neu gekauft, dann mehrmals gegen eine Ziegelmauer geschleudert, über einen Gehweg geschleift, sie im Regen liegen gelassen, bis die Pistole so aussah, als könnte sie einem kleinen Gangster gehören. Erschreckend hässlich, aber durchaus funktionstüchtig, davon hatte Ross sich mit einigen Schüssen auf eine Zielscheibe überzeugt.

Sie stieg aus und überquerte den gepflegten Rasen, wobei sie geschickt zwei rotierenden Sprengern auswich. Das Oakes Institute war ein dreistöckiger roter Ziegelbau mit efeubewachsenen Mauern, weißen Säulen und großen Terrassen. Der Name kaschierte, dass es sich um eine Nervenheilanstalt handelte, freilich nur für wohlhabende Patienten. Hier gab es weder vergitterte Fenster noch Zäune mit Stacheldraht, stattdessen sorgfältig gestutzte Hecken, Tannenwäldchen und Tennisplätze. Im neunzehnten Jahrhundert hatte dieses Haus einem Millionär gehört, der dem alljährlichen Eiersuchen an Ostern einen zusätzlichen Reiz verlieh, indem er Tausend-Dollar-Scheine in den Eiern versteckte.

Ross tastete nach der Pistole, die mit Gummibändern auf ihrem Rücken befestigt war. Der Einbruch in ihre Wohnung hatte sie verdammt nervös gemacht. Der Eindringling musste Duplikate ihrer Schlüssel besitzen, eine andere Erklärung gab es nicht. Er hätte sie auch überraschen können, wenn sie schlief und völlig wehrlos war. Diese Vorstellung verursachte ihr eine Gänsehaut.

Sie betrat eine geräumige Halle mit glänzendem Parkett, Ledersofas und Gemälden von Segelbooten in der Bucht von Long Island. Eine grauhaarige Schwarze stand hinter einem Büfett und bot Kaffee, Tee und kleine Sandwiches an. Einige Patienten spielten Karten, andere schauten sich im Fernsehen eine Talkshow an. Männliche und weibliche Betreuer in gestärkten weißen Kitteln mit Namensschildern an der Brust eilten geschäftig hin und her, redeten sanft und lächelten wie stolze Eltern.

Ross ging zum großen Empfangspult und wurde von einem kleinen Mann in den Vierzigern mit dicker Unterlippe begrüßt. Er trug einen Kordsamtanzug mit passender Weste und eine orangefarbene Krawatte. Auf seinem Namensschild stand BRUNO SLOMA. Seine Armbanduhr piepste, er schob sich eine Pille in den Mund und spülte sie mit Wasser hinunter. Ross hatte ihn bei früheren Besuchen gesehen, aber noch nie ein Wort mit ihm gewechselt.

»Guten Morgen und willkommen im Oakes Institute. Wie kann ich Ihnen helfen?« Er lächelte ihr genauso breit zu wie den Patienten, aber seine Miene blieb unergründlich. Das wunderte Ross nicht – schließlich arbeitete er in einer Nervenklinik, die sich den Anschein geben wollte, als wäre sie keine.

»Ich bin Detective Magellan und möchte meine Schwester besuchen – Francesca Moniz.«

»Einen Moment bitte.« Sloma nahm den Hörer des Haustelefons ab, tippte eine Nummer ein und meldete Ross' Ankunft. »Doktor DeCarlo kommt sofort«, berichtete er ihr. »Auch Miss Moniz wird bald hier sein. Einige Freundinnen flechten ihr noch die Haare. Offenbar will sie sich für Sie besonders hübsch machen.«

»Wirklich? Ich kann es kaum erwarten, sie zu sehen.«

Bruno Sloma schenkte ihr wieder sein starres Lächeln. »Ich bin sicher, dass sie umwerfend aussehen wird. Nehmen Sie doch bitte Platz.«

Ross ließ sich in einen Ledersessel fallen, der unter dem Wandaquarium stand. Doktor DeCarlo war der Chef des Oakes Institute, und es kostete eine hübsche Stange Geld, Chessy von ihm persönlich behandeln zu lassen. Ross hatte Geld, aber es schmolz zusehends dahin. Ihre Eltern hatten ihr und Chessy fast 900.000 Dollar hinterlassen. Chessys Behandlung und die Anwaltskosten hatten 500.000 verschlungen, aber diese enormen Ausgaben hatten sich nach Ross' Meinung gelohnt, denn andernfalls wäre ihre kleine Schwester im Gefängnis gelandet. Ross' Eigentumswohnung hatte 250.000 gekostet. Der Rest war für Chessys weiteren Verbleib in der Heilanstalt bestimmt, und Ross konnte nur hoffen, dass das Mädchen genesen würde, bevor ihnen das Geld ausging.

Sie betrachtete das Aquarium. Die bunten tropischen Fische hielten etwas Abstand zu einem kleinen Tintenfisch. Auch Ross wünschte sich etwas mehr Abstand zu den geistesgestörten Patienten und ihren wachsamen Betreuern. Ihr waren die einen genauso unheimlich wie die anderen.

Angeblich waren alle Patienten – im Oakes Institute nannte man sie »Klienten« – nicht gewalttätig und stellten somit keine Gefahr für die Gemeinschaft dar. Ross sah sich dennoch vor, aber schließlich misstraute sie fast allen anderen

Menschen. Das brachte die Polizeiarbeit mit sich – man verdächtigte sogar die Guten, dass sie etwas auf dem Kerbholz haben könnten.

Heute Morgen hatte sie einen Zwischenstopp in Connies Büro eingelegt, um ihm ihre Wohnungsschlüssel zu geben. Je schneller neue Schlösser eingebaut wurden, desto besser. Und ganz automatisch hatte sie einen Blick auf seine Kopie des »grünen Blatts« geworfen, das alle Polizeiwachen und Sicherheitsdienste jeden Tag über die in den letzten vierundzwanzig Stunden in der City begangenen Verbrechen informierte.

Auf diese Weise hatte sie erfahren, dass Emilio Albert aus einem Fenster seines Apartments im achten Stock gesprungen war und seinen Bullterrier auf diesen letzten Weg mitgenommen hatte. Das kam Ross merkwürdig vor. Die Polizei stufte Emilios Tod als Selbstmord ein. Freddy Palacio würde sich dieser Ansicht vermutlich nicht anschließen.

»Detective Magellan? Ich freue mich, Sie wieder bei uns zu sehen.«

Doktor Roland DeCarlo streckte ihr seine Hand entgegen. Er war über sechzig und mager, hatte ein vorstehendes Kinn und dichte weiße Haare. Er trug einen Tweedanzug mit silberfarbener Fliege und eine Schildpattbrille. Unter seiner glaubwürdigen Fassade von Aufrichtigkeit, Güte und Mitgefühl war ein rücksichtsloser Geschäftsmann verborgen. Was Ross an diesem Mann bewunderte, war seine Direktheit – er kam gleich zur Sache und vergeudete keine Zeit mit Floskeln.

Sie stand auf und schüttelte ihm die Hand. »Ich freue mich ebenfalls, Herr Doktor.«

»Wie steht's um die Verbrecherwelt, Detective?«

»Sie hält uns auf Trab, wie immer.«

»Wollen Sie heute mit Chessy das Übliche unternehmen?«

Ross nickte. »Mittagessen in der Stadt, kleiner Einkaufsbummel, vielleicht noch ein Ausritt.«

»Wie ich gehört habe, isst Chessy gern Pizza.«

»Das ist eine starke Untertreibung.«

»Die Pizzen, die wir hier manchmal auf den Tisch bringen,

sind, ehrlich gesagt, nichts für Feinschmecker. Aber in unserer hübschen Kleinstadt Old Whaler gibt es einen neuen Italiener – Manello. Das Restaurant befindet sich genau gegenüber der einzigen Bank, dürfte also für Sie nicht schwer zu finden sein. Seine Pizzen werden im offenen Ofen über Holzfeuer gebacken. Ich empfehle die mit Meeresfrüchten.«

»Hört sich gut an. Wie geht es Chessy?«

DeCarlo vergewisserte sich, dass niemand zuhörte.

»Gut ... sie macht Fortschritte, ist aber immer noch sehr fragil. Man muss sie wie ein rohes Ei behandeln, bildlich gesprochen. Sie leidet nach wie vor unter Halluzinationen, wirren Gedankengängen und Realitätsverlust, alles typische Symptome bei Schizophrenen.«

Er zupfte an seinem Ohrläppchen und fügte zögernd hinzu: »Auch die katatonischen Zustände hat sie leider noch immer.«

Ross starrte den Fußboden an. »Als ich das zum ersten Mal gesehen habe, wusste ich überhaupt nicht, was ich tun sollte. Eine Minute zuvor war Chessy völlig hysterisch, schwenkte die Arme und schrie. Und schlagartig erstarrte sie zur Statue, bewegte sich nicht mehr, redete kein Wort. Ich dachte, sie hätte einen Herzschlag erlitten.«

DeCarlo nickte. »Katatonie ist für Laien sehr bestürzend. Der Patient fällt in einen Zustand totaler Inaktivität. Die gute Neuigkeit ist aber, dass Chessy viel seltener als früher solche Anfälle hat. Doch wann immer es passiert, sind Halluzinationen und Verfolgungswahn die Folge.«

Ross zog scharf die Luft ein. »Ich glaube nicht, dass der Begriff ›Wahn‹ in diesem speziellen Fall angebracht ist. Meine Schwester wurde von unserem Vater über Jahre hinweg regelmäßig missbraucht, und er hat sogar versucht, sie zu töten. Er ist schuld daran, dass sie jetzt hier ist. Nein, ich glaube nicht, dass sie Halluzinationen hat. Sie ist durch die Hölle gegangen, und von diesen Erinnerungen wird sie heimgesucht.«

»Sie könnten Recht haben«, gab der Arzt zu. »Ein Grund mehr, vorsichtig zu sein. Sprechen Sie nicht über Ihre Arbeit, schimpfen Sie nicht mit ihr, und vor allen Dingen – vermeiden Sie die geringste Andeutung von Gewalt. Sie darf auf gar keinen Fall Ihre Pistole sehen. Ich nehme an, dass Sie bewaffnet sind?«

Ross nickte.

»Der Anblick einer Pistole könnte Erinnerungen an den Tod ihres Vaters auslösen, und das könnte alle Fortschritte, die wir schon errungen haben, zunichte machen.«

Ross legte ihm eine Hand auf den Unterarm. »Chessy ist da. Wir müssen unser Gespräch später fortsetzen.«

Chessy rannte quer durch die Halle und warf sich in die Arme ihrer Schwester, die sie fest an sich drückte. »Lass dich ansehen«, sagte sie dann und trat einen Schritt zurück.

Mit ihren siebzehn Jahren war Chessy fast so groß wie Ross, aber dünner, mit einem pausbäckigen Gesicht und mandelförmigen Augen. Ihr fast hüftlanges Haar war zu Zöpfen geflochten und mit bunten Bändern geschmückt. Sie trug eine Latzhose, ein Flanellhemd und Wildlederschuhe mit Silberschnallen. Ein Sweater war um ihre Taille gebunden, an den Ohrläppchen glänzten silberne Knöpfe, und an den Handgelenken hatte sie zwei verschiedene Swatch-Uhren. Seit zwei Jahren lebte sie jetzt schon im Oakes Institute, ein liebevolles und sehr sensibles Mädchen, aber völlig verstört.

»Deine Haare sind ganz toll«, sagte Ross.

»Gefällt dir die Frisur wirklich? Wir haben lange daran gearbeitet.«

»Wir?«

»Langfinger und ich. Das ist der Spitzname von Alice, meiner neuen Zimmergefährtin. Ihrem Vater gehört eines der größten Autohäuser auf Long Island, aber sie wird ständig beim Ladendiebstahl erwischt. Langfinger hat genug Geld, aber sie sagt, dass Klauen mehr Spaß macht. Sie wurde schon zum dritten Mal in diesem Jahr verhaftet. Ihr Vater musste seine Beziehungen spielen lassen, damit sie nicht ins Gefängnis, sondern hierher kam. So wie du es damals bei mir gemacht hast.«

DeCarlo hob eine Hand und winkte ihnen mit seinen langen Fingern zu. »Einen schönen Tag, und vergessen Sie Manello nicht. *Die* Adresse für Pizzen, wenn Sie mich fragen.«

Chessy riss die Augen weit auf. »Hab ich richtig gehört – Pizza?«

Mit dem Auto war Old Whaler nur zehn Minuten vom Oakes Institute entfernt. Von Wäldern umgeben, hatte das Städtchen sich den idyllischen Charakter des 19. Jahrhunderts bewahrt, als hier hauptsächlich Walfänger lebten. Auf der Main Street gab es von Hand gezogene Kerzen, alte Kupferstiche und Landkarten sowie mit Federn verzierte Taschen aus den beiden Indianerreservaten von Long Island zu kaufen. Das Rathaus und das Walfangmuseum teilten sich ein weißes Schindelgebäude.

Es gab Kunstgalerien, Immobilienbüros und Restaurants, aber kein einziges Hochhaus. Verkehrsstaus waren hier unbekannt, denn man konnte die Kleinstadt zu Fuß in einer Viertelstunde durchqueren, und die beiden Polizisten hatten es mit keinen schlimmeren Verbrechen als Ladendiebstahl oder dem bei Teenagern beliebten Fahren mit gestohlenen Wagen zu tun.

Ross parkte vor dem Museum für Meereskunde, und dann machten die Schwestern einen fast zweistündigen Schaufensterbummel. Ross kaufte für Chessy einen Rucksack, Ohrringe, eine Jeansjacke und zwei Swatch-Uhren, die das Mädchen sammelte. Chessy revanchierte sich mit einem Gürtel und einer Seidenbluse.

Um eins gingen sie in das neue italienische Restaurant. Rote Tischtücher, Kerzenlicht, Filmplakate an den Wänden. Die Gäste – braungebrannt, schlank und von DKNY oder Versace eingekleidet, tranken mexikanisches Bier und telefonierten per Handy. Ein Lokal für Leute, die es zu etwas gebracht hatten und stolz darauf waren. Die Pizzen waren allerdings wirklich erstklassig.

Ross hätte sich gern einen Drink bestellt, wollte Chessy aber kein schlechtes Beispiel geben und begnügte sich deshalb mit Mineralwasser.

Chessy plauderte vergnügt, mächtig stolz auf ihre langen Haare. Die Schule sei ganz okay, aber Tanzabende seien leider nicht erlaubt. Langfinger und sie würden ihr Zimmer frisch streichen, Langfingers Vater hatte seiner klauenden Tochter eine Rolex für 25.000 Dollar geschenkt, und Doktor DeCarlo hatte einen neuen Freund. Chessy und Langfinger wollten Gitarre spielen lernen und sich vielleicht mit Nasenringen schmücken.

Ross hörte zu, erzählte ihrer kleinen Schwester natürlich nichts von Richter Reiner, der blutrünstigen Graciella oder dem unsichtbaren Verfolger. Sie amüsierte Chessy mit harmlosen Vorfällen: von dem Burschen, der Löcher in Stühle geschossen und den Kunden weisgemacht hatte, dies sei der Stuhl, auf dem ein berüchtigter Gangster gesessen hatte, als er eines Nachts in einem Restaurant in Greenwich Village einem Kugelhagel zum Opfer fiel. Oder die Geschichte von dem einbeinigen Einbrecher, der von einem Hund angegriffen wurde und schleunigst das Weite suchte, wobei er sein Holzbein verlor, in das sein Name und seine Adresse geschnitzt waren.

Um halb drei verließen sie Manellos Lokal und schlenderten zum Stadtrand, wo es einen Reitstall gab, der von einem ehemaligen Jockey aus Panama betrieben wurde. Er hieß Gus Chaco und strich sich mit einem schwieligen Daumen über den grauen Schnurrbart, während er auf Spanisch mit Ross flirtete. Sie schmunzelte insgeheim, dass dieser Kerl, der schon Großvater war, es immer noch nicht lassen konnte, den Latin Lover zu spielen.

Ross entschied sich wie bei ihren letzten Ausritten für eine sanfte Stute namens Miss Evita. Gus sattelte das Pferd, und sie tätschelte ihm den Hals und redete sanft auf das Tier ein. Das war wichtig, wenn man mit einem Pferd gut auskommen wollte. Geschrei liebten sie nicht, aber Schweigen liebten sie genauso wenig. Es waren eben sensible Geschöpfe.

Sie schwang sich von der linken Seite in den Sattel, korrigierte die Länge der Steigbügel, streichelte Miss Evita und führte sie zunächst langsam im Kreis herum. Als sie sicher war, dass die Stute sich an sie gewöhnt hatte, ging sie von Schritt zu Trab und dann zu leichtem Galopp über. Chessy schaute ihr gern beim Reiten zu, deshalb galoppierte sie ein Stück auf dem Feldweg, der zum Wald führte. Der Wind pfiff ihr ins Gesicht, und sie genoss das Gefühl, mit dem schönsten Tier, das Gott erschaffen hatte, zu verschmelzen.

Als sie außer Sichtweite des Reitstalls war, stieg sie kurz ab und versteckte ihre Pistole in einer Satteltasche. Chessy könnte die Waffe spüren, wenn sie hinter ihr im Sattel saß.

Sie kehrte um, und Gus half Chessy beim Aufsteigen. Dann blickte er zum Himmel empor. »Bald gibt's Regen«, prophezeite er.

Ross glaubte ihm nicht, denn es war keine einzige Wolke zu sehen.

»Ich kann ihn riechen, hab damit so manche Wette gewonnen. Aber ich muss zugeben, dass Sie viel besser riechen.«

»Danke für das Kompliment, Gus. Wir kommen bald zurück.«

Chessy schlang ihre Arme um Ross' Taille, und sie ritten den Feldweg entlang. »Herrlich!«, rief das Mädchen. »Schneller!«

Ross ließ sich nicht darauf ein. Sie wechselte zwischen Trab und leichtem Galopp ab, lenkte Miss Evita etwa eine halbe Meile vom Stall entfernt in den Wald und führte die Stute auf einem schmalen Pfad zwischen Bäumen, Büschen und Unterholz zu einem Bach, der in einen Teich mündete. Zwei große Felsblöcke schienen die Wasserquelle zu bewachen. Wachteln, Spechte, Eulen und Eichhörnchen hatten hier ihr Zuhause.

Die Schwestern stiegen ab, und Ross band die Stute an einem Baumstamm fest. Chessy liebte Wälder, sammelte Blätter, Steine, Eicheln und Wurzeln.

Plötzlich verschwand die Sonne hinter dunklen Wolken, und es wurde kühl. Chessy zog ihren Sweater an, Ross fröstelte in ihrem Sweatshirt. Sie mussten sich schnell auf den Rückweg machen, bevor die Wege aufgeweicht würden. Gus hatte Recht behalten.

Knack! Für Ross hörte sich das Geräusch so an, als wäre jemand auf einen trockenen Ast getreten, hinter den Felsblöcken. Sie erstarrte – Chessy und sie waren im Wald nicht allein!

Sie dachte an den Mann, der letzte Nacht in ihre Wohnung

eingedrungen war und sie seit Tagen beschattete, und sie hatte plötzlich Angst, um sich selbst und noch mehr um Chessy. Sie holte die Pistole aus der Satteltasche und zielte auf die Felsen.

»Polizei! Kommen Sie mit erhobenen Händen raus! Sofort!«

Es begann zu regnen. Große Tropfen, dann ein Schauer, der bald in einen Wolkenbruch überging. Ross und Chessy waren in kürzester Zeit völlig durchnässt. Blitze zuckten über den nachtschwarzen Himmel, und der Donner erschreckte Miss Evita. Sie wieherte mit geblähten Nüstern, und Ross hatte Mühe, sie zu beruhigen und gleichzeitig die Felsen im Auge zu behalten. Jemand bewegte sich dort. Ross biss sich auf die Lippe und wischte sich den Regen aus den Augen. Wer auch immer dort lauerte – sie würde ihn erschießen, bevor er ihr und Chessy zu Leibe rückte!

Und dann sah sie ihn. Einen jungen Hirsch! Er hob den Kopf, schnupperte, hatte offensichtlich noch mehr Angst als Ross, die ihre Pistole senkte. Wirklich komisch!

Dann schrie Chessy auf, und der Hirsch verschwand mit einem großen Satz zwischen den Bäumen.

Ross schaute zu ihrer Schwester hinüber, die auf die Pistole deutete.

Erst jetzt fiel Ross die Warnung des Arztes wieder ein. Sie ließ die Waffe fallen und rannte zu Chessy.

12

Enthüllungen

Ross Magellan saß im Wohnzimmer ihrer West-Side-Wohnung und leerte ihr Cognacglas. So viel hatte sie nicht getrunken, seit sie einen Psychopathen festzunageln versuchte, der im Verdacht stand, einen Versicherungsagenten ermordet zu haben, weil seine Schadensforderung nicht schnell genug bearbeitet wurde.

Bei ihrem letzten Treffen mit dem Psycho hatte er in einer Schachtel den Kopf seiner Frau mitgebracht und Ross das gleiche Schicksal prophezeit, falls sie ihn betrügen sollte.

Sie goss sich noch ein Glas ein und schenkte Connie Kaffee nach. Er stand am Fenster, rauchte einen Zigarillo und betrachtete den Regen. Auf der Kaminuhr war es wenige Minuten nach fünf. Zwei Stunden waren vergangen, seit der Anblick von Ross' Pistole Chessy einen schweren Schock versetzt hatte.

Sie hatte Doktor DeCarlo erzählt, dass jemand sie seit Tagen verfolge, aber sie hatte den Einbruch in ihre Wohnung nicht erwähnt, der sie so nervös gemacht hatte. Sie erwartete von ihm Verständnis für ihre Panik im Wald, aber er hatte gar kein Interesse daran, jemanden zu verstehen, der nicht sein Patient war.

Für Ross trage er keine Verantwortung, hatte er ihr unverblümt erklärt, nur für Chessy. Erklärungen änderten nichts an den Tatsachen. Weil sie die Pistole gesehen hatte, war Chessy jetzt wieder katatonisch.

Seine Worte waren für Ross schmerzhafter gewesen als ein Schlag ins Gesicht.

Connie legte ihr einen Arm um die Schultern. »Chessy kommt wieder aus diesem Zustand raus. Das tut sie doch immer.«

»DeCarlo hat gesagt, im Moment sei sie *unerreichbar.* So hat er sich ausgedrückt. Unerreichbar, und er hat keine Ahnung, wie lange dieser Zustand anhalten wird. Verdammt, er hatte mich ausdrücklich wegen der Pistole gewarnt! Ich hätte auf ihn hören sollen.«

»Du hast mir erzählt, sie habe mit angesehen, wie euer Vater sich erschoss.«

»Ja, sie war damals fünfzehn. Sehr nervös, hysterisch, völlig verwirrt. Mein Vater hatte sie missbraucht, seit sie zwölf war.«

»Wenn er sich nicht selbst getötet hätte, dann hätte es ein anderer tun sollen!«

Weil Connie gerade auf seine Uhr schaute, bemerkte er nicht, dass Ross ihm einen seltsamen Blick zuwarf.

»Ich muss bald los«, sagte er. »Um sechs Uhr soll ich im Messezentrum sein. Morgen wird die Spielzeugmesse eröffnet, und einer unserer Kunden stellt dort Puppen aus.«

»Danke für den Austausch der Schlösser.«

»Gern geschehen. Was machst du mit den neuen Zweitschlüsseln?«

»Sie kommen wie immer in den Safe im Büro.«

»Könnte dort jemand an die alten Schlüssel herangekommen sein?«

Ross schüttelte den Kopf. »Fargnoli ist der Einzige, der die Zahlenkombination kennt, und ich kann mir nicht vorstellen, dass er ein Spanner ist.«

»Bist du dir ganz sicher?«

»Er steht nur auf schwarze Frauen.«

»Fargnoli, Lou Angelo, Robert De Niro ... Warum sind Italiener so scharf auf schwarze Haut?«

»Mich darfst du das nicht fragen. Außerdem gehöre ich nicht zu Fargnolis Lieblingen. Mir fehle es an Teamgeist, meint er. Ich sei viel zu eigenwillig.«

Sie strich Connie zärtlich über die Wange. »Ich wusste gar nicht, dass du gern mit Puppen spielst.«

»Spielen tut der Kunde, ein japanischer Geschäftsmann aus Osaka. Er handelt mit antiken Puppen. Jede ist ein Vermögen wert, und ich muss dafür sorgen, dass sie nicht verschwinden. Letztes Jahr wurden bei der Spielzeugmesse alte italienische Puppen ausgestellt, wunderschön, in mittelalterlichen Kostümen, mit echtem Schmuck und Menschenhaar. Fünf Riesen kostete eine, und in der zweiten Nacht wurden sie geklaut, obwohl es genug Wächter gab.«

»Ein Insider«, vermutete Ross.

»Stimmt, einer der Wächter war hoch verschuldet. Die Sicherheitsfirma, die den Schutz der Puppen übernommen hatte, musste dem Besitzer 300.000 Dollar zahlen. Wir wollen nicht, dass so was auch uns widerfährt.«

Ross schwieg eine Weile, dann fragte sie unerwartet: »Du hast früher als Cop doch auch verdeckte Ermittlungen durchgeführt. Ist dir das je an die Nieren gegangen?«

Connie griff nach seiner Kaffeetasse. »Es ist schon ein verdammt harter und gefährlicher Job. Das Problem besteht darin, dass man sich auf die Denkweise der Gangster einstellen muss, wenn man sie täuschen will, und wenn man nicht höllisch aufpasst, färbt das auf den eigenen Charakter ab. Man sieht, dass die Bösen alles haben: Geld, Frauen, Waffen, Drogen … dazu noch die Macht über Leben und Tod, wenn ihnen jemand in die Quere kommt. Ich kannte einige Cops, die ihre Dienstmarken wegwarfen und zu den Gangstern überwechselten, weil sie auch ein so schönes Leben führen wollten.«

Er starrte nachdenklich vor sich hin. »Selbst wenn man gegen diese Versuchung gefeit ist – das ganze Denken kreist doch nur um die Rolle, die man spielen muss. Man vernachlässigt Ehepartner, Kinder, Freunde … wird geradezu süchtig nach dieser Abart der Schauspielkunst, weil sich einem ständig neue Welten eröffnen, die dem Normalbürger ewig verschlossen bleiben. Hat man einen Fall gelöst, giert man förmlich nach dem nächsten … Ist das normal? Nein! Bedroht es die geistige Gesundheit? Ja!«

Connie schaute Ross an. »Was mir am meisten zu schaffen machte war die Notwendigkeit, Leute zu betrügen, um sie ins Gefängnis zu bringen. Zuerst gewinnt man ihr Vertrauen, dann raubt man ihnen die Freiheit. Ich habe mich oft gefragt, ob das richtig ist, ob man es moralisch verantworten kann. Eine Antwort auf diese Frage habe ich bis heute nicht gefunden.«

Ross ließ ihr leeres Glas zwischen den Händen kreisen. »Wenn ich darüber nachdenke, kann ich meinen Job nicht ordentlich ausführen.«

»Also denkst du einfach nicht darüber nach.«

»Weißt du, was *mir* am meisten zu schaffen macht? Die Konfrontation vor Gericht mit Menschen, die mir vertrauten und mich jetzt abgrundtief hassen und am liebsten tot sehen würden.«

Connie streckte seine langen Beine aus. »Freut mich, dass du auch nur ein Mensch bist.«

»Ein Mensch, der es hasst, im Regen zu stehen, im übertragenen wie auch im wörtlichen Sinn. Mein Gott, bin ich froh, heute nicht mehr aus dem Haus zu müssen. DeCarlo ruft mich an, sobald Chessy den Schock überwunden hat. Was soll ich machen, wenn er mir verbietet, Chessy zu besuchen?«

»Das wird er nicht tun, denn du überweist ihm jeden Monat eine ansehnliche Summe. Vermutlich wird er dir empfehlen, beim nächsten Besuch keine Waffe mitzubringen, mehr nicht. Schließlich bist *du,* nicht er Chessys Vormund. Mach dich nicht verrückt. Bleib zu Hause, trink noch einen Cognac, schau in die Glotze!«

Ein schnurloses Telefon klingelte auf dem Couchtisch. Ross bedeckte ihr Gesicht mit den Händen und schaukelte vor und zurück, bevor sie den Mut aufbrachte, das Gerät ans Ohr zu halten. »Ja?«

Sie hörte zu und schlug sich mit der Faust an die Stirn. Nach einigen Sekunden hielt sie die Sprechmuschel zu und raunte: »Es ist Fargnoli.« Dann nahm sie die Hand weg und bestätigte dem Anrufer: »Stimmt, ich bin nicht allein. Wer bei mir ist? Connie.«

Sie wandte sich mit einem gezwungenen Lächeln an Connie. »Lieutenant Fargnoli möchte wissen, ob du mir erlaubst, draußen im Regen zu spielen.«

Connie grinste. »Frag ihn in meinem Auftrag, ob er immer noch in der Badewanne furzt und die Luftblasen mit der Nase zum Platzen bringt.«

»Ich brauche es nicht zu wiederholen. Er hat dich gehört und lacht schallend.«

Carlo Fargnoli war ausnahmsweise bester Laune. Der einundvierzigjährige Italiener hatte Hamsterbacken, und seine kurz geschnittenen Haare wurden grau. Er war temperamentvoll, stellte hohe Ansprüche und konnte sehr unangenehm werden, wenn er glaubte, nicht ernst genommen zu werden. Seine Arbeitszeit zog sich oft beträchtlich in die Länge, und er bekämpfte Müdigkeit und Erschöpfung, indem er Eiswürfel kaute.

Ross hielt wieder ihre Hand über die Muschel. »Ich glaube, ich sollte lieber drüben mit ihm reden.«

Connie stand sofort auf. »Kein Problem, ich muss mich sowieso auf den Weg machen.«

Ross schüttelte heftig den Kopf. »Nein, bitte bleib noch ein bisschen.« Sie ging mit dem Telefon in ihr Schlafzimmer, kam wenige Minuten später zurück und setzte sich zu Connie auf die Couch. »Entschuldigung ... Fargnoli wollte mit mir über den Einbruch sprechen. Er wurde von der Polizeiwache informiert, bei der ich angerufen hatte.«

»Glaubt er dir?«

»Das weiß man bei ihm nie. Er hat vorgeschlagen, dass ich Urlaub mache, sobald wir Richter Reiner zur Strecke gebracht haben. Aber das war nicht der einzige Grund für seinen Anruf. Während ich heute um ein Haar Bambi erschossen hätte, hat er zwei meiner Leute beauftragt, Lou Angelo zu beschatten. Er ist scharf darauf, Reiner zu erlegen.«

»Verständlich – so ein fetter Fisch geht einem nicht jeden Tag ins Netz. Da lässt sich viel Ruhm einheimsen. Von wem hat er Angelo denn beschatten lassen?«

»Art Franzese und Harry Earles. Gute Cops.«

»Ich kenne Artie. Komischer Bursche, aber sein Handwerk versteht er. Earles kenne ich nur vom Hörensagen. Angeblich soll er das Buch über die Kunst des Beschattens geschrieben haben.«

»Einen besseren Aufpasser kann man sich nicht wünschen. Alle drei – Harry, Art und Glenn Ford – haben mir schon oft aus der Patsche geholfen. Lou Angelo gibt heute um sieben eine Party, um Spenden zu sammeln. Das ist Harry zu Ohren gekommen, und er hat mir eine Einladung besorgt. Der Bursche ist wirklich gewitzt.«

»Was hat er gesagt? ›Hallo, ich bin Detective Earles, das Gespenst einer verdeckten Ermittlerin. Würden Sie sie bitte zu der heutigen Veranstaltung einladen, damit sie Sie und Richter Reiner einer vorgetäuschten Wahlkampagne überführen kann‹?«

»Heute Abend geht es nicht um Politik.« Sie klopfte sich mit einem Finger an die Schläfe. »Wie gesagt – Harry ist mit allen Wassern gewaschen. Er hat in Angelos Kanzlei angerufen und behauptet, bei *G and E Records* zu arbeiten. Fragte nach den Papieren, die ich Angelo gestern gegeben habe. Prompt wurde ich zu der Party eingeladen, und nicht nur das – ich darf sogar einige Mitarbeiter mitbringen.«

»Gut, dass er daran gedacht hat. Auf diese Weise können deine Gespenster dich in der Höhle des Löwen im Auge behalten. Aber wenn es nicht um Politik geht – wofür will er dann Spenden sammeln?«

»Du wirst lachen – Angelo unterstützt ein Frauenhaus für Schwarze und Latinos.«

»Willst du mich verarschen?«

»Nein, es stimmt. Fargnoli hat alles per Computer überprüft. Angelo hat nicht nur das Haus ins Leben gerufen, sondern schon über eine halbe Million gesammelt, die tatsächlich den Frauen zugute kommen. Was er auch sonst treiben mag – diese Sache scheint ihm wirklich am Herzen zu liegen.«

Connie kratzte sich an der Nasenspitze. »Es fällt mir schwer zu glauben, dass Anwälte zu Ehrlichkeit und Mitgefühl fähig sind. Aber wie dem auch sein mag – irgendwie habe ich das Gefühl, dass du dich heute doch noch in den Regen traust.«

Ross drückte seine Hand. »Die Polizei ist bis heute eine reine Männerwelt. Frauen sind dort im Grunde nicht willkommen. Ich kann es mir nicht leisten zu kneifen, wenn ich am Ball bleiben will.«

»Leider kann ich dir nicht widersprechen.«

»Wir bekommen normalerweise nur die ›Titten-Jobs‹, wie ihr Männer das so hübsch nennt: tippen, Fingerabdrücke nehmen, Kaffee kochen. Nicht zu vergessen die Leibesvisitationen, bei denen wir unsere Finger in irgendwelche Ärsche schieben müssen, die seit Wochen nicht gewaschen wurden. Hinzu kommt noch die sexuelle Belästigung durch Kollegen, und die nimmt manchmal beängstigende Ausmaße an.«

»Nicht alle Cops sind solche Schweine«, wandte Connie ein. »Nur kriegt man diese Machos schlecht in den Griff. Wenn man sie wegen ihres Verhaltens zur Rede stellt, beschimpfen sie einen als Schwächling, Schwulen und Weiberknecht.«

»Es gibt aber auch das andere Extrem: Cops, die sich in dieser veränderten Welt nicht zurechtfinden und weibliche Kollegen wie rohe Eier behandeln. Als ich noch Streife fuhr, hatte ich es mit einem solchen Exemplar zu tun. Er hielt mir Türen auf, ließ mich nicht ans Steuer, wollte Lunchpakete für mich kaufen. Ich hätte den Kerl am liebsten erschlagen!«

»Verdammt, du hast dich durchgesetzt, und darauf kannst du stolz sein. Du bearbeitest wichtige Fälle, du genießt Respekt, und viele Männer reißen sich darum, zu deinem Team zu gehören. Wenn ich noch bei der Truppe wäre, hätte ich das auch getan, denn Richter Reiner ist ein besonders fetter Brocken.«

»Ich muss dir etwas gestehen.«

Connie hob die Brauen.

Ross lächelte. »Keine Bange, ich bin nicht schwanger.«

»Dem Himmel sei Dank!«

»Es geht darum, wie ich zu meinem goldenen Abzeichen gekommen bin. Ich glaube, Fargnoli weiß Bescheid, und deshalb muss ich bei ihm vorsichtig sein.«

»Du hast mir die Geschichte erzählt, und außerdem ist sie allgemein bekannt. Du hast vor zehn Jahren einen Cop-Killer überführt. Ein junger Polizist wurde auf dem Grand Central Parkway erstochen in seinem Wagen aufgefunden. Eddie Hackett war verheiratet, hatte ein Baby, kam mit seinem Gehalt nicht aus, verdiente sich deshalb auf einem Flohmarkt in Long Island an den Wochenenden was dazu.«

»Und ich war zweiundzwanzig, weiblich und ein Grünschnabel. Ich überführte den Polizistenmörder und glaubte, eine Beförderung sei mir sicher, doch das war nicht der Fall. Und warum nicht? Eben weil ich zweiundzwanzig, weiblich und ein Grünschnabel war.«

»Wovon redest du?«

»Connie, du warst doch selbst ein Bulle. Du weißt, dass Intrigen an der Tagesordnung sind, dass es viele Neidhammel gibt. Da löst eine blutjunge Frau einen wichtigen Fall, und Detectives mit zwanzig oder dreißig Jahren Berufserfahrung fühlen sich bloßgestellt. Sie lassen mich wissen, ich bekäme große Probleme, wenn ich die Beförderung beantrage.«

»Probleme welcher Art?«

»Ich könnte plötzlich allein auf der Straße stehen, ohne dass ein Kollege mir Deckung gibt. Oder man könnte konfisziertes Rauschgift und Bargeld in meinem Schließfach finden. Oder man würde in Umlauf bringen, ich wäre eine Ratte, die andere Cops ausspioniert. Versuch mal, mit zweiundzwanzig solche Drohungen unbeeindruckt wegzustecken!«

»Aber du hattest dir die Beförderung und das goldene Abzeichen doch redlich verdient!«

»Dieser Meinung war ich auch, obwohl ich zugeben muss, dass ich einen Tipp bekommen hatte …«

Connie runzelte die Stirn. »Von wem?«

»Von jemandem, dem ich auch heute noch wichtige Informationen verdanke.«

»Verstehe … Und wie hast du es dann doch noch geschafft, Detective zu werden? Und was hat das alles mit Fargnoli zu tun?«

»Ich arbeitete damals in Harlem, und eines schönen Tages ertappte ich einen Dealer, der gerade einer sechzehnjährigen Weißen Stoff verkaufte. Sie hieß Johanna Linder.«

»Irgendwie verwandt mit dem stellvertretenden Polizeipräsidenten William Linder?«

»Seine Tochter.«

Connie machte große Augen. »Wow!«

Ross schob ihre Hände in die Taschen des Bademantels. »Als ich Johanna Linder festnahm, war mir bereits klar, dass man weder ihre Personalien zu Protokoll bringen noch ihre Fingerabdrücke nehmen, noch sie durchsuchen würde. Die Wahrscheinlichkeit, dass Schweine fliegen können, war größer als die, dass das Mädchen jemals im Gerichtssaal stehen würde, von einer Verurteilung ganz zu schweigen. Jemand würde Daddy noch in dieser Nacht informieren, und man würde die kleine Jo sofort laufen lassen. Fall abgeschlossen!«

»Ich kann mir vorstellen, wie es weiterging«, warf Connie ein.

»Ich beschloss, Daddy selbst anzurufen. Linder konnte genauso gut mir wie jemand anderem dankbar sein. Noch dankbarer als er war freilich seine Frau. Eine Woche später wurde ich zum Detective befördert, weil ich den Polizistenmord aufgeklärt hatte. In Wirklichkeit natürlich, weil ich die kleine Jo gerettet habe. Und es war Ivy Linder, die hinter den Kulissen die Fäden gezogen hat.«

»Wie hat die alte Garde das aufgenommen?«

Ross grinste. »Mit Ivy Linder im Rücken hatte ich nichts mehr zu befürchten.«

Connie schnitt eine Grimasse. »Ivy Linder könnte sogar eine Zwiebel zum Weinen bringen! Eine Dame mit eisernem Willen, dazu äußerst intelligent. Es wird gemunkelt, Linder habe es nur so weit gebracht, weil sie ihm Tipps gab, wem er in den Arsch kriechen und wem er einen Tritt in den Allerwertesten geben soll.«

»Sie ließ durchsickern, dass es höchst unklug wäre, mir Steine in den Weg zu werfen. Danach wurde ich von der alten Garde ignoriert. Natürlich waren sie mir nicht freundlich gesonnen, aber damit konnte ich leben.«

Sie griff wieder nach Connies Hand. »Ich habe das noch nie jemandem erzählt.«

»Aber du meinst, dass Fargnoli Bescheid wissen könnte?«

»Einer der Oldtimer hat ihn möglicherweise aufgeklärt.«

»Ist das der Grund, warum du deine Tüchtigkeit um jeden Preis unter Beweis stellen willst?«

»Vor allem ist es der Grund, weshalb ich ihm bis jetzt nichts von Jenn Sanchez erzählt habe. Ich muss auf eigene Faust herausfinden, wer hinter ihr her ist und warum, sonst verbietet Fargnoli mir womöglich, weiter in dieser Angelegenheit zu wühlen. Cops stellen ihre Kollegen nicht gern an den Pranger, nicht einmal, wenn es um Mord oder versuchten Mord geht. Wie auch immer – der Fall Reiner gehört mir, und ich lasse ihn mir von niemandem wegnehmen!«

»Was hältst du von Emilio Alberts Selbstmord?«, wollte Connie wissen.

»Dazu kann ich nur sagen – ein seltsamer Zufall. Ich frage ihn nach Jenn Sanchez, und kurz darauf springt er mit seinem Hund aus dem Fenster!«

»Schade, dass Linder nicht mehr lebt. Du könntest ihn jetzt gut gebrauchen. Woran ist er eigentlich gestorben?«

»Vor zwei Jahren hat er in der Karibik Urlaub gemacht und sich eine Fischvergiftung zugezogen.« Ross nippte an ihrein Cognac. »Aber ich habe Ivy, und sie ist Gold wert. Kennt Gott und die Welt, ruft zu Spendenkampagnen für Politiker auf und hat damit *den* Erfolg, von dem Lou Angelo nur träumen kann. Cops sind ihre große Liebe, sie geht zu allen Hockeyspielen und Boxkämpfen.«

»Stehst du noch in Kontakt mit ihr?«

»Sie hat dafür gesorgt, dass Chessy einen Platz im Oakes Institute bekam. Ein Anruf von ihr genügte, und schon war die Sache unter Dach und Fach. Ich habe sie dann ein zweites Mal um Hilfe gebeten, etwa ein Jahr nach dem Tod ihres Mannes. Eine Polizistin, mit der ich befreundet bin, wurde auf dem Dach der Wache von ihrem Vorgesetzten vergewaltigt.«

»O Gott!«

»Amy war völlig eingeschüchtert. Dieser Sergeant hatte ihr gesagt, eine Anzeige würde ihr nur weiteren Ärger einbringen, denn ein Dutzend Bullen würde schwören, dass er zum Zeitpunkt der Vergewaltigung gar nicht im Haus war. Er verließ sich auf die ›Mauer des Schweigens‹.«

»Und du hast Ivy Linder eingeschaltet?«

»Ja. Sie war entsetzt, aber ihr war klar, dass nicht einmal ihr Einfluss ausreichte, um den Kerl vor Gericht zu bringen, denn das Department wollte diesen Skandal unbedingt vertuschen. Immerhin setzte sie durch, dass das Schwein zum Streifendienst versetzt wurde. Er musste an einer Ecke in Washington Heights stehen und die Führerscheine von Leuten kontrollieren, die von der Brücke kamen, um Drogen zu kaufen. Einer dieser Typen hat ihm einen Schuss ins Knie verpasst, und er musste in Frühpension gehen.«

Connie stand von der Couch auf. »Schade, dass der Schuss nicht höher ging! Und du glaubst also, dass Fargnoli über diese Geschichten im Bilde ist?«

»Du weißt doch selbst, wie die Gerüchteküche brodelt.«

»Wie auch immer – Fargnoli muss doch klar sein, wie tüchtig du bist.«

»Weibliche Cops müssen das jeden Tag aufs Neue beweisen, und ich werde Fargnoli bestimmt keinen Vorwand liefern, mir den Fall Reiner abzunehmen.«

»Und was ist mit DeCarlo?«

»Er hat meine Handynummer.«

»Ich werde heute frühestens um zehn zum Abendessen kommen. Hast du Lust, mich im Messezentrum abzuholen?«

»Sehr gern.«

»Gut, ich sage den Wächtern am Haupteingang Bescheid, damit sie dich einlassen. Wurdest du heute übrigens beschattet?«

Ross schüttelte den Kopf. »Ich glaube nicht, jedenfalls hatte ich auf Long Island nicht jenes unheimliche Gefühl.«

Connie nahm sie in die Arme. »Früher oder später wirst du jemanden über diesen unsichtbaren Verfolger informieren müssen. Warte nicht zu lange. Der Kerl muss unglaublich geschickt sein, und das bereitet mir Sorgen.«

13

Die richtige Farbe

Lou Angelo wohnte in einem Hochhaus auf der Park Avenue, in der dreiundzwanzigsten Etage, mit herrlichem Blick auf die Seventh Regiment Armory, wo oft Wohltätigkeitsbälle stattfanden.

Das auffälligste an dieser riesigen Wohnung war ein ovales Esszimmer, eine Bibliothek mit Kronleuchter und ein Bad, in dem Platz für zwei Farbfernseher, ein Faxgerät und einen Hometrainer war. Auf drei Seiten war die Wohnung von einem verglasten Balkon umgeben, auf den der Beobachter um neun flüchtete.

Er war heilfroh, vorübergehend dem Gedränge entronnen zu sein. Der Anwalt hatte viele Leute eingeladen, in der Hoffnung auf großzügige Spenden für das von ihm gegründete Frauenhaus. Zahlreich vertreten waren auch die Opfer, Schwarze und Latinas, die bereitwillig vors Mikrofon traten und wortreich schilderten, wie sie von ihren brutalen Ehemännern misshandelt und missbraucht worden waren.

Ihre Leidensgeschichten hatten den Beobachter gelangweilt. Er hielt öffentliche Beichten für eine unverzeihliche Schwäche. Geheimnisse musste man für sich behalten. Man musste lernen, schweigend zu leiden.

Der Lärmpegel war ohrenbetäubend, drang sogar auf den Balkon. Trotzdem war es hier so erholsam wie an einem einsamen Strand oder in einer ländlichen Idylle.

In der Presse hatte es geheißen, zu dieser Wohltätigkeitsparty würden Prominente zuhauf erwartet – eine Lüge, die Lou Angelo in die Welt gesetzt hatte, um die Veranstaltung attraktiver zu machen. Anwälte nahmen es mit der Wahrheit nie so genau, das wusste man ja. Erschienen waren, abgesehen von Lokalpolitikern und Aktivisten: eine alternde Schauspielerin in Begleitung ihres Portiers, ein ehemaliger Baseballstar, der jetzt in Manhattan ein drittklassiges Restaurant betrieb, eine lesbische Popsängerin, die seit zwanzig Jahren keinen Hit mehr gelandet hatte, und der Leader einer Bigband der vierziger Jahre, der im Rollstuhl saß.

Der Beobachter schlenderte zum Wintergarten und rieb sich den Nacken. Seine Narbe schmerzte immer noch, was bedeutete, dass der Regen nicht so schnell aufhören würde. Die Heimfahrt würde mörderisch sein: überspülte Straßen, ausgefallene Ampeln, erboste Autofahrer … Wenigstens war Helene nicht allein. Grenada – Gott segne sie! – würde bei seiner Frau bleiben, bis er nach Hause kam.

Drei Latino-Frauen, die nicht so aussahen, als hätten sie unter gewalttätigen Männern zu leiden – ihre Finger waren mit teuren Ringen geschmückt –, traten ebenfalls auf den Balkon. Der Beobachter hatte keinen Grund, sich zu verstecken. Er musste nur so tun, als wäre auch er eine mitleidige Seele, die gleich das Scheckbuch zücken würde, um eine gerechtere Welt zu bewirken.

Trotzdem trat er etwas dichter an ein Spalier kleiner gelber Rosen heran, um nicht gesehen zu werden. Ihm lag viel daran, eine rätselhafte Gestalt zu bleiben, die möglichst wenig Kontakt zur Außenwelt hat.

Er schob sich eine Cashewnuss in den Mund und warf durchs Fenster einen Blick in die Bibliothek. Eine beleibte

Schwarze mit rotem Turban erhielt viel Applaus für ihre leidenschaftliche Rede: sie hatte verlangt, dass nie mehr ein Mann eine Frau schlagen oder missbrauchen dürfe. Eher gefriert die Hölle zu Eis, dachte der Beobachter kopfschüttelnd.

Fremde Frauen, die misshandelt worden waren, gingen ihn nichts an, und er würde keinen Dollar für sie spenden. Es waren ja nicht *seine* Frauen. Sie gehörten nicht ihm, und er gehörte nicht ihnen.

Er pflückte eine Rose und steckte sie sich ins Knopfloch. Im Esszimmer wurde Lou Angelo von einer breitschultrigen Reporterin interviewt, und er schien ganz in seinem Element zu sein, lachte über seine eigenen Späße und zog die Menge wie im Gerichtssaal in seinen Bann. Der Beobachter hielt ihn für clever, aber oberflächlich, für einen Blender, der sich gewaltig überschätzte, obwohl er zugeben musste, dass der Anwalt großartig mit Worten jonglieren konnte.

»Alles hat damit begonnen, dass ich so fasziniert von dem Jazz war, den man in Harlem zu hören bekam, als ich ein junger Bursche war«, erzählte er der Reporterin. »Ich trieb mich ständig dort herum – ich, ein Weißer aus Astoria! Ich habe sie alle gesehen und gehört – Billie Holiday, The Mills Brothers, Billy Eckstine und viele andere … Das war die schönste Zeit meines Lebens.« Er legte eine wirkungsvolle Pause ein, bevor er fortfuhr: »Die Bewohner von Harlem wurden später meine ersten Klienten, als ich noch ein unbekannter Anwalt war, und das habe ich nie vergessen. Ich war ihnen zu Dank verpflichtet, und deshalb habe ich dieses Frauenhaus ins Leben gerufen. Schwarze Frauen sind großartig. Schwarze Männer? Gott möge mir verzeihen, aber sie wissen ihre Frauen nicht zu schätzen, behandeln sie schlecht. Ich möchte den Frauen ein neues Zuhause geben, wenn sie von ihren Männern auf die Straße gesetzt oder misshandelt werden. Ich engagiere mich von ganzem Herzen und mit ganzer Seele für dieses Projekt und bin stolz darauf, dass wir schon so mancher Frau in Not helfen konnten.«

Der Beobachter berührte seine Narbe. Angelo versuchte ein Krebsgeschwür mit einem Pflaster zu heilen. Die Frauen, denen er half, würden sich als undankbar erweisen. Dankbarkeit war das kurzlebigste aller Gefühle.

Er betastete die blauen Crack-Fläschchen in seiner Jackentasche. Der Kerl, von dem Emilio Albert sie erhalten hatte, war heute Abend hier. Insgesamt waren drei Dealer anwesend, die zu Angelos Freundeskreis gehörten, aber den Beobachter interessierte nur der Mann, der *Blue Death* verkaufte. Möglicherweise hatte er von Lou Angelo erfahren, wo Jenn Sanchez sich versteckte, jene Frau, die den Beobachter und seinen bedeutenden Freund in Todeszellen bringen könnte.

Warum hatte der Beobachter Mr. Angelo nicht gezwungen, ihm Sanchez' Versteck zu verraten? Ganz einfach – weil Lou Angelo von Richter Reiner beschützt wurde. Wenn er dem Anwalt auch nur ein Haar krümmte, könnte er plötzlich selbst im eiskalten Regen stehen. Ein bisschen Geduld war erforderlich. Bald würde er mit Angelo abrechnen können.

Er schnupperte an der gelben Rose. Süß, wie Magellan. Sie war hier, ließ ihren Charme spielen, sah wie immer hinreißend aus. Mit geschlossenen Augen erinnerte er sich daran, wie wohl er sich in ihrer Wohnung gefühlt hatte. Die Männer scharwenzelten um sie herum, erhofften sich, ihre Gunst zu gewinnen … aber sie gehörte ihm, nur ihm! *Setze mich wie ein Siegel auf dein Herz …*

Der Beobachter schlenderte über den Balkon und betrachtete den Regen, der an die Glasscheiben trommelte. Regen war beruhigend, reinigte die Welt. Kein Wunder, dass primitive Völker Naturelemente als Götter verehrten. Sie waren freundlicher als andere Gottheiten …

Die Bibel war ihm als Kind eingebläut worden, und deshalb hegte er eine Abneigung gegen den Allmächtigen, der angeblich Himmel und Erde erschaffen hatte. Dieser Gott war eine Erfindung, unnütz und grotesk. In der ganzen Bibel gab es keine Spur von Humor, und er würde sich eher eine Zehe abschießen als jemals wieder das ›Buch der Bücher‹ zur Hand nehmen. Nur das Hohe Lied Salomos bildete eine Ausnahme.

Er entdeckte Magellan im Wohnzimmer, wo sie sich mit Mercy Howard, Angelos neuester Flamme, unterhielt. Ihre beiden anderen Gespenster waren nicht zu sehen, aber zweifellos behielten sie Magellan im Auge.

Der Beobachter wollte sich gerade eine weitere Cashewnuss in den Mund schieben, als er sah, dass Magellan sich von Mercy getrennt hatte und auf die Tür zusteuerte.

Seine Blicke schweiften zu einem Mann, der Magellan ebenfalls beobachtete. Es war ein muskulöser Schwarzer in den Dreißigern mit auffällig langen Koteletten. Er stand vor dem Kamin, umringt von Damen, die an seinen Lippen hingen. Eine Frau befingerte den Ärmel seines blauen Anzugs, nickte anerkennend. Er war von Kopf bis Fuß blau gekleidet – Hemd, Krawatte, Krokoschuhe. Auch seine Fingernägel waren blau lackiert, was der Beobachter besonders affektiert fand.

Das Handy des Mannes piepste. Er warf einen kurzen Blick darauf, schob es wieder in die Tasche, verabschiedete sich höflich von seinen Verehrerinnen und verließ den Raum.

Interessant.

Der Beobachter betastete wieder die Crack-Fläschchen aus Emilio Alberts Wohnung. Dann machte er sich auf die Suche nach Magellan und *Mr. Blue Death.*

14

Jackie Blue

»Wie üblich hast du heute alle Damen verzaubert. Wenn du mich fragst, muss es an den Schuhen liegen.«

»Nein, es ist der Mann, der in den Schuhen steckt. Aber Sie sehen auch phantastisch aus, Detective Ross. Alles, was ein Mann sich nur wünschen kann.«

»Danke für das Kompliment.«

Ross stand in einer kleinen Gästetoilette neben der Küche von Lou Angelos Wohnung und telefonierte per Handy mit einem ihrer Informanten, einem Dealer namens Jackie Blue.

Jackie hatte die Party verlassen und wurde von seinem

Chauffeur und Bodyguard, einem vierhundertzehn Pfund schweren Jamaikaner mit dem Spitznamen ›Big Mac‹, im Karree um den Block gefahren. Die Erfolge eines Cops hingen zu neunzig Prozent von Informanten ab. Je besser der Informant, desto besser der Cop. Auf Ross' persönlicher Rangliste von Informanten stand Jackie Blue zuoberst.

Er arbeitete ausschließlich für sie, und mit seiner Hilfe hatte sie Drogen und Waffen konfisziert, einen Frauenschänder verhaftet und einen süchtigen Mexikaner, der neun Taxifahrer auf dem Gewissen hatte, ins Zuchthaus geschickt. Jackie Blue verdankte sie auch den Hinweis, wer den Polizisten Eddie Hackett ermordet hatte.

Im Gegenzug ließ Ross ihn in Ruhe und verhaftete seine Konkurrenten.

Jackie Blue war charmant und rücksichtslos. Er genoss es, im Mittelpunkt zu stehen. Mit siebzehn hatte er versucht, in seiner Heimatstadt Charlotte, North Carolina, einen Raubüberfall zu verüben, aber ein Nachtwächter hatte ihm sieben Kugeln in die Brust verpasst. Während einer achtstündigen Operation musste er zweimal wieder belebt werden. Der Chirurg hatte blaue Augen, die OP-Schwester auch.

Seit damals glaubte er felsenfest an die rettende Kraft der Farbe Blau. Er hatte Ross erzählt, Gott habe ihm ein Zeichen gegeben. Während er in einer Gefängnisklinik lag, mit Handschellen ans Bett gefesselt, verwandelte Reilly Jackson Simpson sich für immer in Jackie Blue.

Ross war nicht zufällig in dieser Gästetoilette. Ihre Gespenster hatten sofort nach ihrem Eintreffen alle Räume inspiziert und ihr Bericht erstattet, natürlich so unauffällig, dass niemand davon Wind bekam. Harry Earles hatte ihr sogar eine Kopie der Gästeliste in die Hand gedrückt. Ja, ihr Team war wirklich gut. Erstklassig. Sie stellte ihre Handtasche auf dem Waschbecken ab.

»Sie arbeiten nicht mehr in heruntergekommenen Vierteln, laufen sich nicht mehr auf schmutzigen Gassen die Füße wund«, fasste Jackie Blue ihre Karriere auf seine Weise zusammen. »Dafür sind Sie viel zu begabt. Wo Sie auftauchen, ist was Großes im Gange, stimmt's? Wegen der verdammten fettärschigen Weiber sind Sie doch bestimmt nicht auf der Party. Puh, eine war so hässlich, dass einem richtig übel werden konnte.«

»Diese Frauen sind von ihren Männern misshandelt worden«, wandte Ross ein. »Ich finde es sehr anständig von Angelo, dass er ihnen hilft.«

»Scheiße!« Jackie Blue dehnte das Wort, um seinem Abscheu Nachdruck zu verleihen. »Wenn Weiber tun, wozu sie da sind, passiert ihnen auch nichts. Dürfen nur nicht so verdammt aufmüpfig sein, verstehen Sie, was ich meine? Ich hab vorhin Angelos schönes schwarzes Liebchen gesehen. Frag mich echt, was das junge Ding an dem alten Knacker findet – mal abgesehen von seiner Knete.«

»Wie ein Frauenrechtler hörst du dich nicht gerade an, Jackie, aber das ist nicht weiter wichtig. Warum warst du auf dieser Party?«

»Angelo ist mein Anwalt. Ich hab Kontakt mit ihm aufgenommen, als ich zuletzt eingebuchtet war, und er hat mich schnell rausgeholt.«

»*Wie* schnell?«

»Ich hätte fünf Jahre brummen müssen, und im Knast ist das eine Ewigkeit. Angelo hat mit ein paar Leuten geredet und mir einen Job als Koch in seinem Frauenhaus zugesichert, und schon wurde ich auf Bewährung entlassen. Jetzt koch ich eben Reis und Bohnen für diese Weiber. Möchten Sie nicht mal reinschauen? Ihnen tische ich was Besseres auf.«

»Nein, ich glaube, das lassen wir lieber. Aber würdest du mir verraten, warum Angelo so menschenfreundlich war und keine Mühe gescheut hat, um dich loszueisen?«

»Menschenfreundlich? Verdammt, ich hab ihm hunderttausend Gründe in Dollarscheinen für seine Hilfe geliefert. Ich hätt auch das Zehnfache auf den Tisch geblättert, nur um aus Attica rauszukommen.«

»Eine Hälfte für Angelo, die andere für Richter Reiner, war es so? Oder bekam Reiner den größeren Anteil?«

»Ah, jetzt kapier ich!« Jackie Blue hörte sich selbstzufrieden an. »Sie wollen an Richter Reiner ran, hab ich Recht?

Und deshalb lügen Sie Lou Angelo die Hucke voll! Verdammt! Verdammt!«

»Jackie, diese Unterhaltung haben wir nie geführt.«

»Ich fass es einfach nicht! Richter Reiner! Das ist wirklich ein Ding ... Wissen Sie, ich hab auf Angelos Party zwei Bullen gesehen, einen Nigger mit besonders großen Füßen ...«

»Detective Ford.«

»Stimmt, das ist der Kerl, der immer damit prahlt, was für 'nen Riesenschwanz er hat. Nennt das Ding selbst ›Anaconda‹!«

»Bleib bitte sachlich, okay, Jackie?«

»Wie Sie wollen ... Der andere Cop, das war der ruhige Typ. Redet kaum was, sieht unscheinbar aus, scheint aber was auf dem Kasten zu haben, denn man wird ihm wohl nicht umsonst den Spitznamen ›Herzog‹ verliehen haben.«

»Detective Earles.«

»Mit Ihnen waren also gleich drei Bullen versammelt, und ich hab mir sofort gedacht, dass da was Großes laufen muss.«

»Wir sind zu viert«, sagte Ross. »Einen hast du offenbar übersehen.«

»Ich bin froh, dass ich die Platte geputzt habe, bevor es irgendwelche Komplikationen gab.«

»Hör mal, weißt du etwas über eine Polizistin namens Jenn Sanchez? Sie war bei der Sittenpolizei.«

Jackie Blue zögerte. »Ja ... ich hab von ihr gehört.«

»Was hast du gehört?«

»Angeblich versteckt sie sich vor 'nem Cop. Aber in Streitereien innerhalb der Polizei misch ich mich lieber nicht ein. Das gibt nur Ärger.«

»Sie hat wie ich verdeckte Ermittlungen durchgeführt, und plötzlich war sie wie vom Erdboden verschluckt. Weißt du etwas über den Cop, der hinter ihr her ist?«

Ross hörte Jackie Blue brüllen: »Big Mac, hab ich dir nicht schon hundert Mal gesagt, dass du bei Rot anhalten sollst, jedenfalls, wenn ich im Wagen sitze?«

Dann setzte er sein Telefonat fort. »Emilio hat mir erzählt, dass Sie ihn nach Sanchez gefragt haben. Sie hat bei ihm Drogen gekauft und gesagt, ein Cop hätte versucht, sie bei lebendigem Leibe zu verbrennen. Emilio war kein Dummkopf, und deshalb wollte er sich nicht mit Ihnen über Jenn Sanchez unterhalten. Ich hab ihm gesagt, Sie seien in Ordnung, aber der Mann war übervorsichtig. Und plötzlich fällt ihm ein zu beweisen, dass er und sein Hund fliegen können.«

»Glaubst du, dass es Selbstmord war?«

»Das geht mich nichts an.«

»Jackie, du kennst doch die Spielregeln. Wer zuerst kommt, mahlt zuerst. In unserem Fall heißt das: wer mir zuerst sagen kann, wo Sanchez sich versteckt, bekommt den Jackpot. Nehmen wir einmal an, dass ich wirklich hinter Richter Reiner her bin.«

»Einverstanden. Schließlich hätte der Kerl Sie um ein Haar auf dem Gewissen gehabt.«

»Das ist ein wichtiger Fall. Der Cop, der Reiner überführt, macht garantiert Karriere.«

»Und nur ein Narr würde darauf verzichten, einen solchen Cop auf seiner Seite zu wissen.«

»Du willst doch kein Narr sein, Jackie, oder?«

»Ich habe mich ein einziges Mal aus Liebe zum Narren gemacht. Das passiert mir nie wieder.«

Jemand klopfte an die Tür der Toilette.

»Ich bin in einer Minute draußen«, rief Ross.

»Ich zähle bis sechzig«, sagte eine resolute Frauenstimme.

Ross setzte ihr Gespräch mit Jackie Blue fort. »Hattest du Kontakt zu Reiner, seit er dich aus dem Gefängnis geholt hat?«

»Na ja … Meine Geschäfte liefen gerade ganz gut, da bekomm ich plötzlich Besuch von Angelo. Er erklärt mir, ich müsse ab jetzt mit irgendwelchen Albanern von der Bronx zusammenarbeiten. Er *bittet* mich nicht, er *befiehlt*. Sagt, wenn ich Kanonen auf meinem Rasen aufstellen möchte, müsse ich sie auch von den Albanern kaufen.«

»Drogen und Waffen. Na klar, die kauft man am besten in ein und demselben Geschäft.«

»Mr. Angelo sagt mir jedenfalls, Richter Reiner würde meine Zusammenarbeit mit den Albanern sehr zu schätzen wissen, weil sie Freunde von ihm seien. Und wo treffe ich diese Typen zum ersten Mal? Im Ferienhaus des Richters in den Hamptons! Er selbst war nicht da, aber es war eindeutig sein Haus, denn überall standen Fotos von ihm, seiner Frau und seinen Kindern rum.«

Ross betätigte die Spülung. »Der Richter hat dich mit albanischen Drogenhändlern verkuppelt, und euer Treffen fand in seinem Haus statt?«, fragte Ross ungläubig.

»Ja, so war's, und ich konnte mich nicht wehren. Der Richter hatte mich aus dem Knast geholt, und genauso leicht konnte er mich wieder reinbringen. Mein Daddy hat immer gesagt, dass man nicht gegen den Strom schwimmen darf.«

»Also bist du *mit* dem Strom geschwommen. Und was brachte dieser Handel dem Richter ein?«

»Von mir bekam er nichts, aber nachdem er ja so geldgierig ist, nehme ich an, dass die Albaner ihm was zukommen ließen. Die Kerle haben mir ja auch genug abgeknöpft! Nach sechs Monaten hatte ich die Schnauze voll, wollte wieder meine Ruhe haben. Diese Typen übertreiben wirklich, bringen jeden um, der ihnen suspekt ist, und ihre Methoden sind äußerst brutal. Einem ihrer eigenen Leute, der sie beim FBI verpfiffen hatte, schoben sie einen Schweißbrenner, mit dem sie jeden Safe aufkriegen, in den Arsch, rösteten ihn bei lebendigem Leibe. Nein, mit solchem Abschaum will ich echt nichts zu tun haben!«

Ross drehte den Wasserhahn auf. »Und wie hast du es geschafft, auf Abstand zu ihnen zu gehen, ohne dass sie dich ebenfalls rösteten?«

»Kostete mich jede Menge toter Präsidenten, sprich Dollarscheine. Zweihunderttausend! Ich hab Angelo das Geld gegeben und seitdem weder vom Richter noch von den Albanern was gehört, was mir sehr recht ist.«

»Jackie, ich muss Schluss machen. Hilf mir mit Sanchez, ich werd mich erkenntlich zeigen.«

»Weiß ich doch, Süße. Entschuldigung, sollte nur ein kleiner Scherz sein … Vielleicht könnten Sie mir wirklich einen kleinen Gefallen tun. Ein Pensionär will plötzlich zurück ins Geschäftsleben, und deshalb soll Jackie Blue seinerseits in Pension gehen. Andernfalls wird er gefeuert.«

»Heißt im Klartext: einer deiner Konkurrenten auf dem

Markt plant ein Comeback und droht, dich umzulegen, wenn du dich nicht zurückziehst.«

»Verdammt, ich hab nicht vor, das Feld zu räumen! Jackie Blue wird bis zum Jüngsten Tag arbeiten. Darf ich Sie noch was fragen, schöne Lady? Warum sind Sie so interessiert an dieser Sanchez? Hat das irgendwas mit Reiner zu tun?«

Ross drehte den Wasserhahn zu. Warum war sie so versessen darauf, eine Kollegin zu finden, die sie nicht kannte? Wollte sie das als Druckmittel gegen Lou Angelo verwenden, damit er Reiner preisgab?

Oder war es etwas anderes?

Ein Treffen zwischen Freddy Palacio und Ross auf einem Kinderspielplatz im Riverside Park. Drei Uhr morgens, einen Tag nach Freddys misslungenem Versuch, den Zahnarzt auszurauben. Er erzählt ihr, dass eine verdeckte Ermittlerin von einem Cop gejagt wird, weil sie beobachtete, wie er einen Mord begangen hat. Freddy erzählt ferner, dass Lou Angelo, Schutzpatron aller bedrängten Frauen, diese Polizistin beschützt. Ross setzt sich am nächsten Morgen an den Computer, sieht auf dem Bildschirm ein Foto von Jennifer (Jenn) Sanchez, einer großen, dunkelhaarigen Lateinamerikanerin, etwa in ihrem Alter. Ross hat das Gefühl, in einen Spiegel zu schauen. Ross denkt: Wenn Sanchez stirbt, sterbe auch ich.

Wieder wurde an die Toilettentür gepocht. »He, sind Sie da drin eingeschlafen?«

»Warum ich Sanchez finden will, kann dir egal sein«, raunte Ross ins Telefon. »Aber ich bitte dich – hilf mir bei dieser Suche! Mach sie ausfindig!«

15

Ein Überraschungsgast

Vom überdachten Balkon aus schaute Ross in Lou Angelos Schlafzimmer. Holztäfelung, vergoldete Spiegel, Teppichboden mit Blumenmuster, breites Himmelbett mit einem Baldachin aus Rohseide.

Der Anwalt saß auf diesem Bett, einen Aktenkoffer auf dem Schoß, darauf einen gelben Schreibblock. In fünfzehn Minuten sollte er eine Rede halten, um Spenden für das Frauenhaus zu sammeln.

»Man muss ihnen Schuldgefühle einflößen«, hatte er früher am Abend zu Ross gesagt. »Dann stellen sie einen Scheck aus.«

Ross hatte ein Glas Mineralwasser in der Hand und nippte daran. Die Schiebetüren zwischen Wohnung und Balkon waren geöffnet, aber vor ihr standen drei schwarze Frauen, die sich über ihre Kinder unterhielten, so dass sie Angelo unauffällig beobachten konnte.

Es schien ein echtes Anliegen von ihm zu sein, misshandelten Frauen zu helfen. Vor einer halben Stunde hatte eine kleine Lateinamerikanerin mit Gipsarm und blauen Flecken im Gesicht sich ihm schüchtern genähert, und er hatte sie bei der Hand genommen und lange mit ihr geredet, wobei die Frau weinte, so als hätte sie soeben einen geliebten Menschen verloren. Auch Angelo hatte Tränen der Rührung in den Augen gehabt. Wenig später hatte eine dicke Schwarze, der mehrere Zähne fehlten, ihn zwanglos umarmt und ihren »Schutzengel« genannt.

Ross fischte die Zitronenscheibe aus ihrem Glas und lutschte daran. Lou Angelo war ihr nicht unsympathisch. Ein Schlitzohr, ein Gauner, aber immerhin kein Unmensch. Was sie freilich nicht daran hindern würde, sich sein Vertrauen zu erschleichen und ihn dann hochgehen zu lassen.

Mercy Howard saß neben Lou auf dem Bett, Arm in Arm, und hörte aufmerksam zu, während er ihr Teile seiner Rede vorlas. Ihr Outfit – Minirock, Bluse und Jacke – war silbrig, und dazu trug sie schwarze Schuhe mit extrem hohen Absätzen, obwohl sie das bei ihren ohnehin sehr langen Beinen eigentlich nicht nötig hatte. Sie sah blendend aus, und nur wenige Männer würden ihren Reizen widerstehen können. Wahrscheinlich war sie auch sehr gut im Bett, doch ausschlaggebend dürfte ihre Jugend sein. Nur sehr junge Frauen konnten alten Männern das Gefühl vermitteln, dass sie noch lebendig waren, dass für sie nicht alles längst vorbei war.

Und wo war Mrs. Angelo heute Abend? Den Worten ihres Mannes zufolge in Fort Lauderdale, wo sie die neue Wohnung einrichtete, ihre Enkel besuchte und Golf spielte.

»Meine Frau ist nach Florida geflogen«, hatte der Anwalt Ross erzählt, »weil sie wusste, dass ich sie heute bei dieser Veranstaltung nicht brauche. Jeder Mann braucht zwei Frauen – eine kultivierte und eine, die ihn vergessen lässt, dass er selbst kultiviert ist.«

Ross glaubte, dass Mrs. Angelo nach Florida geflüchtet war, weil sie ihr Heim nicht mit einem Flittchen teilen wollte. Wahrscheinlich schämte sie sich in Grund und Boden, weil sie ihm erlaubt hatte, seine Geliebte in aller Öffentlichkeit zu präsentieren.

Ross warf einen Blick auf ihre Uhr. Halb zehn und immer noch kein Anruf von Doktor DeCarlo! Wenn er sich nicht bald bei ihr meldete, würde sie im Oakes Institute anrufen. Sie musste wissen, wie es Chessy ging.

Die Partygäste tummelten sich auch im Schlafzimmer. In der Nähe eines Paravents aus bemaltem Leder schäkerte Detective Glenn Ford mit einer jungen Schwarzen, die nur durch ihren Nasenring auffiel. Ford hatte nicht nur die größten Füße, die sie je gesehen hatte, er konnte auch vierhundert Pfund stemmen, und in seine Hand passte mühelos ein Basketball. Er protzte gern mit seiner Manneskraft, und manchmal ging er Ross auf die Nerven, aber sein Anblick genügte, um die meisten kleinen Gauner einzuschüchtern.

Erst vor wenigen Minuten hatte ein junger Puertoricaner mit Spitzbärtchen, zu viel Haargel und riesigen Ohrringen sie belästigt. »Ich heiße Leche, aber man nennt mich ›Milk‹, weil ich Unmengen an Saft verspritze, und wie du heißt, kann ich mir schon denken – bei diesem tollen Arsch muss es *Satellit* sein, hab ich Recht?«

Seine glasigen Augen verrieten, dass er high war, und Ross kehrte ihm den Rücken zu, aber er pflanzte sich vor ihr auf. »He, Baby, du hast ein süßes Lächeln«, kicherte er. »Lächeln ist das Zweitbeste, was man mit den Lippen machen kann. Du weißt schon, was ich meine!«

Er packte sie am Handgelenk, als sie einen Bogen um ihn

machen wollte. »*Mamacita,* du kannst mich doch nicht einfach stehen lassen, wo wir gerade so schön in Fahrt kommen!«

Ross lächelte, obwohl sie kaum glauben konnte, dass solche Typen sogar bei der Wohltätigkeitsveranstaltung eines angesehenen Anwalts aufkreuzten und glaubten, sich alles erlauben zu können. Sie lächelte, weil Glenn Ford sozusagen aus dem Nichts neben dem Puertoricaner aufgetaucht war. Er brauchte kein Wort zu sagen – der Ziegenbart machte sich vor Angst fast in die Hose, sobald er Glenns massige Gestalt sah, zog den Schwanz ein und verdrückte sich in der Menge.

Ross sah, dass ihr zweites Gespenst – Detective Art Franzese – es sich in einem Liegestuhl auf dem Balkon bequem gemacht hatte. Er interessierte sich scheinbar nur für die Regentropfen auf den Glasscheiben, aber sie wusste, dass er sie nicht aus den Augen ließ. Die Zusammenarbeit mit Franzese war nicht immer einfach – er ging oft unnötige Risiken ein, und seit er eine Kugel abbekommen hatte, die eigentlich für Ross bestimmt gewesen war, gebärdete er sich gern als ihr Beschützer, was ihr ziemlich auf die Nerven ging.

Der Teamchef war Detective Sergeant Harry Earles, von dem sich sogar Ross herumkommandieren ließ. Allerdings zog sie ihn nicht ins Vertrauen, wenn es um ihre Informanten ging, obwohl sie diese Schutzmaßnahme in seinem Fall eigentlich für überflüssig hielt. Earles war zweiundvierzig, blond, schlank, mit regelmäßigen Gesichtszügen und weit auseinander stehenden Augen. Ziemlich unauffällig, aber einer der besten Cops, die Ross kannte. Sie verließ sich hundertprozentig auf ihn, hatte das Gefühl, dass ihr nichts passieren konnte, wenn er in ihrer Nähe war. Heute hatte er ihr die Gästeliste in die Hand gedrückt, und seitdem hatte sie ihn nicht mehr gesehen. Wahrscheinlich verfolgte er irgendeine Fährte, aber im Notfall würde er zur Stelle sein, dessen war sie sich ganz sicher.

Es war eine Schande, dass Harry es nach zwanzig Jahren nur bis zum Sergeant gebracht hatte – er hätte es verdient, die ganz große Karriere zu machen, aber trotz seiner enormen Tüchtigkeit fehlte ihm eines – das alles entscheidende Vitamin B, sprich Beziehungen.

Earles war absolut furchtlos, und er hatte ihr zweimal das Leben gerettet. Beim ersten Mal hatte sie gegen Russen ermittelt, die sich auf der Wall Street als Broker tarnten, beim zweiten Mal hatte sie es mit einem Anwalt zu tun, der einen Kinderpornografiering leitete. Ohne Harry wäre sie längst genauso tot wie die Polizistin, die vor vier Jahren in einer Lagerhalle für Feuerwerkskörper verbrannt war. Harry Earles war das große Los, wenn man als verdeckte Ermittlerin arbeitete.

Er gehörte seit drei Jahren zu ihrem Team und hatte im Gegensatz zu Glenn Ford und Art Franzese nie versucht, mit ihr anzubandeln. Alle drei waren verheiratet, wobei es Glenn am schwersten fiel, seiner Frau treu zu bleiben. Es überraschte Ross nicht, dass er sich auch hier an ein halbwegs hübsches Ding heranmachte. »Eine Ehe ist so, wie wenn man in die Badewanne steigt«, hatte er ihr erklärt. »Sitzt man erst mal drin, ist es nicht mehr heiß.«

Ross beobachtete, wie ein großer Mann mit Glatze das Schlafzimmer betrat und auf Lou Angelo zusteuerte. Irgendwie kam ihr der Mann bekannt vor. Dieses lange Gesicht mit den tiefen Augenringen hatte sie doch schon irgendwo gesehen, aber wo?

Sie schnippte mit den Fingern, als ihr einfiel, dass es Moses Rousseau war. Sie kannte ihn nicht persönlich, aber sein Foto tauchte oft in Zeitungen und Zeitschriften auf, und er war auch ein häufiger Gast bei Talkshows im Fernsehen. Rousseau, zweiundsechzig, hatte irgendwann beschlossen, dass es lukrativer war, Strafverteidiger als Staatsanwalt zu sein. Er trat als Anwalt von Dealern, Frauenmördern, Kinderschändern und sonstigem Abschaum der Menschheit in Erscheinung – Hauptsache, seine Klienten konnten sechshundert Dollar pro Stunde blechen! Was hatte dieser Scheißkerl – anders konnte man ihn wirklich nicht nennen – bei einer Wohltätigkeitsveranstaltung zu Gunsten misshandelter Frauen zu suchen?

Ross trat einige Schritte zurück. Sie konnte die Möglichkeit nicht ausschließen, dass Rousseau sie irgendwann bei Gericht gesehen hatte.

Er steuerte direkt auf Lou Angelo zu, ignorierte Mercys ausgestreckte Hand, tat so, als wäre sie überhaupt nicht vorhanden, schüttelte umso herzlicher Angelos Hand, flüsterte ihm etwas ins Ohr und überreichte ihm einen weißen Briefumschlag.

Ross hob die Brauen. Geldübergaben waren leicht zu erkennen. Moses Rousseau hatte Lou Angelo soeben eine ansehnliche Spende zukommen lassen, aber nicht etwa für das Frauenhaus, sondern für Reiners fiktive Wahlkampagne.

Angelo schob den Umschlag in seinen Aktenkoffer, tauschte einige leise Worte mit Rousseau, und gleich darauf war der Glatzkopf verschwunden.

Ross lächelte wieder. Es hatte sich gelohnt, das Haus zu verlassen, obwohl es immer noch in Strömen regnete. Man bekam schließlich nicht oft zu sehen, wie Schmiergelder von einer Tasche in die andere wanderten. Für die beiden ehrenwerten Anwälte war das freilich ein ganz alltäglicher Vorgang, speziell für MM – Abkürzung für ›Mächtiger Moses‹, wie Reporter ihn nannten –, der Geschworene beeinflusste, Zeugen einschüchterte, Polizisten Falschaussagen unterstellte und seine Klienten gleichzeitig zum Meineid ermutigte. Es gab keinen Trick, den MM nicht kannte.

Sie beschloss, ihren heimlichen Beobachtungsposten zu verlassen. Sie brannte darauf, einen Blick in Angelos Aktenkoffer zu werfen. In wenigen Minuten musste er seine Rede halten. Würde er den Aktenkoffer mitnehmen? Oder ihn in Mercys Obhut zurücklassen? Mal sehen …

Sie schlenderte vom Balkon ins Schlafzimmer, und Mercy lächelte erfreut. »Hallo, Freundin, wie geht's?«

Ross fächelte sich mit einer Hand Luft zu und setzte sich neben die schwarze Schönheit. »Mir ist heiß. Und wie geht's dir?«

Mercy schüttelte den Kopf. »Erwähn das Wort ›Hitze‹ bitte nicht mehr in meiner Gegenwart! Am liebsten würde ich mich ausziehen und splitternackt herumlaufen!«

Lou Angelo grinste ihr über seine Brille hinweg zu. »Das kannst du immer noch machen, wenn meine Rede ihre Wirkung verfehlt.«

Ross zog einen Schuh aus und massierte ihren Fuß. »Ist es denn keine vielversprechende Rede?«

»Das weiß man immer erst, nachdem man sie gehalten hat.« Angelo warf einen Blick auf seine Uhr. »Noch eine Viertelstunde … Meine Frau hat einen Scheck für das Frauenhaus ausgestellt, bevor sie abgereist ist. Fünfhundert Dollar. Leider hat sie ihn nicht unterschrieben. Glauben Sie, dass sie mir damit etwas sagen will?«

»Ich beteilige mich auch mit fünfhundert«, sagte Ross, ohne seine Frage zu beantworten.

Lou Angelo grinste. »Meine Rede zeigt Wirkung, noch bevor ich sie gehalten habe!«

Ross zog ihren Schuh wieder an. »Ich schicke Ihnen morgen einen Scheck. Übrigens – haben Sie etwas für mich?«

Angelo schlug sich an die Stirn. »Das hatte ich ganz vergessen. Alles fertig – Verträge, Abfindung …« Er holte einen großen Umschlag aus seinem Aktenkoffer, und Ross sah mehrere dicke weiße Briefumschläge, vermutlich mit Dollarscheinen gefüllt.

»Meine Rechnung ist den Unterlagen beigefügt«, erwähnte Angelo dezent, während er ihr den braunen Umschlag überreichte.

»*Muchas gracias.* Wie sieht's bislang mit den Spenden für das Frauenhaus aus?«

Angelo schüttelte den Kopf. »Ziemlich spärlich, würde ich sagen. Ich muss ihnen mit meiner Rede Dampf machen. Die Stadt und der Staat sparen an allen Enden, aber sagen Sie das mal einer Frau, die bei zehn Grad minus aus ihrer Wohnung geworfen wurde. Ohne unser Frauenhaus müsste sie auf der Straße in einem Pappkarton vegetieren, schlimmer als jede Hundehütte.«

Mercy legte eine Hand auf Ross' Schulter. »Ich hab fünfzig Dollar gespendet, mehr hab ich leider nicht, weil ich bei dem Begleitservice aufgehört habe.«

Angelo nickte bestätigend. »Solche Jobs hat sie wirklich nicht nötig.«

»Find ich gut«, sagte Ross. »Vielleicht kann ich dir bei uns einen Job besorgen. Kennst du dich mit Computern aus?«

»Nein.«

»Hmmm ... Mal sehen, ob irgendeine andere Stelle bei uns frei ist.«

»Das wäre toll.« Mercy lächelte entzückt.

Ein junger Schwarzer mit breiter Stirn und der Statur eines Gewichthebers betrat das Schlafzimmer und flüsterte Angelo etwas ins Ohr. Der Anwalt runzelte die Stirn, stand auf und schickte sich an, das Zimmer zu verlassen. Seinen Aktenkoffer übergab er Mercy Howard.

»Pass gut darauf auf. Ich bin gleich wieder da.«

Der Schwarze zwinkerte Mercy zu. »Hab gehört, dass du in Frührente gegangen bist, Süße.«

Mercy schaute verlegen zur Seite.

Lou Angelo starrte den Schwarzen wütend an, der nur mit den Schultern zuckte, so als wollte er sagen: *Worüber regen Sie sich so auf?*

Nachdem die beiden Männer verschwunden waren, fragte Ross: »Wer ist denn dieser freche Kerl?«

»Cleveland Nobles«, antwortete Mercy arglos. »Ein Cop, der sich an den Wochenenden beim Begleitschutz vom Aztec Club was dazuverdient.«

»Was macht er hier?«

Mercy zuckte mit den Schultern. »Keine Ahnung. Dieser Nigger interessiert mich nicht. Lou hat ihn angeheuert, damit er irgendeinen Richter nach Boston fährt. Der Richter spielt gern Karten und braucht immer Geld.«

»Wer braucht das nicht? Deine Schuhe sind super.«

Mercy streckte ein langes Bein aus. »Lou liebt diese hohen Absätze. Wir waren heute Morgen einkaufen, und er hat sie für mich ausgesucht. He, stimmt was nicht?«

Ross tat so, als blättere sie beunruhigt den Inhalt des braunen Briefumschlags durch. »Da fehlt der Abfindungsvertrag, den Lou für mich aufsetzen wollte. Verstehst du, wir wollen einem Mitarbeiter kündigen, und damit er nicht vors Arbeitsgericht geht, bekommt er einen Scheck, einen Wagen und eine Krankenversicherung. Lou wollte den Vertrag für mich aufsetzen. Schau mal nach, ob der Vertrag in seinem Aktenkoffer liegt.«

»Klar.« Mercy öffnete den Koffer auf ihrem Schoß und schaute hinein. *Bezaubernd und strohdumm,* dachte Ross. »He, Mädchen, ich hab keine Ahnung, wonach ich suchen soll.«

»Macht nichts – ich mach das schon.« Ross schaute schnell zur Tür. *Lieber Gott, lass Lou Angelo noch ein paar Minuten beschäftigt sein.*

Sie sah sechs weiße Briefumschläge. Drei waren sehr dick – Cash für Richter Reiner! Drei andere waren flach, enthielten vermutlich Schecks. Die drei flachen Umschläge stammten von *einem* Absender.

Ross klappte den Aktenkoffer zu. »Da sehe ich den Vertrag auch nicht.« Sie blätterte wieder in ihrem Umschlag. »Ich bin wirklich blöd, da ist er ja, zwischen den anderen Dokumenten.«

»Gott sei Dank«, seufzte Mercy.

Ross zückte ihren Notizblock und schrieb sich Namen und Adresse des Typen auf, der Angelo drei Briefe geschickt hatte.

16

Rettung in letzter Minute

Ross war mit dem Verlauf des Abends sehr zufrieden, und sie war Harry dankbar, dass er ihr diese Einladung verschafft hatte. Jetzt wusste sie genau, dass Lou Angelo Gelder kassierte, sie wusste ferner, dass Moses Rousseau in diese Affäre verstrickt war, und nicht zuletzt wusste sie, dass Detective Cleveland Nobles Richter Reiner neuerdings zu seinen Spielorgien chauffierte. Das hatte Freddie ihr zwar schon erzählt, aber jetzt hatte sie den Mann mit eigenen Augen gesehen und konnte ihn gegebenenfalls als Zeugen benennen.

Dem nicht genug – sie hatte auch eine Adresse, und morgen im Büro würde sie als Erstes im Internet surfen und auskundschaften, wer sich hinter dieser Adresse verbarg.

Soeben hatte die rührend naive Mercy ihr zudem anvertraut, dass sie keine Kreditkarten besaß und Angelo ihr ein Bündel Dollarscheine in die Hand drückte, wenn sie allein einkaufen ging, um sich für ihn schön zu machen. Banknoten hatten bekanntlich Nummern …

Ross warf einen Blick auf ihre Uhr. Viertel vor zehn. Um zehn würde sie Connie abholen, und sie freute sich auf das späte Abendessen, denn seit der Pizza mit Chessy hatte sie nichts mehr in den Magen bekommen.

Lou Angelo kam strahlend auf sie zu. Der edle Ritter, der Frauen in Not selbstlos beistand. »Heute ist Ihr Glückstag! Ich möchte Sie mit jemandem bekannt machen, der Ihnen helfen kann, Ihre Scheidung durchzusetzen.«

»Lou, können wir das auf ein anderes Mal verschieben? Ich treffe mich gleich mit Connie.«

Er packte sie am Ellbogen. »Sie wollen diese Scheidung doch?«

»Ja, aber …«

»Kein Aber. Ich habe meinem Freund Ihr Problem erklärt, und er ist bereit, diese Angelegenheit zu regeln.«

»Wer ist dieser Freund?«

»Richter Reiner. Er ist drüben und möchte Sie persönlich kennen lernen.«

Ross fiel ein, was Harry einmal gesagt hatte: Einem General wird fast immer verziehen, wenn er geschlagen wird, nicht aber, wenn er überrumpelt wurde.

Heute hatte sie sich überrumpeln lassen. Ein Riesenfehler. Cleveland Nobles, Richter Reiners Fahrer, war nicht zufällig hier aufgetaucht. Er hatte Reiner hergebracht, der Cash brauchte, um seiner Spielleidenschaft zu frönen.

Bevor Angelo etwas herausrückte, würde er allerdings genau nachzählen, was bisher an Spenden für die angebliche Wahlkampagne eingegangen war, und er würde einen Teil des Geldes für sich selbst abzweigen. Deshalb hatte Mercy seinen Aktenkoffer auf dem Schoß.

Richter Reiner war in Angelos Wohnung, in Ross' unmittelbarer Nähe.

Sobald er sie sah, würde er sie als Cop identifizieren, und das wäre das Ende der Ermittlungen im Fall Reiner.

Ross würde zum Gespött des ganzen Dezernats werden. Die Frau, die sich so viel auf ihre Tüchtigkeit eingebildet hatte, war wie eine blutige Anfängerin ertappt worden!

Ihre Hände waren feucht, ihr Mund war trocken. Wie, zum Teufel, hatte ihr das passieren können?

Sie geriet noch mehr in Panik, als jemand ihre Schulter berührte. Erschrocken drehte sie sich um, doch dann atmete sie erleichtert auf.

Harry. Gott segne ihn! Er hielt ihr ein Handy hin und zwinkerte ihr zu.

Geh auf sein Spiel ein. Fang die Bälle auf, die er dir zuwirft, dann kommst du vielleicht ungeschoren davon.

Ihr Herz klopfte zum Zerspringen.

Sie wartete auf Harrys ersten Schachzug.

»Es gibt Ärger«, sagte er.

»Welcher Art?«

»In der Firma wurde eingebrochen.«

Harry überreichte ihr das Handy mit jenem feinen Lächeln, das so typisch für ihn war.

»Unser Sicherheitsdienst hat soeben angerufen. Sie haben Ray Espinosa erwischt, als er Kartons in seinen Wagen lud. Akten, Korrespondenz, Disketten … Unsere Leute haben die Bullen geholt, und die wollen jetzt, dass wir Espinosa identifizieren, der behauptet, das Ganze sei ein Irrtum.« Er stellte sich Lou Angelo vor. »Ich bin Harry Edwards, Leiter der Sicherheitsabteilung von *G and E Records.*«

Auch das hatte Ross von Harry gelernt: Behalt deinen richtigen Vornamen bei, wenn du dir einen falschen Namen zulegst. Und erfind einen Familiennamen, der den gleichen Anfangsbuchstaben wie dein richtiger hat. Das ist leicht zu merken und hat den weiteren Vorteil, dass die Monogramme auf Schmuck- oder Kleidungsstücken stimmen.

»Espinosa?«, sagte Lou Angelo. »Ist das nicht der Mann, den Sie mit einer Abfindung loswerden wollen? Heute Nachmittag habe ich doch den Vertrag aufgesetzt.«

»Genau der«, bestätigte Ross. »Ein jähzorniger Bursche, der mich schon einige Male bedroht hat. Das ist auch der Grund, weshalb ich heute Abend Harry mitgebracht habe.«

In Wirklichkeit war Espinosa eine kleine graue Maus. Seine um achtzig Pfund schwerere Frau hatte in der Familie die Hosen an, kommandierte ihn herum, rief ihn mehrmals am Tag am Arbeitsplatz an und hatte ihn angeblich auch überredet, die Musikfirma zu beklauen. Dieser Diebstähle überdrüssig, hatte Gloria Paz ihn entlassen, war aber zu einer Abfindung bereit, damit er nicht gegen die Kündigung beim Arbeitsgericht klagte. Im Augenblick machte er mit seiner fetten Frau Urlaub in Cancún.

»Und er ist jetzt in der Firma?«, fragte sie Harry scheinheilig.

»Ja, mit den fraglichen Kartons. Ich bin der Meinung, dass diese Sache nicht vor Gericht kommen sollte, aber die Bullen wollen ihn nicht laufen lassen, ehe wir seine Identität bestätigen und formell auf eine Anzeige verzichten.«

Ross nickte. »Wie heißt der Polizeibeamte?«

»Sergeant Hurston. Manhattan South.«

Sie hielt das Handy an ihr Ohr. Natürlich war es nicht eingeschaltet, aber das konnte Lou Angelo nicht sehen. »Sergeant Hurston, hier ist Ross Marino von *G and E Records.* Ich bin Eigentümerin der Firma.«

Sie tat so, als hörte sie zu, bestätigte sodann: »Ja, Ray Espinosa ist ein Mitarbeiter. Besser gesagt, er *war* einer.« Mit hochgezogenen Brauen warf sie Lou Angelo einen gequälten Blick zu. »Wir haben uns vor einer Woche von ihm getrennt. Mein Anwalt hat gerade den Abfindungsvertrag aufgesetzt.«

Angelo nickte.

Gut. Er glaubte den Schwindel.

»Ja, Sergeant, wir kommen gleich, ich und mein Sicherheitschef.«

Sie gab Harry das Handy zurück.

»Sie werden verstehen, dass ich jetzt keine Zeit habe, mit dem Richter über meine Scheidung zu sprechen.«

»Kann ich gut verstehen«, sagte Lou Angelo. »Tut mir Leid, dass Sie solchen Ärger haben. Andererseits können Sie Espinosa jetzt zwingen, den Vertrag zu unterschreiben, und das sollten Sie noch heute Abend machen.«

Ross nickte. »Guter Tipp!«

»Was die Scheidung betrifft, stehen der Richter und ich Ihnen jederzeit zur Verfügung.«

Sie bedankte sich und winkte Mercy zum Abschied zu.

»Gehen wir«, sagte sie zu Harry und atmete tief durch, als sie Angelos Wohnung verlassen hatten.

17
Undankbarkeit

Er beobachtete, wie Magellan das Messezentrum verließ. Es war halb elf. Pavlides war dicht hinter ihr, öffnete einen Regenschirm und griff nach ihrer Hand. Sie rannten über die nasse Straße, verschwanden in einem Lokal, das rund um die Uhr geöffnet war, nostalgisch eingerichtet, mit Art-Deco-Postern an den Wänden und einer Jukebox, aus der Swing der vierziger Jahre ertönte.

Der Beobachter hatte hinter einem riesigen Laster geparkt, der Spielzeug-Dinosaurier für die Messe enthielt. Das Messezentrum war riesig, es erstreckte sich entlang der Tenth Avenue über fünf Blocks. Es gab Leute, die das fünfzehnstöckige Gebäude aus Glas und Metall bewunderten. Für den Beobachter war es eine Monstrosität, ein Schandfleck in der ganzen Umgebung.

Aber er war nicht hier, um über hässliche Architektur den Kopf zu schütteln. Auch nicht, um Magellan und den Griechen zu beschatten. Diesmal nicht.

Diesmal wollte er hier einen Mitarbeiter von Pavlides treffen, einen Mann, mit dem er etwas gemeinsam hatte: sie hassten den Griechen, und deshalb hatten sie sich verbündet.

In erster Linie ging es um ein äußerst lukratives Geschäft: fünfzig Millionen Dollar.

In zweiter Linie ging es darum, Pavlides zu beseitigen, denn der Kerl stand der gemeinsamen Zukunft des Beobachters und Magellan entschieden im Wege.

War es möglich, dass der Mitarbeiter kneifen würde, weil

er die Sache doch für zu gefährlich hielt? Sehr unwahrscheinlich. Der Beobachter glaubte an die Macht der Angst. Wenn man Leute das Fürchten lehrte, gehorchten sie blind, ohne Fragen zu stellen. Mit Freundlichkeit erreichte man hingegen gar nichts. So war nun einmal die menschliche Natur. Hatte er den Mitarbeiter des Griechen genug eingeschüchtert? Ja, davon war er überzeugt.

Er biss in ein Putensandwich, das er drüben im Lokal gekauft hatte. Das Fleisch war trocken, das Salatblatt welk. Er spülte das Zeug mit Preiselbeersaft hinunter und trank danach einen Becher schwarzen Kaffee. Nicht gerade *Haute Cuisine,* aber es ging ja auch nur darum, bei Kräften zu bleiben, bis er nach Hause kam.

Der Beobachter schaltete die Scheibenwischer aus, um Maria Callas ungestört genießen zu können. Sie sang eine Arie aus *Tosca,* seiner Lieblingsoper. Das war absolute Perfektion. Sie war auch als Medea und Norma hinreißend gewesen, aber nichts kam *Tosca* gleich.

Nebenbei beobachtete er das Paar im Lokal, das zum Glück an einem Tisch am Fenster Platz genommen hatte. Pavlides saß Magellan gegenüber und machte offenbar seinem Ärger über einen Vorfall im Messezentrum Luft. Er gestikulierte wild, runzelte die Stirn, schüttelte frustriert den Kopf … Der Beobachter lächelte. Es amüsierte ihn, den Griechen so unglücklich zu sehen.

Heute Abend hatte er selbst sich mächtig über Magellan geärgert, viel mehr als sonst. Vor einer halben Stunde, als sie Angelos Wohnung verlassen hatten, war es ihm schwergefallen, seine rasende Wut zu verbergen. Warum? Weil sie es so eilig gehabt hatte, sich in die Arme ihres Lovers zu werfen, dass sie dem Team, das sie in der Höhle des Löwen beschützt hatte, nur flüchtig gedankt hatte. Und dabei hätte sie ohne sein schnelles Eingreifen eine üble Blamage erlitten.

Seine Mutter hatte Recht gehabt. *Undankbarkeit ist der Welt Lohn.*

Seine Liebe zu Magellan war ein gefährliches Gefühl, aber so war es ja auch bei den anderen Frauen gewesen. Er hatte sie leidenschaftlich geliebt, dann glühend gehasst, und schließlich war er völlig ausgerastet und hatte seinem Trieb zur Gewalttätigkeit freien Lauf gelassen. Der Beobachter vermied es nach Möglichkeit, über sich selbst nachzudenken, aber einen Zipfel der Wahrheit hatte er im Laufe der Jahre doch erfasst: seine Beziehungen zu Frauen hatten etwas Zwanghaftes. Er wollte alles oder nichts, und weil sie nicht bereit waren, sich seiner verzehrenden Leidenschaft auszuliefern, musste er sie umbringen.

Sein Handy klingelte. Es lag auf dem Armaturenbrett, aber er griff nicht danach. Nach dreimaligem Surren verstummte es. Er zählte langsam bis zwanzig. Das Handy klingelte wieder, nur ein einziges Mal.

Ohne das Paar im Lokal auch nur für eine Sekunde aus den Augen zu lassen, summte er die Arie mit, klopfte den Takt mit seinem Detective-Ring aufs Lenkrad. Er summte noch immer, als ein kleiner Mann die Beifahrertür öffnete und sich neben ihn setzte.

»Was gibt's denn so Wichtiges, dass Sie es mir nicht am Telefon sagen konnten? Verdammt, ich musste mich wie ein Dieb in der Nacht durch eine Seitentür aus dem Gebäude schleichen. Wollen Sie einen James-Bond-Film inszenieren, oder was soll das?«, knurrte der Mann.

Denny Rinko war Ende zwanzig, hatte eine fliehende Stirn, sehr kleine Ohren und ein dünnes Bärtchen. Ein Auge stand etwas höher als das andere, sein grüner Poncho mit Kapuze war nass, an den Jeans waren die Knie ausgeschnitten. Ein blaues Stacheldraht-Tattoo zierte seinen Hals, und er hatte eine Aktentasche bei sich, die fast aus den Nähten platzte.

Rinko war Computerprogrammierer bei Pavlides' Sicherheitsfirma. Wenn es um Computer ging, war er intelligent, kreativ und einfallsreich, ansonsten aber ein Dummkopf. Er hatte einen schwachen Charakter, bildete sich zu viel auf seine Fachkenntnisse ein, vertrug keine Kritik an seiner Person, selbst aber warf er mit beleidigenden Äußerungen um sich.

»Die Pläne mussten geändert werden«, sagte der Beobachter, »und eigentlich müsstest du inzwischen wissen, dass ich nichts am Telefon bespreche. Und was du als James-Bond-

Methoden bezeichnest, ist eine simple Sicherheitsmaßnahme, die dir zudem das Leben gerettet hat.«

»Wie bitte?«

»Wenn jemand ohne Vorankündigung meine Wagentür öffnen würde, hätte er sofort eine Kugel im Kopf. Es war also in deinem ureigensten Interesse, mich kurz anzurufen.«

Rinko verdrehte die Augen. »Mein Gott! Bringen Cops wirklich Menschen um?«

»Es gibt schwarze Schafe unter den Menschen, die man ausmerzen muss. Aber meistens kann ich mich beherrschen.«

Er deutete zum Lokal hinüber. »Zwischen dir und Pavlides scheint es ja auch wieder gekracht zu haben. Du hast wirklich das Talent, ihn auf die Palme zu bringen.«

»Pavlides ist ein selbstgerechtes Schwein. Er konnte mich vom ersten Tag an nicht ausstehen.«

»Tja, warum können nicht alle Menschen sich lieben und verstehen?«

»Früher hat sich in der Firma kein Mensch um mein Privatleben gekümmert. Nur Pavlides stochert dauernd darin herum.«

»Nun, immerhin hast du eine ausgesprochene Vorliebe für besonders junges Gemüse. Wundert mich eigentlich, dass du nicht Fahrer eines Schulbusses bist. Die Kleine war erst vierzehn.«

Rinko kratzte sein dünnes Bärtchen. »Na und? Geht trotzdem keinen was an! Das Mädchen war von zu Hause durchgebrannt. Ich hab sie bei mir aufgenommen und mich um sie gekümmert. Sie behauptete, siebzehn zu sein, und das hab ich ihr geglaubt.«

»Glaubst du an Märchen?«, warf der Beobachter sarkastisch ein.

»Pavlides soll mich in Ruhe lassen! Mit allen anderen in der Firma komm ich prima aus, sie halten mich für ein Genie.«

»Pavlides ist eben ein Cop, auch wenn er nicht mehr bei der aktiven Truppe dient. Einmal Cop, immer Cop, der Gesinnung nach. Er braucht nur seine Freunde anzurufen, und du sitzt in der Scheiße.«

»Verdammt, Mann, ich hab Rita geliebt! Sie war was ganz Besonderes. Ich hab sogar daran gedacht, sie zu heiraten.«

»Klar, und Pavlides hat diese Liebesidylle brutal zerstört.«

»Er hat mich vor die Wahl gestellt – Rita kehrt nach Hause zurück, oder ich wander wegen Kindesmissbrauchs ins Kittchen!«

Der Beobachter grinste. »Ciao, Rita! Verständlicherweise hattest du keine Lust, in den nächsten zehn Jahren nur mit irgendeinem Nigger rumzuknutschen, der einen Riesenschwanz hat.«

Rinko spuckte aus dem offenen Autofenster. »Wollen Sie hören, was Pavlides sich heute geleistet hat? Ich hatte ein Superangebot, sollte bei *Juba Records* Computer programmieren. Hätte nur zwei Tage gedauert. Und was macht der Grieche? Gibt mir keinen Urlaub, behauptet, diese blöde Spielzeugmesse sei wichtiger. Und jetzt muss ich auf diese blöden fetten Puppen eines blöden fetten Japsen aufpassen.«

»Habe ich das richtig verstanden? Pavlides möchte, dass du dich ausschließlich auf deine Arbeit für *Philbin Security* konzentrierst, von der du dein Gehalt bekommst. Und du willst das volle Gehalt kassieren, aber Nebenjobs ausüben, wann immer es dir einfällt?«

»Ich verdien bei Philbin nicht genug. Sollen sie mich doch feuern, wenn's ihnen nicht passt, dass ich mir nebenbei was verdiene.«

Der Beobachter hob warnend den Zeigefinger. »Das wäre zurzeit höchst ungünstig. Aber da wir gerade von Nebenjobs reden – wie läuft's denn in der Polizeizentrale?«

Rinko holte eine Flasche Mineralwasser aus seiner ausgebeulten Tasche, trank einen Schluck, rülpste laut.

»Das reinste Irrenhaus«, berichtete er. »An drei Tagen pro Woche bin ich für zwei oder drei Stunden dort, zusammen mit anderen Konsultanten. Bei den Bullen gibt's zwar auch halbwegs gute Computerfachleute, aber sie sind hoffnungslos überfordert. Ständig müssen die Programme auf den neuesten Stand gebracht und aktuelle Datenbanken erstellt werden. Verbrechen machen sich bezahlt – jedenfalls springt für mich ganz schön was dabei raus.«

»Und das hast du Pavlides zu verdanken, denn er hat dich ja empfohlen. Er ermöglicht es dir, Geld auf der Filmschule zu verplempern.«

»Ich verplempere es nicht, ich investiere es in meine Zukunft. Die Schule ist mir hundert Riesen wert. Jetzt brauche ich noch fünfzig, um den Film fertig zu stellen, der mir das Diplom sichern wird – und dabei rechne ich mit Ihrer Hilfe.«

»Inwiefern?«

»Ich verlasse mich auf die fünfhundert Riesen, die Sie mir zugesichert haben.«

Der Beobachter rieb sich an der Nasenspitze. »Die kriegst du.«

»Mit meinem Film geh ich dann nach L. A. und zeig den Bossen, dass ich wirklich was kann. Und was Ihre Anspielung angeht, dass Pavlides mir geholfen hat, muss ich Ihnen widersprechen. Ich hätt den Job beim NYPD auch ohne ihn bekommen, weil ich der Beste bin, wenn es um Computer geht.«

»Du leidest trotz deiner Jugend nicht gerade an Schüchternheit und Minderwertigkeitskomplexen!«

»Mir war schon als Kind klar, dass ich zu Höherem geboren bin.«

»Wie schön für dich! Wie dem auch sein mag – es sieht gut für uns aus. Je mehr Computerleute in der Polizeidirektion arbeiten, desto besser. Dann fällt der Verdacht nicht gleich auf dich, wenn wir den entscheidenden Schachzug machen.«

»He, was Sie da sagen, gefällt mir gar nicht, Mann! Sie hatten mir doch versichert, dass überhaupt kein Verdacht auf mich fallen würde.«

»Du kannst mir vertrauen – dir wird nichts passieren.«

»Vertrauen ist Scheiße!«

Der Beobachter stellte die Musik leiser. »Denken wir mal an unsere erste Begegnung zurück. Da hattest du den Mund auch sehr voll genommen. Erinnerst du dich noch daran, wie das ausging?«

Rinko massierte seine Schulter und rückte etwas vom Beobachter ab.

»Ich hab dich im Kofferraum eingesperrt und bin im Rückwärtsgang dreimal gegen eine Ziegelmauer gefahren. Hast du das schon vergessen?«

»Nein ... Mir wären fast die Zahnplomben rausgefallen, und ich hatte einen Monat lang grässliches Kopfweh. Warum erwähnen Sie das?«

»Damit du kapierst, dass du nicht mit mir streiten sollst.«

»Okay, okay. Kommen wir endlich zur Sache – warum haben Sie mich herzitiert? Sie erwähnten vorhin eine Änderung unserer Pläne.«

»Wir legen nicht nächsten Monat los, sondern in fünf Tagen.«

Rinkos Unterkiefer klappte hinunter. »So bald? Warum das denn?«

»Hast du deinen Laptop dabei?«

Rinko klopfte auf seine Mappe. »Na klar, ohne das Ding geh ich nie aus dem Haus.«

Der Beobachter griff in seine Jackentasche, holte ein gefaltetes Blatt Papier hervor und gab es Rinko. »Lies Sie das.« Er drückte ihm eine kleine Taschenlampe in die Hand. »Das muss als Beleuchtung genügen. Wir wollen schließlich nicht auffallen.«

Rinko las schweigend, dann grinste er. »Gemeiner geht's gar nicht! Gefällt mir.«

»Scanne das!«, befahl der Beobachter. Der junge Mann gehorchte. »Das wandert dann in Pavlides' Computer, zu Hause und im Büro. Überprüfe nach zwei Tagen, ob die Firmen darauf reagiert haben.«

»Wird gemacht. Aber ich kapier immer noch nicht, warum Sie's plötzlich so eilig haben.«

Der Beobachter schaute zum Lokal hinüber. »Wir leben in einer undankbaren Welt.«

»Und was heißt das im Klartext?«

»In den nächsten fünf Tagen werden sich einige Dinge klären. Meine Ermittlungen im Fall einer vermissten Person werden beendet sein. Ein anderer Fall wird ebenfalls abgeschlossen. Mehr brauchst du nicht zu wissen.«

»Ich weiß mehr, als Sie denken«, prahlte Rinko. »Ich weiß

jetzt, warum Sie Pavlides hassen und zugrunde richten wollen. Anfangs hab ich geglaubt, Sie hätten mal beruflich mit ihm die Klingen gekreuzt, als er noch ein Cop war. Verstehen Sie mich bitte nicht falsch – Ihre Motive sind mir im Grunde scheißegal, wenn ich nur mein Geld kriege. Aber seit ich gesehen habe, wie Sie ständig in das Lokal starren, ist mir klar, dass Sie einen Konkurrenten ausschalten wollen, weil Sie scharf auf die Lady sind.«

Der Beobachter schwieg. Sollte das Bürschchen ruhig ausreden. Dann würde er ihm das Schandmaul stopfen, ihn so hart bestrafen, dass er ein für alle Mal lernte, seine Zunge im Zaum zu halten.

»Mach Ihnen keinen Vorwurf draus, dass Sie das Weib haben wollen«, laberte Rinko unbekümmert weiter. »Ist echt ein appetitlicher Brocken. Hätte selbst nichts dagegen, von ihr verwöhnt zu werden. Wetten, dass sie toll blasen kann?«

Der Angriff erfolgte ohne Vorwarnung. Der Beobachter stieß Rinko einen Daumen ins Auge, ein harter Schlag gegen die Kehle folgte. Eiserne Finger gruben sich in seinen Kehlkopf, so dass er keinen Laut hervorbringen konnte. Seine Augen traten fast aus den Höhlen, er sah nur noch Sterne, glaubte zu ersticken.

»Wenn du die Frau noch einmal beleidigst, bist du ein toter Mann, das schwöre ich dir!«, zischte der Beobachter, bevor er Rinko endlich losließ.

Der Computerexperte japste verzweifelt nach Luft. Es dauerte Minuten, bis er ein Wort hervorbringen konnte. »Ich steig aus«, flüsterte er mit unnatürlich rauer Stimme. »So was lass ich mir nicht bieten. Besorgen Sie sich einen anderen, der Ihre Schmutzwäsche erledigt.«

Diesmal blieb der Beobachter ganz ruhig. »Gestohlene Computerchips sind das Kokain der neunziger Jahre, wusstest du das schon? Man bekommt sie leicht los und hinterlässt keine Spuren. Sicherer als Drogenhandel, und wenn man doch erwischt wird, sind die Strafen nicht so hoch.«

Rinko hörte auf, seinen Hals zu massieren.

»Vor nicht allzu langer Zeit verübten drei mit Skimasken verhüllte Männer einen bewaffneten Raubüberfall auf eine

Fabrik für Computerchips in Soho. Du arbeitetest damals als Berater für diese Firma, hattest zum Zeitpunkt des Überfalls aber glücklicherweise eine Grippe. Die Ganoven erbeuteten neue Chips im Wert von über einer Million und brachten einen Wächter um. Nur ein Insider kann ihnen die nötigen Tipps gegeben haben, welche Chips sie mitnehmen sollten, und nützliche Informationen dieser Art werden immer gut bezahlt, stimmt's, Denny?«

»Wie haben Sie das rausbekommen?«

»Ich kenne gern alle Geheimnisse der Leute, mit denen ich arbeite. Wie der Zufall es will, habe ich jenen Fall zu lösen versucht.«

»Davon haben Sie nie etwas erwähnt.«

»Muss ich ganz vergessen haben. Na ja, ich verdächtigte eine vietnamesische Bande, die von Chinatown aus operierte. Konnte sie allerdings nicht schnappen. Wie mir zu Ohren gekommen ist, haben sie ihr Betätigungsfeld nach Hongkong verlegt. Nur einer ist hier zurückgeblieben.«

Rinko kaute an seiner Lippe herum. »Haben Sie ihn verhaftet? Ich meine – hat er irgendwelche Namen genannt?«

»O ja, er hat mir sein Herz ausgeschüttet, aber du brauchst dir keine Sorgen zu machen, Denny – ich hüte dein Geheimnis. Der Mann hieß übrigens Han.«

»Petey Han? Wo ist er jetzt?«

Der Beobachter stellte die Musik lauter. »Sein Spitzname war Petey Langohr, und er hatte wirklich die größten Ohren, die ich je gesehen habe. Bei starkem Wind schwebte er in Gefahr, weggeweht zu werden.« Er lächelte. »Petey hatte eine Freundin in Flushing, die noch bei ihren Eltern wohnte. Drei Tage hab ich rund um die Uhr ihr Haus beobachtet, und wen seh ich eines schönen Abends? Petey Langohr auf der Suche nach ein bisschen Liebe. Wir hatten ein sehr interessantes Gespräch. Du warst jener Insider, Denny, und auf Beteiligung an einem Raubmord stehen hohe Strafen.«

Rinko schloss die Augen. »Wo ist Petey jetzt?«

Der Beobachter ließ den Motor an. »Ich glaube, zwischen uns ist alles geklärt, oder? Ich möchte nicht zu spät nach Hause kommen. Wir bleiben in Verbindung.«

Rinko stieg schnell aus und schloss die Autotür. Durchs offene Fenster fragte er noch einmal: »Wo ist Petey? Ich habe nirgends gelesen, dass man ihm den Prozess gemacht hat.«

»Für Erfolg im Leben gibt es zwei Grundregeln, Denny. Die erste lautet: Erzähl nie alles, was du weißt.«

Der Beobachter fuhr davon. Rinko legte den Kopf in den Nacken, ließ Regen auf seinen schmerzenden Hals prasseln.

18

Telefonate

Ross hatte über Nacht ihren Anrufbeantworter eingeschaltet. Um sieben Uhr hörte sie das Band ab.

Lieutenant Fargnoli hatte um fünf Uhr angerufen. Das FBI hatte ihn über die Beinahe-Katastrophe mit Richter Reiner in Angelos Wohnung informiert. Um zehn wollte er in seinem Büro hören, was sie dazu zu sagen hatte. War es nur großes Pech gewesen, oder hatte sie Mist gebaut?

Ross wusste natürlich, dass zwischen OCCB und FBI enge Kontakte bestanden, aber wie kam es, dass Labriola noch vor Fargnoli von dem Zwischenfall erfahren hatte?

Stell dich der unangenehmen Wahrheit, Mädchen: Einer deiner Mitarbeiter petzt beim FBI.

Oder ließ Labriola sie beschatten? Ihm war klar, dass ein Staatsanwalt, der Richter Reiner zu Fall brachte, glänzende Zukunftsaussichten hatte. Und weil er kein Narr war, wusste er auch, dass es bei einem Königsmord keine zweite Chance gab. Man musste ihn mit dem ersten Messerstich mitten ins Herz treffen. Auf Richter Reiner übertragen: Man durfte sich nicht den kleinsten Fehler erlauben, man musste ihn festnageln, bevor er merkte, wie ihm geschah, andernfalls konnte man gleich seinen Hut nehmen.

Auch Frank Beebe, dem »Bären« aus Georgia, traute Ross alles zu. Hatte er mit Labriola eine Absprache getroffen, sie im Auge zu behalten? Waren sie so weit gegangen, in ihre Wohnung einzubrechen?

Der seltsame Einbruch hatte sie wahnsinnig nervös gemacht, sonst wäre sie bei dem Ausritt mit Chessy nicht so in Panik geraten. Gott sei Dank hatte ihre Schwester sich bereits von dem Schock erholt. Sie hatte gestern am späten Abend mit Chessy telefoniert, die sich erstaunlich normal anhörte und Ross keine Vorwürfe machte. Trotzdem würde Ross die Warnung nicht so schnell vergessen, die Doktor DeCarlo ausgesprochen hatte: *Treiben Sie Ihre Schwester nicht wieder an den Rand des Abgrunds. Es könnte sein, dass sie beim nächsten Mal völlig den Halt verliert.*

Um Viertel nach zehn betrat sie Fargnolis Büro und erntete einen strafenden Blick, weil sie zu spät kam. Alle anderen waren schon versammelt und saßen auf unbequemen Stühlen herum: Harry Earles, Glenn Ford, Artie Franzese und Frank Beebe vom FBI, der Corn Chips mit Chili zum Frühstück aß, spitze Cowboystiefel trug und Ross musterte, als würde er den Ehering seiner Mutter versetzen, um einmal an ihrem Slip schnuppern zu dürfen. Widerlich!

Ihr lag auf der Zunge, ihn zu fragen, ob er sie beschatten ließ, aber sie verzichtete darauf, denn bloße Vermutungen würden ihr nichts als Ärger einbringen.

Das OCCB hatte Zweigstellen in der ganzen Stadt. Ross war der Filiale über einem Schachgeschäft in Greenwich Village zugeteilt. Das fünfstöckige Gebäude an der Seventh Avenue hatte schon bessere Zeiten gesehen, aber hier im Künstlerviertel wurden heruntergekommene Holzhäuser dieser Art als »malerisch« bezeichnet.

Fargnolis Büro war klein, mit rot bespannten Wänden und einem Blick auf den Christopher Park, wo seit 1991 zwei Statuen homosexueller Paare – die Männer umarmten sich im Stehen, die Frauen auf einer Parkbank – an die Unruhen erinnerten, mit denen Schwule und Lesben ihre Gleichberechtigung gefordert hatten. Ihren damaligen Treffpunkt, das alte Stonewall Inn, gab es freilich nicht mehr.

»Freut mich, dass Sie endlich da sind«, sagte Fargnoli. Ross nahm auf dem Klappstuhl vor seinem Schreibtisch

Platz, auf dem *heißen Stuhl*, und nahm den Deckel von einem Becher Kaffee ab. »Tut mir Leid, dass ich zu spät komme, aber ich musste einige Dinge erledigen.«

Der Lieutenant strich über seine kurzen grauen Haare. »Irgendein Zusammenhang mit diesem Fall?«

»Selbstverständlich. Ich bin hier, weil Labriola befürchtet, dass uns alle Felle davonschwimmen könnten. Meiner Ansicht nach macht er aus einer Laus einen Elefanten.«

»Dazu kommen wir gleich. Harry hat mir schon erzählt, was gestern Abend passiert ist. Er nennt es einen dummen Zufall. Wie lautet Ihre Version?«

»Ich schließe mich Harrys Meinung an. Reiners Name stand nicht auf der Gästeliste. Er tauchte überraschend auf, um sich mit Spielgeld zu versorgen. Ich kann mir beim besten Willen nicht vorstellen, dass er misshandelte Frauen unterstützt – es sei denn, sie spielen Poker.«

Frank Beebe schaute auf sein Chili. »Sind Sie sich ganz sicher, dass er nicht aufgetaucht ist, um Sie identifizieren zu können?«

Ross nippte an ihrem Kaffee. »Ich bin mir absolut sicher. Wie gesagt – ihm ging es nur um die Knete. Er hat mich nicht gesehen, denn andernfalls hätte er Lou Angelo sofort aufgeklärt, dass ich ein Cop bin, und das hätte Angelo mir natürlich an den Kopf geworfen.«

Beebe grinste. »Ich bin überglücklich zu hören, dass Sie und Angelo offenbar ein Herz und eine Seele sind. Bringt er Ihnen schon das Frühstück ans Bett?«

Ross blies in ihren Kaffee, um ihn abzukühlen. »Agent Beebe, ich kann Ihren Gedankengängen nicht ganz folgen. Unterstellen Sie mir, dass ich mit Lou Angelo schlafe?«

Der Bär schaute die anderen Männer im Zimmer an, aber keiner war bereit, ihn zu unterstützen.

Sie ergriffen aber auch nicht für Ross Partei, worüber sie sehr froh war. Es gab Kämpfe, die man allein ausfechten musste.

Beebe machte indirekt einen Rückzieher. »Legen Sie mir bitte keine Worte in den Mund, *Detective* Magellan. Ich mag es nicht, wenn man mir schon am frühen Morgen frech kommt.«

»Ich und frech? So etwas würde ich doch gegenüber dem FBI niemals wagen!«

Glenn Ford und Artie Franzese zwinkerten sich grinsend zu, Harry Earles lächelte dezent und starrte an die Decke, und Fargnoli hielt sich schnell eine Hand vor den Mund, damit Beebe sein Schmunzeln nicht sah.

»Ich vermute, Sie haben seit gestern Abend noch einmal mit Angelo gesprochen?«, erkundigte er sich.

»Ja, heute Morgen. Das ist einer der Gründe, weshalb ich zu spät kam. Zwischen uns ist alles in Ordnung. Eigentlich wollte ich Mercy Howard sprechen, für die ich etwas arrangiert habe, aber zuerst war Angelo am Apparat.«

Sie zwang sich, Beebe anzusehen. »Es wird die Regierung was kosten, aber ich glaube, die Ausgabe lohnt sich.«

»Worüber reden wir jetzt?«, wollte Fargnoli wissen.

»Über einen Fototermin«, erklärte Ross. »Mercy sucht eine neue Beschäftigung, weil Lou nicht will, dass sie weiter für den Begleitservice arbeitet.«

»Ja, und er will ihr eine Wohnung in der Nähe der Ihren kaufen, das haben Sie uns gestern schon erzählt. Jetzt würde ich gern etwas Neues hören.«

»Wie gesagt – Mercy will nicht nur Daumen drehen. Deshalb soll sie für ein Plattencover von *G and E* posieren. Gloria Paz ist einverstanden, solange es sie nichts kostet. Wir machen es in einem Studio, mit allem Pipapo – Stylist, Friseur, Visagistin. Der Fotograf macht die Aufnahmen, ohne zu wissen, dass wir nicht vorhaben, sie zu verwenden, und Mercy weiß das selbstverständlich auch nicht. Und in der nächsten Woche macht sie dann Publicity für *G and E.* Gloria hat einen Auftritt von Salsa-Sängern in einem brasilianischen Club arrangiert, und dabei wird Mercy die Besucher an der Tür empfangen, die Gästeliste abhaken, Werbematerial verteilen und CDs verkaufen. Ich habe mit Gloria vereinbart, dass wir auch das bezahlen. Mercy ist hell begeistert, freut sich wie ein kleines Kind und sieht sich schon im Show-Business.«

»Wir werden dem armen Ding das Herz brechen, wenn es erfährt, dass alles nur Schwindel war«, meinte Glenn Ford.

Ross trank einen Schluck Kaffee. »Das ist nun mal unser Job – Leute hinters Licht zu führen.«

»Wie wahr!«, murmelte Ford. »Na ja, ich stelle ihr gern meine Schulter zur Verfügung, wenn sie sich ausweinen möchte.«

Art Franzese klopfte dem schwarzen Detective aufs Knie. »Würdest du sie wirklich mit deiner Anaconda spielen lassen? Dieses Risiko würde ich an deiner Stelle nicht eingehen – sie könnte vor Schreck mit einem Hammer draufschlagen.«

Ross schüttelte den Kopf und wandte sich wieder Fargnoli zu. »Auf diese Weise kann ich Freundschaft mit Mercy schließen. Sie ist so dankbar, dass ich mir ziemlich schäbig vorkam, sie so zu täuschen. Auch Angelo ist mir dankbar. Ich habe nochmals die Scheidung erwähnt, und er ist die Hilfsbereitschaft in Person. Über die Höhe seines Honorars haben wir allerdings noch nicht gesprochen.« Ihr Blick schweifte zu Beebe. »Ich werde Geld für Angelo benötigen, schon sehr bald.«

Der Agent nickte. »Wenn ich dabei sein kann, wenn Sie es ihm übergeben.«

Fargnoli kratzte sich an einer Braue. »Da wir gerade über Geld reden – Harry hat erzählt, dass Angelo gestern Abend nicht *nur* Spenden für sein Frauenhaus bekommen hat.«

»Stimmt«, bestätigte Ross. »Diese angebliche Wahlkampagne scheint eine Goldgrube zu sein.«

Art Franzese hob die Hand. »Ich hab zwei Leute gesehen, die Angelo Bargeld zusteckten. Beide sind gute Bekannte von Angelo und Reiner.«

»Namen?«

»Julio Prado, Stadtrat im Bezirk Bronx, und Mayron Goldman, Vorsitzende einer wichtigen jüdischen Wohltätigkeitsorganisation.«

Fargnoli grinste. »Wird ja immer schöner! Unser guter Richter Reiner ist wirklich ein multikultureller Mann, hat Kontakte zu Albanern, Puertoricanern, Juden … Und alle werden stinksauer sein, wenn wir ihn hochgehen lassen. Gefällt mir, gefällt mir wirklich!«

»Warten Sie ab, es kommt noch besser«, meldete Harry

sich zu Wort. »Ross konnte einen Blick in Angelos Aktenkoffer werfen.«

Ross holte das Notizbuch aus ihrer Schultertasche. »Ja, und außer den Briefumschlägen mit Cash lagen drei Briefe darin, alle von Park Lee Kim.«

»Mr. Kim ist der reichste koreanische Geschäftsmann von ganz New York. Multimillionär, sehr großzügig mit Spenden, an die richtigen *und* an die falschen Leute. Drei Umschläge deuten darauf hin, dass er dem Richter Spenden unter verschiedenen Namen zukommen lässt, und ich gehe jede Wette ein, dass es die Namen von Verstorbenen sind – diese Methode ist heutzutage sehr beliebt, besonders bei Spenden für politische Parteien. Wenn Mr. Kim das macht, bricht er das Gesetz, und dann ist nicht nur Reiner dran, sondern auch er.«

Fargnoli wandte sich an Beebe. »Können Sie Kim ausleuchten lassen? Alles könnte für uns interessant sein – ob seine Green Card legal ist, wie viel Steuern er bezahlt, ob er eine Frau oder Geliebte oder beides hat oder ob er schwul ist. Vielleicht können wir den guten Mann ein bisschen nervös machen.«

Beebe nickte. »Wird erledigt.«

Fargnoli gab Ross einen Computerausdruck. »Alle anderen haben schon Kopien davon. Wir haben Ihre Informationen über Mr. Angelos teuren Lebensstil überprüft. Sie hatten Recht – er behandelt die kleine Mercy wie eine Königin, ohne sich selbst zu vernachlässigen.« Er hob sechs Finger hoch. »Letzte Woche bestellt er sechs Maßanzüge, das Stück zu fünf Riesen! Weitere fünf Riesen gibt er für Schuhe und Hemden aus. Zehn Riesen für neue Computer in seiner Kanzlei. Hinzu kommt diese neue Eigentumswohnung in Florida, und seine Wohnung in der Park Avenue soll ja auch nicht gerade ein schäbiges Loch sein, aber das wissen Sie besser als ich, denn Sie waren ja dort, zusammen mit Ihren drei wackeren Rittern.«

Ross warf einen Blick auf das Printout. Angelo gab jeden Monat fünfstellige Summen aus, und er beglich alle Rechnungen sofort. Keine Raten, keine Mahnungen. Ross faltete das Blatt und schob es in die Tasche. Ihr Instinkt hatte sie nicht getrogen: Lou Angolo bediente sich aus der Keksdose, und weil er klaute, hatte sie ihn in der Hand. Ob diese Woche oder erst nächste spielte keine Rolle. Sobald er das Geld des FBI ausgab, das sie ihm für ihre angebliche Scheidung überreichen würde, saß er in der Falle. Entweder er erklärte sich zur Zusammenarbeit bereit, oder er wanderte ins Gefängnis.

Sie konnte sich beim besten Willen nicht vorstellen, dass er die zweite Möglichkeit auch nur eine Sekunde in Betracht ziehen würde. Nicht in seinem Alter. Nicht, wenn er sich bei Nacht an Mercy schmiegen wollte. Big Lou war mit den Spielregeln vertraut. Er würde die richtige Entscheidung treffen und Reiner wie eine heiße Kartoffel fallen lassen.

»Wenn er Reiner bestiehlt, betrügt er mit Sicherheit auch das Finanzamt, denn diese Extraeinnahmen kann er schlecht angeben.«

»Dann kriegen wir ihn auch wegen Steuerhinterziehung dran. Sorgen Sie nur dafür, dass er Geld von Ihnen annimmt.«

»Ja, und zahlen Sie in zwei Raten«, warf Beebe ein. »Ich werde beide Male in der Nähe sein und die Übergabe bezeugen können. Ich will ganz sicher sein, dass der Bursche Blut schwitzt.«

Glenn Ford grinste. »Treffend ausgedrückt!«

Fargnoli legte seine Hände flach auf den Schreibtisch. »Okay, Leute, Ende der Besprechung. Schnappen wir uns Reiner, bevor er nach *uns* schnappt. Wenn er auch nur den leisesten Verdacht schöpft, sitzen wir alle in der Patsche. Kompliment, Ross, diese Idee mit Mercys angeblicher Karriere ist großartig. Dadurch gewinnen Sie Angelos volles Vertrauen.«

Er riss das oberste Blatt von einem kleinen Notizblock ab und gab es Harry. »Das ist gestern am späten Abend reingekommen. Ein Polizist vom 20. Distrikt sagte, sie hätten zwei Wagen, die Sie haben könnten.«

Harry steckte den Zettel ein. »Danke.«

Er kaufte gebrauchte Streifenwagen spottbillig auf und verkaufte sie an Taxiunternehmen weiter. Die meisten Cops waren auf irgendeinen Nebenverdienst angewiesen. Ross kannte welche, die als Nachtwächter arbeiteten oder sich an Wochenenden als Immobilienmakler versuchten. Harry hatte sich für den Gebrauchtwagenhandel entschieden.

Abgesehen von ihrem Beruf hatten Harry und sie kaum etwas gemeinsam. Er liebte Opern, sie nicht. Er verbrachte ruhige Abende mit seiner behinderten Frau, sie ging gern mit Connie tanzen. Harry machte Tai Chi, sie spielte lieber Conga. Sie respektierte den Mann, konnte aber nicht richtig warm mit ihm werden. Anderen Kollegen ging es genauso. Harry war ein Außenseiter, ein einsamer Wolf.

Ihr Büro war winzig, es bot nur Platz für einen Schreibtisch und zwei Stühle. Sie hatte es kaum betreten, als das Telefon klingelte. Hoffentlich kein langes Gespräch, denn Harry wollte gleich zu ihr kommen. Ihm gefiel ihre Idee, Mercy Howard etwas vorzugaukeln, aber er wollte noch einige Verbesserungen vorschlagen. Typisch Harry!

Sie hielt das schnurlose Telefon an ihr Ohr. »Detective Magellan.«

»Hören Sie gut zu, denn wir werden nicht lange hier rumhängen.«

Jackie Blue. Seine Stimme war vor Aufregung sehr hoch. »Hier ist jemand, der mit Ihnen reden möchte.«

Eine Frau fragte: »Sind Sie Detective Magellan?«

»Ja. Mit wem spreche ich?«

»Jenn Sanchez. Wie ich höre, suchen Sie mich.«

19

Ein einziges Wort

Jenn Sanchez rief sie an!

Ross machte die Bürotür zu, lehnte sich mit dem Rücken dagegen, räusperte sich, bevor sie fragte: »Wo sind Sie?«

»Das ist unwichtig«, sagte Sanchez. »Ich rede nur mit Ihnen, weil Jackie Blue mich darum gebeten hat.«

Sie sprach leise, undeutlich, so als wäre sie am Einschlafen. Typisch für Drogensüchtige. In ihrer Stimme schwang aber auch Angst und Wut mit. *In zehn Jahren könnte das ich sein,* dachte Ross. *Jeder Tag ein Kampf ums Überleben.*

»Ich bin allein. Wir können ungestört reden.«

Jenn Sanchez stieß ein kurzes raues Lachen aus. Es pfiff wie eine Pistolenkugel an Ross' Ohr vorbei.

»Sie sind *allein!«,* höhnte Sanchez. »Glauben Sie das wirklich? Lady, leben Sie auf dem Mond? Ihr Problem besteht darin, dass Sie *nicht* allein sind. Sie sind von Bullen umgeben und fühlen sich sicher. Gewaltiger könnten Sie sich gar nicht irren!«

»Was meinen Sie damit?«

»Gegenfrage: Warum suchen Sie mich? Kennen wir einander?«

»Nein, aber ich habe Ihr Foto gesehen. Wir könnten Schwestern sein, und Sie haben genau wie ich im Untergrund gearbeitet. Wir haben viel gemeinsam.«

»Oh, Baby, wie Recht Sie haben! Mehr als Sie glauben, und das ist gut so, denn andernfalls würden Sie wie ich um Ihr Leben rennen.«

Ross' Kehle wurde eng, ihre Schläfenadern pochten schmerzhaft. »Ich verstehe nicht ganz …«

»Dann will ich es Ihnen erklären. Der Kerl, der mich umlegen wollte und der dafür verantwortlich ist, dass ich drogenabhängig bin, ist ein Cop. Seinetwegen kann ich nicht schlafen. Seinetwegen schaue ich ständig über die Schulter.«

»Ich weiß.«

»Sie wissen einen Scheißdreck!«

»Ich weiß, dass es ein Cop ist, der Ihnen nach dem Leben trachtet.«

Jenn Sanchez schwieg eine Weile, dann seufzte sie. »Sie müssen gute Informanten haben, aber das wird Ihnen in diesem Fall nicht viel nützen. Der Cop ist für Sie kein Unbekannter.«

Ross umklammerte das Telefon mit beiden Händen. »Wie heißt er?«

»Wozu wollen Sie das wissen? Um noch mehr Unheil anzurichten? Der Kerl ist Ihnen haushoch überlegen. Bis vor ein paar Tagen glaubte er, ich wäre tot. Dann mischen Sie sich ein, und jetzt ist er wieder hinter mir her.«

»Was meinen Sie damit?«

»Glauben Sie, Emilio hätte Selbstmord begangen? Überlegen Sie mal ganz scharf, und wenn Sie schon dabei sind, fragen Sie sich vielleicht auch, wie jener Cop Emilio gefunden hat. Und wenn Sie eine Antwort haben wollen, brauchen Sie nur einen Blick in den Spiegel zu werfen.«

»Wollen Sie damit sagen, *ich* sei für Emilios Tod verantwortlich?«

»Sie haben den Cop geradewegs zu Emilio geführt. Ich werde nicht zulassen, dass Sie ihn auch zu *mir* führen, Süße. Halten Sie sich aus dieser Sache raus. Ich kann selbst auf mich aufpassen und ...«

Der Hörer wurde aufgeknallt.

Sekunden später klingelte das Telefon wieder. Jackie Blue.

»Das Luder ist weggerannt«, berichtete er. »Hat einen Streifenwagen gesehen, und weg war sie! Verrückte Person! Ich muss ihr nach, mich um sie kümmern. Ruf Sie später wieder an.«

Ross trat mit dem Absatz gegen die Tür. *Verdammt!*

Sie legte den Hörer auf, deprimiert und wütend zugleich. Am liebsten hätte sie irgendwas zerschlagen.

Und dann sah sie ihn auf ihrem Schreibtischkalender.

Ein Papierfrosch, aus einem einzigen gelben Blatt gefaltet, so klein, dass er mühelos in ihrer Hand Platz hatte.

Exquisit, anders konnte man ihn nicht beschreiben.

Auf seinem Rücken stand, mit dunkelblauer Tinte geschrieben, ein einziges Wort.

Bald.

20

Overkill

»Was ist das, eine neue Methode der Verbrechensbekämpfung?«

»Stand auf meinem Schreibtisch, als ich aus Fargnolis Büro kam.«

»Ein Papierfrosch. Und wo bleibt meiner?«

»Wahrscheinlich springt er noch im Teich herum.«

Harry Earles stand auf der Schwelle und kratzte sich mit der Ecke eines Aktenordners den Nacken. »Sie sehen besorgt aus. Angst, Warzen zu bekommen?«

Ross bewegte den Frosch hin und her. »Mir gehen verschiedene Dinge durch den Kopf.«

Jenn Sanchez. Und der Cop, der mich beschattet, um Jenn zu finden und zu ermorden.

Sie hatte in alten Zeitungen nach Informationen über Fälle gesucht, die Sanchez bearbeitet hatte. Nicht der geringste Hinweis darauf, dass sie jemals Probleme mit anderen Cops gehabt hatte.

Jetzt würde sie Jenns Privatleben unter die Lupe nehmen, jede Verhaftung, die sie jemals durchgeführt hatte, prüfen. Verdammt, irgendwo musste sich doch eine Spur jenes Cops finden lassen!

Es würde eine sehr zeitraubende Suche sein: Jenns Ausbildung an der Polizeiakademie, ihre ersten Schritte im Berufsleben, ihre Beförderung zum Detective … Cops als Freunde, Mitarbeiter, Vorgesetzte, Liebhaber …

Ihr fehlte jede Befugnis, sich mit dieser Sache zu befassen. Ihre Chefs würden sagen: Für Cops ist die Abteilung Interne Angelegenheiten zuständig. Informieren Sie diese Kollegen und überlassen Sie ihnen die Ermittlungen. Sie können nicht auf zwei Hochzeiten tanzen.

Sie hätte den Kollegen nicht viel zu berichten. Nur, dass Freddy Palacio zufällig etwas aufgeschnappt hatte und dass ihr Instinkt ihr sagte, dass Jenn Sanchez ernsthaft in Schwierigkeiten steckte.

Ross stellte den Papierfrosch wieder auf ihren Schreibtisch, streifte dabei seinen Rücken. Der Frosch hüpfte. Ross quiekte vor Begeisterung.

»Harry, haben Sie das gesehen? Er kann hüpfen!«

Sie klopfte mit einem Finger auf den Froschrücken. Er hüpfte wieder, prallte gegen ein Hindernis, fiel um. Ross sah Harry mit leuchtenden Augen an. »Ist er nicht zauberhaft?«

»Man braucht viel Geduld, um so was zu fabrizieren.«

»Das ist mir klar. Ich brächte das nie zustande.«

Ross nahm den Frosch in die Hand und betrachtete ihn ausgiebig. Vielleicht war er gar nicht für sie bestimmt. Vielleicht hatte die Putzfrau ihn hier vergessen, wollte ihn eigentlich einem ihrer Kinder schenken. Und was hatte das Wort *bald* zu bedeuten? Es war ein dehnbarer Zeitbegriff. Wenige Tage, wenige Stunden, wenige Minuten oder Sekunden? Oder handelte es sich um irgendeine Abkürzung, die sie nicht kannte?

Harry lehnte immer noch im Türrahmen. »Ich habe auf dem Korridor gehört, dass Sie mit jemandem telefonierten. Gibt es ein Problem?«

Ross schluckte den letzten Rest Kaffee. Connie und Jackie Blue waren die einzigen Menschen, denen sie etwas von Jenn Sanchez erzählt hatte. Sie würde sich hüten, einen Cop einzuweihen. Damit würde sie sich nur Feinde am Arbeitsplatz machen. Schließlich wollte sie einen Kollegen des versuchten Mordes überführen, und das wurde als Verrat angesehen. Wer einen anderen Cop anschwärzte, egal aus welchen Gründen, war eine »Ratte«.

»Vielleicht hilft es Ihnen, wenn Sie darüber reden«, sagte Harry sanft.

Ross lehnte sich auf ihrem Stuhl zurück. »Diesmal nicht.«

Es wäre durchaus verführerisch, Harry einzuweihen. Sie bildeten ein ausgezeichnetes Team: das Gespenst mit seiner Erfahrung, sie mit ihrem Instinkt. Sie waren erfolgreich als Hüter der Ordnung, als Beschützer friedlicher Bürger, als Schrecken von Übeltätern jeglicher Art.

Ohne ihre Wächter wäre Ross längst tot und begraben. Wenn Harry sie begleitete, hatte sie ein Gefühl, als könne ihr nichts Schlimmes passieren. Ihm unterliefen nie Fehler, auf ihn war hundertprozentig Verlass.

Freilich hatte er auch einen großen Nachteil: er erinnerte sie mitunter an einen Eisberg. Seine Selbstbeherrschung war fast unheimlich. Er hatte sich immer völlig unter Kontrolle. Ließ sich weder Frust noch Wut anmerken, übertrieb nie, prahlte nie. Seinen Spitznamen ›Herzog‹ verdankte er dem Song »Duke of Earl«. War Harry Earles ein Perfektionist oder schlicht verklemmt? Wahrscheinlich beides. Wie auch immer – er konnte sehr frostig sein. So eisig, dass man eine Gänsehaut bekam.

Was Ross am meisten wunderte, war seine besondere Vorliebe für Opern. Sie kannte keinen anderen Bullen, der etwas für diese Musikgattung übrig hatte. Wenn er in Pension ging, wollte er in Italien leben, in der Nähe der berühmten Opernhäuser.

In seiner Wohnung stand das ganze Jahr über ein Weihnachtsbaum, weil seine Frau Freude daran hatte.

Noch mehr liebte seine Frau den Wodka. Mrs. Earles hatte Alkoholprobleme, was bei Ehefrauen von Polizisten keine Seltenheit war. Trotzdem hielt Harry treu zu ihr.

Er schien kein einziges Laster zu haben. Rauchte nicht, trank nicht, fluchte nicht, spielte nicht. Schon deshalb hätte man ihn in Bronze gießen und in ein Museum stellen können. Hinzu kam aber noch, dass er seine verkrüppelte Frau nie betrog, obwohl es ihm nicht an Gelegenheiten mangelte. Er war nicht unattraktiv, ein eher konservativer Typ, und Ross hatte oft beobachtet, dass Frauen ihm schöne Augen machten. Doch er schien gegen Versuchungen aller Art gefeit zu sein.

Sein Lieblingsausdruck war »Perfektion planen«, und nach diesem Motto gestaltete er offenbar sein ganzes Leben. Bei sorgfältiger Planung erreichst du jedes Ziel, versicherte er ihr immer wieder. Manchmal predigte er regelrecht über dieses Thema, was ziemlich ermüdend war, aber Ross musste zugeben, dass er wusste, worüber er redete. Seine Pläne hatten Hand und Fuß. Alles lief wie am Schnürchen, und das war sehr beruhigend.

Wann immer er sie über Polizeiarbeit belehrte, hatte er den besonderen »Harry-Blick«, wie sie es nannte. Gesenkter Kopf, halb geschlossene Lider, ein angedeutetes Lächeln. Auch jetzt, während er mit dem Ordner unter dem Arm im Türrahmen stand, hatte sein Gesicht diesen Ausdruck.

»Sie wollten mir auch nichts von dem Kerl erzählen, den Sie getötet haben, aber nachdem Sie sich mir anvertraut hatten, ging es Ihnen viel besser, wissen Sie noch?«

»Mein Gott, das ist eine Ewigkeit her!«

»Nur achtzehn Monate. Sie wollten damals nicht über die Schießerei sprechen, aber dann haben Sie's doch getan.«

»Harry, ich weiß, dass Sie mit Engelszungen reden können, wenn Sie etwas erreichen wollen. Die Fliege, die Sie heute tragen, gefällt mir übrigens besonders gut«, versuchte Ross ihn abzulenken.

Er griff sich an den Hals. »Wirklich? Meine Frau hat sie mir zu Weihnachten geschenkt. Dieses Braunrot ist eigentlich nicht nach meinem Geschmack, aber ich trage sie, um Helene eine Freude zu machen. Ich wiederhole aber noch einmal – es tut gut, sich auszusprechen.«

Ross schüttelte energisch den Kopf. »Danke, aber ich komme allein zurecht.«

Harry gab nicht auf. »Der Typ, den Sie erschossen haben, war ein Ganove von der übelsten Sorte. Schloss in Fitness-Clubs und Bars Bekanntschaft mit Schwulen, und wenn sie ihn zu sich nach Hause einluden, beklaute er sie. Verlangten sie ihre Sachen zurück, schlug er sie brutal zusammen. Die Schwulen waren so eingeschüchtert, dass niemand ihn anzuzeigen wagte. Da kommen plötzlich Sie des Weges und überreden einen, dennoch gegen den Dieb auszusagen, der im Hauptberuf Strichjunge war. Sie sind gerade bei Ihrem Zeugen, als auch der Ganove auftaucht und ein Messer zückt. Sie fackeln nicht lange. Peng, peng, und der Vorhang fällt.«

»Hinterher war ich ziemlich wackelig auf den Beinen, und es hat ein paar Tage gedauert, bis ich den Schock richtig verdaut hatte«, gab Ross zu. »Aber ich hab bald begriffen, dass jeder Cop an meiner Stelle so gehandelt hätte, und natürlich war ich glücklich, mit heiler Haut davongekommen zu sein.«

Sie nahm wieder den Papierfrosch zur Hand. »Jetzt bereitet mir diese Schießerei überhaupt kein Kopfzerbrechen mehr. So was gehört eben zu unserem Job.«

»Ich habe aus diesem Vorfall alles über Sie gelernt, was ich wissen musste.«

»So? Was denn?«

»Dass Sie energisch sind, auch in Krisensituationen die Nerven behalten. Ich war beeindruckt, und daran hat sich bis heute nichts geändert. Sie sind die beste verdeckte Ermittlerin, mit der ich je gearbeitet habe.«

»Wirklich?«

»Ein Naturtalent.«

»Danke. Ein Lob aus Ihrem Munde bedeutet mir sehr viel.«

Er drohte ihr mit dem Zeigefinger. »Aber werden Sie nicht allzu selbstgefällig! Leute, die alles zu wissen glauben, machen die meisten Fehler.«

»Harrys Gebote«, lächelte Ross. »Okay, ich werd's mir zu Herzen nehmen.«

»Befolgen Sie meine Ratschläge, dann sterben Sie eines fernen Tages an Altersschwäche. Aber reden wir über Mercy Howard. Dieser Fototermin hört sich vielversprechend an. Angelo wird sein Liebchen bestimmt begleiten, und dann können Sie mit ihm in Ruhe über Ihre Scheidung sprechen. Wer soll eigentlich Ihren Ehemann spielen?«

»Sie auf gar keinen Fall.«

Als sie seine gekränkte Miene sah, erklärte sie hastig: »Sie haben sich doch Angelo gegenüber als mein Sicherheitschef ausgegeben, oder haben Sie das vergessen?«

Er wirkte erleichtert. »Sie haben natürlich Recht. Das hatte ich vergessen.«

»Glenn und Artie kommen auch nicht in Frage, denn Angelo könnte sie gestern bei der Wohltätigkeitsveranstaltung gesehen haben. Ich hab mit Roy Amado und Jerry Zimmerman gesprochen. Beide sind bereit, die Rolle meines Gatten zu spielen. Zimmerman meint allerdings, dass wir vorher Flitterwochen machen sollten, um festzustellen, ob wir überhaupt zusammenpassen.«

Harry schlug seinen Ordner auf. »Typisch Jerry! Lassen Sie es mich wissen, welchen Ehemann Sie bevorzugen, dann pauk ich ihn auf seine Rolle ein. Ein Tipp für den Fototermin: Nennen Sie Angelo Einzelheiten über dieses Plattencover – welches Album, welche Künstler etc. Dann ist er bestimmt noch zufriedener.«

Ross nickte. »Ich sprech das vorher mit Gloria ab.«

»Und welches Gespenst soll Sie ins Studio begleiten?«

Sie hob abwehrend die Hand. »Stopp! Das wäre nun wirklich Overkill. Ich brauche keinen Wächter, wenn ich nur rumstehe und zuschaue, wie Fotos gemacht werden.«

»Sie müssen immer auf der Hut bleiben, das habe ich Ihnen schon oft gesagt. Ein einziger Fehler, und Sie sind mausetot.«

»Harry, jetzt machen Sie aber mal 'nen Punkt. Ich brauche in diesem speziellen Fall keinen Aufpasser.«

»Die Ermittlungen gegen Reiner sind besonders heikel«, beharrte Harry auf seinem Standpunkt. »Entweder wir gehen mit Ruhm bedeckt daraus hervor, oder wir können uns zum Sterben in die Wälder verkriechen. *Ein* winziger Patzer, und es ist um uns geschehen. Sie werden sich in einem geschlossenen Raum aufhalten, und da kann alles Mögliche passieren.«

»Harry, Sie haben es mir oft genug eingetrichtert, und ich habe dieses Gebot ebenso wie alle anderen im Kopf. *Zwischen Onkel und Gespenst darf sich niemals eine geschlossene Tür befinden.* Aber ich begebe mich ja nicht um vier Uhr nachts in die South Bronx, um bei einem Dealer an die Tür zu klopfen. In diesem Fotoatelier wird es von Leuten wimmeln, die Mercy herausputzen sollen. Ganoven haben dort mit Sicherheit keinen Zutritt, da passt Gloria schon auf.«

Ross rückte unbehaglich auf ihrem Stuhl hin und her. Sie wusste Harrys Besorgnis zu schätzen. Sie hatte ihm viel zu verdanken, und sie musste mit ihm arbeiten. Sie wollte kein böses Blut erzeugen, aber sie ließ sich auch nicht von ihm herumkommandieren. Sie war durchaus imstande, selbst zu entscheiden, wann sie seinen Schutz benötigte und wann nicht.

Am liebsten würde er sie an der Leine führen. Höchste Zeit, sich dagegen zu wehren. Sie schlug einen scherzhaften Ton an, um ihn nicht zu verärgern.

»Harry, Fotografen schießen im Allgemeinen nur mit Kameras, nicht mit Maschinengewehren. Glorias Profi dürfte da keine Ausnahme sein, obwohl ich den Mann nicht persönlich kenne.«

Harry rieb seine Narbe. »Er heißt Paul Beaufils, arbeitet seit Jahren für sie. Ist auf Musiker und andere Künstler spezialisiert, lichtet gelegentlich aber auch Politiker ab. Hat zwei Scheidungen hinter sich, geht mit Models aus und fährt eine Harley, für die er achtzehn Riesen hingeblättert hat.«

Ross schüttelte den Kopf. »Sie sind unglaublich! Gibt es etwas, das Sie *nicht* wissen?«

»Ich weiß alles über jeden, mit dem ich je gearbeitet habe.«

»Ist das nicht ein bisschen übertrieben?«

»Es ist die Wahrheit.«

Ross dachte: *Über mich weißt du nicht alles.*

»Langeweile«, sagte Harry. »Das ist die Antwort.«

»Wie bitte? Ich muss etwas überhört haben.«

»Langeweile. Das wäre Ihre Antwort gewesen, wenn ich Ihnen eine bestimmte Frage gestellt hätte.«

»Was soll das sein – eine psychologische Hotline? Um welche Frage geht es denn?«

»Sie lieben Pferde. Warum haben Sie die berittene Truppe verlassen?«

Ross senkte den Kopf. »Eins zu null für das Gespenst!« Sie schaute wieder auf. »Sie haben Recht. Ich liebe Pferde, aber die Arbeit war mir zu langweilig. Ich habe meine Versetzung nie bereut.«

Ende der Beichte. Zurück zur vertrauten Geheimhaltung. Tarnung, Geheimhaltung, Lügen – nur so hatte sie bei ihrer Arbeit eine Überlebenschance. Und nur auf diese Weise konnte sie ihre Schwester beschützen.

Sie verfügte nicht über Harrys Erfahrung, aber eines hatte sie sehr schnell gelernt: Behalte deine Geheimnisse für dich. Halte den Mund, wenn du nicht verraten werden möchtest. *Reden ist Silber, Schweigen ist Gold.*

Es konnte einem zum Verhängnis werden, wenn man Geheimnisse preisgab, das wusste niemand besser als sie.

Ihre Arbeit bestand darin, Menschen ihre Geheimnisse zu entlocken und gegen sie zu verwenden.

»Zu langweilig«, wiederholte Harry verdrossen. »Mehr haben Sie dazu nicht zu sagen?«

»Cops, die im Untergrund arbeiten, müssen verschwiegen sein, das predigen Sie mir doch immer.«

»Was noch wichtiger ist – sie müssen sich gut verstellen können, aber das gelingt nicht immer und überall.«

Harry hatte so viel Betonung auf das Wort *Verstellung* gelegt, dass Ross sich ziemlich unbehaglich fühlte.

Er rieb sich den Nacken, starrte den Boden an. »Also dann, wie Sie wollen – kein Wächter beim Fototermin.«

Harry Earles schaute auf, und mit einem bedeutungsvollen Blick gab er ihr zu verstehen, dass er mehr über sie wusste, als ihr lieb sein konnte.

21

Ursprünge

Im nur schwach erhellten Keller seines Hauses öffnete Harry Earles einen Bodensafe und entnahm 10.000 Dollar. Das Geld wanderte in den Aktenkoffer, mit dem er sich Zutritt zu Emilio Alberts Wohnung verschafft hatte.

Der Raum war niedrig und hatte feuchte Wände. Alles mögliche Gerümpel lag hier herum – Gartenwerkzeuge, alte Kleidung, unbrauchbare Möbel und Golfschläger, die er nur ein einziges Mal benutzt hatte.

Der einzige Wertgegenstand war der Safe – allerbeste Qualität, feuerfest und kaum zu knacken. Er hatte ihn zusätzlich gesichert, indem er ihn mit Zement ummauerte, als er ihn im Boden versenkte. Ein Einbrecher würde an Altersschwäche sterben, bevor er das Ding auch nur einen Zentimeter von der Stelle rückte.

Nachdem er einen alten Teppich über das Versteck geschoben hatte, kehrte Harry mit dem Aktenkoffer ins Wohnzimmer zurück. Draußen war es fast dunkel. Helene saß im Rollstuhl am Fenster und beobachtete das Treiben auf der Brücke. Grenada stand neben ihr und hielt Ausschau nach ihrem Mann, der sie mit dem Taxi abholen wollte.

»Mr. Earles, ich hatte gar nicht gewusst, dass Sie ein Mann der Kirche waren.«

Harry lächelte Grenada zu, und sein harter Blick entging ihr zum Glück. »Sind Sie ganz sicher, dass Sie den richtigen Mr. Earles vor sich haben?«

»Ihre Frau hat mir gerade erzählt, dass Ihre Mom Predigerin war. Meine Mom arbeitet auch für die Kirche, drüben in East New York.«

»Tatsächlich?« Harry setzte sich auf eine mit weißem Segeltuch bezogene Couch. Den Aktenkoffer stellte er neben sich.

»Ja, sie spielt Orgel, zum Ruhme Gottes. Ist ganz schön anstrengend, aber sie tut es gern. So ist meine Mom eben.«

Grenadas lächelndem braunem Gesicht war anzusehen, wie stolz sie darauf war, dass ihr Arbeitgeber und sie etwas sehr Wichtiges gemeinsam hatten. Ihre Mütter hatten sich bedingungslos in den Dienst Jesu gestellt.

Harry hatte nicht die geringste Lust, über seine Mutter zu sprechen. Was sollte man über eine christliche Fundamentalistin sagen, die entweder Seelen rettete oder ihrem einzigen Kind die Gottesfürchtigkeit mit einem Lederriemen einbläute?

Aber eine Unterhaltung mit Grenada ließ sich nicht vermeiden. Helene war von der Krankenschwester abhängig, und er durfte deshalb keine Verstimmung riskieren. Ein bisschen Überwindung und Opferbereitschaft war deshalb angesagt.

»Meine Mutter war Wanderpredigerin.«

Grenada vergaß, ihre Teetasse zum Mund zu führen. »Ist das die Möglichkeit?«

»Ihre Spezialität bestand darin, Gott als Schreckgespenst darzustellen. Sie kannte nur Schwarz und Weiß – dazwischen gab es nichts. Sie predigte überall – in Zelten, auf Parkplätzen, in Schulen, auf Jahrmärkten, gelegentlich auch auf Kuhweiden. Der Süden und Südwesten waren ihr Revier. Sechs Monate zogen wir von Ort zu Ort, sechs Monate lebten wir in Florida, wo wir ein Haus hatten.«

Helene wandte sich vom Fenster ab. »Können Sie sich vorstellen, dass Harry schon als halbes Kind durch fremde Städte gehen, Handzettel verteilen, die Zeitungen benachrichtigen und Hotelzimmer buchen musste? Er lernte sehr früh eiserne Selbstdisziplin, stimmt's, Harry?«

Er griff sich eine Hand voll Nüsse aus einer Schale auf dem Bambustischchen, schüttelte sie in seiner Faust.

»Ich stand ständig unter Druck«, gab er zu. »Meine Mutter duldete keine Fehler, und ich hatte die Aufgabe, das Terrain zu erkunden und ihr dann Bericht zu erstatten.«

»An deiner Aufgabe hat sich bis heute nicht viel geändert, nur sondierst du jetzt das Terrain für andere Cops, die dann die Lorbeeren ernten.«

Harry öffnete die Faust und starrte die Nüsse an. »Ich hab alles gemacht, was von mir verlangt wurde ... mich vergewissert, dass keine rivalisierenden Prediger in der Stadt waren, dass der Sheriff nichts gegen eine Veranstaltung einzuwenden hatte ... und dann wurde unser Zelt aufgebaut, wir zogen unsere Show ab, machten eine Kollekte, und ab ging's in die nächste Stadt.«

Er schob sich die Nüsse in den Mund. »Glauben Sie mir, die Leute haben für ihr Geld was geboten bekommen. Es wurden Lieder gesungen, dann wurde ein Text aus der Bibel gelesen, und als Höhepunkt trat Mom auf und predigte über das Höllenfeuer. Hinterher schlotterten die meisten Zuhörer vor Angst. Es war richtig gruselig. Die Leute waren ganz aus dem Häuschen.«

Grenada winkte ab. »Kenn ich auch. Sie meinen die Leute, die aus heiterem Himmel aufspringen, sich hysterisch gebärden und behaupten, soeben eine Wiedergeburt erlebt zu haben. Wollen unbedingt Zeugnis von dieser Bekehrung ablegen, faseln irgendwelchen Blödsinn zusammen.«

»Das kann man wohl sagen.«

»Haben Sie nie den Wunsch verspürt, Ihrer Mutter nachzueifern?«

»Sie wollte unbedingt, dass ich später ihre Nachfolge antrete, aber das war nichts für mich.«

»Und Ihr Daddy? Was hat der gemacht?«

Harry warf einen Blick auf die Uhr. Verdammt, wo blieb Levell?

»Er hat auch gepredigt, war nicht so feurig wie Mom, aber kam bei den Leuten auch ganz gut an. Unser kleiner Wanderzirkus war seine Idee, und er hat auch alles auf die Beine gestellt. Ein guter Mann … Hatte eine phantastische Singstimme, einen tiefen Bariton. Er weckte mein Interesse für Geschichtsbücher und für die Oper. In seiner Jugend hatte er selbst Opernsänger werden wollen, aber leider war er nicht ausdauernd genug.«

Deshalb hatte er sich zu Tode getrunken und es Harry überlassen, seiner Mutter beizustehen. Mit siebzehn hatte Harry die Schnauze endgültig voll gehabt und sich bei den Marines beworben. Diese neue Welt war genauso straff durchorganisiert wie seine alte, aber an Disziplin war er von klein auf gewöhnt, und immerhin brauchte er sich nicht mehr die Predigten seiner Mutter anzuhören.

Harry rieb sich die Narbe am Nacken. »Ich ging zum Militär und habe die Welt gesehen. Nach meiner Dienstzeit kam ich nach New York, um Maria Callas zu sehen, und bin hier geblieben.«

»Wer ist Maria Callas?«, fragte Grenada naiv.

»Die größte Sängerin aller Zeiten.«

Die Schwarze runzelte die Stirn. »Was hat sie denn gesungen?«

»Opern.«

»Opern?« Grenada konnte mit diesem Begriff offensichtlich nichts anfangen. »Ist Ihre Mom immer noch Predigerin?«

Harry schüttelte den Kopf. »Jedenfalls nicht in *dieser* Welt. Sie wurde ermordet. Ein Ganove in Oklahoma hatte es auf ihr neues Auto abgesehen, und als sie die Wagenschlüssel nicht schnell genug herausrückte, schoss er ihr in die Stirn. Ich war zu jener Zeit in Tokio und hab geflennt, als man mich informierte.«

»Wahrscheinlich haben Sie Ihre Mutter mehr geliebt, als Sie dachten. Außerdem konnten Sie ja auch nicht Abschied von ihr nehmen.«

»Wer weiß schon, was wirklich im Gehirn eines Menschen abläuft? Bis dahin hatte ich immer geglaubt, ich würde keine einzige Träne um sie vergießen.«

Er hatte wirklich um sie getrauert, doch dann hatte er sich seine höllische Kindheit vor Augen gehalten und war froh gewesen, dass sie ihn nie mehr schikanieren konnte.

»Auch wenn du es nicht zugeben willst – du hast es deiner Mutter zu verdanken, dass du ein so starker Mann geworden bist«, warf Helene ein.

Harry widersprach nicht. Er grunzte nur leise vor sich hin. Wenn er noch ein weiteres Jahr mit seiner Mutter verbracht hätte, wäre er wahrscheinlich Amok gelaufen, hätte in irgendeinem Schnellimbiss auf wildfremde Menschen geschossen, um seinem aufgestauten Zorn Luft zu machen. Seine Mutter war die anspruchsvollste Frau der Welt gewesen – und äußerst undankbar. Was auch immer er für sie tat – nichts stellte sie zufrieden. Weiber waren undankbare Geschöpfe, ob es sich nun um seine Mutter oder um Ross Magellan handelte!

»Mr. Earles, Sie haben so viele Auszeichnungen bekommen«, sagte Grenada bewundernd. »Leute von Ihrer Sorte brauchen wir in dieser Stadt – Cops, die auch wir Schwarze respektieren können, weil sie gerecht sind und sich nie zu Unkorrektheiten hinreißen lassen.«

»Harry hätte noch viel mehr Auszeichnungen verdient«, meinte Helene, »aber aus politischen Motiven werden heutzutage eher Frauen befördert, auch wenn sie ihren Erfolg nur Harry zu verdanken haben. Stimmt's, Harry?«

Er trommelte auf seinem Aktenkoffer herum. »Wir wollen doch nicht, dass Grenada mich für einen Chauvinisten hält. Bin ich nämlich gar nicht. Wie ein Dichterwort so schön sagt – Frauen sind die Quellen der dauerhaftesten Freuden.«

Helene ließ sich nicht beirren. »Sie haben doch sicher die Narbe an seinem Nacken gesehen?«

Die Krankenschwester nickte.

Helene lächelte ihrem Mann zu. »Damals fuhr er noch Streife, zusammen mit seinem Kollegen Sean. Über Funk wurde ihnen ein heftiger Familienstreit gemeldet. Als sie am Tatort eintrafen, war das puertoricanische Paar plötzlich wieder ein Herz und eine Seele und griff die Polizisten an. Sean bekam einen Bauchschuss ab, und Harry schleppte ihn hinter eine Couch. Die Frau schwenkte eine Machete und wollte Harry den Kopf abschlagen, zum Glück aber verletzte sie ihn nur am Nacken. Dann verbarrikadierte das Paar sich im Bad. Harry gab zehn Schuss ab …«

»Acht«, korrigierte er.

»Also gut, acht … Er feuerte durch die Badtür, legte die Puertoricaner um. Das brachte ihm seine erste Medaille ein, auch seinem Kollegen Sean, nur hatte der nichts mehr davon, weil er auf dem Operationstisch verblutet war.«

»Mit zweiundzwanzig«, ergänzte Harry düster. »Erst ein knappes Jahr im Dienst und schon tot.«

»Die Sache hat Harry sehr mitgenommen«, berichtete Helene weiter. »Er ist immer sehr besorgt um seine Mitarbeiter … kümmert sich rührend um sie, so wie früher um seine Mutter. Apropos, Harry, als du vorhin nach Hause kamst, hast du etwas über Ross Magellan erzählt, aber ich war noch etwas benommen von meinen Medikamenten und hab nicht alles mitbekommen.«

Harry rieb sich den schmerzenden Nacken. Wenn der verdammte Regen doch endlich aufhören würde! »Ich hab nur gesagt, dass sie in höchster Lebensgefahr schwebt.«

»O Gott, kannst du da nicht etwas unternehmen?«, rief Helene aufgeregt. »Sie gehört doch zu deinem Team. Wer will sie denn umbringen?«

»Sie hat sich sehr viele Feinde gemacht.«

»Können Sie dieser Frau nicht helfen?«, fragte Grenada mit schreckensweit aufgerissenen Augen.

Harry hob eine Braue. »Ich tu mein Bestes. Aber neuerdings hört sie nicht immer auf mich.«

Helene umklammerte die Armlehnen des Rollstuhls. »Das sollte sie aber, wenn sie am Leben hängt. Früher hat sie doch immer deinen Rat befolgt, hast du erzählt. Und jetzt spielt sie sich als Expertin auf? Wenn sie nicht Vernunft annimmt, geht es ihr genauso wie …« Sie schaute aus dem Fenster. »Grenada, Ihr Mann ist da. Grüßen Sie ihn von uns.«

Grenada winkte dem Taxifahrer zu, der vor dem Haus geparkt hatte. Er antwortete mit zweimaligem Hupen.

Sobald die Krankenschwester gegangen war, sagte Helene: »Ich wollte mich nicht so abfällig über Ross Magellan äußern. Es ist mir nur so rausgerutscht. Normalerweise erzählst du ja viel Gutes von ihr. Aber ich mag es nicht, wenn du von Leuten, denen du geholfen hast, schlecht behandelt wirst. Und wenn sie am Leben bleiben will, wird sie in nächster Zeit mehr denn je auf deine Hilfe angewiesen sein.«

»Ich tu mein Möglichstes, das weißt du doch.«

»Hast du eine Ahnung, wann dieser Anschlag verübt werden soll?«

»Bald.«

22

Sinneswandel

Das Fotoatelier befand sich in einem niedrigen Gebäude, das noch vor dem Bürgerkrieg errichtet worden war. Es lag in Lower Manhattan, gegenüber dem Duane Park. Ross Magellan kam um vierzehn Uhr dort in der Hudson Street an. Sie war leger gekleidet – Jeans, Wickelbluse und Jacke mit der Aufschrift G&E –, hatte CDs und Werbeprospekte dabei und konnte sich als Vizepräsidentin von *G and E* ausweisen.

Diese Tarnung war ganz nach ihrem Geschmack, denn in lateinamerikanischer Musik kannte sie sich so gut aus, dass kein Mensch auf die Idee käme, an ihrer Identität zu zweifeln.

Das Erdgeschoss war eine Fabrikhalle, in der Farben produziert wurden. Mit einem Lastenaufzug fuhr Ross in die erste Etage, die Paul Beaufils ausgebaut hatte. Auf fast fünfhundert Quadratmetern hatte er Platz genug zum Leben, Arbeiten und Spielen. Laut Gloria Paz bestanden seine Spiele darin, in den frühen Morgenstunden mit nackten Models auf seiner Harley durch diese riesige Wohnung zu kurven.

Oben betrat Ross eine fast unwirklich anmutende Welt. Das Studio hatte blanke Ziegelwände, hohe Decken und polierte Hartholzböden, und es ging wie in einem Irrenhaus zu. Offenbar waren drei Shootings gleichzeitig im Gange: Stylisten machten sich an hübschen Models zu schaffen, putzten sie wie Märchenprinzessinnen heraus, scharf überwacht und kritisiert von arroganten Managern, die ständig ihr Handy am Ohr hatten, während aus Wandlautsprechern Tanzmusik dröhnte. Das reinste Chaos, dachte Ross, und hielt Ausschau nach Paul Beaufils. Sie kannte ihn nur von Zeitungsfotos und Fernsehberichten, wenn er bei wichtigen Ereignissen der so genannten High Society in Erscheinung trat – Filmpremieren, Vernissagen, Partys. Er verstand es ausgezeichnet, sich in Szene zu setzen, und hatte es mit seinen neunundzwanzig Jahren schon geschafft, auf der Erfolgsleiter ganz oben zu stehen. Sein orange gefärbtes Haar, eine schwarze Feder am Ohr und ein Pferdegebiss trugen dazu bei, dass er überall auffiel.

Einige seiner Fotos hingen an der Wand neben dem Aufzug, und Ross erkannte darauf viele Größen des Showbusiness, einige Sportler, Supermodels und einen Richter des Obersten Gerichtshofs der USA. Gloria Paz hatte ihr erzählt, dass er gerade sein erstes Musikvideo fertig gestellt hatte. Kein Zweifel, ein vielseitig talentierter Mann.

Ross nannte seiner Empfangsdame, einer jungen Schwarzen im Sari, mit kahl geschorenem Schädel und Diamantring am kleinen Zeh, ihren Namen. Die Frau hakte ihren Namen auf einer Liste ab und deutete nach Süden. Offenbar wurden dort die Aufnahmen für G&E gemacht. Ross fand es beruhigend, dass hinter Miss Glatze ein uniformierter Wächter stand, ein nach Knoblauch stinkender Koreaner mit imposantem Brustkorb.

Sie schob ihre Sonnenbrille in die Schultertasche und redete sich selbst gut zu. *Du darfst dir keine Gewissensbisse wegen Mercy Howard machen. Lou und Mercy, nicht böse sein, persönlich habe ich überhaupt nichts gegen euch, aber ich verdiene meinen*

Lebensunterhalt nun einmal damit, dass ich Menschen die Kehle durchschneide.

Es war sehr schwer, die süße, vertrauensselige Mercy nicht gern zu haben. Sie war so selig über diesen Fototermin gewesen, sah in Ross ihre neue beste Freundin. Und sogar Big Lou schien ihr wirklich dankbar zu sein, dass sie seiner Freundin den Weg zum Showbusiness ebnete.

Was würden die beiden Turteltauben von ihr denken, wenn plötzlich Polizei und FBI vor Angelos Tür standen und sie verhafteten? Wenn für sie all die Demütigungen begannen: Fingerabdrücke, Leibesvisitation, Verhöre, Feilschen um die Kaution? Wenn sie im Namen des Gesetzes von gnadenlosen Fremden schikaniert und angebrüllt wurden?

Lou und Mercy würden so lange belogen, manipuliert und schikaniert werden, bis sie das Programm akzeptierten, ihre Vergehen gestanden und Freunde und Familie verrieten, um die eigene Haut zu retten.

Ross würde zwei weitere Leben zerstört haben. Sie ertappte sich dabei, dass es ihr immer schwerer fiel, die Arglist zu rechtfertigen, zu der sie gezwungen war.

Mercy stand vor einem weißen Hintergrund, umgeben von lateinamerikanischen Schlaginstrumenten – Congas, Bongos, Kesselpauken. Sie trug ein kurzärmeliges weißes Kleid, war barfuß und hatte Goldreifen an den Knöcheln. Sie hatte eine Trompete und einen Koalabären aus Plüsch in den Händen und sah sehr jung und unschuldig aus. Sozusagen frisch aus dem Ofen. Hätte Ross sie hier zum ersten Mal gesehen, wäre sie nie auf die Idee gekommen, dass das ein Callgirl war.

Bei Stress konnte Mercy gereizt und aggressiv werden, was Lou Angelo mit niedrigen Blutzuckerwerten entschuldigte. Im Augenblick war sie das reinste Nervenbündel und machte ihrem Unmut Luft, indem sie einem jungen Puertoricaner, der ihr Kleid absteckte, mit dem Koalabären auf den Kopf schlug. Er nannte sie ein Luder und drohte, sie mit den Stecknadeln in den Hintern zu pieksen. Lou Angelo eilte hastig herbei, nahm seinen Liebling tröstend in die Arme und entschuldigte sich in ihrem Namen bei dem Puertoricaner und bei Gloria.

Ross winkte Mercy zu, die den Tränen nahe war. Erst als

Ross das Victory-Zeichen machte, huschte wieder ein Lächeln über ihr Gesicht. Gott möge mir verzeihen, was ich diesem Mädchen antue, dachte Ross.

Alle Vorbereitungen waren getroffen: die Kameras richtig postiert, die Scheinwerfer eingeschaltet. Nur der Starfotograf fehlte noch.

Ross begrüßte Gloria Paz und tauschte die obligatorischen Wangenküsse aus. Die sechsundvierzigjährige Kubanerin, die ein rotes Kleid und Schuhe mit sehr hohen Absätzen trug, wirkte fast so nervös wie Mercy. Ihre Miene besagte: *Beende diese Farce, bevor etwas schiefgeht.*

Sie hatte von ihrem Mann eine kleine Plattenfirma geerbt und zu einem erfolgreichen Unternehmen ausgebaut, spezialisiert auf lateinamerikanische Musik. Hohe Gagen fielen nicht an, weil sie in erster Linie mit aufstrebenden jungen Talenten oder alternden Künstlern arbeitete. Sie war energisch, intelligent und warmherzig, zugleich aber auch misstrauisch und verschlagen.

Ihr einziges Kind, eine Tochter, absolvierte gerade ihr letztes Studienjahr an einer angesehenen Schauspielschule in Yale. Ihr jüngerer Bruder – den Ross vor dem Gefängnis bewahrt hatte – führte eine Tierhandlung in Chelsea. Die beiden Frauen kamen gut miteinander aus, waren aber nicht befreundet. Gloria war Ross zu Dank verpflichtet, und das störte diese stolze Kubanerin.

Lou Angelo begrüßte Ross mit einem herzlichen Händedruck und tätschelte ihren Arm. »Ist Mercy nicht das schönste Geschöpf, das Sie je gesehen haben?«, fragte er stolz. »Atemberaubend, würde ich sagen. Natürlich ist sie heute ein bisschen aufgeregt, aber wer wäre das an ihrer Stelle nicht? Dies dürfte der schönste Tag ihres Lebens sein, ein völliger Neubeginn.« Angelo legte Ross einen Arm um die Schultern. »Ich danke Ihnen von ganzem Herzen.«

Gloria zupfte an ihrer Perlenkette und schaute verlegen zu Boden.

»Mercy muss man einfach mögen.« Ross lächelte selig. »Hoffen wir, dass sich ab jetzt für sie alles zum Guten wenden wird.«

Angelo nickte. »Amen.« Er schnippte plötzlich mit den Fingern. »Espinosa! Der Bursche, der Ihre Firma beklauen wollte ... Was ist aus dieser Sache geworden?«

Scheiße!

Ross hatte Gloria nicht eingeweiht, sie hatte es im ganzen Trubel einfach vergessen, und jetzt schaute die Frau verständlicherweise völlig verständnislos drein. Zum Glück stand sie hinter Angelo.

»Wir werden auf eine Anzeige verzichten«, sagte Ross. »Er hat lange bei uns gearbeitet, deshalb wollen wir Gnade vor Recht ergehen lassen.«

Angelo nickte billigend. »Eine weise Entscheidung, würde ich sagen. Brauchen wir nicht alle mitunter etwas Nachsicht?«

»So ist es.«

Gloria hob die Hand, um Ross' Aufmerksamkeit auf sich zu lenken. »Mr. Angelo wollte wissen, welche Pläne wir mit Mercys Fotos haben. Ich habe ihm gesagt, dies sei eines deiner Sonderprojekte.«

Was im Klartext hieß: *Deine Lügen kannst du ihm selbst auftischen.*

Ross schenkte Angelo ein strahlendes Lächeln. »Das Foto kommt aufs Cover eines Star-Albums, das in sechs Monaten erscheint. Wir bringen alle zwei Jahre eines raus, mit den besten Sängern und Musikern, die bei uns unter Vertrag stehen. Das machen alle Plattenfirmen.«

»Hört sich gut an«, meinte Angelo. »Reservieren Sie mir hundert Stück von diesem Album. Ich werde es an alle Freunde und Klienten verschenken.«

Gloria hängte sich schmunzelnd bei ihm ein. »Sie sind mir sehr sympathisch. Sollten Sie weitere Freundinnen haben, bringe ich sie unter diesen Bedingungen ebenfalls auf ein Cover.« An Ross gewandt, fuhr sie fort: »Dein Freund Lou ist sehr amüsant, er hat mir köstliche Witze erzählt. Besonders gefällt mir der mit der Liliputanernonne.«

»Es ist ein uralter Witz«, erklärte Angelo. »Ein betrunkener Mann geht mit einer Liliputanernonne tanzen. Das heißt, er hält sie für eine Nonne. Als er wieder halbwegs nüchtern ist, stellt sich heraus, dass er die ganze Nacht mit einem Pinguin getanzt hat.«

»Ich finde diesen Witz auch süß«, rief Mercy.

Lou Angelo grinste ihr zu. »Sie liebt Pinguine, fragen Sie mich nicht, warum. Trägt Pinguin-T-Shirts, sammelt Pinguine aus Plüsch, Porzellan, Stein ... Sie findet die Tiere besonders ulkig, sagt sie.«

Mercy nickte. »Erzähl Ross doch, wie wir im Central Park Zoo waren, um die Frau zu treffen, die solche Probleme hat. Wir hatten uns bei den Pinguinen verabredet und ...«

Lou Angelo schüttelte energisch den Kopf und hob die Hand, um sie zum Schweigen zu bringen.

Mercy hielt sich erschrocken den Koalabären vor den Mund. »Mein Gott, Lou, es tut mir Leid! Daran habe ich gar nicht mehr gedacht. Scheiße, heute mache ich offenbar alles falsch!«

Sie sah sehr schuldbewusst aus, schrie plötzlich auf, warf einen Blick über ihre Schulter hinweg. Der Puertoricaner rutschte hinter ihr auf den Knien herum, immer noch mit ihrem Kleid beschäftigt, und grinste scheinheilig. Sie holte mit dem Koala zum Schlag aus, doch Lou Angelo fiel ihr in den Arm und flüsterte ihr etwas ins Ohr.

Sie nickte und senkte den Arm.

Angelo kehrte zu Ross zurück. »Hoffentlich habe ich sie nicht verstört. Ich weiß, wie wichtig das hier ist.«

»Aber nein, Sie waren ja nicht grob zu ihr«, beruhigte Ross den Anwalt.

»Wissen Sie, ich helfe einer Dame, die in ständiger Angst vor einem fiesen Kerl lebt«, vertraute er ihr leise an.

Jenn Sanchez.

»Will er sich nicht damit abfinden, dass sie ihm einen Korb gegeben hat?«, fragte Ross interessiert. »Solche Burschen können total ausrasten, das liest man immer wieder.«

Angelo hielt ihr und Gloria eine Schachtel Zigaretten hin. Beide lehnten dankend ab. Er schob sich eine Zigarette in den Mund und schüttelte den Kopf. »Er ist weder der Ehemann noch der Freund dieser Frau, nur ein Arbeitskollege, der ihr auch privat näher kommen wollte, woran sie nicht interessiert war. Soll ein diabolischer Kerl sein, völlig meschugge.«

»Kann denn die Polizei nichts machen?«, erkundigte Gloria sich mit gerunzelter Stirn.

Angelo inhalierte, stieß den Rauch aus. »Die Bullen werden keinen Finger rühren, weil sie wie Pech und Schwefel zusammenhalten.«

»Was, dieser Irre ist ein Cop?«

»Genau.«

Gloria bekreuzigte sich. »Solche Typen sollten in der Hölle schmoren!«

Angelo lächelte. »Die Hölle war überfüllt, deshalb ist er auf die Erde zurückgekehrt.« Er knipste sein Feuerzeug an und aus. »Als Cop fühlt er sich in Sicherheit. Diese Frau kann sich nur verstecken und hoffen, dass er sie nicht findet. Andernfalls bringt der Psycho sie um, weil sie ihn mit ihrer Aussage in die Todeszelle bringen könnte.«

Er seufzte schwer. »Mir ist leider noch nicht eingefallen, wie man das Problem lösen könnte.« Angelo sah Ross an. »Wenn wir schon über Probleme reden – was ist mit Ihrer Scheidung? Schade, dass Sie den Richter nicht kennen gelernt haben, aber er steht jederzeit zu Ihrer Verfügung.«

In die angebliche Scheidung war Gloria eingeweiht, so dass sie jetzt keine Miene verzog.

»Mein Mann ist zwar nicht so diabolisch wie Ihr Cop, aber Probleme bereitet er mir trotzdem. Ich möchte, dass er so schnell wie möglich aus meinem Leben verschwindet. Er fordert unsere Eigentumswohnung, ein neues Auto und Unterhaltszahlungen. Er hält mich für reich, und deshalb soll ich ihm auch in Zukunft den Lebensstil ermöglichen, an den er sich gewöhnt hat.«

»Ich kenne solche Männer.« Angelo nickte verständnisvoll. »Nun, ich bin mir sicher, dass wir eine vernünftige Lösung finden werden, aber vorher müssen wir den Richter auf unsere Seite bringen. Verstehen Sie, was ich damit andeuten will?«

»Wie viel verlangt er? Wie gesagt, mir geht es darum, meinen Mann so schnell wie möglich los zu sein.«

»Es geht mich natürlich nichts an, aber weshalb haben Sie es so eilig? Hört sich ja fast so an, als wären Sie bereit, jede Summe zu bezahlen.«

»Bin ich auch. Gloria und ich wollen expandieren und ein Büro in Miami eröffnen.«

Gloria machte große Augen, nickte aber zur Bestätigung.

»Wir übernehmen ein Gebäude in Little Havana, und im Gegensatz zu hier werden wir dort alles unter einem Dach haben – Aufnahmestudios, Verwaltung, Werbeagentur und dergleichen. Wir spielen sogar mit dem Gedanken an einen Geschenkeladen – Sweatshirts, T-Shirts, Becher, Schlüsselanhänger und ähnlichen Krimskrams. Und natürlich CDs.«

»Klingt gut«, meinte Angelo. »Und Sie wollen geschieden sein, bevor Ihre Firma sich vergrößert hat?«

»So ist es. Sonst glaubt mein Mann, noch mehr aus mir herauspressen zu können.«

»Verstehe ... Vielleicht reden wir später noch einmal über die Kosten.« Angelo beugte sich vertraulich vor. »Es geht um *Cash,* das ist Ihnen klar?«

»Selbstverständlich.«

So, jetzt hab ich dich, mein Lieber!

Ross' Handy piepste. Sie warf einen Blick auf die Nummer des Anrufers. *Fargnoli.*

Was, zum Teufel, konnte er wollen? Hatte er vergessen, dass sie zurzeit damit beschäftigt war, Lou Angelo an den Angelhaken zu bekommen?

Sie behauptete, es sei Connie, entfernte sich außer Hörweite und nahm den Anruf entgegen.

»*Hustler* oder *Juggs?*«, erlaubte er sich zunächst einen kleinen Scherz. »In welcher dieser tollen Zeitschriften werden wir Sie demnächst in Großaufnahme bewundern können?«

»Vielleicht sollte ich mein Publikum entscheiden lassen. Hören Sie, die Sache mit Angelo hat geklappt. Er hilft bei meiner Scheidung und will Bargeld sehen.«

»Großartig, wir machen also Fortschritte. Soeben habe ich mit Labriola telefoniert, Ihrem Lieblingsstaatsanwalt. Er ist sehr interessiert an Ihrer Information, dass Reiner sein Sommerhaus albanischen Drogenhändlern zur Verfügung stellt, und wird dafür sorgen, dass das Haus abgehört wird. Doch ich wollte aus einem anderen Grund dringend mit Ihnen sprechen. Ein Bursche hat gerade angerufen und behauptet, er könne Sie nicht direkt erreichen. Könnte am Regen liegen. Er nannte sich R, ist wohl einer Ihrer Spitzel, und hat eine Nachricht für Sie hinterlassen.«

R für Reilly. So hatte Jackie Blue früher geheißen.

»Das ist der Kerl, von dem ich den Tipp über die Albaner bekommen habe. Was wollte er denn?«

»Ich zitiere wörtlich: *Sie ist bereit, Sie zu treffen.*«

Ross hielt den Atem an, wirbelte auf dem Absatz herum und betrachtete die dunklen Regenwolken vor den Fenstern. Ja! Heute war offenbar ihr Glückstag.

»Sind Sie noch dran?«

»Klar, ich habe nur nachgedacht.«

»R besteht auf einem sofortigen Treffen. Sagt, die Dame, die Sie sehen möchten, verlasse heute Abend die Stadt, weil sie sehr nervös sei. Derselbe Treffpunkt wie letzte Woche, hat er gesagt.«

Ross schlug das Herz bis zum Hals. »Verstanden.«

»Er kommt mit der Dame dorthin.«

»Ja.« Mehr brachte Ross vor Aufregung nicht heraus.

»Um drei«, teilte Fargnoli ihr mit. »Das ist in einer Dreiviertelstunde. Ist diese Sache wirklich so wichtig, dass Sie es sich leisten können, Angelo ausgerechnet jetzt zu verlassen?«

23
Jackpot

Kurz nach halb drei verließ Ross Magellan ihre Bank, wo sie tausend Dollar abgehoben hatte. Mit der U-Bahn fuhr sie in die Ninety-sixth Street und ging drei Blocks zu Fuß durch den strömenden Regen, bis zur Ecke Amsterdam Avenue und Ninety-fourth Street. Hier wohnten hauptsächlich Spanier, es gab viele kleine Bodegas, südländische Spezialitäten und Läden für Votivkerzen. An einer Ampel vergewisserte sie sich, dass die Pistole in ihrer Jackentasche steckte, und schaute einige Male zurück in Richtung Broadway. Sie wurde nicht verfolgt, dessen war sie sich ganz sicher.

Sie überquerte die Straße und betrat ein kleines Café. Es war fünf vor drei.

Jackie Blue und Jenn Sanchez waren noch nicht da.

Das Lokal war schmierig – drei Tische, eine Theke mit wackeligen Barhockern und ein zerbrochenes und mit Heftpflaster geklebtes Fenster. Es roch nach angebranntem Essen, Zigaretten und einem Desinfektionsmittel. Eine Klimaanlage gab es natürlich nicht.

Ross setzte sich auf den vordersten Hocker, von wo aus sie die Straße und den Eingang im Auge hatte. Jackie Blue war hier Stammgast, wegen der Tortillas, behauptete er grinsend.

Er würde eine Tortilla nicht einmal erkennen, wenn sie direkt vom Himmel auf seinen Kopf fallen würde. Ross hatte sich hier schon mehrere Male mit ihm getroffen, und er hatte nie eine bestellt.

Sie wusste natürlich, dass er hier seinen Stoff verkaufte, hauptsächlich an Kleindealer, die auf ihn angewiesen waren, weil ihnen die Beziehungen zur internationalen Drogenszene fehlten.

Ross knöpfte ihre Jacke auf, überlegte, ob sie sich mit dem Kamm durch die Haare fahren sollte, verzichtete aber darauf. War nicht die Mühe wert, entschied sie. Ihr Herz klopfte heftig – würde Sanchez kommen oder nicht? Jackie Blue hatte sie zu dem Treffen überredet, aber möglicherweise würde sie in letzter Minute kneifen.

Länger als dreißig Minuten würde Ross nicht warten. Wenn Jackie Blue und Sanchez bis dahin nicht aufgetaucht waren, würde sie in ihr Büro fahren und Frank Beebe über die Zahlungen an Lou Angelo informieren.

Sie war nicht allein in dem Café. Drei Dominikaner leisteten ihr Gesellschaft, alle um die zwanzig. Einer war der Kellner – eine Bohnenstange mit langen Haaren und spitzem Kinn. Er hatte eine schmutzige weiße Schürze umgebunden und trocknete hinter der Theke Bestecke ab. Nebenbei schaute er sich die Fernsehübertragung eines Soccerspiels aus New Mexico an.

Die beiden anderen Burschen spielten am hintersten Tisch Domino und knallten die Steine so laut auf die Tischplatte, dass Ross jedes Mal zusammenzuckte. Der Ältere hatte schütteres schwarzes Haar und silberne Ohrringe in Form von Kruzifixen. Sein jüngerer Freund war breitschultrig, trug eine Lederweste auf nackter Haut und Armreifen aus verbogenen Gabeln an beiden Handgelenken. Er trank schmatzend aus einem Pappkarton und würdigte Ross keines Blickes. Die beiden anderen beachteten sie ebenso wenig, was seltsam war, weil sie von Latinos normalerweise hungrig angestarrt wurde.

Sie wissen, dass du ein Cop bist, schoss ihr durch den Kopf.

Der magere Kellner schenkte ihr endlich so viel Beachtung, dass sie Kaffee bestellen konnte. Bevor sie hier etwas essen würde, müsste sie schon am Verhungern sein.

Der Mann grinste. »*Un café para la bonita.* Ein Kaffee für die schönste Dame im Haus.«

Ross lächelte ihm zu. Vielleicht hatte ihr erster Eindruck sie doch getäuscht. Sie schaute zum Tisch hinüber. ›Gabel‹ und ›Kruzifix‹ tuschelten miteinander und ignorierten Ross nach wie vor.

Bei dem Zeug, das ›Gabel‹ trank, handelte es sich wahrscheinlich um Malzlikör, der bei jungen Latinos und Schwarzen überaus beliebt war. Sie vermischten ihn mit süßem Wein oder Brombeerschnaps und schütteten dieses widerliche Gebräu literweise in sich hinein. Bei der bloßen Vorstellung, auch nur einen Schluck kosten zu müssen, wurde Ross fast übel.

Öffentlicher Alkoholgenuss war illegal, aber dies war nicht der richtige Zeitpunkt, um ›Gabel‹ darauf anzusprechen. Wenn sie ihn verhaftete, müsste sie für seinen Abtransport einen Streifenwagen rufen, und damit würde sie Jenn Sanchez garantiert vergraulen.

Die tausend Dollar, die sie abgehoben hatte, waren als Geschenk für Sanchez gedacht. Weit würde sie damit freilich nicht kommen. Vermutlich gab sie das Geld sofort für Drogen aus, aber vielleicht würde sie aus Dankbarkeit den Namen des Bullen preisgeben.

Ross schaute aus dem Fenster. Der Wolkenbruch durchnässte Fußgänger, machte die Autofahrer nervös und gereizt, verstopfte die Rinnsteine mit Müll. Cops hatten nichts gegen schlechtes Wetter, denn dann blieben die Leute zu Hause, und die Straßenkriminalität nahm ab. Andererseits würde es viele Verkehrsunfälle geben. Bei der berittenen Polizei war Ross strömendem Regen, Schneestürmen und Hagel ausgesetzt gewesen. Sie hoffte von ganzem Herzen, dass sie nie mehr dieser Arbeit nachgehen musste.

Viertel nach drei. Vielleicht steckte Jackie Blue in einem Verkehrsstau. Oder er hatte irgendwo in der Nähe geparkt und redete auf Sanchez ein, ihn zu begleiten. Wie auch immer, Ross wurde allmählich sauer, zumal sie sich hier alles andere als wohl fühlte.

Der Kellner goss dampfenden Kaffee in einen weißen Becher, verschüttete einen Teil, machte sich nicht die Mühe, die braune Brühe aufzuwischen, sondern schob einfach ein Set darüber. Einen so miserablen Kellner hatte sie seit Jahren nicht gesehen. Plötzlich hielt er in seiner Tätigkeit inne und starrte zum Fenster hinüber.

Ross tat es ihm nach. *Wow!*

Ein Rolls-Royce Corniche war soeben vorgefahren und behinderte den übrigen Verkehr. Jackie Blue, ein Komet unter Dealern. Diesen Wagen kannte Ross noch nicht, aber sie wusste, dass er eine Vorliebe für protzigen Luxus hatte, ob es sich nun um Autos, Pelzmäntel oder Schmuck handelte. Nichts war ihm zu auffällig.

Ross bekam vor Aufregung feuchte Hände, ihr Puls beschleunigte sich. Hatte Jackie Jenn Sanchez mitgebracht? Sie drückte sich selbst die Daumen.

Sie legte zwei Münzen auf die Theke, griff nach ihrem Schirm. Das Treffen konnte auch im Rolls stattfinden. Diese Dominikaner waren ihr unheimlich.

Ross glitt vom Hocker und ging auf die Tür zu. Sofort hörte sie Schritte hinter sich. Sie drehte sich nicht um. Sie ließ den Schirm fallen und griff nach ihrer Pistole, doch bevor sie

sie zücken konnte, waren ihre Arme seitlich an den Körper gepresst. Während sie sich zu befreien versuchte, wurde der Riemen ihrer Schultertasche durchschnitten.

Sie trat nach dem Kerl, der sie festhielt. Er grunzte vor Schmerz, ließ sie aber nicht los. Stattdessen drehte er sie grob herum, so dass sie jetzt dicht vor dem Mann stand, der die Tasche geklaut hatte. Entsetzt sah sie, dass er ein Rasiermesser in der Hand hatte. Es war der magere Kellner, und seine Augen hatten plötzlich einen fiebrigen Glanz. Ross hatte vor Angst weiche Knie. *O Gott, lass ihn mir nicht das Gesicht zerschneiden. Bitte, nicht das Gesicht!*

Er reichte ihre Tasche an ›Kruzifix‹ weiter und tastete sie nach Waffen ab. Ihre Pistole wurde natürlich entdeckt und konfisziert. Dann machte er sich einen Spaß daraus, ihre Brüste zu begrapschen und ihr zwischen die Beine zu langen, presste das Rasiermesser an ihre Wange und leckte ihr Ohr ab.

»Du bist ein hübsches Stück Frischfleisch, 'n richtiger Leckerbissen, Süße!«

Wo blieb nur Jackie Blue?

Sie vermied es, ›Bohnenstange‹ in die Augen zu schauen, um nicht noch mehr in Panik zu geraten. Verdammt, sie war ein Cop. Sie wurde dafür bezahlt, dass sie solche Tiere bekämpfte, nicht dafür, dass sie hilflos kapitulierte!

Schließlich war dies nicht das erste Mal, dass sie befürchten musste, vergewaltigt zu werden. Solche Situationen ließen sich bei ihrem Job gar nicht vermeiden. Sie musste ihre Angst energisch verdrängen und hoffen, dass sie mit dem Schrecken davonkam.

›Gabel‹ hielt sie mit eisernem Griff fest. Seine Armreifen gruben sich in ihren Magen, und ihre Ellbogen drohten aus den Gelenken zu springen. Sie saß tief in der Scheiße, gar keine Frage. Was hätte sie jetzt nicht darum gegeben, Harry oder ihre anderen Gespenster in der Nähe zu wissen! Das drohte der reinste Albtraum zu werden.

Sie zwang sich, halbwegs zusammenhängend zu denken. Was sollte sie machen? Die Dominikaner wussten, dass sie ein Cop war, das stand für sie fest. Sie war kein zufälliges Opfer.

O Harry!

›Kruzifix‹ wühlte in ihrer Tasche herum und machte große Augen, als er auf das Geld stieß. *»Oye! Oye, mira!«*

Der Kellner brüllte ihn an, ebenfalls auf Spanisch: »Leg sofort das Geld zurück und lass deine Finger von der Tasche!«

Ross begriff, dass diese Burschen nur das Fußvolk waren. Sie handelten im Auftrag von jemandem, der dieses Geld für sich beanspruchen würde.

Für eine Polizistin, die sich so viel auf ihre Professionalität einbildete, war sie unverzeihlich töricht gewesen. Ein einziger Anruf, und sie hatte sämtliche Vorsichtsmaßnahmen vergessen. Und der Anrufer hatte damit gerechnet, dass sie sich so verhalten würde. Er musste sie gut kennen. Sehr gut kennen. Nur ein kleiner Anruf, und sie raste durch den Regen, um Jackie Blue und Jenn Sanchez zu treffen.

Dabei hatte Sanchez sie gewarnt, ihr geraten, vor Kollegen auf der Hut zu sein. *Jener Cop ist für Sie kein Unbekannter,* hatte sie gesagt.

Das half Ross nicht viel weiter. Jeder konnte es sein – Fargnoli, sämtliche Detectives, mit denen sie je gearbeitet hatte … Aber welcher Kollege hasste sie so sehr, dass er sie diesen Dominikanern auslieferte? Aus welchen Gründen? Hatte er Angst, dass sie ihn entlarvte? Oder hatte Richter Reiner Wind von den Ermittlungen bekommen und einen Cop bestochen, um sie zu beseitigen? Vielleicht handelte der Bulle, der sie so teuflisch geschickt überlistet hatte, aber auch aus irgendwelchen Motiven, von denen Ross nichts ahnte.

Sanchez hatte nichts davon erwähnt, dass er irgendwelche Komplizen hatte. Ein Einzelgänger, der seine Morde allein ausführte. Zuletzt hatte er Emilio Albert kaltblütig umgebracht und seine Tat als Selbstmord getarnt.

Weshalb hatte er sich dann jetzt mit diesen Kreaturen verbündet, die früher oder später bei einem Bandenkrieg erschossen und irgendwo im Wald verscharrt würden, um Ameisen einen leckeren Schmaus zu bescheren? Ein cleverer Cop ließ sich nicht mit solchen Verlierertypen ein. Dieser Schachzug passte so gar nicht zum Charakter des Mannes, der Sanchez verfolgte. Ross konnte sich keinen Reim darauf machen.

›Gabel‹ ließ sie los. Sie massierte ihre schmerzenden Ellbogen und wünschte, sie hätte sich wenigstens in dieser Bruchbude richtig verhalten. Sie hätte rückwärts zur Tür gehen müssen, mit der Hand an ihrer Pistole, ohne die Dominikaner auch nur für eine Sekunde aus den Augen zu lassen.

Zu spät.

Sie versuchte die drei Kerle einzuschätzen. Der träge Kellner, den seine Freunde Ralphie nannten, hatte hier das Sagen. Die beiden Handlanger, die offenbar nur Spanisch sprachen, waren illegale Einwanderer und stammten wahrscheinlich aus San Francisco de Macoris, einer Slumgegend in Santo Domingo, die eine Brutstätte für New Yorker Drogenbanden war. ›Gabel‹ hatte eine Pistole im Gürtel stecken, und Ross' Waffe war jetzt in den Händen von ›Kruzifix‹. Ralphie hatte das Rasiermesser, das ihr am meisten Angst einjagte.

Eine schrille Türglocke verriet, dass ein neuer Gast das Café betrat.

Ross füllte erleichtert ihre Lungen mit Luft. Sie fühlte sich besser, viel besser. Jackie Blue mochte kein eifriger Kirchgänger sein, aber er würde ihr bestimmt aus der Patsche helfen.

Sie drehte sich erwartungsvoll um und erstarrte zur Salzsäule. Der Rolls gehörte nicht Jackie.

Ein dominikanisches Paar stand in der Tür. Der Mann, ein pausbäckiger Halbwüchsiger mit Goldzähnen, hielt einen tropfenden grünen Regenschirm. Neben ihm stand eine schlanke Frau, Mitte dreißig, mit eckigem Kinn und einem Muttermal zwischen den Augenbrauen. Ihr blond gefärbtes Haar war im Nacken zum Knoten gefasst. Sie strahlte unbändige Energie und Rücksichtslosigkeit aus. Das war Graciella Catala, deren Bruder Ricky Ross ins Gefängnis gebracht hatte.

Die beiden Frauen starrten einander an, aber Ross konzentrierte ihren Blick auf Graciellas rechtes Ohrläppchen, denn es war nicht ratsam, in die wilden Augen einer Dominikanerin zu schauen, wenn man ohnehin schon Angst hatte. Graciella grinste bösartig. »Ich hab gehört, dass Sie hier sind, da wollte ich mal guten Tag sagen.«

Ross setzte sich auf den Barhocker vor ihrem Kaffeebecher. »Und ich hab gehört, dass Sie bald Besuch bekommen werden. Aus Kolumbien.«

Wenn Graciella beim Gedanken an eine Konfrontation mit den Kolumbianern, die sie ausgeraubt hatte, mulmig zumute war, so ließ sie sich jedenfalls nichts anmerken. Was sie aber so gefährlich machte, war die Tatsache, dass es ihr im Grunde egal war, ob sie siegte oder unterging. Deshalb wurde sie *La Loca* – die Wahnsinnige – genannt. Furcht war für sie ein Fremdwort.

»Die Kolumbianer können Sie getrost mir überlassen«, sagte sie seelenruhig. »Wo sind denn Ihre sonstigen Begleiter? Sie sind doch nicht etwa allein hergekommen? Das wäre eine Schande.«

Ralphie beruhigte ›Gabel‹, der Paco hieß, und ›Kruzifix‹ – Eduardo – auf Spanisch. »Nicht mal ihre Mutter weiß, dass sie hier ist.«

Ross antwortete auf Spanisch. »Meine Mutter würde sich auch nicht dafür interessieren. Sie ist nämlich tot. Dafür weiß die Polizei genau, wo ich mich aufhalte.«

Auch Graciella setzte sich, auf den übernächsten Hocker. Einen Moment lang sah Ross den lodernden Hass in den Augen der Dominikanerin. Schnell wandte sie wieder den Blick von ihr ab.

»Ich hab gehört, dass Sie hier ganz allein sind. Wir wollen Ihnen ein bisschen Gesellschaft leisten, damit Sie sich nicht langweilen.«

Sie klopfte mit blutrot lackierten Fingernägeln auf die Theke. Ihre Hände waren riesig, fast so groß wie die eines Mannes. Mit diesen Händen hatte sie ein Kind erwürgt und die Leiche mit Kokain gefüllt. Als sie die Grenze von Mexiko nach Texas überquerte, behauptete sie, das Kind würde schlafen.

»Das Gnadengesuch meines Bruders wurde gerade abgelehnt. Er muss die volle Zeit absitzen. Zwanzig Jahre!«, berichtete Graciella.

»Er hat ja auch ein Kind vergewaltigt«, entgegnete Ross.

»Haben Sie eine Vorstellung davon, was ihm im Knast angetan wird?«

»Ich nehme an, das Gleiche, was er dem Kind angetan hat.«

Graciella stand auf. »Begeben wir uns an einen ruhigen Ort. Sie, ich und meine kleinen Freunde, die eine Weile mit Ihnen spielen dürfen. Wir machen einen Videofilm, den ich meinem Bruder schicken werde. Es wird ihn freuen zu sehen, auf welche Weise Sie gestorben sind.«

24

Eine Variable

Viertel nach drei. Harry Earles bremste hinter einem Stadtbus auf der Eighty-ninth Street. Wolkenbruchartiger Regen bewirkte, dass der Verkehr nur im Kriechtempo vorankam. Es hatte zehn Minuten gedauert, bis er zwei Blocks zurückgelegt hatte. Wenn es so weiterging, würde er zu spät kommen. Er fuhr ein geliehenes Taxi, einen ehemaligen Streifenwagen, den er einem Pakistani verkauft hatte, der in Flushing ein kleines Taxiunternehmen leitete und so ängstlich war, dass er sich vor seinem eigenen Schatten fürchtete. Auf dem Leuchtschild stand AUSSER DIENST, und zusätzlich hatte Harry die Türen verriegelt, um durchnässte Fußgänger daran zu hindern, trotzdem in das Taxi zu springen und zu verlangen, irgendwohin chauffiert zu werden.

Er war heute nicht verkleidet. Keine Postuniform. Keine stinkenden Lumpen, die ihm erlaubten, sich unter Penner zu mischen, die er verabscheute und für arbeitsscheues Gesindel hielt. Heute brauchte er sich nicht zu tarnen, sich keine fremde Identität zuzulegen. Heute Nachmittag konnte er Harry Earles sein, eine komplexe Persönlichkeit mit unzähligen Facetten.

Wenn er dienstlich unterwegs war – ob nun in seiner Rolle als Gespenst oder bei Beschattungen –, bevorzugte er Taxis, weil sie so unauffällig waren. Kein Mensch schenkte dem Fahrer Beachtung, man war für die Umwelt quasi unsichtbar.

Er kannte Cops, die ihre Arbeit mit BMWs, Jeeps oder Corvettes erledigten, die von Dealern oder sonstigen Ganoven konfisziert worden waren. In Harrys Augen waren das Dummköpfe. Protzige

Fahrzeuge waren nur nützlich, wenn man sich als reicher Pinkel ausgeben musste. Ansonsten kam es darauf an, anonym zu bleiben, und wie sollte das in einem Lexus mit weißen Seitenflächen und einer Hupe, die alle dreißig Sekunden die Titelmelodie aus DER PATE erklingen ließ, möglich sein? Einige Kollegen waren anderer Meinung, aber diese Clowns würden auch verhungern, wenn man sie über Nacht in einem Supermarkt einschloss!

Er rollte ein Fenster herunter. Regen und Junihitze hatten eine feuchte Schwüle erzeugt, die schier unerträglich war, und der Pakistani weigerte sich aus Geiz, eine Klimaanlage in das Taxi einbauen zu lassen. Er ließ auch das Autoradio nicht reparieren. Harry hatte seine Funkgerät auf das Armaturenbrett gelegt, um den Kontakt zur Außenwelt zu behalten.

Mit einem Taschentuch wischte er sich den Schweiß von Stirn und Hals. Er hatte alles bis ins letzte Detail geplant. Spieler, Zeit, Ort, einfach alles. Was er nicht bedacht hatte, waren variable Größen, etwa dieser Wolkenbruch, der innerhalb weniger als einer Stunde die Straßen in reißende Bäche verwandelt hatte.

Wie sollte man das Unberechenbare voraussehen können? Veränderliche Größen waren keinen Gesetzen unterworfen, und deshalb konnte niemand sie kontrollieren. Seine bigotte Mutter hatte ihm eingebläut, es gebe keine Zufälle und Ungerechtigkeiten in Gottes herrlicher Welt. Was auch immer man sah, hörte, fühlte, erlebte – alles war der Wille des Allmächtigen. Harry hatte diese Vorstellung schon früh als völlig hirnrissig verworfen.

Er konnte nicht an einen Gott glauben, der eine Welt erschaffen hatte, in der von Anfang an Chaos und Grauen regiert hatten. Gott war eine Erfindung der Menschen, aber seine Mutter hatte den Allmächtigen eingesetzt, um andere Idioten in Furcht und Schrecken zu versetzen, damit sie möglichst viel spendeten. Sie hatte nicht schlecht davon gelebt.

Harry lauschte dem anhaltenden Hupen ungeduldiger Autofahrer. Glaubten diese Hohlköpfe, das Problem aus der Welt schaffen zu können, wenn sie nur genug Lärm erzeugten? Erwarteten sie, dass der Himmel sich öffnen und Gott ihnen schlagartig trockene Straßen und strahlende Sonne bescheren würde? Es verblüffte ihn immer wieder, was für törichte Entscheidungen Menschen aus Unwissenheit trafen.

Er warf gerade einen Blick auf seine Uhr, als die Nachricht gemeldet wurde. Weiter vorne hatte es einen Unfall gegeben. Ein PKW war auf einen Blumentransporter aufgefahren und hatte den gesamten Verkehr lahm gelegt. Harry saß in diesem Stau fest.

Er traf eine Entscheidung. Das Funkgerät schob er unter seinen Regenmantel, das Taxi ließ er einfach stehen und hetzte durch den Regen.

Als er die Amsterdam Avenue erreichte, bog er nach links ab und rannte in Richtung Ninety-fourth Street.

25

Hinhaltetaktik

Graciella Catala drohte: »Wenn wir einen Cop sehen und Sie sich irgendwie bemerkbar machen, bringe ich Sie eigenhändig um. Auch wenn ich dafür sterben muss – ich leg Sie um.«

»Die Polizei weiß ohnehin, wo ich bin«, konterte Ross. »Ich brauch den Bullen nichts mehr zu erzählen.« Sie deutete auf die Straße. »Schauen Sie mal raus.«

Graciella warf einen Blick über ihre Schulter hinweg. Ihr Gesicht lief rot an, sie zischte wie eine Schlange und ballte die Fäuste. Ein Streifenwagen hatte hinter ihrem Rolls angehalten.

Auch ihre Marionetten sahen es und warfen Graciella fragende Blicke zu. Sie arbeiteten für sie, nahmen Befehle von ihr entgegen. Sie musste ihnen auch jetzt sagen, was zu tun war. Auf eigene Faust zu handeln käme glattem Selbstmord gleich. *La Loca* erwartete blinden Gehorsam, duldete keinen Widerspruch.

Ross versetzte sich in Gedanken an Graciellas Stelle. Die Bullen waren unwillkommene Störenfriede, die sie daran hindern könnten, Rache zu nehmen. Sie war hergekommen, um Ross zu überraschen, nicht, um selbst überrascht zu werden.

Ross hatte einen Kloß im Hals, ihre Hände waren kalt und

verschwitzt. Sie wusste, warum der Streifenwagen angehalten hatte. Der riesige Rolls war zwar auf dem Gehweg abgestellt, ragte aber auf die Fahrbahn hinaus und behinderte den Verkehr. Wenn Graciella ihn nicht wegfuhr, würde er abgeschleppt und in ein Depot in Brooklyn gebracht werden.

Diese Cops waren nicht hier, um Ross aus ihrer misslichen Lage zu befreien. Wenn sie überleben wollte, musste sie Graciella davon überzeugen, dass *mehr* im Gange war.

Graciella drohte ihr mit ihrer riesigen Faust. »Sollten die Bullen reinkommen, sind Sie eine tote Frau. Ich leg Sie um, ganz egal, was sie anschließend mit mir machen.«

Ross schaute zu den Marionetten hinüber. Es war sinnlos, mit *La Loca* zu diskutieren, aber vielleicht konnte sie die jungen Burschen beeinflussen.

»Seid ihr lebensmüde?«, fragte sie auf Spanisch. »Wenn ihr mich umbringt, seid ihr selbst so gut wie tot.«

»Meine Jungs machen, was ich sage!«, fauchte Graciella.

»Dann sollten Sie ihnen erzählen, welche Strafe auf Polizistenmord steht. Vielleicht schildern Sie auch das Leben in einer Todeszelle, das beschissene Essen, das Warten auf den Tag, an dem man festgeschnallt wird und die Spritze bekommt. Und wenn Sie schon dabei sind, sollten Sie ihnen vielleicht auch raten, nicht alles zu glauben, was sie irgendwo hören. Wer auch immer behauptet hat, ich käme allein hierher, hat die Unwahrheit gesagt. So einfach ist das.«

»Dann sterben Sie eben auf der Stelle. So einfach ist das!«

»Das ist doch eine Privatangelegenheit zwischen Ihnen und mir. Warum sollten Ihre Leute darunter leiden, dass Sie die Sachlage falsch einschätzen?«

Graciella kniff die Augen zusammen. »Was haben Sie da gesagt?«

»Ich bin hier, um etwas einzukaufen. Muss ich deutlicher werden?«

»Von wem?«

»José Ruona. Ich benutze ihn, um an seinen Lieferanten heranzukommen.«

»Sie wollen Jackie Blue schnappen?«

»Ich weiß, was ich zu tun habe. Aber reden wir zur Abwechslung mal über Sie. Warum gehen Sie nicht raus, fahren den Rolls weg, und dann unterhalten wir uns in Ruhe weiter. Diese Cops suchen nicht nach *Ihnen*. Sie warten darauf, dass Ruona hier auftaucht.«

»Und wozu soll ich dann meinen Wagen wegfahren?«

»Weil er den Verkehr behindert. Die Cops könnten reinkommen, um Sie aufzufordern, ihn sofort zu entfernen. Dann könnte die Situation außer Kontrolle geraten, und möglicherweise wird einer Ihrer Leute verletzt. Übernehmen Sie lieber selbst die Initiative, solange das noch möglich ist. Danach reden wir weiter.«

»Wir sollten tun, was sie sagt«, riet Ralphie seiner Chefin. »Schaffen Sie das Auto weg, dann haben wir die Bullen vom Hals. Wir warten eine Weile, ob dieser Ruona sich blicken lässt. Kommt er nicht, lügt das Luder, und dann rechnen wir an irgendeinem ungestörten Ort mit ihr ab.«

Die Marionetten nickten zustimmend.

Graciella sah Ralphie an. »Okay. Ich rede mit den Bullen. Schließlich ist mit meinem Führerschein alles in Ordnung, und der Rolls ist auch auf mich zugelassen.«

Sie befahl Ralphie, sie zu begleiten. Er sprach Englisch und konnte außerdem den Schirm über sie halten, damit sie nicht nass wurde. Alle anderen sollten Ross scharf im Auge behalten und sie keinesfalls auf die Toilette gehen lassen.

Graciella und Ralphie gingen in den Regen hinaus, Paco und Eduardo setzten sich neben Ross an die Theke, und der Teenager mit den Goldzähnen ließ sich auf einen Stuhl in der Nähe der Tür fallen, eine Hand an seiner Pistole.

Ross spürte, dass die drei Burschen sehr nervös waren. Das machte sie nur noch gefährlicher. Wenn sie irgendeine unbedachte Bewegung machte, vielleicht nur ihren Kamm aus der Jackentasche holen wollte, würden sie sofort schießen.

Sie beobachtete, wie Graciella zum Streifenwagen ging, während Ralphie demütig den Schirm über sie hielt und selbst durchnässt wurde. Sie redete durch ein Fenster auf die Polizisten ein.

Um sich irgendwie zu beschäftigen, griff Ross nach dem

Becher. Sie hatte keinen Durst, aber Trinken war immerhin auch ein Zeitvertreib. Als sie einen Schluck nehmen wollte, bemerkte sie, dass das Gefäß einen Sprung hatte und der Rand Spuren von Lippenstift aufwies. Angewidert stellte sie den Becher wieder hin.

Durch die regennasse Fensterscheibe sah sie, dass Ralphie in den Rolls einstieg und wegfuhr. Die Marionetten jubelten. Warum auch nicht? Graciella hatte einen Sieg über die Cops errungen, und Ross war ihre Gefangene.

Dass die Streifenpolizisten nicht ausstiegen, war für Ross eine herbe Enttäuschung. Sie hatte gehofft, dass ihnen irgendetwas suspekt vorkommen würde, dass sie Graciella näher unter die Lupe nehmen würden. Aber sie hatten ihr nicht einmal einen Strafzettel verpasst und Ralphie wegfahren lassen. Glück für *La Loca,* Pech für Ross.

Es kam noch schlimmer. Mit Blaulicht und heulender Sirene brauste der Streifenwagen davon. Wahrscheinlich hatte sich irgendwo ein schwerer Unfall ereignet, oder ihr Einsatz wurde bei einem Banküberfall benötigt. Ross war wieder ganz allein, von aller Hilfe abgeschnitten.

Wenn das Glücksblatt sich nicht sehr schnell wendete, würde ihr Name bald auf jener Gedenktafel für ermordete Polizisten stehen.

Die Marionetten applaudierten, als Graciella triumphierend ins Café zurückkam und einen neuen Zeitplan verkündete. »Ralphie fährt einmal um den Block. Wenn er wieder da ist, brechen wir auf. Wir bringen Sie nach New Jersey. Mein Vetter hat unweit von Trenton ein Haus. Dort können wir in aller Ruhe unseren kleinen Videofilm drehen.«

»Ich glaube, Sie haben mir vorhin nicht richtig zugehört«, sagte Ross. »Ich will hier einen Einkauf tätigen und …«

»Oh, zugehört habe ich, aber ich glaube Ihnen kein Wort. Die Cops haben nicht den Auftrag, auf Ruona zu warten, oder sehen Sie irgendwo noch einen Streifenwagen?«

»Dann schauen Sie doch mal in meine Handtasche.«

»Wozu?«

»Da drin befindet sich Cash. Fragen Sie Eduardo, der hat's schon gefunden.«

›Kruzifix‹ nickte bestätigend.

Graciella deutete auf Ross' Schultertasche und schnippte mit den Fingern. Paco reichte ihr die Tasche, und gleich darauf hatte sie die Geldscheine in der Hand.

Wieder bekam sie vor Wut und Enttäuschung einen hochroten Kopf. Graciella war eiskalt, und ihr ganzes Denken kreiste nur um die eigene Existenz. Bei solchen Menschen konnte man mit vernünftigen Argumenten nichts erreichen.

Einen winzigen Sieg hatte Ross immerhin errungen: die Frau war verunsichert, weil sie jetzt doch glaubte, dass Ross hier Drogen kaufen wollte.

Ross verspürte einen Adrenalinstoß. Der richtige Zeitpunkt, zum Angriff überzugehen.

»Das Geld würde ich an Ihrer Stelle nicht verwenden«, riet sie Graciella. »Die Nummern sind im Computer gespeichert.«

Widerwillig legte Graciella die Banknoten zurück und warf die Tasche auf die Theke.

Noch ein kleiner Sieg. Ein wichtiger Sieg. Ross hatte es geschafft, in Graciellas Gehirn vorzudringen, sie nachdenklich zu stimmen. Erbittert brummelte sie etwas Unverständliches vor sich hin.

Ross schaute zu den Marionetten hinüber. Vielleicht gelang es ihr, einen Keil zwischen die Burschen und ihre Chefin zu treiben.

Sie sagte auf Spanisch: »Wenn ihr sofort verschwindet, kommt ihr vielleicht ungeschoren davon. Das heißt natürlich – wenn eure Mommy das erlaubt.«

Sie wartete ab, ob ihre Worte irgendeine Wirkung zeigen würden.

Es war Graciella, die das Schweigen brach und Ross erbost anstarrte. »Vielleicht können Sie *Mommy* eine Frage beantworten. Warum sollte jemand mir sagen, Sie seien allein hier, wenn es nicht stimmt? Warum sollte jemand mich herlocken wollen?«

Improvisiere!

»Sie haben sich mit Tulio Gonsalvo angelegt, und das war ein großer Fehler.«

»Tulio?« Paco fingerte nervös an seinen Armreifen herum. »Was hat denn dieser Schwule damit zu tun?«

»Ihr habt letzten Monat 150.000 Dollar aus einem Haus in Bayside mitgehen lassen. Dieses Haus gehört zufällig Tulio.«

Paco zuckte mit den Schultern. »Na und?«

»Streng mal dein Gehirn an, Junge, falls deine Organe nicht auf Schwanz und Eier beschränkt sind. Man kann nicht den größten Drogendealer Kolumbiens berauben und erwarten, dass er resigniert auf das Geld verzichtet.«

»Wir haben Pläne«, behauptete Paco trotzig. »Wir brauchen uns wegen Tulio keine Sorgen zu machen.«

»Umso besser für euch. Darf ich euch trotzdem erklären, was Leuten zustoßen kann, die sich an Tulios Geld vergreifen oder ihm sonstwie in die Quere kommen? Vor zwei Jahren haben kommunistische Rebellen seinen fünfzehn Jahre alten Bruder entführt und forderten von Tulio fünfzig Millionen für die Freilassung.« Ross legte eine kurze Pause ein und stellte fest, dass sogar Graciella zuhörte.

»Tulio weigerte sich zu zahlen«, fuhr sie fort. »Stattdessen rief er das ganze Drogenkartell zusammen und machte den anderen bedeutenden Dealern klar, dass keine Familie mehr in Sicherheit leben könnte, wenn die Rebellen mit der Erpressung Erfolg hätten. Man müsste ihnen eine unmissverständliche Botschaft zukommen lassen. Seine Kollegen stimmten ihm zu, ein Killerkommando wurde zusammengestellt und beauftragt, Tulios Bruder zu finden. Bei ihrer Suche verloren mehr als fünfhundert Personen ihr Leben – Verwandte und Freunde der Rebellen. Tulio bekam seinen Bruder unversehrt zurück, ohne einen Cent bezahlt zu haben.«

»Ich kenn diese Geschichte«, knurrte Graciella. »Na und? Freut mich für Tulio, dass seinem Bruder kein Haar gekrümmt wurde.«

Ross betrachtete ihre nassen Jeans. »Haben Sie schon rausgebracht, wer John-John den Garaus gemacht hat? Oder möchten Sie über dieses Thema lieber nicht reden? Ach was, reden wir darüber … Tulio will seine 150.000 zurück, und er will noch etwas.«

Sei einfallsreich.

»Er will Sie!«

Graciella zuckte die Achseln. »Mich kann er nicht haben. Ich mag keine kolumbianischen Männer. Sie stinken erbärmlich.«

»Ich habe gerade John-John erwähnt, der auf einem leeren Parkplatz in der Bronx verbrannt wurde. Ich vermute, dass Tulio Ihnen und Ihren Jungs ein ähnliches Schicksal bescheren will. Wissen Sie, dass er eine Belohnung für Ihre Ergreifung ausgesetzt hat? Hundert Riesen für jeden, der Sie in ein gewisses Reisebüro in Jackson Heights bringt. Für die Reise, die Sie von dort aus antreten, brauchen Sie nicht mal ein Flugticket zu buchen. Was dachten Sie sich nur dabei, Tulio herauszufordern? Ich an Ihrer Stelle würde übrigens auch meiner Crew nicht mehr voll vertrauen. Für manch einen könnte die Belohnung durchaus eine Versuchung sein …«

Ross sah, dass die Marionetten Blicke tauschten. Sie schienen nicht begierig darauf zu sein, Tulios Bekanntschaft zu machen.

»Sie wurden reingelegt«, behauptete sie frech, an Graciella gewandt. »Jemand wollte Sie ins Freie locken. Nach John-Johns Ermordung haben Sie sich ja irgendwo versteckt. Aber jetzt sind Sie hier und geben eine perfekte Zielscheibe ab.«

Paco schüttelte den Kopf. »Wir verlassen diese Stadt sofort und setzen uns nach Santo Domingo ab.«

Graciella lächelte Ross an. »Mir war klar, dass es mit Tulio Probleme geben würde, aber ich hatte einen ausgezeichneten Plan. Wir würden hier sehr viel Kohle machen und dann in unsere Heimat zurückkehren, wo Tulio und seine Freunde uns nichts anhaben können. In meinem Land werden Verbrecher nicht an andere Länder ausgeliefert, wussten Sie das? Eigentlich hatten wir geplant, New York nächste Woche zu verlassen. Jetzt werden wir eben schon morgen oder spätestens übermorgen fliegen. Sie sind dann schon eine ganze Weile tot, denn in dieser Hinsicht hat sich an meinen Plänen nichts geändert.«

»Sie haben mir wieder nicht zugehört«, pokerte Ross weiter um ihr Leben. »Morgen wird es für Sie zu spät sein. Tulio hat Sie aus dem Versteck gelockt, und ich habe meine unsichtbaren Wächter. Sie sind schon jetzt von Cops und Kolumbianern umzingelt!«

Ross faltete ihre Arme auf der Brust. »Sie haben die Wahl zwischen zwei Möglichkeiten. Wenn Sie auch nur einen Tag länger in New York bleiben, ergeht es Ihnen wie John-John. Ihre einzige Chance besteht darin, sofort zum Flughafen zu brausen und sich in die nächste Maschine zu setzen. Vielleicht schaffen Sie es ja noch, bevor Tulio Sie schnappt. Wenn Sie mich umbringen, können Sie den Flughafen vergessen. Bei einem Polizistenmord werden sämtliche Flughäfen, Zug- und Busbahnhöfe gesperrt. Keiner kommt mehr raus, keiner rein. Dann stecken Sie hier fest, gejagt von Tulio *und* von 38.000 Polizisten. Aber natürlich ist es *Ihre* Entscheidung.«

Schweigen.

Ross wartete. Jetzt schaffte sie es, Graciellas Blick standzuhalten.

Das Schweigen wurde immer drückender. Ross entspannte sich ein wenig. Es war ihr gelungen, Misstrauen zwischen Graciella und ihren Jungs zu säen.

Sie überlegten jetzt, waren verwirrt.

Hinhaltetaktik. Das war ihre einzige Chance.

Dann eine Katastrophe.

Der Rolls-Royce kam zurück. Ross sah ihn zuerst und dachte: *Jetzt ist das Spiel zu Ende.*

Ralphie hupte. Graciella drehte sich um.

Ross grub ihre Nägel in die Handfläche. *Bleib ruhig. Verlier jetzt nur nicht die Nerven.*

Die schrille Türglocke zerriss die Stille, und Ross zuckte zusammen, als hätte jemand dicht neben ihrem Ohr einen Schuss abgegeben.

Ein Mann trat ein.

Sie unterdrückte einen Aufschrei. Das musste eine Halluzination sein. Sie rieb sich die Augen und schaute wieder hin. Der Mann stand immer noch da. Kühle grüne Augen glitten durch das Café.

Harry.

Er war es wirklich.

Harry.

Ruhig stand er in der Tür, und seine Stirn war nur leicht gerunzelt. Die vorgefundene Situation schien ihm keine großen Sorgen zu bereiten.

Mit Graciella war hingegen eine erstaunliche Veränderung vorgegangen, seit sie Harry gesehen hatte. Ross hatte sich nie vorstellen können, dass *La Loca* vor einem Menschen Angst haben könnte, aber ihre Miene spiegelte blankes Entsetzen wider.

Sie wich vor ihm zurück, und ihre Marionetten folgten dem Beispiel der Chefin. Kannten Graciella und Harry sich? Oder spürte sie nur, dass mit diesem Cop nicht gut Kirschen essen war? Sie hatte Recht – Harrys Miene verhieß nichts Gutes.

Ross sah sich nach einer Deckung um. Graciella und Harry hatten entgegengesetzte Interessen, deshalb würde es keine Kompromisse geben. *La Loca* wollte Ross umbringen, Harry wollte ihr das Leben retten, um jeden Preis. Sie hätte ihre Pension darauf verwetten können, dass es zu einer Schießerei kommen würde. Sie wünschte, dem wäre nicht so, aber die Fakten sprachen für sich.

Wasser tropfte von seiner Baseballkappe – er trug sie zu Ehren irgendeines Baseballstars aus den Vierzigern, der bei den Boston Red Sox gespielt hatte. Seine Dienstmarke hing an einer Silberkette über dem Regenmantel, und er hielt seine *Glock* schussbereit in der Hand.

Wie in aller Welt hatte er sie hier gefunden?

Sie setzte sich an den letzten Tisch. Von hier aus konnte sie das weitere Geschehen verfolgen und sich beim ersten Schuss unter dem Tisch verstecken.

Harrys Gang glich dem eines geschmeidigen Raubtiers. Aller Augen waren auf ihn gerichtet. Graciella und ihre Mannen lehnten sich an der Theke an. Harry blieb wenige Schritte von ihnen entfernt stehen und sagte höflich:

»Waffen auf den Boden! Bitte keine abrupten Bewegungen! Wenn Sie fertig sind, legen Sie sich hin, mit dem Kopf in Richtung Küche!«

Graciella warf den Kopf zurück. »Sie haben das alles ausgeheckt, nicht wahr? *Sie,* Mr. Cop! Sie sind hier, um mich umzubringen, das spüre ich.«

Sie hat völlig den Verstand verloren, dachte Ross. Kein Wunder, dass man sie *La Loca* nannte. Welchen Grund sollte Harry haben, diese Irre zu töten? Außerdem hätte er niemals einen Plan ausgeheckt, bei dem Ross in Lebensgefahr geraten konnte. Niemals!

Trotzdem wurde sie den unangenehmen Gedanken nicht los, dass dieser Auftritt *inszeniert* war. Eine innere Stimme sagte ihr, dass Harry nicht zufällig in letzter Sekunde als Retter aus höchster Not aufgetaucht war. Er wollte sie mit diesem Auftritt beeindrucken, und das war ihm auch gelungen. *Nein, es kann nicht wahr sein, dass er das alles absichtlich gemacht hat, nur damit ich begreife, dass ich nicht auf ihn verzichten kann. Nein, völlig ausgeschlossen. Hauptsache, er ist da! Nur darauf kommt es an.*

Während Graciella in ihrer Handtasche nach der Pistole wühlte, fixierte sie Harry mit ihren dunklen Augen.

»Ich *weiß,* was passiert ist«, sagte sie.

Sie nickte einige Male. »Ja, ich weiß, warum Sie mich hergelockt haben.«

Harry lächelte ihr zu, und für Sekunden sah es so aus, als wären sie sich über eine unausgesprochene Wahrheit einig. Dann hob Harry den Arm und gab einen Schuss auf ihre Stirn ab. Sie fiel rückwärts, rutschte an der Theke entlang und sackte zu Boden. Ein Fuß zuckte noch, warf einen abgetragenen Schuh von sich. Aus ihrer offenen Tasche fiel eine Pistole.

Paco ging in die Hocke und griff nach seiner Knarre. »Vorsicht!«, schrie Ross, bevor sie unter dem Tisch verschwand. Dort unten kauernd sah sie, wie Harry wieder einen Kopfschuss abgab. Der junge Dominikaner drehte sich um seine eigene Achse, knallte dicht neben Ross hin und bespritzte ihre Hände mit warmem Blut.

Eduardo wollte entsetzt in die Küche flüchten. Er hatte nicht mehr als ein, zwei Schritte gemacht, als Harry ihm in den Hinterkopf schoss. Die Arme nach vorne ausgestreckt, stolperte Eduardo nach vorne und brach an der Schwingtür zur Küche zusammen.

Drei Kopfschüsse. Drei Tote.

Ross kroch aus ihrem Versteck hervor, setzte sich auf einen Stuhl und wischte sich mit den Papierservietten, die auf dem Tisch lagen, das Blut von den Händen. Sie hatte Ohrensausen, und der Pulverrauch verursachte ihr Übelkeit.

Auf der Straße drückte jemand auf die Hupe, ließ sie gar nicht mehr los, verursachte einen unerträglichen Lärm. Das war Ralphie, der alles von draußen beobachtet hatte. Es war sein Glück gewesen, dass er noch im Rolls saß, als die Schießerei begann. Er lenkte die Nobelkarosse nach links, doch der Transporter einer TV-Reparatur versperrte ihm den Weg. In seiner Todesangst brauste Ralphie trotzdem los, rammte den Transporter, wobei ein Scheinwerfer des Rolls zerbrach, reihte sich irgendwie in den Verkehr ein und machte sich aus dem Staub.

Drei Kopfschüsse. Drei Tote.

Ross schaute sich um. Der pausbäckige Teenager mit den Goldzähnen lag schluchzend neben Graciella und umklammerte ihren leblosen Arm, so als flehte er sie um Hilfe an.

Harry zielte auf seinen Kopf.

»Nein, Harry!«, schrie Ross.

Er senkte die Hand, drückte sie dem Teenager an die Wange, nahm ihm die Pistole und ein Klappmesser ab, legte beide Waffen auf die Theke.

Dann ging Harry auf Ross zu.

Er lächelte. »Alles unter Kontrolle. Sie brauchen sich keine Sorgen mehr zu machen. Harry ist da, und alles ist in Ordnung.«

26

Drei und drei

»Was haben meine Ohren vernommen? Sie sind heute Nachmittag um ein Haar ausgeschaltet worden, Detective?«

»Es wurde doch eine Nachrichtensperre verhängt. Wie hast du davon erfahren?«

»Auf der Straße gibt's keine Nachrichtensperren, Detective. Da sickert alles durch, und die Informationen verbreiten sich blitzschnell, fast mit Lichtgeschwindigkeit, würde ich sagen. Hilft einem ganz enorm zu überleben.«

»Was hast du über die Schießerei gehört?«

Ross telefonierte mit Jackie Blue. Es war schon spät am Abend, Viertel nach elf, und das Telefon in ihrer West-Side-Wohnung stand seit Stunden nicht still. Alle wollten Näheres über die Vorfälle im Café wissen, sich nach ihrem Befinden erkundigen: Fargnoli, ihr Team, Ivy Linder, ehemalige Mitarbeiter … Die Polizei hätte gern ein paar Worte mit dem Inhaber des Cafés, einem gewissen Edgar Chacon, gesprochen, aber er war unauffindbar. Das wunderte Ross gar nicht – Schießereien und Leichen machten die meisten Leute nervös.

Connie saß neben ihr auf der Couch, die TV-Fernbedienung in der Hand. Kein Sender hatte bisher die drei Toten erwähnt. Die Nachrichtensperre, die NYPD und FBI zum Schutz von Ross verhängt hatten, wurde eingehalten.

Doch wie Jackie Blue so richtig gesagt hatte – den Leuten auf der Straße konnte niemand das Reden verbieten.

»Es gibt zwei verschiedene Versionen, was passiert sein könnte. Erstens: Graciella musste daran glauben, weil sie versucht hatte, zwei verdeckte Ermittler zu berauben, die in dem Café Stoff von einem Typen kaufen wollten, den ich recht gut kenne.«

Ross schaute aus dem Wohnzimmerfenster. Der Wolkenbruch war in Nieselregen übergegangen. Dies war der feuchteste Juni, den New York seit Jahren erlebte.

»Jemand, der sich R nannte, hat bei uns im Büro angerufen und mir ausrichten lassen, ich solle dich und die gesuchte Dame im Café treffen. Ich dachte natürlich, du hättest Jenn Sanchez überredet, mit mir zu sprechen, ging hin und erlebte eine böse Überraschung, als stattdessen Graciella Catala auftauchte.«

»Scheiße! Ich habe Sie heute nicht angerufen – erst jetzt. Versucht hab ich's seit zwei Stunden, aber es war ständig belegt.«

Ross legte ihre nackten Füße auf den Tisch. Sie sehnte sich

danach, endlich ins Bett zu kommen. Es war ermüdend, immer wieder die gleichen Auskünfte zu geben und sich bemitleiden zu lassen, auch wenn die Anrufer es zweifellos gut meinten.

»Und die zweite Version?«, erkundigte sie sich.

»Die lautet, dass besagte verdeckte Ermittler Graciella wegen Mordes an einem von Tulios Leuten festnehmen wollten, woraufhin sie durchdrehte und losballerte.«

»Woher wusstest du, dass *ich* dort war? Hat jemand meinen Namen erwähnt?«

»War gar nicht nötig. Ich bin ein denkender Mensch. Ihr ›Herzog‹ hat sein Warenzeichen hinterlassen.«

»Die Kopfschüsse?«

»So ist es. Der Kerl zielt immer auf den Kopf, da nutzt einem die beste schusssichere Weste gar nichts. Und da der ›Herzog‹ mit einem weiblichen Cop unterwegs war, kamen nur Sie in Frage. Als die Dame das Café verließ, hatte sie zwar ihre Jacke über den Kopf gezogen, aber ich sagte mir gleich: ›Das war Detective Magellan.‹«

»War das nur geraten, oder habe auch ich irgendwelche Markenzeichen hinterlassen?«

»Der ›Herzog‹ hat drei Latinos liquidiert, um die Dame zu beschützen. Diese Mühe hätte er sich für jemand anderen nicht gemacht.«

»Tu mir und dir selbst einen Gefallen und geh damit nicht hausieren.«

»Darauf können Sie sich verlassen. Jackie Blue gibt keine Interviews in der *Tonight Show*, auch nicht in *Nightline*.«

Ross drückte Connies Hand und zwinkerte ihm zu. Zeit, Jackie Blue ein bisschen zu kitzeln!

»Wenn wir schon mal beim Thema Interviews sind, Jackie – wann wirst du endlich mit mir reden?«

»Was tun wir denn die ganze Zeit, Detective?«

»Stell dich nicht dümmer an, als du bist. Du weißt, wer mich in dieses Café gelockt hat. Derselbe Bursche, der hinter Sanchez her ist. Ich will seinen Namen.«

Jackies Stimme nahm einen sanften, verführerischen Klang an. »Baby, warum setzt du deinem armen Daddy so zu? Du weißt doch, dass er dir immer sein Herz ausschüttet. Wenn ich etwas wüsste, würde ich ...«

»Jackie, diese Masche verfängt bei mir nicht. Fünf Minuten nach deinem ersten Treffen mit Sanchez kanntest du schon den Namen des Cops. Aber du willst ihn für dich behalten, bis du im Gegenzug auch etwas von mir bekommst. Sanchez ist ein Junkie. Das heißt, du hast sie in der Hand. Entweder sie erzählt dir, was du wissen möchtest, oder sie bekommt von dir keines deiner segensreichen Medikamente. Du verheimlichst mir etwas, Jackie, um eine Trumpfkarte aus dem Ärmel ziehen zu können, wenn du wieder mal in Schwierigkeiten steckst. Lass dir einen guten Rat geben: Manchmal bekommt man auf diese Weise wirklich, was man will, aber meistens bekommt man, was man *verdient hat.*«

Ross hörte ihn laut atmen. Sie hatte ihn festgenagelt, das war ihnen beiden klar, aber so schnell gab er sich nicht geschlagen.

»Baby, ich würde doch nie ...«

»Jetzt hör mir mal gut zu, Jackie. Ich habe meinem Chef gesagt, du hättest nichts mit dieser Schießerei zu tun. Jemand hätte deinen Namen benutzt, um mich in die Falle zu locken. Im Augenblick will die Polizei nichts von dir, aber das könnte sich sehr schnell ändern.«

»Verstehe ...« Er schlug einen versöhnlichen Ton an. »Ich weiß es durchaus zu schätzen, dass Sie mir die Polizei vom Hals halten. Ich hab bei Ihnen angerufen, weil ich wissen wollte, wie's Ihnen geht, aber ich wollte auch hören, ob zwischen uns alles beim Alten bleibt. Hab schon befürchtet, Sie könnten glauben, ich hätt was mit dieser üblen Geschichte zu tun.«

»Zwischen uns bleibt alles beim Alten, und ich verdächtige dich nicht, deine Finger mit im Spiel gehabt zu haben. Trotzdem solltest du das Richtige tun.«

»Geben Sie mir achtundvierzig Stunden Zeit. In zwei Tagen sag ich Ihnen Bescheid. Ehrenwort!«

»Wart nicht zu lange, Jackie. Das FBI könnte dich verdächtigen, mit Graciella unter einer Decke gesteckt zu haben. In Anbetracht deines Berufs wäre das gar nicht so abwegig. Ich werd versuchen, ihnen diese Idee auszureden, aber ...«

»He, mit dieser Irren wollte ich nie was zu tun haben! Lieber würd ich einem Hund den Arsch mit 'nem Zahnstocher ausputzen! Sich mit den Kolumbianern anzulegen – was hat sie sich nur dabei gedacht?«

»Sie dachte, sie käme mit heiler Haut davon. Hielt sich für superschlau, so wie du.«

Jackie Blue räusperte sich. »Ich hab gehört, das einer von Graciellas Jungs noch lebt?«

Der pausbäckige Teenager mit den Goldzähnen, den Ross davor bewahrt hatte, ebenfalls einen Kopfschuss abzubekommen. Ein illegaler Einwanderer namens Israel Novato, der jetzt von aller Welt isoliert wird. Die Polizei sorgte dafür, dass er weder mit seiner Familie noch mit Freunden oder Anwälten sprechen konnte. Das geschah alles zum Schutz von Ross Magellan. Novato durfte keine Möglichkeit bekommen, den weiblichen Cop zu beschreiben.

»Graciellas Jungs sind nicht dein Problem«, sagte sie. »Kümmere dich lieber um den Cop, der hinter Sanchez her ist. Du stehst auf seiner Abschussliste. Er weiß, dass du ihren Aufenthaltsort kennst, und solltest du ihm in die Finger geraten, wird er dich auf höchst unangenehme Weise zwingen, ihm diesen Ort zu verraten, das schwöre ich dir.«

»Verdammt, ich hätte nie auf Angelo hören dürfen! Er hat gesagt, dass ich ihm helfen *muss*, das Weib zu verstecken. Dabei gibt's nur zwei Dinge, die ich wirklich *muss* – schwarz bleiben und sterben. Aber ich dachte mir, dass Angelo ein Kumpel von Richter Reiner ist und ein gutes Wort für mich einlegen würde, sollte ich jemals vor Gericht stehen.«

»Lou Angelo sitzt selbst in der Scheiße. Er geht möglicherweise zusammen mit Reiner unter oder wird wegen Jenn Sanchez ermordet.«

»Mann o Mann, dieser Schlamassel wächst mir allmählich über den Kopf«, gab Jackie Blue kleinlaut zu. »Keine angenehme Vorstellung, dass ein verrückter Cop hinter mir her ist.«

»Dann hilf mir, ihn zu schnappen, bevor er dich schnappt.«

Der Dealer stieß einen tiefen Seufzer aus. »Manhattan ist

seit heute Nachmittag um drei Latinos ärmer. Ihr ›Herzog‹ hat wirklich ganze Arbeit geleistet. Ausgeglichener Spielstand: drei Männer, drei Frauen. Passen Sie auf, dass Sie nicht Nummer vier werden!«

Er legte schnell auf.

Verwirrt berichtete Ross, was Jackie Blue zuletzt gesagt hatte. Connie stellte mit der Fernbedienung den Ton des Fernsehers ab.

»Drei Männer, drei Frauen?«, wiederholte Connie. »Ausgeglichener Spielstand? Aber Harry hat heute nur zwei Männer und eine Frau getötet. Entweder kann Jackie Blue nicht zählen, oder Harry hat noch mehr Menschen auf dem Gewissen.«

Ross trank einen Schluck Brandy. »Ich weiß nur, dass er mir das Leben gerettet hat. Wenn er nicht gewesen wäre, säße ich jetzt nicht hier.«

»Du selbst hast dir das Leben gerettet«, widersprach Connie. »Deine Hinhaltetaktik war großartig. Andernfalls wäre dein Retter nämlich zu spät gekommen. Seltsamer Zufall – Harry hätte heute Nachmittag überall sein können – Manhattan, Queens, Brooklyn – New York ist ja nicht gerade eine Kleinstadt. Aber er befindet sich ausgerechnet auf der Amsterdam Avenue, als du seine Hilfe so dringend benötigst.«

Sie genehmigte sich wieder einen Schluck. »Er ermittelte im Fall Reiner. Ein Sergeant vom 20. Revier, bei dem er gelegentlich gebrauchte Streifenwagen kauft, hat ihm von einer Frau erzählt, die große Probleme mit ihrem Exmann hat. Harry merkte auf, als er hörte, dass dieser Ex ein Albaner mit krimineller Vergangenheit ist.«

»Hat er zufällig Kontakte zu Richter Reiner?«

»Genau das wollte Harry herausfinden, und er stieß auf etwas Interessantes. Vor achtzehn Monaten hat Reiner diesen Ex, der in einem Drogenprozess angeklagt war, freigesprochen, was darauf hindeutet, dass der Albaner einflussreiche Freunde hat.«

Connie nickte. »Hört sich vielversprechend an.«

»Die Frau und dieser Bursche sind geschieden, aber er lässt sie nicht in Ruhe. Taucht uneingeladen bei ihr auf, versucht die Wohnungstür einzutreten, bedroht ihre Freunde, verfolgt sie regelrecht. Pirscht sich immer wieder an sie heran, obwohl sie ihn schon mehrere Male angezeigt hat.«

»Wurde ihr Polizeischutz gewährt?«

»Ja, aber der Albaner hört trotzdem nicht mit seinen Schikanen auf. Harry wollte sich mit der Frau unterhalten, weil er dachte, sie würde irgendwas erzählen, was wir gegen Reiner verwenden können.«

»Leuchtet mir ein«, sagte Connie. »Wo wohnt sie?«

»Nur vier Blocks von dem Café entfernt, zwischen Amsterdam Avenue und Ninety-eight-Street.«

»Welch ein Glück für dich!«

»Das kann man wohl sagen.«

»Harry hat also mit dieser Frau gesprochen, verlässt ihre Wohnung und kann wegen des Wolkenbruchs kein Taxi bekommen. Deshalb geht er zu Fuß und wird zum Helden.«

»Er kam an dem Café vorbei, hat zufällig durchs Fenster geschaut und mich und Graciella gesehen. Er wusste, dass diese Frau mit mir ein Hühnchen zu rupfen hat, weil ich ihren Bruder in den Knast gebracht habe. Schließlich hat sie erst vor wenigen Tagen einen ihrer Jungs auf mich angesetzt.«

Connie schmunzelte. »Zum Glück hat jemand den guten John-John geröstet, bevor er dir etwas antun konnte.«

»Harry hat natürlich sofort begriffen, dass da was nicht stimmt.«

»Natürlich … War ja klar, dass Gracie nichts Gutes im Schilde führte. Wie verhält sich ein edler Ritter in einem solchen Fall? Er zückt sein Schwert und eilt der bedrängten Maid zu Hilfe!«

Connie stand auf und legte die Fernbedienung auf den Fernseher.

»Der Papierfrosch, den jemand auf deinen Schreibtisch gestellt hat und auf dessen Rücken ›bald‹ stand … Hast du den noch?«

»Nicht hier, er ist im Büro. Warum?«

»Das Fröschlein sollte dir eine Botschaft überbringen.«

»Eine Warnung?«

Connie schüttelte den Kopf. »Nein, für eine Warnung war das viel zu unbestimmt. Welche Schlussfolgerungen hättest du aus dem Wort ›bald‹ ziehen können? Aber jemand wusste, dass Graciella versuchen würde, dich umzubringen.«

»Da stimme ich dir zu. Die Frage ist nur – wer?«

»Graciella hat Harry beschuldigt, sie ermorden zu wollen, hast du mir erzählt.«

Ross schloss ein Auge, nickte. »Graciella war vollkommen übergeschnappt. Du wirst doch nicht ernst nehmen, was sie gesagt hat?«

Connie griff nach der Fernsehzeitung, die auf dem Gerät lag. »Okay, sie war verrückt«, bestätigte er. »Aber reden wir lieber über den Kerl, der dich mit einem geschickten Trick in das Café gelockt hat. Er hat versucht, Sanchez umzubringen. Er geht in deiner Wohnung aus und ein, als wäre es die seine. Er kennt deine Informanten. Er weiß mit Sicherheit auch, dass du hinter Reiner her bist … Er kennt dich so gut, dass er deine Reaktionen vorhersehen kann. Dieser Cop ist mit allen Wassern gewaschen, und er spioniert dir seit langem nach.«

Connie blätterte in der Fernsehzeitung. »Er ist gerissen, äußerst gerissen. Das hat er bewiesen, als er dir heute das Leben rettete.«

Ross starrte ihn an. »Soll das ein Scherz sein? Wenn ja, finde ich ihn nicht besonders komisch.«

»Es ist kein Scherz. Und das hier ist auch kein Scherz.« Er überreichte Ross eine CD.

»Hast du sie für mich gekauft?«

»Nein, ich kenne deinen Musikgeschmack. Ich habe sie gerade gefunden – unter der Fernsehzeitung.«

Ross starrte die CD an.

Tosca.

Harrys Lieblingsoper.

27

Strafmaßnahmen

In einen Poncho mit Kapuze gehüllt, betrat Harry Earles nach Sonnenuntergang ein schäbiges Hotel am Van Wyck Expressway in Queens. Der Regen hatte endlich aufgehört und feuchte Luft hinterlassen. Harry senkte den Kopf, damit man sein Gesicht nicht sah, doch diese Vorsichtsmaßnahme erwies sich als überflüssig, denn der junge Haitianer am Empfang beachtete ihn überhaupt nicht, war ganz in die Lektüre der *New York Post* vertieft. Sein Horoskop interessierte ihn mehr als irgendein Mann, der die Halle durchquerte und den Lift bestieg.

Harry wusste, dass das Personal in diesem Hotel nicht erstklassig geschult war, um es milde auszudrücken. Es wurde hier aber auch gar nicht benötigt, denn die Gäste setzten sich aus kleinen Ganoven und Drogensüchtigen zusammen, die am Rande des Abgrunds taumelten.

Im dritten Stock stieg Harry aus, nahm seine Sonnenbrille ab und holte zwei pflaumengroße Stahlkugeln aus der Tasche. Sie waren hohl und mit kleinen Plättchen gefüllt, die ein melodisches Läuten erzeugten, wenn man die Bälle bewegte.

Auf dem leeren Korridor ließ er die Kugeln in seiner linken Hand kreisen, zuerst im Uhrzeigersinn, dann in der Gegenrichtung. Diese Übung steigerte die Gelenkigkeit der Finger und machte die Armmuskeln geschmeidig. Er wiederholte diese Lockerungstechnik mit der rechten Hand, ging gemächlich den Korridor entlang und klopfte mit einer der Bälle an die Tür des Zimmers gegenüber dem Notausgang. Zweimaliges Pochen, kurze Pause, dann wieder zweimaliges Pochen.

Zwei Männer hatten sich im Zimmer auf Spanisch unterhalten, verstummten aber, als er anklopfte. Harry schüttelte den Kopf. Nicht gut.

Er war hier nur mit *einem* Mann verabredet. Zwei Männer bedeuteten für ihn eine Überraschung, und er schätzte keine Überraschungen.

Es dauerte eine Weile, bis die Tür von jemandem geöffnet wurde, der sich dahinter versteckte.

Das Zimmer war klein und nur spärlich möbliert, das einzige Fenster ging auf den Expressway hinaus, wo jetzt der übliche dichte Berufsverkehr herrschte. Das Bett war nicht gemacht, auf dem Nachttisch standen leere Weinflaschen und ein voller Aschenbecher. Daneben lag eine Maschinenpistole. Der Fernseher war eingeschaltet: irgendeine spanische Show wurde gesendet. Es roch nach Fast Food, Fürzen und Marihuana.

Die Tür wurde hinter Harry geschlossen. Als er sich umdrehte, sah er einen dickbäuchigen Mann in Shorts mit einer abgesägten Schrotflinte in der Hand. Das war Hilton Prigo, ein dominikanischer Albino, Mitte dreißig, mit der rosigen Haut und den weißen Haaren eines Kaninchens. Sein nackter Oberkörper war mit Kreuzen, Schlangen und nackten Frauen tätowiert. Er hätte allein sein sollen, doch das war nicht der Fall.

Auf dem Bett saß ein zweiter Dominikaner, jung, schlank, mit dunklen Haaren, auffallend breiter Stirn und charmantem Lächeln. Seine linke Hand war unter einem Kissen versteckt. Harry war sicher, dass er eine Pistole umklammerte.

Der Bursche hieß Israel Valencia, *Izzy V*, und war erst vor einem Monat aus dem Knast entlassen worden. Vor seiner Haft war er der Chef einer Bande von Pennern gewesen, die in Manhattans Obdachlosenheimen Crack, Gras und andere Drogen an den Mann brachten.

Als einer seiner »Angestellten« aufsässig wurde und Geschäfte auf eigene Faust machen wollte, fackelte Izzy nicht lange: er zwang den Mann, Rattengift zu schlucken, weidete sich eine Weile an seinen Qualen und schlug ihm dann mit einer Hantel den Schädel ein. Nach dieser überzeugenden Demonstration seiner Führungsqualitäten wanderte er für acht Jahre nach Attica ins Zuchthaus.

Harry hatte Izzy bisher nicht persönlich kennen gelernt, war aber durch Kollegen und die Medien bestens über ihn informiert.

Auch Hilton Prigo war kein unbeschriebenes Blatt, zeichnete sich durch Hinterlist und Sadismus aus. Er hatte seine Karriere als Autodieb in Puerto Rico begonnen, kam hinter Gitter und brachte einen Mithäftling um, der ihn bespitzelt hatte. Er zerstückelte die Leiche und entsorgte sie in der Toilette. Weil der Kopf seines Opfers zu sperrig war, schmetterte er ihn, in ein Kopfkissen gehüllt, so lange gegen eine Zellenwand, bis die Fragmente ebenfalls abgespült werden konnten.

Prigo hatte den Spitznamen *El Conejo* – ›Kaninchen‹ –, was bei seinem Aussehen kein Wunder war. Harry hatte viel Erfahrung mit Kriminellen: sie neigten dazu, ihren eigenen Willen durchsetzen zu wollen. Man konnte herbe Enttäuschungen erleben, wenn man sich auf sie verließ. Harry war von Prigo allerdings noch nie enttäuscht worden, weil der Albino Angst vor ihm hatte.

Harry hielt die Stahlbälle mit den Fingern der linken Hand in ständiger Bewegung. Izzy V hatte hier nichts zu suchen. Es hätte ein Treffen unter vier Augen sein sollen, doch ausnahmsweise hatte Prigo nicht blind gehorcht, sondern einen Kumpel eingeladen. Das war ein gravierender Fehler.

»Was macht der Kerl hier?«, fragte er Prigo, als wäre Izzy überhaupt nicht vorhanden. »Wir wollen hier doch keine Party veranstalten.«

Izzy grinste. »Der große böse Detective! Mir können Sie nicht damit imponieren, dass Sie eine Irre und zwei ihrer Knechte abgeknallt haben.«

Harry rieb seine Narbe. Wie die meisten Ex-Sträflinge hatte offenbar auch Izzy das Gefühl, durch seinen Gefängnisaufenthalt klüger und stärker als die übrige Menschheit geworden zu sein. Und er verachtete Cops – keine Seltenheit bei den Verbrechern von heute. Würde Izzy sein Fehlurteil überleben? Ziemlich unwahrscheinlich.

»Mein Freund und ich reden über Geschäfte«, spielte Izzy sich weiter auf. »Ich gehe, wenn alles besprochen ist, keine Minute früher.«

Prigos Tick – ein nervöses Gesichtszucken – machte sich stärker als sonst bemerkbar. Er kannte Harry besser als der andere Ganove.

»Du haust jetzt ab«, sagte er zu Izzy. »Wir reden später weiter.«

Izzy schüttelte eigensinnig den Kopf. »Acht Jahre lang haben Leute mir gesagt, was ich tun soll. Diese Zeiten sind vorbei. Ich geh, wann ich will.«

Harry schob seine Kapuze zurück und fixierte den Widerspenstigen. Der legte den Kopf schief und hielt seinem scharfen Blick ungerührt stand. *Im Knast gelernt*, dachte Harry. *Eine der Grundregeln beim Appell: den Wärtern in die Augen schauen.* Doch Izzy war nicht mehr im Gefängnis. Hier draußen galten andere Regeln. Und Harry war daran gewöhnt, seinen Willen durchzusetzen.

Er knotete einen Stahlball in den Zipfel seines Taschentuchs und lächelte Izzy zu. »Willkommen in der freien Welt!«

Harry schwang das Taschentuch wie einen Totschläger, ließ es auf Izzys Schienbeine niedersausen. Zwei Schläge, blitzschnell ausgeführt. Izzy schrie auf, beugte sich vor, rieb seine schmerzenden Beine.

Harry packte ihn bei den Haaren, zerrte ihn auf den Boden, griff unter das Kopfkissen.

Eine Taurus .38, wirklich nichts Besonderes. Man konnte damit nur fünf Schuss abgeben, dann musste man schon nachladen.

»Kannst du dir nichts Besseres leisten? Oder verstößt es gegen deine Religion, effektive Waffen zu tragen?«

Izzy lag auf dem Boden, massierte seine Schienbeine, funkelte Harry zornig an.

Immer noch ein bisschen aufsässig, unser guter Izzy.

Harry steckte die Waffe ein und versetzte Izzys Kopf einen Tritt.

Izzy gab ein leises Geräusch von sich, ein *IIIIIIIH*, verkrampfte sich.

»Ausziehen!«, befahl Harry.

Mit glasigen Augen schüttelte Izzy den Kopf, fauchte mit zusammengebissenen Zähnen. »Arschloch!«

»Nanu, ich muss mich wohl verhört haben!« Harry kickte wieder gegen Izzys Kopf, so als wollte er Fußball spielen.

Diesmal grunzte Izzy vor Schmerzen, hielt sich beide Hände vor die Nase, rollte stöhnend auf die Seite. Zwischen seinen Fingern sickerte Blut hervor.

Harry schaute zu einem aschfahlen Prigo hinüber. »Zieh ihn aus, aber ein bisschen dalli!«

Wenige Minuten später war Izzy nackt, kam taumelnd auf die Beine, musste sich an der Kommode festhalten. Keine Spur mehr von dem arroganten Gehabe. Sein Gesicht war verquollen und blutig, und er starrte nicht mehr Harry, sondern den Fußboden an.

»Du kannst jetzt gehen«, sagte Harry großmütig. »Aber wenn ich dich auf dem Korridor oder irgendwo in der Nähe des Hotels sehe, bist du ein toter Mann.«

Izzy wollte sich nach seinen Kleidungsstücken bücken.

»Die bleiben hier«, machte Harry ihm klar. »Hilton, gib ihm einen Dollar. *Einen,* nicht mehr.«

Der Albino tat, wie ihm geheißen.

»Ich geb dir zehn Sekunden, um zu verschwinden«, sagte Harry zu Izzy. Er schaute auf seine Uhr. »Ab jetzt.«

Sobald er mit Prigo allein war, nahm Harry auf einem Klappstuhl Platz und begann wieder mit seinen Stahlkugeln zu spielen. Längere Zeit herrschte Schweigen.

Endlich fragte Harry sanft: »Möchtest du mir vielleicht etwas erklären?«

Prigo räusperte sich. »Er soll einer meiner Lieutenants werden. Ich bin dabei, mein Unternehmen zu organisieren und ...«

»Stopp! Du bist nicht im Drogengeschäft. Noch nicht. Erst wenn ich es dir erlaube. Ist das klar?«

»Jawohl.«

»Hoffen wir um deinetwillen, dass du dich daran hältst. Leider verfehlen gute Ratschläge bei den meisten Leuten ihre Wirkung. Deshalb habe ich keine Zeit damit vergeudet, mit deinem Freund vernünftig zu reden. So, und jetzt zur Sache! Ich bin hier, um mein Geld abzuholen, und ich möchte über die Probleme mit Denny Rinko sprechen. Dein Imperium kannst du später gründen.«

»Jawohl.«

»Trotz deiner Beteuerungen habe ich so meine Zweifel, ob

du es wirklich ernst meinst.« Harry sah, dass Prigo seine Stahlkugeln betrachtete. »Chinesische Medizin«, erklärte er. »Heißt *Jingluo*, fördert die Zirkulation von Blut und vitaler Energie im Körper. Beugt Krankheiten vor, regt das Gedächtnis an, verlängert das Leben. Apropos Lebensverlängerung – hast du mein Geld?«

»Ich hol's gleich.«

»Das wüsste ich sehr zu schätzen.«

Prigo kniete vor dem Bett nieder. Dabei rutschten seine Boxershorts nach unten, erlaubten einen Blick auf die feisten Arschbacken. *Klempner bei der Arbeit*, mit dieser Unterschrift hätte ein Cartoonist wohl dieses Bild versehen.

Mit einer Schuhspitze schob Harry die Hülle eines Kondoms von seinem Stuhl weg. In Prigos stumpfsinnigem Leben gab es außer den Träumen von einem Drogenimperium nur ein Interesse: ficken. Weil er hässlich wie die Sünde war, musste er für dieses Vergnügen bezahlen. Seine Vorliebe galt asiatischen Nutten, die kaum von Jungen zu unterscheiden waren: kurze Haare, flache Brüste, schmale Hüften. Diese Geschmacksverirrung deutete in Harrys Augen darauf hin, dass Prigo homosexuelle Neigungen hatte.

»Wie ich sehe, hast du dich amüsiert«, sagte er trocken.

Prigo zog einen alten braunen Koffer unter dem Bett hervor und wuchtete ihn auf die Matratze. »Hab meine Bedürfnisse, wie jeder Mensch. Außerdem muss ich mir ja irgendwie die Zeit vertreiben, während ich auf Ihre Anrufe warte.«

»Hat Izzy oder eine deiner asiatischen Huren diesen Koffer gesehen?«

Prigo schüttelte den Kopf. »Ich schwör beim Grab meiner Mutter, dass niemand was gesehen hat.«

Harry holte einen weißen Umschlag unter seinem Poncho hervor und warf ihn Prigo zu.

Der Albino warf einen Blick hinein und lächelte selig, wobei er seine hässlichen vorstehenden Zähne entblößte.

»Zehn Riesen, wie versprochen.«

Er hätte auch Prigo bestrafen können, aber die kleine Lektion, die er Izzy erteilt hatte, dürfte genügt haben, um Prigo zu überzeugen, dass Ungehorsam sich nicht lohnte. Der Dominikaner war strohdumm, hatte den IQ eines Vorschlaghammers, aber Harry brauchte ihn noch.

Prigo befingerte die Dollarscheine. »Freut mich, dass die Sache mit Graciella geklappt hat. Dieses verrückte Luder hat's nicht besser verdient.«

»Ich war in diesem Fall tatsächlich auf deine Hilfe angewiesen«, gab Harry zu. »Hätte *ich* ihr die Information über Magellan zukommen lassen, hätte sie nicht reagiert. Sie vertraute nur ihren Landsleuten, wie ich gehört habe.«

Prigo warf ihm einen bewundernden Blick zu. »Sie haben sie abgeknallt, ohne auch nur einen Moment zu zögern!«

Harry hob einen Finger. »Es war Notwehr!«

»Klar – Notwehr.«

Prigo legte den Umschlag in die oberste Kommodenschublade. Mit einem irren Cop durfte man sich nicht anlegen, wenn man nicht lebensmüde war. Man sollte es auch vermeiden, ihm überflüssige Fragen zu stellen. Es konnte Prigo ja auch egal sein, weshalb der Cop Graciella umgelegt hatte. Das war seine Privatangelegenheit. Aber es musste etwas mit seiner Kollegin zu tun haben, der Earles das Leben gerettet hatte. Prigo würde sich jedoch hüten, eine Andeutung in dieser Richtung zu machen. Das könnte Earles sehr übel nehmen …

»Darf ich einen Blick auf mein Geld werfen?«, fragte Harry höflich.

Prigo öffnete den Koffer. Er war mit Hundert- und Fünfzigdollarscheinen gefüllt.

»Drei Millionen. Sie können gern nachzählen.«

Harry grinste. »Ich vertrau dir.«

Das war gelogen. Wenn auch nur ein Dollar fehlte, würde Prigo sich wünschen, er wäre nie geboren.

»Was Neues von Denny?«

Prigo schüttelte den Kopf. »Nichts, seit ich Sie informiert habe, dass er sich weigert, mir die ganze Ware zu übergeben. Ich kann nicht verkaufen, was ich nicht habe.«

Harrys Schläfenadern pochten. »Logisch. Denny verlangt also mehr Geld?«

»Das Doppelte. Er sagt, das sei nur recht und billig, in Anbetracht all der Risiken, die er eingegangen ist.«

Harry holte eine Cashewnuss aus der Tasche und zerbiss sie in zwei Hälften. *Das Doppelte!* Eine Million für diesen kleinen Wicht, der außer Computern nichts im Hirn hatte. Das wäre das Vierfache von dem, was Prigo bekommen würde. Natürlich wusste Prigo nicht, welche Summe Harry ursprünglich mit Denny abgesprochen hatte, aber trotzdem!

Harry hatte vor, Denny umzubringen, und der verschlagene Scheißer hatte das begriffen. Jetzt würde er auf der Hut sein, was die Arbeit erschwerte. Aber Harry zweifelte nicht daran, dass es ihm gelingen würde.

Prigo setzte sich auf das Bett. »Er hat gesagt, Sie brauchten gar nicht erst anzurufen, wenn Sie feilschen wollten. Entweder Sie gehen auf seine Bedingungen ein, oder er findet einen anderen Käufer. Er wartet auf Ihre Antwort. Sie hätten seine Handynummer, hat er gesagt. Ein Treffen wird vereinbart – Sie bringen Cash mit, er die Ware. Anschließend macht er sich aus dem Staub.«

»Er befürchtet, dass es ihm so gehen könnte wie Graciella und ihren Freunden.«

»Woher sollte er davon wissen? In den Zeitungen steht keine Zeile, und auch im Fernsehen wird nichts berichtet.«

»Denny hat einen Teilzeitjob in der Polizeizentrale, oder hast du das vergessen?«

»Ach ja, klar. Werden Sie auf seine Forderungen eingehen?«

»Das Doppelte. Warum nicht – zwei Kugeln statt einer.«

»Und wie wollen Sie das bewerkstelligen?«

»Nicht ich. *Wir*.«

»Wir?«

»Schulter an Schulter, *mi amigo*. Ich geh zum Schein auf seine Forderungen ein, du erledigst den Rest und bekommst weitere fünfzig Riesen für deine Mühe.«

Prigo grinste. »Einverstanden.«

Harry stand auf und streckte seine Arme. »Eine Woche, mehr Zeit brauche ich nicht. Dann wird alles vorbei sein, und ich kann getrost in Pension gehen.«

»Denny ist ein Stinkstiefel. Nur weil er sich mit Computern auskennt, glaubt er, allwissend zu sein. Ich kann's kaum abwarten, sein Gesicht zu sehen, wenn wir ihn zur Strecke bringen.«

Harry warf einen Blick auf seine Uhr. Er musste schnell nach Hause, damit Grenada Feierabend machen konnte.

Er verlagerte die Stahlbälle von der rechten in die linke Hand. »Wir können Denny nicht umbringen, bevor wir die Ware haben. Denk daran.«

»Tu ich.«

Harry schloss den Geldkoffer, ging zur Tür, drehte sich um und lächelte Prigo zu.

»Mach's gut! Wir bleiben in Verbindung. Und sei vorsichtig. Jemand will hier einen nackten Mann gesehen haben. Pass auf, dass er dich nicht sieht, wenn du beim Bücken deinen sexy Arsch zur Schau stellst!«

28

Schlechter Friseurtermin

Der Schönheitssalon am Broadway bot einen herrlichen Blick auf den Brunnen vor dem *Lincoln Center of Performing Arts*. Ross Magellan traf am späten Nachmittag dort ein, um ihre Haare tönen zu lassen. Sie war elegant gekleidet – Cocktailkleid, Schuhe mit hohen Absätzen –, weil sie anschließend mit Connie ausgehen wollte.

Während David, ein vierzigjähriger Australier mit spitzer Nase, kastanienbraune Strähnen einfügte, telefonierte Ross per Handy mit Chessy. Diese Strähnen waren die Idee ihrer Schwester gewesen. »Damit siehst du bestimmt cool aus«, hatte Chessy gemeint, und sie hatte Recht gehabt. Außerdem verdeckte diese Tönung die grauen Haare, die sie hatte, seit ein Pfleger, der Computer aus einer Klinik gestohlen und in Mülleimern aus dem Haus geschmuggelt hatte, von ihr im Treppenhaus dieser Klinik gestellt worden war. Bevor sie ausweichen konnte, stach er mit einer Injektionsnadel zu und behauptete, die Spritze enthalte Blut eines Aids-Kranken.

Obwohl sich schnell herausstellte, dass die Spritze in Wirklichkeit nur mit Wasser gefüllt war, bestand Ross auf einem Aids-Test, und sie weinte vor Glück, als er negativ ausfiel. Seit jenem Vorfall, der ihr etliche graue Haare beschert hatte, war sie fest entschlossen, sofort zu schießen, falls irgendein Ganove sie noch einmal mit einer Spritze bedrohte.

Nach dem Telefonat mit Chessy holte sie ihren Notizblock aus der Handtasche und begann zu schreiben. Sie notierte alles, was ihr zum Thema HARRY einfiel – nicht jenem Harry, dem sie zwei Jahre blind vertraut hatte, sondern dem unsichtbaren Wächter, der ihr in den letzten achtundvierzig Stunden immer unheimlicher geworden war. Jedes Mal, wenn sie seinen Namen zu Papier brachte, unterstrich sie ihn, so als wollte sie sich selbst ins Gedächtnis rufen, wie sehr sie auf der Hut sein musste.

Harry. Sie konnte es immer noch kaum glauben.

»Wir haben mehr graue Haare«, bemerkte David.

»Wem sagen Sie das?«

»Ein Freund von mir, der in der Filmbranche ist, hat erzählt, dass Grace Kelly zu Beginn ihrer Karriere nur eine Viertelstunde geschminkt werden musste. Dann dauerte es immer länger, bis sie vor die Kameras treten konnte – halbe Stunde, Dreiviertelstunde, Stunde, anderthalb ... Als sie bei zwei Stunden angelangt war, fasste sie den weisen Entschluss, mit dem Showbusiness Schluss zu machen, und heiratete einen Frosch, der sich als Prinz entpuppte und sie nach Frankreich entführte.«

»Nicht nach Frankreich, David, sondern nach Monaco.«

»Egal ... Sie sind super angezogen. Wollen Sie heute Abend mit dem Griechen tanzen gehen?«

Ross schaute von ihrem Notizblock auf. »Deshalb bin ich hier.«

»Wie geht's Chessy?«

»Okay.«

So gut, wie es einem Teenager in einer Nervenheilanstalt gehen kann.

»Hat sie immer noch diese langen Haare?«

»Sie sind so lang, dass sie darauf sitzen kann.«

»Bringen Sie Ihre Schwester doch demnächst mit. Ich werde sie wie eine Königin behandeln.«

»Danke. Vielleicht, wenn ich mit diesem Fall fertig bin.«

»Ich will ja nicht neugierig sein, aber Sie sehen ziemlich abgespannt aus.«

Ross klopfte mit dem Kugelschreiber auf den Notizblock. »Was macht man, wenn man von einem Menschen, dem man vertraut hat, verraten wird?«

Ironie des Schicksals. Harry hat ihr angetan, was sie beruflich tagtäglich anderen Menschen antat.

David hielt im Kämmen inne. »*Sie* sind die Polizistin, also kennen Sie sich in solchen Dingen bestimmt besser aus als ich. Aber ich kann Ihnen zu diesem Thema eine kleine Geschichte erzählen. Es war einmal vor langer Zeit, da hatte ich mein Herz einem Iren geschenkt, dem mehrere illegale Casinos in Manhattan und Queens gehören. Damit kein Pöbel reinkommt, stellt er als Türsteher Iren ein, die selbst Dreck am Stecken haben – illegale Einwanderer, ehemalige Sträflinge, IRA-Mitglieder. Keinen Deut besser als die Typen, die sie am Betreten der Kasinos hindern sollen, das ist jedenfalls meine Ansicht. Aber das tut eigentlich nichts zur Sache … Mein Ire machte einen ehemaligen Rugbyspieler zum Geschäftsführer einiger Casinos, bezahlte ihn fürstlich. Ich hatte den Verdacht, dass die beiden auch privat liiert waren, konnte es aber nicht beweisen.«

David zuckte mit seinen schmalen Schultern. »Die Aufgabe des Rugbyspielers bestand darin, die Knete sicher aufzubewahren, damit sie nicht in die Hände von Dieben, Cops oder Steuerfahndern gerät. Und was macht der Kerl vergangene Woche? Verschwindet spurlos mit über 100.000 Dollar! Mein Ire ist ganz geknickt, kann diesen Betrug gar nicht fassen, was meine Vermutung bestätigt, dass es keine rein berufliche Beziehung war. Schwer zu verkraften, wenn man ausgerechnet von seinem Liebsten hintergangen wird. Aber irgendwie überlebt man auch das. Was bleibt einem auch anderes übrig?«

»Und wenn die Person, die Sie hintergangen hat, gefährlich ist?«, fragte Ross. »Wenn diese Person einem sogar nach dem Leben trachtet?«

»Mein Ire hat Leute, die Mr. Rugby gewachsen sind, und ich vermute, dass sie irgendwann die Initiative ergreifen werden … Ich hab meinem Iren gesagt, dass man von solchen Arschlöchern eben die Finger lassen sollte, aber er war ziemlich eingeschnappt über diese Bemerkung.«

»Hat Ihnen schon mal wer gesagt, dass Sie eine scharfe Zunge haben?«

»Dieser Kerl, dem *Sie* vertraut haben … trauen Sie ihm einen Mord zu? Mein Ire wäre durchaus dazu fähig. Er hat mal gesagt …«

Ross' Handy klingelte. Sie holte es aus der Tasche und hielt es an ihr Ohr. »Detective Magellan.«

Eine Männerstimme sagte: »Drei Menschen wurden vor ihren Augen erschossen, und was macht sie? Geht zum Friseur. Wirklich cool, muss ich schon sagen.«

Harry.

Sie schloss die Augen.

»Magellan, sind Sie noch dran?«

»Ja.«

»Seit zwei Tagen hab ich nichts mehr von Ihnen gehört! Was ist los? Wir arbeiten doch noch am Fall Reiner, oder?«

»Sie sind doch beurlaubt, um sich vom posttraumatischen Stress zu erholen.«

»Tatsächlich? Ich hab Urlaub genommen, weil ich etwas Schlaf nachholen wollte, weiter nichts. Posttraumatischer Stress? Dass ich nicht lache! Vor Filmkameras macht sich ein tränenreicher Nervenzusammenbruch ziemlich gut, muss ich zugeben, aber ich seh wirklich nicht ein, warum ich Graciella und ihre beiden Marionetten beweinen sollte. Es war Notwehr, das wissen Sie genauso gut wie ich, und das NYPD steht voll und ganz hinter mir. Kommen wir zu wichtigeren Dingen. Ich hab gehört, dass Lou Angelo Ihren Köder geschluckt hat?«

»Heute Mittag hab ich ihm die ersten fünf Riesen übergeben. Insgesamt möchte er dreißig.«

»Wetten, dass Reiner so gut wie nichts davon abbekommt? Wo haben Sie sich mit ihm getroffen?«

»In meiner Wohnung. Meiner Zweitwohnung, besser gesagt.«

»Ohne mich?«

Wir werden wieder zusammen arbeiten, wenn die Hölle zu Eis gefriert, dachte Ross.

»Labriola hat es sehr eilig, wie Sie wissen. Er will Angelo so schnell wie möglich festnageln. Wir konnten nicht warten, bis Sie wieder im Dienst sind.«

Ross hatte ihren Gästen – Lou Angelo und Mercy Howard – auf der Terrasse der Wohnung in der East Eigthy-first Street Hummersalat, Schwarzbrot und Rotwein serviert. Das Zeug war von einem Delikatessengeschäft geliefert worden, ebenso wie der französische Cognac und das italienische Backwerk. Die Kosten übernahm das FBI, und deshalb war es verständlich, dass Frank Beebe heimlich zugegen war. Vom Schlafzimmer aus filmte er mit einem Camcorder, wie Ross die fünf Riesen Lou Angelo aushändigte, der im Gegenzug versprach, ihre Scheidung von Jerry Zimmerman zu beschleunigen.

Ross hatte die Wohnung mit mehreren Fotos ihres attraktiven Kollegen geschmückt, um die Farce glaubwürdiger zu gestalten. Angeblich war dies ja die Wohnung, die ihr Mann beanspruchte und die sie ihm bei der Scheidung auch überlassen würde.

Ein zweiter Zeuge, Glenn Ford in der Rolle des Chauffeurs, saß an der Bar im Wohnzimmer, trank Tomatensaft und las Black Tail, *sein Lieblingsmagazin. Ein Mikrofon war auf der Terrasse in einer Vase versteckt, und mit Hilfe eines Kopfhörers konnte er die Unterhaltung belauschen. Hörte Lou Angelo sagen, dass das Geld in Reiners Wahlkampagne fließen würde. »Eine Formalität«, meinte Big Lou. »Vertrauen Sie mir, alles ganz legal.«*

Mercy Howard plauderte munter, erzählte, wie viel Spaß ihr der Fototermin gemacht hatte und wie sehr sie sich darauf freute, bei der Party zu Ehren von Glorias neuem Salsa-Sänger mitwirken zu dürfen. Dafür brauchte sie allerdings dringend etwas Neues zum Anziehen.

»Ein Vorschlag«, sagte Harry am Telefon. »Wir wissen ja, dass Angelo bestenfalls einen Bruchteil des Geldes an Reiner abgibt. Was wetten wir, dass er seiner geliebten Mercy für die neuen Klamotten einen Teil der Scheine in die Hand drückt, die Sie ihm gegeben haben? Wenn er das macht, haben wir ihn endgültig überführt. Dann zappelt er hilflos an unserer Leine.«

»Ich bin Ihnen einen Schritt voraus«, behauptete Ross. »Morgen begleite ich Mercy in einen Modesalon, den Gloria empfohlen hat. Designerkleidung zu Discountpreisen. Wenn Mercy mit Bargeld bezahlt, werde ich die Scheine überprüfen lassen. Die Nummern haben sowohl wir als auch das FBI.«

Eine Lüge mehr. Erst Harrys Bemerkung hatte sie auf die Idee gebracht, Mercy beim Shopping zu begleiten. Sie wollte ihn übertrumpfen, und dazu war ihr jedes Mittel recht.

»Ausgezeichnet«, lobte Harry. »Ich wundere mich nur, dass Sie mir diese interessante Neuigkeit vorenthalten haben. Sie entwickeln sich zu einer Geheimniskrämerin.«

»Das stimmt nicht. Ich informiere Sie über alles, was diesen Fall betrifft.«

»Wirklich? Und seit wann spionieren Sie hinter mir her?«

»Ich verstehe nicht …«

»Sie waren heute im 20. Revier und haben gefragt, ob ich Kontakt zur Exfrau eines albanischen Gangsters aufgenommen habe.«

»Harry, ich …«

»Ja oder nein.«

»Ja.«

Harry schnaubte ins Telefon. »Sie spionieren *mir* nach! Seit wann tun Sie das? Schon seit längerer Zeit oder erst, seit ich Ihnen das Leben gerettet habe?«

Ross wusste nicht, was sie darauf antworten sollte. Für eine Konfrontation war es noch viel zu früh.

»Sie überprüfen jetzt also alle Informationen, die Sie von mir bekommen?«, fragte Harry. »So als wäre ich einer Ihrer drogensüchtigen Spitzel! Seit wann?«

Seit ich weiß, dass du mich belügst, dachte Ross. *Du hast behauptet, der Frau des Albaners einen Besuch abgestattet zu haben. Das war gelogen. Du hast behauptet, zufällig an dem Café vorbeigekommen zu sein. Auch das war gelogen.*

In Wirklichkeit hast du mich in eine Falle gelockt. Du hast mich als Köder benutzt, weil du einen Vorwand brauchtest, um Graciella zu töten. Du hast eine CD von Tosca *in meiner Wohnung hinterlassen. Du beschattest mich seit Tagen, und ich habe viel zu viel Angst, um dich zu fragen: Warum das alles?*

»Nach allem, was ich für Sie getan habe, ist das recht schwer zu verkraften, muss ich sagen«, fuhr Harry fort. »Ich war immer für Sie da, wenn Sie mich brauchten. Stimmt's oder stimmt's nicht?«

»Das kann ich nicht bestreiten, Harry.«

Er pfiff leise ins Telefon. »Je mehr ich für Sie tue, desto undankbarer werden Sie offenbar. Ich setze für Sie mein Leben aufs Spiel, und Sie rennen zu Pavlides, so als hätte *er* Sie gerettet. Sie hätten mich in den letzten zwei Tagen wenigstens anrufen können, um zu fragen, wie's mir geht. Aber nein! Dieses Verhalten ist unkorrekt. Sehr unkorrekt.«

Ross fröstelte. Im Spiegel sah sie, dass David besorgt dreinschaute.

»Pavlides wird nicht immer da sein«, sagte Harry.

Er hörte sich immer mysteriöser an. »Harry, was hat Connie damit zu tun?«

»Ohne mich könnten Sie Ihren Job nicht ausführen. Ob Sie das zugeben oder nicht – es ist die Wahrheit, und Sie wissen es.«

»Harry, ich habe Sie etwas gefragt. Was hat Connie mit unserer Zusammenarbeit zu tun?«

»Dankbarkeit gehört nicht zu Ihren Tugenden. Wahrscheinlich haben Sie andere Dinge im Kopf, beispielsweise den Tanzabend mit Pavliles.«

Ross stand auf und trat ans Fenster. Sie hatte plötzlich unerträgliche Kopfschmerzen, schloss die Augen, um dagegen anzukämpfen. Um gegen Harry anzukämpfen.

»Wo sind Sie?«

Er beobachtete sie auch jetzt.

»Sagen Sie dem Schwulen, dass er nicht zu viel Rot verwenden soll. Sie sind schließlich nicht Lucille Ball, sondern ein Cop.«

29

Eintrag ins Tagebuch

Um Mitternacht verließ Harry Earles sein Haus und setzte sich in das auf der Einfahrt geparkte Taxi. Ein klarer Sternenhimmel verhieß, dass es nicht mehr regnen würde. Ein Grund zur Freude.

Er öffnete das Handschuhfach, holte sein Tagebuch hervor. Manchmal war ihm danach zumute, seine Gedanken mitten in der Nacht hier im Taxi zu Papier zu bringen. Um diese Zeit konnte er ganz in seiner eigenen Welt leben.

Im Schein einer Taschenlampe notierte er, was er zuletzt aus Magellans Wohnung mitgenommen hatte. Nichts Wertvolles. Einen Ohrring und einen zerbrochenen Kamm. In den Augen der übrigen Welt wäre das eine armselige Beute. Für ihn hatte jeder Gegenstand eine besondere Bedeutung.

In den letzten Wochen hatte er schon Verschiedenes aus ihrer Wohnung und ihrem Büro entwendet. Nur Kleinigkeiten, die sie nicht vermissen würde. Diese arrangierte er auf einem Teakholztisch in seinem Schlafzimmer, dessen Tür stets verschlossen war.

Dieser Tisch war sein Heiligtum, sein Altar. Er besaß unter anderem ein Video von Magellans Hochzeit, einen Silberring, einen ordentlich gefalteten Waschlappen, einen Büstenhalter, ein altes Adressbuch, eine CD mit ihrer geliebten lateinamerikanischen Musik. Mit Hilfe von Denny Rinko, dem Computerexperten, hatte er alle möglichen Informationen über Ross Magellan gesammelt. Er wusste, welche Ärzte sie wegen welcher Krankheiten aufgesucht hatte, er kannte alle Einzelheiten ihres beruflichen Werdegangs, er wusste sogar, in welchem Hotelzimmer sie ihre Flitterwochen verbracht hatte. Er kannte die Geburts- und Sterbedaten ihrer Verwandten. Für alle anderen Kollegen mochte Magellan in vieler Hinsicht ein Rätsel sein. Er konnte in ihr wie in einem offenen Buch lesen.

Sein wertvollster Besitz war ein gerahmtes Farbfoto: Magellan am Tag der Examensfeier nach Abschluss der Polizeiakademie. In funkelnagelneuer Uniform, jung und strahlend. Man sah ihr an, wie hoffnungsvoll sie in die Zukunft schaute. Jeden Morgen legte Harry eine Rose vor dieses Foto.

Er warf einen Blick in den Rückspiegel. Das heutige Telefonat mit Magellan hatte bewiesen, dass Liebe und Hass nicht voneinander zu trennen waren, sie waren die beiden Seiten einer Medaille. Verschiedene Blickwinkel, *ein* Gefühl. Vor wenigen Stunden hatte er ihr das Leben gerettet. Doch anstatt jetzt bei ihm zu sein, tanzte sie mit Pavlides. Sie war so undankbar wie ein verwöhntes Kind, und das nahm Harry ihr zunehmend übel.

Welches Recht hatte sie, ihm nachzuspionieren? Hinter seinem Rücken Nachforschungen anzustellen, um ihn einer Lüge zu bezichtigen, um ihn in Misskredit zu bringen?

Er blätterte in seinem Tagebuch. Mittlerweile musste er damit rechnen, dass Megellan ihn genauso enttäuschen würde wie die anderen. Ein unangenehmer Gedanke, aber an Tatsachen war nun einmal nicht zu rütteln.

Die anderen Frauen. Er hatte ihren Verrat auf Dauer nicht ertragen können. Für seinen inneren Frieden war es notwendig gewesen, sie zu töten. Er hoffte immer noch, dass Magellan ihn nicht zwingen würde, auch sie zu liquidieren.

Harry öffnete eine Packung Cashewnüsse. Sobald man aufhörte, eine Frau zu lieben, kam sie einem oberflächlich, geradezu widerwärtig vor. Seltsam, aber andererseits war Hass eine unvergleichliche Energiequelle, die genauso viel Genuss bescherte wie die Liebe. Sogar noch mehr, wenn er ganz ehrlich war. Hass gab ihm das Gefühl, lebendig zu sein, Hass war seine Religion – eine wesentlich befriedigendere Religion als jene, die seine Mutter ihm einst einbläuen wollte.

Er schlug die ersten Seiten des Tagebuchs auf. Der Eintrag war vor drei Jahren gemacht worden. Es ging dabei um Celia Cuevas, genannt »CeeCee«. Sie war die Erste gewesen, eine schöne junge Latina, eine der besten verdeckten Ermittlerinnen, mit denen er je gearbeitet hatte. Alleinerziehende Mutter und sehr begabt. Es war eine glückliche Zeit gewesen, als er sie geschult hatte. Zuerst die Arbeit in der Drogenszene – Einkäufe bei kleinen Dealern an Straßenecken und in irgendwelchen Bruchbuden. Doch CeeCee war begabt, durfte sich bald dem organisierten Verbrechen widmen. Legte Wall-Street-Typen in blütenweißen Hemden und Stadträte aufs Kreuz, die ihre überzogenen Konten durch Betrügereien auszugleichen versuchten. Unter Harrys Anleitung wurde CeeCee ein Star.

Er hatte sie beschützt, so wie er jetzt Magellan beschützte. Er hatte ihnen beigebracht, wie man sich in einen Gauner hineinversetzte, wie man ihm das Herz brach. Beide Frauen waren geborene Lügnerinnen, deshalb eigneten sie sich ideal für diesen Job. Magellan beherrschte die Kunst des Lügens allerdings noch besser als CeeCee, so gut, dass sogar er manchmal darauf hereinfiel.

Beide Frauen beherrschten auch die Kunst, sich im NYPD zu behaupten, obwohl das in dieser chauvinistischen Organisation wahrlich nicht leicht war. Magellan übertraf CeeCee auch in dieser Hinsicht, trieb ihre Karriere voran, indem sie sich mit einflussreichen Persönlichkeiten verbündete.

CeeCee war sehr gerissen gewesen, aber es hatte kein Happy End für sie und Harry gegeben. Sie hatte ihn nicht geliebt. Schlimmer noch – sie kannte keine Dankbarkeit. Was Harry auch für sie tat – sie hielt es für selbstverständlich. Sie wurde allmählich überheblich, wollte Harry nicht mehr gehorchen. Ihm blieb schließlich keine andere Wahl, als sie für ihre Undankbarkeit zu bestrafen.

Tagebucheintrag/CeeCee

Ihre Leiche brennt. Der Körper versteift sich, bäumt sich auf, verfärbt sich schwarz. Von orangefarbenen Flammen umzüngelt, schrumpft der Körper, wird immer kleiner, Zentimeter für Zentimeter. Die Flammen lodern immer heller, verschlingen Hände und Füße, wölben sie nach innen. Es stinkt unvorstellbar, kaum zu ertragen. Doch das dauert nicht lange: plötzlich riecht der brennende Körper wie ein Steak auf dem Grill. Ein seltsames Phänomen.

Körperteile fallen ab: Finger, Hände, Füße. Das muss man sich für die Zukunft merken, um keine belastenden Spuren zu hinterlassen. Anmerkung. Der Benzingeruch überdeckt teilweise die anderen Gerüche, aber nicht ganz. Der Kopf löst sich zuletzt vom Rumpf, rollt zur Seite wie ein Stein auf einem Hügel. Tatsache: Der

Körper brutzelt im eigenen Fett, ein unangenehmes Geräusch. Noch schlimmer – der Körper quillt auf, platzt. Verbrennen ist eine hässliche Todesart.

Harry hielt sich das Tagebuch vor die Nase. Er hatte diese Seiten mit CeeCees Parfum besprüht. Sie hatten eine schöne Zeit gehabt, und sogar ihre Ermordung hatte ihm Genuss beschert.

Er schloss die Augen, überlegte. Würde er sich auch an Magellans Tod später gern erinnern? Wer kannte die Zukunft? Jedenfalls hatte sie in ihm Hoffnungen geweckt, die sie erfüllen musste.

Harry klappte das Tagebuch zu, schob es in seine Jackentasche. Seine Träume waren an Magellan gebunden, und er würde nicht zulassen, dass sie ihn enttäuschte.

Er ließ den Motor an, fuhr die Auffahrt rückwärts hinab. Helene hatte ein Schlafmittel genommen und würde vor morgen früh nicht aufwachen.

Er wollte nach Manhattan, zu Magellan. Der größte Beweis für seine Liebe war der Wunsch, sie ständig zu bewachen.

30

Tanz und Unterhaltung

Das Café Con Alma in der Bleecker Street, Greenwich Village, war in den Zwanzigern ein beliebter Künstlertreffpunkt gewesen. Eine mit Blech verkleidete Decke, altmodische Ventilatoren und eine große Holzbar erinnerten noch an jene längst vergangene Zeit. Ross liebte diesen Club, weil die Gäste nicht blutjung waren und kein Interesse an Drogen und Waffen hatten.

Außerdem trat hier Benny B auf, einer der besten Musiker der ganzen Stadt, der neben Salsa auch Lieder früherer Bands im Repertoire hatte: Machito, Noro Morales, Mario Bauza und Tito Puente.

Ross war mit ihm befreundet, und an diesem Abend bereitete er ihr eine besondere Freude. In den ersten zwanzig Minuten spielte er Puentes frühe Hits, darunter »Albaniquito« und »Mambo Diablo«, zwei ihrer Lieblingslieder, und sie tanzte wie verrückt, reagierte dabei Stress und Ängste ab. Andere Paare traten zurück, um sie und Connie zu beobachten, wobei die meisten bewundernden Blicke *ihr* galten. Es gab viel Applaus, als Benny B nach diesen zwanzig Minuten, die seiner guten Freundin Ross Marino gewidmet waren, eine Pause einlegte.

Ross sank erschöpft in Connies Arme, sie nahmen an ihrem Tisch Platz und hielten sich bei den Händen, während Benny B eine herrliche Ballade von Tito Rodriguez anstimmte: »Mio«.

»Vielleicht solltest du heute bei mir übernachten«, schlug Connie vor. »Du musst dich mal richtig entspannen.«

»Tut mir Leid, dass ich mich auf dem Tanzboden so wild gebärdet habe. Dein Vorschlag gefällt mir. Harry macht mir tatsächlich Angst. Ich habe Albträume, dass ich aufwache und ihn neben meinem Bett stehen sehe. Plötzlich ist mir alles an dem Mann unheimlich – sein Lächeln, seine Cashewnüsse, die Stahlbälle, mit denen er immer spielt.«

»Ich habe den Eindruck, dass Harry überschnappt.«

»Harry? Auf gar keinen Fall. Der hat statt Blut Eiswasser in den Adern. Möglich, dass die Hölle eines Tages gefriert, aber unmöglich, dass Harry jemals die Fassung verliert.«

Connie nippte an seinem Scotch. »Ich bin anderer Meinung. Sein Anruf im Schönheitssalon beweist, wie labil sein Gemütszustand ist. Er hat ja indirekt zugegeben, dass er dich ständig beschattet. Und er wäre nicht der erste Cop, der durchdreht.«

»Ich kann nicht mehr mit ihm arbeiten. Fargnoli wird mir ein neues Gespenst zuteilen müssen.«

Connie klopfte mit einem Plastikspießchen an sein Glas. »Harry ist ein Cop, und Cops kennen alle Tricks.«

»Was willst du damit sagen?«

»Er weiß genau, wie man Spuren verwischt. Er versteht es, unsichtbar zu bleiben, während er jemanden beschattet. Und er weiß, dass andere Cops ihn beschützen werden. Sie werden ihn decken, selbst wenn er Verbrechen begangen hat. Und du hast nicht mal handfeste Beweise gegen Harry in der Hand, wenn du Fargnoli um einen anderen Wächter bittest.«

»Ich muss es wenigstens versuchen. Harry ist nicht normal. Dass es diese Mauer des Schweigens gibt, ist mir bestens bekannt. Auch mir fällt es nicht leicht, Kollegen anzuschwärzen, aber in diesem Fall bleibt mir gar nichts anderes übrig.«

Connie schaute in sein Glas. »Ich brauche dir nicht zu erklären, wie solche Sachen ablaufen. Ein Cop, der einen anderen Cop beschuldigt, wird geschnitten, als Verräter gebrandmarkt. Harry wird von seinen Kollegen gedeckt werden, darauf kannst du Gift nehmen. Nicht er wird der Bösewicht sein, sondern du! Wäge jedes Wort sorgfältig ab, wenn du mit Fargnoli redest, sonst könnte sich das Ganze als Bumerang erweisen.«

»Ich weiß ... So war es ja auch, als meine Freundin von ihrem Vorgesetzten vergewaltigt wurde.«

»Dieser Sergeant wurde strafversetzt – immerhin, weil Ivy Linder ihren Einfluss geltend machte. Aber normalerweise läuft es anders ab. Sogar wenn du Fotos hättest, auf denen zu sehen ist, wie Harry dem Papst die Kehle durchschneidet, würden manche Cops ihn für unschuldig halten.«

»Harry ist gefährlich! Er hat bei der Polizei nichts zu suchen.«

»Er ist ein Held mit vielen Auszeichnungen. Und er ist dein Beschützer, der dir mehrere Male das Leben gerettet hat. Man wird *ihm* glauben, nicht dir, wenn du irgendwelche Beschuldigungen gegen ihn vorbringst.«

Ross griff nach ihrem Glas. »Vielleicht werde ich glaubwürdiger sein, wenn Harry mir das Gehirn weggepustet hat!«

Connie nahm ihre Hand in seine. »Ich will dir keine Angst machen. Ich möchte nur, dass du begreifst, wie schwierig es ist, einen gerissenen Jäger wie Harry zu schnappen.«

»Besonders, wenn er ein Cop ist.«

»Richtig. Ein Cop, der eine Kollegin bespitzelt. Das ist schon was Besonderes.«

»Hat deine Firma auch mit Fällen heimlicher Nachstellungen zu tun?«, erkundigte sich Ross.

»Gelegentlich. Meist treten wir in Aktion, wenn die Cops zu viel um die Ohren haben. Ich kenne Fälle, in denen zwölfjährige Mädchen von Spannern verfolgt wurden. Am schwierigsten sind Bespitzelungen am Arbeitsplatz.«

»Wieso?«

»Der Jäger kennt den Tagesablauf des Opfers genau, weiß, wann es kommt und geht. Das Opfer ist ihm schutzlos ausgeliefert.«

Connie schaute zur chromglänzenden Decke hoch. »Mag sein, dass ich mich irre, aber es sieht so aus, als folge Harry einem klassischen Muster.«

»Was meinst du damit?«

»Er isoliert dich, deshalb redet er schlecht über mich. Er hat Graciella getötet, um sich deiner Dankbarkeit zu versichern. Und unter Dankbarkeit versteht Harry, dass du nur ihm und niemand sonst verpflichtet bist. Das ist ein typisches Muster. Der Jäger versucht, sein Opfer von allen Menschen abzusondern – Familie, Freunde, das ganze Umfeld. Dich zu isolieren ist nicht schwer. Du bist auf Harry angewiesen.«

Ross beschrieb mit ihrem Glas Kreise auf dem Tisch. »Ich kenne Geschichten von Frauen, denen heimlich nachspioniert wurde. Hätte nie gedacht, dass mir so was passieren könnte.« Sie sah Connie an. »Harry will Kontrolle über mein Leben, im Job und privat. Mit wem ich mich treffe, wohin ich gehe, wie ich mich anziehe. Alles muss seine Zustimmung finden.«

»Genau. Es geht um Kontrolle und Macht. Um dies zu erreichen, wird das Opfer völlig eingeschüchtert.«

Ross breitete hilflos die Hände aus. »Dann bin ich also auf mich allein gestellt. Willst du mir das sagen?«

»Sieh mich an! Komm schon, sieh mich an.«

Sie gehorchte.

»Wenn Harry dir was antun will, kriegt er's mit mir zu tun. Ich seh nicht tatenlos zu, wenn er diesen Psychokram mit dir treibt.«

Ross drückte seine Hand.

»Rede mit Fargnoli«, fuhr Connie fort. »Er hört dir zu. Lass dir was einfallen, horch ihn ganz nebenbei aus.«

»Das ist mir zu wenig. Ich will einen anderen Beschützer.«

»Wie willst du begründen, warum du nicht länger mit Harry arbeiten möchtest?«

»Keine Ahnung. Ich denk drüber nach.«

Connie legte die Stirn in Falten. »Mir fällt leider nur ein, was du Fargnoli nicht sagen darfst – dass Harry in deiner Wohnung war, dass er dir nachspioniert ... Harrys Wort steht gegen deines. Wenn du behauptest, er sei keineswegs zufällig im Café aufgekreuzt, steht wieder deine Aussage gegen seine. Das führt zu nichts. Fargnoli glaubt nie im Leben, dass Harry diese Graciella nur liquidiert hat, um an dich ranzukommen. Das nimmt er dir nie ab.«

»Vergiss den Papierfrosch nicht«, fügte Ross hinzu. »Wer würde meiner Behauptung Glauben schenken, dass Harry sich mit mir über einen Papierfrosch verständigt?«

Connie lachte. »Ein paar Irre vielleicht. Da fällt mir noch was ein. Du hast eine eidesstattliche Aussage gemacht, dass Harry dir im Café das Leben gerettet hat. Wenn du diese Aussage widerrufst, hast du das gesamte Dezernat gegen dich, und jeder hält dich reif für die Klapsmühle.«

»Das wär's dann.«

»Finde den rauchenden Colt. Nagle Harry mit Beweisen fest, die Fargnoli dir abkaufen muss.«

»Ich brauch noch einen Drink.« Ross winkte mit dem leeren Glas einem puertoricanischen Kellner zu und wandte sich wieder an Connie. »Noch vor einer Woche war Harry mein Held. Heute weiß ich Dinge, die ihn in den Knast bringen könnten.«

»Meinst du, es gibt noch mehr?«

Ross schüttelte die Eiswürfel im leeren Glas. »Nichts, was du nicht bereits weißt. Aber mein Bild wird immer klarer. Jenn Sanchez sagte, ein Cop habe versucht, sie zu töten. Sie sagte auch, derselbe Cop habe Emilio Albert mit seinem Pitbull aus einem Fenster im achten Stock gestoßen. Es steht außer Frage, dass dieser Cop mich in das Café gelockt hat, damit Graciella ihren Spaß mit mir hat.«

Sie schob das leere Glas von sich. »Sanchez hat mich gewarnt. Sie sagte, ich arbeite mit dem Cop zusammen, der hinter ihr her ist. Das wollte ich nicht glauben. Eine Zeit lang hatte ich Frank Beebe in Verdacht, doch das ist vorbei. Es weist alles auf Harry hin.«

»Graciella zeigt aus dem Grab mit dem Finger auf ihn«, stellte Connie unverblümt fest.

»Was ist mit John-John? Ich glaube, Graciella hat ihn auf mich gehetzt. Dummerweise lief John-John Harry in die Arme. Meinem *Beschützer*. John-John bekam das Gleiche wie Graciella sowie ein paar Extras – Handschellen und eine Feuerbestattung bei lebendigem Leib.«

»Was hat deine Anfrage beim 20. Revier ergeben, über Harry und die Exfrau des Armeniers?«

Ross wartete, bis der Puertoricaner den Drink abgestellt hatte und gegangen war.

»Ich hab allgemeine Fragen gestellt«, antwortete sie. »Nannte meinen Namen und erklärte, Harry sei mein Beschatter. Er ließ ein Funkgerät in einem Taxi, das er für die Überwachung benutzt. Harry ließ das Taxi offenbar auf dem Broadway stehen, um mir zu Hilfe zu kommen. Die Streifencops drückten beide Augen zu und ließen den Wagen nicht abschleppen.«

»Cops decken Cops. Allein der Gedanke bringt mich an die Decke.«

»Ich hab den Kollegen im 20. nicht gesagt, dass Harry lügt. Mir ist immer noch schleierhaft, wie er es geschafft hat, mich mit Graciella reinzulegen.«

»Du hast sehr geschickt verhandelt, um am Leben zu bleiben. Vergiss das nicht.«

»Harry hat nie mit Graciella persönlich gesprochen. Das hätte sie erwähnt.«

»Das heißt?«

»Es ist noch jemand mit von der Partie. Harry hat über einen Dritten mit Graciella Kontakt aufgenommen, nie direkt mit ihr. Wen immer er eingeschaltet hat, es war jemand, dem sie vertraute.«

»Vermutlich irgendein Ganove aus der Drogenszene. Wie wär's mit deinem Freund Jackie Blue?«

Ross schüttelte den Kopf. »Sein Name wurde genannt, um mich ins Café zu locken, aber er war nicht am Telefon. Vergiss nicht: Graciella schröpfte Drogendealer, und Jackie Blue stand vermutlich auch auf ihrer Liste. Früher oder später hätte sie ihm das Fell über die Ohren gezogen. Wieso sollte er für Graciella arbeiten, wenn die Kolumbianer sie erledigen wollten? Jackie Blue ist kein Dummkopf. Wenn ich tot bin, verliert er eine einflussreiche Freundin. Nein, Harry hat einen anderen vorgeschoben, um die verrückte Grace auf mich zu hetzen.«

»Hast du eine Ahnung, wen?«

Ross nippte an ihrem Drink. »Ich könnte mir denken, es ist jemand, der zu große Angst hat, um Harry etwas abzuschlagen. Ich vermute außerdem, Harry hat mich beim FBI hingehängt. Labriola will den Fall Reiner unbedingt übernehmen. Wenn er die Lorbeeren selbst einstreichen kann, schreckt er vor nichts zurück.«

»Was hat Harry davon, wenn er dich anschwärzt?«

»Eine Beförderung, Strafverschonung für ein Verbrechen, vielleicht eine hohe Belohnung. Was ich nicht begreife: Wieso ist Harry hinter Jenn Sanchez her?«

»Frag sie.«

Ross krallte die Finger in Connies Arm. »Mein Gott«, flüsterte sie.

Sie wies mit dem Finger zur Tanzfläche.

Connie wandte den Kopf in die Richtung. Hinter einer künstlichen Palme stand Harry Earles und beobachtete die beiden.

31

Ein Grundstein wird gelegt

Harry Earles und Frank Beebe trafen sich zum Lunch auf der Terrasse des Bootshauscafés im Central Park. Der wolkenverhangene Himmel hatte die Terrasse geleert, außer den Tauben auf der Steinbalustrade waren die beiden Männer allein.

Harry streute ein paar weiße Cashewkerne über seinen gemischten Salat und goss Dressing darüber.

»Nüsse geben dem Salat erst *Pizzazz*«, bemerkte er.

Beebe biss in einen Cheeseburger mit gebratenem Speck und kaute ausdauernd, ehe er schluckte. Mit dem Nagel des kleinen Fingers entfernte er Essensreste zwischen den Zähnen.

»*Pizzazz*«, meinte er. »Wieder so ein dämliches Großstadtwort. Keine Ahnung, was es bedeutet, ist mir auch verdammt egal.«

»Es bedeutet ›Pfiff‹, das gewisse Etwas eben.«

»Vergessen Sie's. Streuen Sie sich ruhig Nüsse auf Ihr Grünzeug, mir reicht Salatsoße. Im Übrigen ist mir ein ordentliches Stück Fleisch lieber.«

»Interessante Pflanze, dieser Cashewbaum. Stammt aus der Familie der Sumachgewächse, wie Gift-Sumach, Pistazien- und Mangobaum.«

»Was Sie nicht sagen!« Der FBI-Agent aß seine Pommes frites mit den Fingern und tauchte sie in eine Mischung aus Ketchup und Mayonnaise.

»Der Cashewbaum wird bis zu fünfzehn Metern hoch«, erklärte Harry. »Das Öl der Cashewnüsse wird auch zur Herstellung von Kunststoffen und Lacken verwendet.«

Beebe wies mit einem fettigen Zeigefinger auf Harrys Salat. »Dann haben Sie also Ihren Salat jetzt mit Plastik und Lack versaut. Gut, dass wir das geklärt haben. Wollen Sie mir endlich verraten, wieso ich hier mit Ihnen sitze und darauf warte, dass der Regen meine neuen Schuhe ruiniert?«

»Labriola und Sie wollten doch auf dem Laufenden gehalten werden, ob Magellan Informationen zurückhält.«

»Sie ist ein aufgewecktes Mädchen. Hab ich wenigstens gehört.«

»Aufgeweckt?«

»Clever«, erklärte Beebe. »Lebhaft. Ist das so schwer zu verstehen? Egal. Sie erwähnten, Miss Magellan hält etwas zurück.«

»Sie geht mit Mercy Howard einkaufen, nur um die kleine Schlampe mit ein paar markierten Scheinen zu erwischen.«

Beebe leckte sich die Finger. »Diese Magellan. Ich würd in ihrer Scheiße wühlen, nur um zu wissen, was in ihr vorgeht.«

Harrys Miene blieb ausdruckslos. »Ich sage immer, ohne Poesie gäbe es keine Zivilisation.« Er tippte sich mit dem Zeigefinger ans Kinn. »Es tropft.«

Beebe wischte sich mit der Papierserviette übers Kinn. »Erzählen Sie mir von Miss Magellan.«

»Ich hab eine Frau ausfindig gemacht, die uns im Fall Reiner weiterhelfen kann. Marisa Durres. Sie war mit einem Albaner verheiratet und wohnt an der West Side. Ihr Exmann, ein gewisser Enver Durres, ist Mitglied einer albanischen Bande aus der Bronx. Bankraub, Drogenhandel, was Sie wollen. Mr. Durres gilt unser Interesse. Ich erfuhr von ihm über einen Kontakt im 20. Revier.«

»Und wie wurden Ihre Freunde im 20. auf Mr. Durres aufmerksam?«

»Er belästigt seine Exfrau. Sie hat ihn angezeigt und Polizeischutz angefordert, lässt sich von Arbeitskollegen nach Hause bringen. Mr. Durres terrorisiert sie.«

Beebe leerte eine halbe Cola, bevor er fragte: »Gibt es eine Verbindung zwischen Mr. Durres und Richter Reiner?«

»Zwei Anhörungen vor Reiner. Der ließ ihn beide Male laufen.«

»Und Mrs. Durres? Was weiß sie von den Aktivitäten ihres Ex?«

»Die Zuständigkeit wurde mir entzogen, deshalb weiß ich nichts darüber.«

Beebes Finger verharrten knapp über dem Frittenteller. »Was heißt das genau?«

»Magellan ist mir in den Rücken gefallen, hat meinem Vorgesetzten eingeredet, es sei besser, wenn Mrs. Durres mit einer Frau zusammen arbeitet. Das Department reagiert da sehr empfindlich. Kurzum, meine Informantin wurde mir entzogen und an Magellan weitergereicht.«

Beebe legte seinen Cheeseburger auf den Teller und lehnte sich zurück.

»Diese verdammte *political correctness* kann einen Prediger dazu bringen, die Bibel in die Ecke zu pfeffern. Mich hat das Büro erst letzte Woche auflaufen lassen, wegen eines *Afroamerikaners.* Scheißpolitik! Der Nigger kriegt sein eigenes Anti-Terror-Kommando und schießt die Karriereleiter hoch wie eine Rakete, für mich gibt's einen feuchten Händedruck. Seit fünfzehn Jahren reiß ich mir den Arsch auf, und was hab ich davon? Ich drück mir immer noch die Nase an der Fensterscheibe platt.«

Er beäugte Harry aus den Augenwinkeln. »Mann, Ihr Boss scheint ein richtiges Weichei zu sein. Zieht Ihnen die Informanten ab und unterstellt sie einer Frau, die nicht mehr Grips hat, als sich mit ein paar durchgeknallten Typen zu umgeben.«

»Sie ging ohne Fargnolis Einwilligung in das Café – und ohne Schutz.«

»Machen Sie Witze? Und die soll ein guter Cop sein?«

»Sie ist noch am Leben, weil ich zufällig in der Gegend war. Ich wollte Mrs. Durres persönlich mitteilen, dass wir nicht mehr zusammen arbeiten. Hat ihr gar nicht gefallen. Sie kennt Detective Magellan und will nichts mit ihr zu tun haben, ist ihr zu aufdringlich, zu aggressiv. Zu maskulin.«

Beebe grinste. »Da zieht's mir glatt die Socken aus. Zu maskulin.«

»Fargnoli lässt nicht mit sich reden. Wenn Mrs. Durres sich weigert, mit Magellan zu arbeiten, kann sie den Polizeischutz vergessen. Magellan schnappt mir nicht zum ersten Mal Informanten weg. Und Fargnoli lässt ihr das durchgehen.«

»Magellan ist eine dieser New Yorker Zicken, die nichts als heiße Luft von sich geben. Schnappt Ihnen die Informanten weg und sahnt die Anerkennung für Ihre Arbeit ab.«

Harry stocherte in seinem Salat herum. »Das Department muss erfolgreiche Frauen vorweisen können, um Bundesgelder zu kassieren. Weibliche Präsenz ist auch wichtig, um sich Bürgerrechtler vom Hals zu halten. Magellan hat einen ausgezeichneten Ruf, und nicht alles, was sie tut, ist Schaumschlägerei. Hat sie mit Ihnen über Marisa Durres gesprochen?«

»Zum Teufel, nein.«

Harry hob die gespreizten Finger. »Genau das meine ich. Sie hält Informationen zurück. Sogar in diesem wichtigen Fall arbeitet sie auf eigene Faust. Sie will ganz hoch hinaus. Im ganzen Department haben wir nur fünfzig Cops, die es zum *Detective first grade* gebracht haben. Darunter sind meines Wissens keine drei Frauen.«

Beebe widmete sich wieder seinen Pommes. »Wieso haben Sie ihr all die Jahre die Stange gehalten? Sie hätten sich doch versetzen lassen können.«

»Das hab ich versucht.«

»Und?«

»Abgelehnt. Das Department ist daran interessiert, dass weibliche Cops Erfolg haben, als Aushängeschild gewissermaßen. Auf diese Weise vermeidet man, von Frauengruppen und den Pressefritzen zerpflückt zu werden. Es ist doch ganz einfach: Magellan wird nach vorn geschoben, um die Wölfe auf Abstand zu halten.«

»Und einer muss ihr die Leiter halten. Nämlich Sie.«

Harry lächelte. Sollte Beebe doch seine eigenen Schlussfolgerungen ziehen.

Der FBI-Agent beugte sich über den Tisch und dämpfte die Stimme. »Vor nicht allzu langer Zeit hatte das Büro Schwierigkeiten mit schwarzen Agenten. Die Nigger beschwerten sich, sie würden bei Beförderungen übergangen. Alles Theater! Hat das Büro 'ne Stange Geld gekostet, die Sache aus der Welt zu schaffen. Mittlerweile werden schwarze Agenten befördert, die Null Qualifikation mitbringen, wenn Sie mich fragen. Alles nur, um den Frieden zu wahren, hab ich Recht?«

»Amen.«

Beebe lehnte sich zurück. »*Minderheitenquotierung,* das neue Schlagwort. Es gibt schwarze Agenten, die das Wort nicht mal richtig aussprechen, geschweige denn buchstabieren können. Die wissen nur eins: Wenn sie laut genug schreien, hört ihnen schon jemand zu. Ein Rad, das quietscht, wird geölt, stimmt's?«

»Ich kann Ihnen nur beipflichten. Jedenfalls wissen Sie

jetzt, wieso Sie nichts von Marisa Durres gehört haben. Magellan will den Fall für sich. Von ihr erfahren wir nur, was sie uns mitzuteilen gedenkt.«

Beebe klappte den Rest seines Cheeseburgers auf, kratzte eine Scheibe gebratenen Speck ab und schob sie sich in den Mund.

»Das Department hält sich also den Rücken frei und benutzt Sie, um Magellan bei Laune zu halten.«

»Aus diesem Grund will ich zum FBI, wenn dieser Fall gelöst ist.«

»Ich hab versprochen, ein gutes Wort für Sie einzulegen, und ich halte mich daran. Wir haben ein paar NYPD-Detectives in unserer Antiterror-Truppe seit dem Bombenanschlag '93 auf das World Trade Center. Damals kam es zwischen uns und dem NYPD regelrecht zum Krieg. Der Anschlag wurde auf eurem Territorium verübt, deshalb wolltet ihr die Show durchziehen. Da aber Terroranschläge Verbrechen gegen die Staatsgewalt sind, war es unsere Aufgabe, die Ermittlungen durchzuführen. Das Hickhack endete schließlich damit, dass ein paar von euren Leuten nun auf der FBI-Gehaltsliste stehen. Offiziell unterstehen sie dem NYPD, arbeiten aber für uns. Sie kassieren ihr Polizistengehalt plus Zulage, dazu eine fünfstellige Summe pro Jahr vom FBI. Klingt gut, wie?«

Harry lächelte. »Sehr reizvoll.«

»Ackern Sie Ihre zwanzig Jahre beim Department, dann setzen Sie sich mit einer staatlichen Pension zur Ruhe. Und die ist höher als Ihre Polizeirente, das lohnt sich für Sie.«

»Ich bin ganz Ohr.«

»Sie füttern mich weiterhin mit Informationen über Miss Magellan, im Gegenzug sorge ich dafür, dass Ihre kühnsten Träume wahr werden.«

Harry lächelte zustimmend. Beebe, der Bär, Herr der Kordanzüge und braunen Stiefel, ein Angeber, unzuverlässig und unsensibel, der skrupellos seine Ziele verfolgte und über Leichen ging, um vorwärts zu kommen. Wenn nötig, würde er seiner Großmutter den Schädel einschlagen, ohne mit der Wimper zu zucken. Harry traute Beebe keinen Meter über den Weg. Er würde Harry das Blaue vom Himmel herunter versprechen, solange er ihn mit Informationen über Magellan versorgte.

Beebe fütterte die Tauben auf der Steinbrüstung mit Krumen seines Cheeseburgers. »Haben Sie daran gedacht, Magellan auszubooten und den Fall selbst zu übernehmen?«

»Daran denke ich jeden Tag, höre jedoch, wie sehr das Department meine Arbeit für sie schätzt. Gleichzeitig muss ich mir anhören, was mir passieren könnte, sollte ich mich als Spielverderber erweisen.«

»Sieht nicht so aus, als würde Ihnen der Fall viel bringen.«

»Magellan hat die Informanten«, stellte Harry fest. »Außerdem ist sie mit Jennifer Sanchez befreundet, einer ehemaligen Polizistin. Heute ist sie ein Junkie und vom Dienst suspendiert.«

Beebe sah ihn mit mildem Interesse an. »Was hat diese Sanchez mit unserem Fall zu tun?«

Harry legte Messer und Gabel an den Tellerrand und betupfte sich die Mundwinkel mit der Serviette. Er schaute auf den See hinaus. Wildenten und Graugänse schaukelten auf den aufgewühlten Wellen.

»Vor einem Jahr«, erklärte er, »nahmen Sanchez und ihr Partner einen bekannten Drogendealer hoch. Statt ihn einzubuchten, verschacherten sie ihn für viel Geld an eine rivalisierende Drogenbande. Es erübrigt sich zu sagen, dass der Dealer einen ausgesprochen unangenehmen Tod starb.«

»Wieso sollte mich das interessieren?«

»Was wäre, wenn ich Ihnen erzähle, dass Sanchez eine prominente Persönlichkeit erpressen wollte, die diesen Mord befohlen hat? Sie überging ihren Partner und forderte eine beträchtliche Summe. Diese Persönlichkeit lehnte ab und befahl, sie zu eliminieren. Deshalb ist Sanchez untergetaucht.«

Harry zog sein Notizbuch, schrieb einen Namen auf, riss das Blatt heraus und faltete es einmal. Nach ein paar Sekunden schob er das Papier über den Tisch in Beebes Richtung.

»Der Name des Erpressungsopfers«, sagte er. »Zeuge des Mordes an dem Drogendealer, der, wie ich erwähnen sollte, in seinem Haus stattfand. Nicht unbedingt in Übereinstimmung mit unseren Gesetzen.«

Beebe zog die Stirn kraus, wobei seine buschigen Brauen sich über der Nasenwurzel trafen. Er schwieg lange.

Schließlich ergriff der Agent das Wort. »Partner, dieser Fall ist grade um ein gutes Stück größer geworden. Und ich sage Ihnen auch, wie groß. Er wird Ihre Zähne weißer erstrahlen lassen, Ihre Falten glätten und die Kindsgeburt zu einem Vergnügen machen.«

»Ich an Ihrer Stelle würde Labriola nichts davon sagen. Wir sollten konkretere Fakten vorweisen, wenn wir ihn ins Bild setzen.«

»Einverstanden. Ich will keinen Wurm reinbringen. Wir lassen uns Zeit. Nur Sie und ich, Partner. Sie und ich.«

Harry pickte einen Cashewkern aus dem Salat und steckte ihn in den Mund. »Jetzt dürfte Ihnen auch klar sein, wieso Magellan ihre Karten nicht auf den Tisch legt. Sanchez ist für sie ein Sprungbrett zu Höherem – wie dieser Name auf dem Zettel in Ihrer Hand.«

Beebe lehnte sich in seinem Stuhl zurück. »Das wird ein Riesenknaller. Einstweilen vielen Dank, Detective. Ich stehe tief in Ihrer Schuld.«

»Ich bleibe Magellan auf den Fersen. Wenn sie mit Sanchez auftaucht, schlagen wir zu.«

Beebe hielt den gefalteten Zettel hoch. »Unser Freund hier würde Sanchez umbringen lassen, bevor Sie auch nur einen Schritt tun. Vorausgesetzt, Sie sind sich sicher, was er in dieser dunklen, stürmischen Nacht getrieben hat.«

»Das bin ich.«

Beebe hob beide Fäuste und schüttelte sie. »Partner, damit landen wir auf den teuren Plätzen. Wir schnappen uns Sanchez, setzen sie vor ein Tonbandgerät, und der Fall ist geritzt. Haben Sie eine Ahnung, wer der Detective ist, mit dem Sanchez gearbeitet hat?«

Harry grinste. »Wenn ich Ihnen den Namen nenne, müsste ich Sie vielleicht töten.«

»Partner, Sie sind mir einer!« Beebe lachte so laut, dass die Tauben erschrocken von der Brüstung flatterten.

32

Fehlende Daten

Ross Magellan betrat um zehn Uhr abends mit einer Flasche Mineralwasser und einem großen braunen Umschlag unterm Arm den Empfang des OCCB-Gebäudes in Greenwich Village.

Sie winkte der Sicherheitsbeamtin im Nachtdienst zu, einer pausbäckigen Schwarzen in den Vierzigern, die an den Wochenenden als Bluessängerin auftrat. Die Beamtin hinter dem Metallschreibtisch hob den Kopf von einem Danielle-Steel-Taschenbuch und lächelte Ross zu, wobei sie die Mundwinkel ihrer breiten Lippen hochzog. Ross erwiderte das Lächeln und erklärte, sie habe Unterlagen auf ihrem Schreibtisch vergessen.

Sie ging an der Sicherheitsbeamtin vorbei, ohne sich einzutragen. Sie verschwendete keinen Gedanken daran, dass sie die Frau in erhebliche Schwierigkeiten bringen würde, wenn ihre Lüge aufflog.

Ross wollte Harrys alte Fälle durchgehen. Sich einzutragen wäre ein Fehler gewesen. Harry würde wissen wollen, was sie noch so spät ins Büro trieb. Auch Fargnoli. Wenn einer Verdacht schöpfte, dass sie einem Cop nachspionierte, würde man sie in Stücke reißen. Sie hatte die Sicherheitsbeamtin nicht belogen, ihr nur die Wahrheit vorenthalten.

In ihrem Büro versperrte sie die Tür und klemmte einen Stuhl unter den Türknauf. Das Gebäude war leer, die Putzfrau trat ihren Dienst erst in einer Stunde an. Soweit Ross wusste, war sie allein auf der Etage.

Aber da war Harry. Immer Harry. Der überall und jederzeit lauerte. Hartnäckig und clever, Harry, der krankhaft eifersüchtig über das wachte, was er als seinen Besitz beanspruchte. Der seine eigenen Gesetze machte. All das und noch viel mehr, und Ross hatte ihm blind vertraut. Das war vorbei.

Sie schaltete ihren Computer ein und trank Wasser aus der Flasche. Die Kohlensäure beruhigte ihren empfindlichen Magen. Und die Kopfschmerzen. Die wieder da waren. Zum ersten Mal nach der Ehe.

Harry.

Den Nachmittag hatte sie in der öffentlichen Bibliothek in der Forty-second Street verbracht und seine alten Fälle überprüft. Das bedeutete, sich durch fünf Jahrgänge Zeitungen zu wühlen. Schließlich hatte sie gefunden, was sie suchte. Sie las jeden Artikel zweimal, und langsam formte sich ein Muster. Harrys Lügen, die Informationen von Sanchez und Jackie Blue ergaben zusammen mit ihren Mutmaßungen ein Bild, aus dem ihr Instinkt und ihre Erfahrung eine Schlussfolgerung zogen.

Harry Earles war ein vielfacher Mörder.

Seine Opfer: Weibliche Undercover-Agenten, für deren Schutz er zuständig war.

Er war umsichtig und präzise. Ein Genie im Verwischen von Spuren. Ross hatte nicht erwartet, unwiderlegbare Beweise zu finden. Dafür war Harry viel zu ausgefuchst. Bestenfalls hoffte sie auf eine Kleinigkeit zu stoßen, die Harry übersehen hatte.

Und sie hatte damit Erfolg.

Er hatte nicht an die Presse gedacht.

Ross trank Wasser. Die Gedanken um Harry schadeten ihrer Gesundheit. Wenn es so weiterging, würde sie wieder mit dem Rauchen anfangen. Sein Auftritt im Café Con Alma hatte ihr den Appetit verdorben und sie um den Schlaf gebracht. Bis zum Morgengrauen war sie in Connies Apartment wach gelegen und wurde den Gedanken nicht los, dass Harry sich absichtlich zu erkennen gegeben hatte.

Harry war das beste Gespenst auf diesem Planeten. Wenn er nicht wollte, dass er gesehen wurde, dann sah man ihn auch nicht.

Gestern Nacht wollte er gesehen werden, aus welchem Grund auch immer. Er stand lächelnd am Rand der Tanzfläche, lauernd wie eine Raubkatze. Als Connie hinter ihm her wollte, war Harry verschwunden, wie vom Erdboden verschluckt. Als sei er nie da gewesen.

Ross schaute auf ihren Bildschirm. Wie die meisten OCCB-

Computer war auch ihrer veraltet und langsam wie eine Schnecke. Sie hatte mit dem Gedanken gespielt, sich in Harrys Büro zu schleichen und seinen Computer zu knacken. Mit Sicherheit hatte er persönliche Daten gespeichert. Doch dann entschied sie sich dagegen. Zu gefährlich.

Außerdem war sie kein Hacker. Ihr Wissen reichte grade mal aus, um ihren eigenen Computer zu bedienen. Sie hätte Harrys Passwort rauskriegen müssen, das er jede Woche änderte. Nicht einmal Fargnoli kannte Harrys Passwort. Es war klüger, sich aus Harrys Büro fern zu halten.

Sie wartete, bis ihr Programm geladen wurde, und vertrieb sich die Zeit, indem sie mit dem Cursor auf dem Bildschirm herumfuhr. Sie hatte heute Stunden damit verbracht, Harry Honig um den Mund zu schmieren, zumindest schien es ihr so.

In getrennten Gesprächen war sie von IAB und Fargnoli im Büro des Polizeichefs zu der Schießerei verhört worden, bei der Graciella hatte dran glauben müssen. Sie wusste über die Politik des Departments Bescheid, hütete sich daher, unnötig Wind zu machen. Helden waren für das Image des Departments unverzichtbar. Da Harry nun ein Held war, dachte Ross nicht im Traum daran, ein abfälliges Wort über ihn zu verlieren, sonst könnte sie sich gleich nach einem anderen Job umschauen. Also hielt sie sich mit ihren Antworten bedeckt und überließ die Show den Kerlen.

Heute Nacht aber wollte sie es dem Mann heimzahlen, der sie behandelte, als sei sie sein Geschöpf, seine Marionette.

Sie betrachtete den braunen Umschlag auf ihrem Schreibtisch. Die Zeitungsartikel gaben ihr die Gewissheit, dass Harry ein Mörder war. Allerdings würde das Material nicht ausreichen, andere davon zu überzeugen. Ohne eindeutige Beweise, ohne Zeugen war ein Strafverfahren – ob vor Gericht oder im Verlauf einer internen Untersuchung – in weiter Ferne. Es würde nicht leicht werden, Harry das blöde Grinsen aus dem Gesicht zu wischen.

Das Telefon schrillte. Ross zuckte zusammen.

Lass ihn nicht dran sein.

Sie nahm den Hörer langsam ans Ohr, holte tief Atem und wartete.

»Ross? Ich bin's, Connie.«

Sie atmete hörbar aus. »Ich dachte, *er* ist dran.«

»Nein, damit kann ich nicht dienen. Da wir von *ihm* reden – in meinem ganzen Leben hab ich keinen Kerl so schnell verschwinden sehen wie ihn gestern Nacht. Erst fixiert er uns von weitem, dann verschwindet er spurlos. Hat er heute sein Verhalten erklärt?«

»Er war gar nicht im Büro. Hat sich freigenommen, um sich von dem Trauma nach der Schießerei zu erholen, bei der er Graciella und ihre Freunde abgeknallt hat.«

»Von wegen traumatisiert. Nachts treibt sich der Scheißkerl herum und stiert hinter Palmwedeln hervor. Hör mal, ich bin noch im Kongresszentrum, aber in gut zwanzig Minuten ist hier Schluss. Ich ruf dich aus dem Auto an, wir treffen uns vor deiner Wohnung. Hat dein reizendes Gespenst dir heute irgendwo aufgelauert?«

»Harry sieht man nur, wenn er's drauf anlegt. Deshalb begreife ich nicht, was er gestern Nacht bezweckte.«

Connie lachte in sich hinein. »Der Mann zieht eine Show ab, will uns beiden beweisen, dass er keine Angst vor mir hat. Denkt wohl, er kann tun und lassen, was er will, und niemand kann ihn aufhalten.«

Ross nickte. »Typisch Harry. Er muss um jeden Preis seine Überlegenheit beweisen.«

»Hast du was über ihn rausgefunden?«

Endlich erschien die Arbeitsfläche auf ihrem Bildschirm.

»Ja«, sagte sie, »in der Stadtbücherei. Am Tag meiner Verabredung mit Emilio Albert ging ich in die Bibliothek in Queens, um in alten Lokalausgaben etwas über Sanchez zu erfahren, fand jedoch nichts. Damals ahnte ich nicht, dass ich unter Harry nachschauen sollte. Das hab ich heute getan.«

»Und?«

»Seine alten Fälle sind eine interessante Lektüre.« Sie zog den braunen Umschlag zu sich. »Ich hab Zeitungsartikel kopiert, die ich dir gerne zeigen möchte. Es ist alles da. Harrys Zwang, Frauen zu kontrollieren. Der Grund, warum es mit seiner Karriere nie so recht klappte – und weshalb Jackie Blue mich davor warnte, weibliches Opfer Nummer vier zu werden.«

»Ich hab das Gefühl, dein Jackie verschweigt uns etwas.«

»Er wird reden, wenn er was von mir braucht.«

»Vier tote Männer, vier tote Frauen … Wenn es stimmt, was Jackie sagt, hat Harry acht Leichen im Keller. Wo sind sie?«

Ross griff in den braunen Umschlag. »Du fragst nach Leichen? Fang bei den toten Ermittlerinnen an. Über kurz oder lang stehe ich auch auf seiner Liste.«

»Verdammt, ich fasse es nicht. Harry bringt verdeckte Ermittlerinnen um? Seit wann?«

»Vor fünf Jahren fing er damit an, ohne dass jemand Verdacht schöpfte.«

»Kein Mensch bringt Polizisten um und kommt damit durch. Nicht mal Harry.«

»Das Muster ist da. Nur ist niemand auf die Idee gekommen, Harry auf den Zahn zu fühlen.«

»Der Typ ist beknackt. Allein die Art, wie er Graciella eliminiert hat, zeigt mir, was ich von ihm zu halten habe. Aber Cops? Wenn er sie getötet hat, geschah es vor aller Augen. Und du willst mir weismachen, niemand hat was bemerkt?«

»Genau. Ich erfinde keine Schauermärchen.«

»Trotzdem ist es ein starkes Stück. Du behauptest, Harry Earles bringt die Cops um, die er beschützen soll, und keiner schöpft Verdacht.«

»Du kennst Harry nicht«, wandte Ross ein. »Er ist gerissen, und er ist ein Glückspilz. Vielleicht gibt es da noch etwas, von dem wir nichts wissen. Deshalb sitze ich hier.«

»Wahrscheinlich hält er sich für David Copperfield. Jedenfalls bin ich hier gleich fertig. Ich bring nur noch die Puppen in den Safe und fahre unseren japanischen Freund ins Hotel …«

»Connie, du musst mir glauben. Selbst wenn ich heute nichts mehr rausfinde, in den Zeitungen steht genug über ihn, um mit dem Finger auf das Schwein zu zeigen. Zwei Undercover-Agentinnen, die unter Harrys Schutz standen, sind tot. Jenn Sanchez sollte ebenfalls sterben, sie hat nur Glück gehabt. Das sind drei.«

»Und mit dir wären es vier. Okay, bleiben noch vier Männer. Ausgeglichener Spielstand, hat Jackie Blue gesagt.«

»Vier Männer? Da wären Emilio Albert, John-John und...«

Connies Stimme wurde zum Flüstern. »Und die zwei Typen im Café.«

»Zurück zu den Frauen. Harry war Sanchez' Gespenst.«

»Wie bitte?«

»Das wurde nur ein einziges Mal in einer Kurzmeldung erwähnt. Harry hat mit keinem Wort verlauten lassen, dass er Sanchez kennt. Aber lassen wir das beiseite. Laut Presseberichten wurde ein albanischer Drogendealer mit aufgeschlitzter Kehle am Henry Hudson Parkway gefunden. Gerüchten zufolge war er von einem Cop festgenommen worden, der ihn an eine rivalisierende Gang verkaufte, aber mangels Beweisen verstummten die Gerüchte. Es wurden ein paar Cops verhört, darunter auch Harry und Jennifer Sanchez. Beide hatten in dem Fall des Albaners ermittelt.«

»Und was sagt dir das?«

»Harry könnte den Dealer festgenommen haben, um ihn für eine Menge Kohle an die Konkurrenz zu verhökern.«

»Geschäft ist Geschäft.«

»Von Sanchez hab ich erfahren, dass der Cop, der hinter ihr her ist, jetzt in meinem Team arbeitet. Ich tippe auf Harry, denn er ist der Einzige, der je mit Sanchez zu tun hatte.«

»Was ist mit den anderen beiden Ermittlerinnen? Wie hat Harry sie umgebracht, ohne in Verdacht zu geraten?«

»Er ist ziemlich gut, hatte jedes Mal ein Alibi. Eine Ermittlerin starb an einer Überdosis. Harry lag zu Hause krank im Bett. Ihre Leidensgenossin wurde in einer Absteige an einen Heizkörper gekettet und verbrannte bei lebendigem Leib. Harry war zum fraglichen Zeitpunkt Meilen entfernt auf einer Polizistentagung. Jenn Sanchez wollte sich angeblich in ihrem Wagen mit Kohlenmonoxyd vergiften. Sie hat überlebt und hängt seitdem an der Nadel. Ich wette, Harry war an jenem Tag mit Leuten zusammen, die beschwören können, ihn keine Minute aus den Augen verloren zu haben.«

»Nimm's mir nicht übel, aber könnte es sein, dass du voreilige Schlüsse ziehst?«

Sie schüttelte den Kopf. »Ich kenne Harry und seine akribische Arbeitsweise. Den Presseberichten war zu entnehmen, dass die ermordeten Frauen Fehler gemacht haben. Mit anderen Worten, sie haben nicht das getan, was Harry ihnen befohlen hat. Nehmen wir mal an, die Polizistin, die bei dem Brand ums Leben kam, hat gegen eine der wichtigsten Regeln der Undercover-Arbeit verstoßen: Sie hat sich hinter eine verschlossene Tür gewagt. Weißt du, wie viele Male Harry mich davor gewarnt hat?«

»Vermutlich ziemlich oft.«

»Die andere Ermittlerin verliebte sich in ein hohes Tier und setzte sich den goldenen Schuss, nachdem er ihr den Laufpass gab. In diesem Fall machte übrigens Harry als Einziger eine Aussage. Auch hier haben wir eine Beamtin, die gegen die Polizei-Vorschriften verstieß. Sie hat Daddys Anweisungen nicht befolgt. Und Sanchez? Sie hielt angeblich dem Druck der Undercover-Arbeit nicht stand und versuchte sich umzubringen.«

»Wie hat Harry erfahren, dass Sanchez noch am Leben ist?«

»Wahrscheinlich hat er mir nachspioniert. Woher, zum Teufel, soll ich das wissen? Moment mal…«

»Was ist los?«

»Ich bekomme keinen Zugang zu Harrys alten Fällen. Nicht alle, nur an die nicht, die …«

»Welche Fälle?«

»Ich versuch's noch mal.«

Sie gab einen anderen Befehl ein. »Connie, ich hab's im Gefühl. Harry ist ein Mörder.«

»Wenn das stimmt, steckst du ganz schön in Schwierigkeiten. Harry hat's auf dich abgesehen.«

»Das hat er schon längst. Übrigens, seine Probleme mit Frauen fingen nicht erst mit weiblichen Cops an.«

»Was du nicht sagst! Als er klein war, zwang ihn seine Mutter, Strapse zu tragen.«

Ross grinste. »Geh sechs, sieben Jahre zurück. Eine Informantin namens Paula Pereira arbeitete für Andre Dushenko, einen berühmten Strafverteidiger.«

»Ich erinnere mich an diesen Andre Dushenko. Hatte ein irrsinniges Faible für Pelzmäntel. Großer Geldwäscher für die italienische und russische Mafia. Sitzt irgendwo im Knast.«

»In Atlanta. Das Gericht hat ihm ›lebenslänglich‹ aufgebrummt. Das hat er seiner ehemaligen Sekretärin Paula Pereira zu verdanken. Er hatte ein Verhältnis mit ihr. Als er sich weigerte, sich von seiner Frau zu trennen, hat sie ihn an Harry verpfiffen.«

»Das kommt davon, wenn man sich mit Weibern einlässt.«

»Danke für die Blumen. Der springende Punkt ist: Neunzig Prozent aller Fälle werden von Spitzeln gelöst. Ein Cop ist nur so gut wie seine Informanten.«

»Das Geheimnis unseres Erfolgs.«

»Paula Pereira liest gern. Harrys Frau arbeitete früher in einer Buchhandlung, dort haben die beiden sich kennen gelernt. Harrys Frau hat ihn Paula vorgestellt, und plötzlich bekommt er die wichtigen Informationen über Dushenko und seine Geldwaschanlagen für die Italiener und Russen. Durch Dushenkos Hände gingen Hunderte Millionen Dollar, die er durch seine Scheinfirmen auf den Bahamas, in Irland, Panama und sonst wo schleuste. Paula Pereira war die Antwort auf Harrys Gebete. Der Fall sollte der größte Hit in seiner Karriere werden. Und dann kam der Hammer.«

»Wie ich sehe, hast du mit Ivy Linder gesprochen.«

»Mit ihr und ein paar von Harrys Kollegen. Alle sagen übereinstimmend, dass die obersten Bosse Paula von Harry abzogen und ihn damit um die wichtigste Informantin in seiner Karriere brachten. Das hat Harry nicht gefallen.«

»Was du nicht sagst! Ich wäre auch nicht begeistert gewesen. Dieser Fall hätte ihn zum Star gemacht, doch Harry wurde verarscht.«

»Polizeiarbeit ist wie Politik, du brauchst Freunde, um voranzukommen. Harry hatte im Fall Dushenko einfach nicht die richtigen Beziehungen. Die hatte ein anderer, und der zog die Fäden, um an Harrys Informantin ranzukommen. Der Typ, der Harry geleimt hat, sitzt heute in der Chefetage und lässt sich von einem Detective in einer Limousine durch die Gegend fahren.«

»Damals wurden Spezialeinheiten auf Bundesebene eingesetzt, um die Verhaftungen vorzunehmen. Sie ließen Mafiosi und Russen hochgehen, einen Blindgänger im Stadtrat und sogar den Boss eines bedeutenden jüdischen Wohltätigkeitsvereins, der Geld über seine Organisation wusch. Ich kenne zwei Cops, die hinterher ganz nach oben befördert wurden.«

»Harry war nicht mit von der Partie. Er bekam nichts, null. *Nada*. Genau in der Zeit hatte seine Frau einen Autounfall und sitzt seitdem im Rollstuhl.«

»Armes Schwein.«

»Als der Unfall passierte, war Harry im Präsidium und kämpfte um seinen Spitzel.«

»Wäre ihm das gelungen, sähe sein Leben heute vielleicht anders aus.«

»Mag sein«, meinte Ross. »Harry sieht das sicher so. Ich habe den Eindruck, dass er nie wieder einen wertvollen Kontakt verlieren will, vor allem, wenn es sich dabei um eine Frau handelt. Findet er eine verdeckte Ermittlerin, die seiner Laufbahn förderlich ist, krallt er sie sich und lässt sie nicht wieder los. Das weiß ich aus persönlicher Erfahrung. Und ich weiß auch, dass er sehr gefährlich werden kann, wenn er dich zu verlieren fürchtet oder du ihm zu eigenmächtig wirst.«

»Klingt für mich wie ein klassischer Soziopath. Machtbesessen, egoistisch, immer das Opfer. Nie ist es seine Schuld. Was auch geschieht, immer fühlt er sich gekränkt, unverstanden, ausgenutzt. Seit fünf Jahren treibt dieser Verrückte sein Unwesen, und niemandem fällt etwas auf.«

»Nur mir«, entgegnete Ross. »Das ist jedoch nicht alles. Die verdeckten Ermittlerinnen haben eine Gemeinsamkeit: bei allen dreien handelt es sich um Latinas. Celia Cuevas, Raymunda Montano, Jenn Sanchez. Harry war das Gespenst von allen dreien. Zwei sind tot, und eine setzt alles daran, jung zu sterben.«

»Jesus.«

»Alle waren hochgewachsen, dunkel, Anfang dreißig.«

»Wie du.«

»Ich weiß.«

Beide schwiegen sekundenlang.

Endlich brach Ross das Schweigen. »Connie, ich hab ein Problem mit Harrys Dateien. Ich komm an ein paar Dokumente nicht ran.«

»Wovon redest du?«

Die Dateien mit Harrys Fällen, die er gemeinsam mit Cruz, Montano und Sanchez bearbeitet hatte, waren nicht mehr vorhanden. Offenbar hatte sie jemand von der Festplatte gelöscht.

33

Showtime

Abends um halb elf verließ Harry Earles mit einer Sporttasche in der Hand das ukrainische Restaurant am St. Marks Place.

Neben dem Lokal verkaufte ein Laden die abscheulichsten Lederklamotten, die er je gesehen hatte. Mit dem Rücken zum Schaufenster klappte er das Handy auf und hob es ans Ohr.

»Ich bin hier, Denny. Und jetzt?«

»Sie sehen nicht sehr glücklich aus, Detective. Gehen Ihnen die Freaks auf den Geist?«

»Das East Village ist zu schrill für meinen Geschmack. Gepiercte Zungen und Ringe durch die Brustwarzen finde ich zum Kotzen. Können wir unser Geschäft endlich abschließen?« Harry hob die Sporttasche hoch. »Ich weiß nicht, ob du mich sehen kannst, aber ich habe dein Geld. Es gehört dir, wenn ich die restlichen Bänder kriege.«

»Ich sehe Sie, Mann. Und das ist mir im Moment nah genug. Damals im Café sind Ihnen die Leute zu nahe gekommen. Und wo sind sie heute? War ja nicht das erste Mal, dass Sie jemand kaltmachen. Und nun fragen Sie mich, woher ich das weiß.«

»Hat wohl was mit den mitgeschnittenen Telefonaten zu tun.«

»Sie sind gar nicht so blöd, wie Sie aussehen. Bevor ich's vergesse: Sie haben mich angelogen, und darüber bin ich nicht sehr glücklich. Sie sagten, die Typen kommen nie drauf, dass ich die Dinger geklaut habe. Raten Sie mal, bei wem die Cops zuerst gesucht haben. Ich werd das Gefühl nicht los, dass Sie was damit zu tun haben, Sie verdammter Wichser. Ja, ich weiß über Sie Bescheid, Mann. Und deshalb bin ich sehr, sehr vorsichtig. Hey, apropos Ringe in den Brustwarzen … Wie finden Sie das? Letztes Jahr hab ich mir den Schwanz piercen lassen. Jetzt hab ich einen süßen goldenen Ring mitten durch meine Eichel. Erhöht die Empfindlichkeit, wenn Sie wissen, was ich meine. Man kriegt einen Orgasmus wie Dynamit.«

»Zur Sache, Denny.«

»Nur der Schmerz ist scheiße. Wenn der Ring durchgesteckt wird, das ist ein Schmerz, so was haben Sie noch nicht erlebt. Als würde man Glasscherben pissen. Bei jeder Bewegung, jedem Muskelzucken zerrt der Ring an deiner Vorhaut wie ein Angelhaken. Mann, tut das weh. Ich hab mir die Kombibehandlung verpassen lassen. Dachte, ich erledige gleich alles in einem Aufwasch, wenn Sie wissen, was ich meine. Was soll's?«

»Denny, ich hab's langsam satt, hier rumzustehen.«

»Kombibehandlung bedeutet alles inklusive. Piercing und den Schwanz vergrößern. Der Doktor nimmt Gewebe aus deiner Arschbacke und schiebt es dir in die Nudel. Hat fünf Monate gedauert, bis ich wieder okay war. Beim Pissen ist das ein Schmerz, da gehst du die Wände hoch. Aber jetzt hab ich einen ganz neuen, einäugigen Wunderwurm. Meine Operation verlief problemlos, kann aber auch schiefgehen. Bei manchen geht dann gar nichts mehr. Musste sechs Riesen dafür hinblättern, und es hat endlos lange gedauert. Fünf Monate konnte ich mir nicht mal einen runterholen. War 'ne beschissene Zeit. Können Sie sich das vorstellen?«

Harry schaute hinauf zum Mond mit seinem Hof. Morgen gab es wieder Regen. Das war gar nicht gut für seinen Nacken.

»Willst du nun das Geld oder nicht?«

Denny lachte. »Regen Sie sich ab, Mann. Ich will nur sichergehen, dass Sie allein sind.«

»Das weißt du doch längst. Du hast mich beobachtet. Zwei Stunden hab ich in einer nach Kohl stinkenden, versifften Kneipe verbracht und zugesehen, wie verschwitzte russische Kellner einem alten Mann mit Stahlzähnen Kartoffelsuppe über die Glatze kippten. Auf diese Weise schlage ich meine Zeit nicht gern tot.«

»Mir ist lieber, Sie schlagen Ihre Zeit tot als mich. Denny möchte nicht gern einen Kopfschuss verpasst bekommen.«

Harry sah zu, wie ein ausgemergelter schwarzer Bettler einen Abfallkorb durchwühlte, einen weggeworfenen Hamburger hervorzog und sich die Pampe in den Mund schob.

»Wenn du auf Graciella anspielst: sie und ihre Freunde waren im Begriff, eine Polizistin zu töten, die verdeckte Ermittlungen durchführte.«

»Komische Sache. Für die Cops sind Sie ein Held. Ich weiß es besser.«

»Und was weißt du, Denny?«

»Sie sind scharf auf Detective Magellan. Ich weiß, wie Sie denken. Sie ziehen gern die Fäden, sind ein Gauner. Dafür können Sie nichts, so sind Sie eben. Ich denke, Sie haben Graciella und ihre Amigos aus einem ganz bestimmten Grund gekillt. Vielleicht wollten Sie bei Magellan Eindruck schinden. Eins sag ich Ihnen: das hat mich ziemlich nervös gemacht. Ich muss wissen, dass Sie niemand mitgebracht haben.«

Harry festigte den Griff um die Sporttasche. Er hätte viel darum gegeben, diesem Denny beide Daumen in die Augen zu drücken. Der kleine Wichser ließ ihn durch Reifen springen wie einen abgerichteten Affen. Zwei Stunden in einer stinkenden ukrainischen Kneipe zubringen und fetten Russen zusehen, wie sie sich mit Kohlrouladen voll stopften... Dafür würde Denny büßen müssen.

Harry war tatsächlich nicht allein. Am Ende des Blocks saß Hilton Prigo hinter dem Steuer eines aufgemöbelten Taxis und wartete auf das Zeichen, Denny Rinko zu töten.

Ein Streifenwagen fuhr langsam vorbei. Harry drehte sich um. Nicht dass ihn die Cops bei dieser spärlichen Beleuchtung erkannt hätten. Aber wieso ein Risiko eingehen? Er sollte zu Hause sein und sich vom Trauma der letzten Schießerei erholen. Nicht unterwegs, um Leute zu töten.

Harry ließ den Blick die Straße entlang wandern. Er war umgeben von durchgeknallten Freaks, Pennern und Touristen, die hier weiß Gott was suchten. Irre wie Denny fielen in der Menge gar nicht auf. Er könnte drei Meter von ihm entfernt sein, und Harry würde ihn nicht sehen. In einem Punkt hatte Denny Recht. Harry hatte Graciella nicht getötet, um eine Kollegin zu retten. Er wollte Magellans Dankbarkeit. Sie sollte ihm so dankbar sein, dass sie ihm Jenn Sanchez auslieferte.

Doch Magellan war ihm nicht dankbar. Sie war feindselig geworden. Kalt. Und jetzt wühlte sie sogar in seinen alten Fällen. Sie versuchte ihm wehzutun, und das konnte er nicht ausstehen.

Denny meldete sich wieder. »Es gefällt mir, wie Sie sich winden. Ich sehe Sie, aber Sie sehen mich nicht. Und daran können Sie einen Scheißdreck ändern.«

»Danke, dass du mich darauf aufmerksam machst, aber …«

»Nicht so eilig. Das ist wie beim Vorspiel. Streicheln und dann erst stoßen. Lecken vor dem Ficken. Hab ich Recht?« Er lachte in Harrys Ohr. »Okay, okay. Bringen wir die Sache hinter uns. Gehen Sie in Richtung Second Avenue. Bleiben Sie auf Ihrer Straßenseite. An der Ecke ist eine Bar, ein mieser Schuppen. Gehen Sie rein und setzen Sie sich an den Tisch neben dem Scheißhaus. Jetzt stecken Sie das Handy weg, keine Anrufe mehr. Wenn Sie telefonieren, bin ich weg und Ihre Bänder auch. Sie haben zwei Minuten Zeit.«

Denny unterbrach die Verbindung.

Harry klappte das Handy zu. Vorher drückte er die Wahlwiederholung, das Signal für Prigo, sich in Bewegung zu setzen.

Zeit für einen Spaziergang. Harry schlenderte an Straßenverkäufern vorbei, an blonden deutschen Touristen, halbwüchsigen Streunerinnen mit knallrot gefärbten Haaren und muskelbepackten jungen Schwarzen in khakifarbenen Netztops und Schwulentäschchen an einer Kette. Er hatte es nicht eilig. Prigo musste ihn sehen.

Die Bar hieß Dup's und schien früher mal ein Tanzschuppen gewesen zu sein, in dieser Gegend wahrscheinlich polnisch oder ukrainisch. Ein lang gezogener, schummriger Raum mit niedriger Decke, Holzboden und einer Spiegelwand, die seit Jahren nicht geputzt worden war. Aus einer Jukebox quäkte Soulmusik aus den Sechzigern und Siebzigern. Der Laden war halb voll, meist mit biertrinkenden Studenten, die hitzig durcheinander redeten und die Welt verbessern wollten, ohne selbst ein Gewissen zu haben.

Harry fand einen leeren Tisch neben der einzigen Toilette. Er schüttelte missbilligend den Kopf. Die Vorstellung, dass Männer und Frauen in einem Lokal dieselbe Toilette benutzten, war ihm zuwider. Anstand und Moral waren beim Teufel, und das war beschämend.

Denny betrat wenige Sekunden hinter Harry die Kneipe. Er hatte sein Aussehen verändert. Er war glatt rasiert, Lippenbärtchen und der spärliche Ziegenbart waren verschwunden. Er hatte sich sogar den Schädel rasiert. Er trug einen schwarzen Rucksack und eine Einkaufstasche bei sich.

Ein Teil des alten Denny aber war geblieben. Er trug ein schmutziges T-Shirt, zerrissene Jeans und Timberland-Boots mit offenen Schnürsenkeln. Um seine schmalen Hüften hatte er ein kariertes Flanellhemd geknotet. Seine persönliche Hygiene ließ zu wünschen übrig – er roch wie ein Fahrradkurier, und seine Zähne waren gelb und verfault.

Er setzte sich an Harrys Tisch. Rucksack und Plastiktüte landeten auf dem Holzboden.

»Da wären wir also«, sagte Denny. »Ich hielt einen belebten Ort für das beste – da muss ich mir keine allzu großen Sorgen machen.«

Harry warf einen Blick in die Einkaufstüte, in der schätzungsweise ein Dutzend Tonbänder lagen.

»Ich nehme an, sie sind vollzählig«, bemerkte er.

Denny Rinko streckte die Hand aus. »Darf ich?«

Harry gab ihm die Sporttasche. Denny zog den Reißverschluss auf und warf einen Blick hinein. »Ich nehme an, mein Geld ist vollzählig.«

»Zähl nach.« Harry hatte den Computerfreak übers Ohr gehauen, nur dreihundert statt fünfhundert Riesen eingepackt. Und auch die würde Denny nicht lange behalten, wenn Hilton Prigo spurte.

Denny würde das Geld nicht in der Bar zählen, da er Angst vor Harry hatte. Mit Sicherheit würde er es eilig haben, die Bar auf schnellstem Wege zu verlassen. Und draußen war er bald nur noch eine Nummer in der Kriminalstatistik. Hilton Prigo wartete in einem Taxi darauf, Denny zu töten. Er würde die Niete in eine bessere Welt schicken, nachdem er ihm das Geld abgenommen hatte. Ein einfacher Plan. Was sollte schiefgehen?

Denny unterbrach seine Gedanken. »Es hat mir nicht gefallen, wie Sie mir die Kehle zugedrückt haben. Ich trau Ihnen nicht und habe Vorsichtsmaßnahmen getroffen.«

»Vorsichtsmaßnahmen?«, fragte Harry. »Und die wären?«

Die Aufmerksamkeit der beiden wurde zur Musikbox gelenkt. Drei junge weiße Mädchen hörten plötzlich auf miteinander zu tanzen und stürmten in Richtung Toilette. Der Rothaarigen schien schlecht zu sein, sie sah aus, als würde sie gleich kotzen. Harry beobachtete die Szene mit Abscheu. Das Mädchen hielt sich ein Taschentuch vor den Mund. Als sie an ihm vorbeirannte, wich Harry angeekelt zurück.

Denny wandte sich an Harry. »In Ihrer Nähe muss ich auf meinen Arsch aufpassen. Also hab ich mich abgesichert, Mann. Denny hat sich gut abgesichert.«

Harry schaute auf die Einkaufstüte, dann zu Denny. Er dachte eine Weile nach, dann nickte er.

»Du hältst mich hin«, sagte er. »Du hast mir nicht alle Bänder gebracht, stimmt's?«

»Ich will mal so sagen: Wenn Sie mich jetzt umbringen, sind Sie am Arsch. Sie haben fast alles, aber wie gesagt – Sie haben nicht alles bekommen. Es liegt bei Ihnen, ob ich die

Kneipe lebend verlasse oder nicht. Übrigens, auf einem der Bänder wird Ihr Name erwähnt. Wussten Sie das?«

»Tatsächlich? In welchem Zusammenhang, wenn ich fragen darf?«

Denny grinste. »Ich sag nur so viel: Irgendwann wollte man Sie am Arsch kriegen, weil eine Polizistin dran glauben musste. Sie hatten Glück, es fehlten die Beweise. Sie müssen sich das Band mal anhören. Unglaublich. Da fällt noch ein anderer Name, ganz wichtiger Mann. Alter Freund von Ihnen.«

Denny stand auf, die Sporttasche in einer Hand, den Rucksack in der anderen.

»Muss mal pissen«, sagte er. »Wir reden gleich weiter.«

Harry wies auf die Sporttasche. »Willst du mir die Tasche nicht so lange anvertrauen?«

Denny fasste sich an die Eier. »Eher vertraue ich Ihnen das an.«

»Zynisch, Denny, sehr zynisch.«

Er schaute Denny nach, der in der Toilette verschwand. Als die Tür hinter ihm zuschnappte, hörte er Dennys Stimme: »Ladies, wie wär's mit uns? Habt ihr schon mal Ex-Lax mit spanischer Fliege gemischt? Das bringt euch wahnsinnig auf Touren.«

Ein Mädchen sagte etwas, das Harry nicht verstehen konnte. Alle lachten, auch Denny.

Harry zog sein Handy und drückte die Wahlwiederholung. »Hör nur zu«, sagte er leise. »Sag nichts. Töte Rinko nicht. Ich wiederhole: töte ihn nicht. Er hat nicht alle Bänder gebracht. Der Klugscheißer denkt, er kann mich linken. Wenn er auftaucht, wirf ihn ins Taxi. Ich komme gleich. Wir werden ja sehen, wie cool er ist, wenn ich ihm das Rasiermesser an seinen aufgepeppten Schwanz halte.«

Er klappte das Handy zu und steckte es in die Jackentasche, als die drei Mädchen wieder aus der Toilette kamen. Die Rothaarige hielt sich immer noch das Taschentuch vor die Nase und musste von ihren Freundinnen gestützt werden. *Wieso trinkst du, wenn du nicht damit umgehen kannst?* dachte Harry. Typisch für die heutige Jugend, überhaupt kein Schamgefühl.

Nachdem die Mädchen gegangen waren, schaute er erneut auf die Toilettentür. *Komm raus, komm endlich raus.* Wenn Denny nicht bald erschien, würde Harry reingehen und ihn an den Mandeln rausziehen. Sie mussten reden. Harry wollte alle Bänder, noch heute Nacht, auch wenn er Denny bei lebendigem Leibe häuten musste.

Plötzlich senkte er den Kopf. *Nein,* dachte er. *Nein, nein, nein.*

Er zog das Handy und drückte die Wahlwiederholung.

Als er Hilton Prigos Stimme hörte, sagte Harry: »Er ist draußen. Wahrscheinlich geht er grade an dir vorbei.«

»Nein. Ich sehe niemand, auf den deine Beschreibung passt. Ein paar schrille Bräute kommen raus und steigen in ein Taxi. Jetzt gehen andere Frauen und Männer in den Laden. Keine Bange, dein Junge geht mir nicht durch die Lappen.«

Harry stand auf. »Er ist uns entwischt. Bleib, wo du bist. Ich melde mich gleich wieder.«

Er stieß die Tür zur Toilette auf. Eine üppige Blondine mit vorgeschobener Unterlippe über einem vorspringenden Kinn stand vor einem verdreckten Spiegel und verteilte Haarspray auf ihrer dünnen Ponyfrisur.

»Wohin ist er gegangen?«

»Wohin ist wer gegangen?«

»Denny Rinko. Er war grade mit Ihren Freundinnen hier drin. Er hat sich als Frau verkleidet hier rausgeschlichen.«

»Sie gehen besser. Und zwar gleich.«

Harry trat auf sie zu.

Sie fuhr fort, an ihrer Frisur herumzuzupfen, ohne die Augen vom Spiegel zu wenden. Harry stellte fest, dass sie keine Angst vor ihm hatte. Im Gegenteil: Die Begegnung schien ihr Spaß zu machen.

»Bleiben Sie stehen!«, sagte sie.

Etwas in ihrer Stimme ließ Harry gehorchen.

»Ich weiß alles über Sie«, fuhr sie fort. »Sie sind ein Cop und haben vor kurzem drei Menschen erschossen. Außerdem sind Sie im Besitz von gestohlenem Material aus dem Polizeipräsidium. Sie können sich also keinen Rummel leisten. Ihr armseliges Leben ist ganz schön durcheinander geraten.«

Harry erstarrte. Unfasslich. Harry Earles, reingelegt von drei pickligen Schulmädchen und einem Hosenscheißer mit verfaulten Zähnen, der es mit Minderjährigen trieb. Harry Earles stand in einem stinkenden Pissoir und ließ sich von einer Schlampe mit lackierten Haaren herumkommandieren.

Die Blondine schaute auf ihre Armbanduhr. »Sie haben zehn Sekunden, um Ihren Arsch zu bewegen.« Sie wies mit dem Daumen zur Tür. »In diese Richtung.«

Harry sah den Rucksack auf dem Boden, daneben Dennys zerrissene Jeans, T-Shirt und das karierte Hemd.

»Sagen Sie mir, wohin er gegangen ist, oder Sie werden es bereuen.«

Die Blondine schrie. Sie schrie weiter, ohne aufzuhören, an ihrer Frisur herumzufummeln.

Harry suchte entsetzt das Weite.

34

Der erste Trumpf

Lieutenant Carlo Fargnoli stand mit bekümmerter Miene in der Tür seines Büros und wartete auf Ross Magellan.

»Wir müssen miteinander reden.«

»Danke, dass Sie sich Zeit für mich nehmen, Loo.«

Ross warf einen Blick auf die Uhr. Halb acht. Wenn man so früh zum Dienst erscheinen musste, bedeutete dies entweder, dass einem gehörig der Kopf gewaschen wurde, oder dass die Jagd auf einen Cop-Killer auf dem Programm stand.

Nicht so heute Morgen. Dies war rein persönlich. Ross wollte mit Fargnoli über Harry reden und zwar ohne Zeugen. Sie wollte Harry nicht länger als Gespenst haben. Und sie wollte ihn unter Mordverdacht stellen.

Bekäme jemand Wind von diesem Gespräch, wäre Ross als Cop erledigt. Das gesamte Revier würde Ross den Krieg erklären. Man würde ihr die Reifen aufschlitzen, den Spind aufbrechen, ihre Personalakte fälschen. Kein Cop würde mit ihr arbeiten wollen, weil keiner ihr mehr über den Weg traute. Im Einsatz würde ihr keiner Feuerschutz geben. Ihr Ruf nach Verstärkung bliebe ungehört, egal, in welcher Gefahr sie schwebte. Es gäbe keinen Schlupfwinkel für sie. Eine Versetzung würde ihr nichts nützen. Wo immer Ross auftauchte, wäre sie als Ratte gebrandmarkt, die einem Kollegen was anhängen, ihn um den Job bringen wollte.

Deshalb musste sie mit Fargnoli unter vier Augen reden.

Fargnoli schloss die Tür und wies auf einen Stuhl vor seinem Schreibtisch. Und da begriff Ross, dass Fargnoli reden wollte, nicht zuhören. Er wollte Ross etwas sagen, und instinktiv ahnte sie, dass es ihr nicht gefallen würde.

Er setzte sich hinter den Schreibtisch, rieb sich die Augen und griff nach einem Kaffeebecher, hielt ihn ein paar Sekunden in der Hand und starrte hinein.

»Ich habe grade mit Harry gesprochen«, begann er.

Ross spürte ein leichtes Schwindelgefühl. Sie schloss die Augen, bis es vorbei war.

Fargnoli zog den Becher zu sich. »Sie sind ein guter Cop, aber auch gute Cops haben Probleme. Vor allem verdeckte Ermittler. Der Job fordert einen vierundzwanzig Stunden, sieben Tage die Woche. Das geht jedem an die Nieren.«

»Haben Sie mit Harry darüber gesprochen? Über den Stress, den ich in meinem Job habe?«

»Er sagt, Sie hätten durchblicken lassen, Sie wollten sich umbringen.«

Ross wandte den Blick ab. »Er lügt.«

Dafür würde Harry bezahlen müssen.

Fargnoli lehnte sich zurück. »Verdeckte Ermittler behalten Dinge für sich, das wissen wir alle. Harry meint, Sie gehen zu weit. Er hält Sie für eine Geheimniskrämerin.«

»Ich mache nur meinen Job, Loo, das wissen Sie.«

»Ross, ich habe kein Problem mit Ihnen. Aber ich will offen sein. Denken Sie an die Sache mit Graciella.«

»Was ist damit?«

»Sie sind in die Falle getappt, ohne Rückendeckung. Was, zum Teufel, glauben Sie, wie ich mich dabei fühle? Man hat mir Fragen gestellt. Ob ich nicht auf meine Leute aufpasse, oder was? Sie können sich nicht vorstellen, wie ich solche Fragen hasse.«

»Loo, ich …«

»Harry sagt, Sie haben einen direkten Befehl missachtet.«

»Ich habe *was*?«

»Er berichtete mir, Sie hatten Anweisung, nicht in das Café zu gehen. Sie haben nicht zugehört und sind einfach losmarschiert.«

Genau wie bei den anderen Ermittlerinnen. Harry sagt, ich habe nicht auf Daddy gehört. Böses Mädchen. Böses, böses Mädchen.

»Zugegeben, Sie sind ein Star«, fuhr Fargnoli fort. »Aber Harry ist Ihr Sergeant, er leitet das Team. So schwer es Ihnen auch fällt, das zu akzeptieren, er *ist* der Boss. Also: Haben Sie auf eigene Faust gehandelt oder nicht?«

Ross verdrehte die Augen. Die erste Runde ging an Harry; er war ein Meister darin, seinen Feinden stets einen Schritt voraus zu sein. In einem Präventivschlag hatte er sich Fargnoli geschnappt und Ross als Fall für den Psychiater am Rande eines Nervenzusammenbruchs hingestellt. Eine Karrieresüchtige, die sich über Polizeivorschriften hinweggesetzt hat und beinahe getötet worden wäre. Völliger Unsinn. Tatsache aber blieb, dass Harry ihr zuvorgekommen war. Ein kluger Schachzug, mit dem er Ross in die Defensive drängte.

»Ich habe Ihnen berichtet, was abgelaufen ist«, entgegnete Ross. »Sie ließen mir eine Nachricht von einer Informantin zukommen, die ich aufsuchen wollte. Seit wann brauche ich dafür Rückendeckung? Wie sich herausstellte, wurde ich reingelegt.«

»Von wem?«

Harry.

»Von jemand, der Graciella kannte und mich töten wollte. Von einem Dreckskerl, der dafür sorgte, dass ich mich mit Graciella zur gleichen Zeit am gleichen Ort aufhalte.«

»Kennen wir diesen jemand?«

Harry.

»Ich arbeite daran«, sagte Ross.

Fargnoli klopfte mit dem Brieföffner gegen den Kaffeebecher. »Halten Sie mich auf dem Laufenden.«

»Natürlich.«

»Harry erwähnte Ihr privates Umfeld. Er denkt, der Druck, unter dem Sie stehen, könne auch aus dieser Richtung kommen.«

Ross beugte sich vor. »Sagen Sie Harry, er soll seine verdammte Nase nicht in mein Privatleben stecken.«

Fargnoli hob abwehrend die Hand. »Sie gehen wegen einer Nichtigkeit hoch.«

»Nichtigkeit? Der Kerl übt Psychoterror auf mich aus. Und Sie reden von *Nichtigkeit*?«

»Hören Sie, er mag Sie. Er hat Sie sogar sehr gern. Er findet, ihr gebt ein fabelhaftes Team ab. Kein Zweifel, ihr beide schafft es. Wir sind nahe dran, Lou Angelo festzunageln. Wenn wir ihn schnappen, haben wir auch Reiner. Harry sagt, Sie haben Angelo am Haken.«

»Aber ...«

»Nichts aber. Sie haben Reiner drangekriegt, das gibt auch Harry zu. Aber er hatte auch das Gefühl, er müsse mir sagen, was andere Cops über Sie reden.«

Ross ballte die Fäuste. »Das wäre?«

»Er sagt, ein paar Kollegen halten Sie für eine Opportunistin.«

»Eine *was*?«

»Das sagt jedenfalls Harry. Sie hätten den Ruf, krankhaft ehrgeizig zu sein und jede Situation für Ihre Karriere zu nutzen.«

Ross beobachtete Fargnoli scharf. »Und Sie glauben das?«

»Harry ist einer meiner Beamten und schon lange in diesem Job. Ich respektiere ihn, höre ihm zu. Noch dazu, wenn es um die Arbeitsweise meiner Leute geht. Er sagt, Ihr Ruf als Star hindert die Kollegen daran, viel über Sie zu lästern.«

»Mein *Ruf* hat Harry nicht davon abgehalten, mich in die Pfanne zu hauen.«

»Er sagt auch, ein paar Kollegen halten Sie für eine pathologische Lügnerin. Bis jetzt habe ihn das nicht gestört.«

»Bist jetzt?«

»Er sagt, Sie reden schlecht über ihn. Sie sollen behauptet haben, er bringt verdeckte Ermittler in lebensbedrohliche Situationen. Sie sind eigenmächtig in das Café gegangen. Heißt das, Sie zweifeln an Harrys Urteilsfähigkeit?«

Ross blickte aus dem Fenster auf den Christopher Park. Connie hatte Recht. Harry isolierte sie. Er machte sie wütend, und er machte ihr Angst. Große Angst.

Fargnoli hob die Hände. »Hören Sie, vielleicht ist es mein Fehler. Ihre Arbeitsweise kommt gut an. Je mehr ich Sie fordere, desto erfolgreicher sind Sie. Aber vielleicht gibt es ein Kommunikationsproblem zwischen Ihnen und Harry.«

Er legte beide Hände um den Kaffeebecher. »Ich halte Sie nicht für einen Fall für den Psychiater. Wenn es so wäre, würde ich Sie rausschmeißen und mich einen Dreck um die Frauenquote scheren. Vielleicht ist das, was Harry zu Ohren kam, auch zum größten Teil Unsinn. Wir wissen beide, dass es Cops gibt, die Frauen nicht gern in diesem Job sehen.«

»Solchen Typen begegne ich gelegentlich.«

»Eine Frau wie Sie, mit Ihrem Auftreten und Ihrem Erfolg stellt einen männlichen Kollegen in den Schatten. Das können manche Typen nicht vertragen.«

»Ich weiß, aber diese Dummköpfe interessieren mich nicht. Gefährlicher sind andere.«

»Hören Sie, ich weiß selbst, dass es Eifersüchteleien gibt. Darauf gebe ich nichts. Niemand kann Sie bei mir in ein schlechtes Licht rücken.«

Ross wandte den Blick vom Fenster. »Harry tut es.«

»Er sagt nur, was wir alle wissen. Sie arbeiten seit Monaten ohne einen freien Tag. Das wissen Sie selbst.«

Fargnoli fuhr sich mit der Hand durch seinen Bürstenhaarschnitt. »Sie sehen müde aus. Wenn das eine sexistische Bemerkung ist – oder wie immer man das heute nennt – dann können Sie mich ruhig verklagen.«

»Machen Sie sich nicht lächerlich.«

»Ich kenne keinen verdeckten Ermittler, der nicht paranoid wird – und das aus gutem Grund. Ständig werden Cops umgelegt, und man bekommt zu hören, dafür werden wir bezahlt. Dieser Meinung bin ich nicht, aber erzählen Sie das mal einem braven Steuerzahler. Lassen wir das. Ich habe für Harry und Sie was sehr Wichtiges. Wenn das erledigt ist, nehmen Sie sich ein paar Wochen frei. Große Sache. Größer als alles, woran ihr je gearbeitet habt.«

»Bevor wir von zusätzlichen Aufträgen reden, möchte ich etwas klarstellen. Ich will ein anderes Gespenst. Sofort. Jeden, nur nicht Harry.«

»Nichts zu machen«, seufzte Fargnoli. »Nicht bei diesem Auftrag. Und nicht im Fall Richter Reiner. Wir können später darüber reden, aber an diesen Fall wollen die Bosse Sie und Harry setzen. Absolute Priorität. Sie werden gleich sehen, warum. Ihr seid ein Spitzenteam. Das reißt man nicht auseinander.«

»Verzeihen Sie, aber was kann wichtiger sein, als Richter Reiner festzunageln?«

Fargnoli stand auf. »Harry ist nebenan.«

Ross drehte sich zur Seite. Ihr wurde übel.

»Ich lasse euch allein«, sagte Fargnoli. »Bereinigt eure Differenzen und haltet euch nicht zu lange damit auf. Danach reden wir über den neuen Auftrag. Normalerweise bearbeiten Sie nur eine Sache, doch das hier ist eine Ausnahme. In ein paar Tagen dürfte der Fall erledigt sein. Wenn Sie sich fragen, wer dahinter steckt: das Präsidium.«

Er öffnete die Tür zum Vorzimmer und bat Harry herein.

35

Gestatten Sie mir, Ihr Gedächtnis aufzufrischen

»Der Auftrag interessiert mich nicht. Ich pfeife darauf, was das Department sagt. Ich arbeite nie wieder mit Ihnen.«

»Man soll niemals nie sagen.«

Harry saß lächelnd an der Kante von Fargnolis Schreibtisch. »Dieser Auftrag wird Ihnen gefallen. Genau wie mir.«

Er weiß etwas, dachte Ross. *Und kann es nicht erwarten, darüber zu reden.*

Sie nahm sich vor, den Mund zu halten und zuzuhören, ihn zu behandeln wie einen Verbrecher: beobachten und abwarten.

»Sie sagten Ihrem Freund, ich spioniere Ihnen nach«, fuhr Harry fort.

Ross schwieg.

»Das stimmt nicht«, erklärte Harry. »Und ich war nie in Ihrer Wohnung. Sie sind überarbeitet und verlieren die Nerven. Daran geben Sie vermutlich mir die Schuld. Okay, verstehe. Aber Fargnoli hat Recht. Sie brauchen Urlaub. Sie sollten mal für eine Weile raus aus Manhattan. Verbringen Sie ein paar Wochen mit Helene und mir im Haus.«

Ross verdrehte die Augen zur Zimmerdecke.

»Na, wie wär's?«, fuhr Harry fort. »Ich gehe Anfang des Jahres nach Italien. Erinnern Sie sich, wie gern ich in der Nähe großer Opernhäuser leben würde? Bald ist es soweit. Sie und ich könnten rüberfliegen und das Haus für Helene vorbereiten.«

Ross platzte der Kragen. »Sie haben Ihren verdammten Verstand verloren!«

Harrys grüne Augen bohrten sich in die ihren. »Sie bedeuten mir viel. Beruflich, meine ich. Seit ich mit Ihnen zusammenarbeite, ist es mit meiner Karriere steil nach oben gegangen. Und jetzt verbessere ich mich noch mal.«

»Beruflich oder anderweitig bin ich an nichts interessiert, was Sie mir zu bieten haben. Wir sind kein Team mehr. Ich will nicht länger Rückendeckung von Ihnen. Ich weiß alles über Sie.«

»Tatsächlich? Und was wissen Sie?«

»Ich weiß von den anderen.«

Harry verschränkte die Arme vor der Brust. »Die anderen? Wovon reden Sie eigentlich?«

»Sie sollten verdeckte Ermittlerinnen beschützen, haben es jedoch nicht getan. Soll ich weiterreden?«

»Mal sehen, ob ich Sie richtig verstehe. Sie machen mich dafür verantwortlich, wenn Cops Selbstmord begehen oder wegen Leichtsinns und Unprofessionalität in Schwierigkeiten geraten. Das sind Vorkommnisse, die sich meinem Einfluss entziehen, ob Sie es glauben oder nicht. Sie sind verärgert, aber so weit sollten Sie nicht gehen. Ihren Partner beschuldigen, meine ich. Sie haben Probleme, glauben Sie mir. Es gibt keinen einzigen Cop in diesem Haus, der nicht der Meinung ist, Sie verlieren den Verstand. Ich an Ihrer Stelle würde die Theorie ›Harry ist der Mörder‹ ganz schnell vergessen.«

»Ich soll vergessen, dass Sie zwei Cops getötet haben und Gott weiß, wen sonst noch? Ich denke nicht daran.«

»Mann, waren wir aber fleißig. Telefonate mit meinen früheren Partnern, Zugang zu meinen Computerdateien, alte Zeitungen durchstöbern... Sie haben Ihre Hirngespinste sogar der Witwe Linder erzählt, die viel zu alt ist, um irgendwo rumzuschnüffeln. Aber alte Gewohnheiten wird man eben nicht so leicht los.«

Harry hob den Zeigefinger. »Pavlides kann ich ja verstehen. Er ist verliebt in Sie und redet Ihnen nach dem Mund. Aber Leute wie Mrs. Linder müssten es besser wissen. Im Grunde genommen sollte ich mich geschmeichelt fühlen. So viel Aufhebens um meine Wenigkeit.«

»Wir sind fertig miteinander, Harry. Ich habe erlebt, was mit Frauen geschieht, die Ihnen den Rücken kehren.«

»Ich hab mal über die Macht geheimen Wissens gesprochen. Sehr wertvoll. Gestatten Sie mir, Ihr Gedächtnis aufzufrischen.«

Er warf sich eine Cashewnuss in den Mund und schaute zum Fenstersims, das in der Morgensonne orangerot leuchtete. Seine Stimme war weich. Einschmeichelnd.

»Ross Magellan. Wirklicher Name: Rosalinda Iris Secora Moniz. Älteste von zwei Töchtern einer wohlhabenden kubanisch-amerikanischen Familie. Vater Besitzer eines gutgehenden Fischrestaurants in Long Island mit einem Jahresumsatz in Millionenhöhe. Beide Eltern bereits verstorben. Nächste lebende Verwandte: eine Schwester, Francesca, genannt Chessy. Die Mutter kam bei einem Unfall während eines Urlaubsaufenthalts in Palm Beach ums Leben. Eine siebenundachtzigjährige Frau erlitt am Steuer ihres Wagens einen Herzinfarkt. Der Wagen geriet außer Kontrolle, raste auf den

Bürgersteig und schleifte die Mutter hundert Meter mit sich. Der Tod des Vaters bedarf weiterer Erklärung, mehr dazu später.

Chessy ist in einem Sanatorium für geistig Behinderte in Long Island untergebracht. Das bringt uns zu Daddy und seinem Selbstmord. Seinem angeblichen Selbstmord, besser gesagt. Allem Anschein nach belästigte er Chessy sexuell und erschoss sich, von Schuldgefühlen geplagt. Das ist die offizielle Version. Harry sieht das anders, er glaubt, Chessy hat Daddy erschossen, und Rosalinda hat den Mord vertuscht, damit Schwesterchen nicht ins Gefängnis wandert. Deshalb genießt Chessy heute ein angenehmes Leben mit Kabelfernsehen, Singvögeln auf der Fensterbank und Krankenschwestern, die sich die Hände maniküren. Die gute Chessy wird häufig von ihrer großen Schwester Rosalinda besucht, die mit ihr durch den Wald reitet. Wie ich höre, soll Chessy bald entlassen werden, vielleicht schon nächstes Jahr. Natürlich nicht, wenn ihr eine Anklage wegen Mordes droht. Dann würde Chessy nämlich völlig überschnappen.

Harry denkt weiterhin, Rosalinda Moniz hat ihren Namen geändert, um endgültig mit ihrem abartig veranlagten Vater zu brechen. Deshalb heißt sie Ross Magellan. Man beachte – Ross, nicht Roz. Klarer Bruch, nur die Initialen werden beibehalten. Hat was mit Polizeischulung zu tun, vermute ich. Egal, reden wir über Chessy. Harry denkt, wenn Rosalinda nicht aufhört, in Harrys Leben rumzuschnüffeln, wird er dafür sorgen, dass die kleine Schwester eine Mordanklage an den Hals kriegt.

Und da wir beim Thema Mord sind, reden wir kurz von Ross' verstorbenem, wenig betrauertem Ehemann Alan. Gutaussehend, Frauenliebling, hervorragender Tänzer. Liebte Tango, unser Alan. Er hatte einen winzigen Fehler. Er war spielsüchtig und schaffte es, an die zwanzig Millionen Dollar zu verlieren – das Geld anderer Leute. Wirft kein gutes Licht auf unser Bankensystem, wenn ein Mann mit seinem Kreditrahmen an so riesige Darlehen kommt. Er meldete mehrmals Konkurs an, benutzte verschiedene Decknamen, Scheinfirmen, borgte Geld von Freunden – alles nur, um am Spieltisch das große Geld zu machen. Der vollendete Hochstapler. Er schaffte es sogar, Ihnen hunderttausend Dollar für eine ›Investition‹ abzuknöpfen. Warten Sie eigentlich immer noch darauf, dass Sie je einen Cent von der Kohle wiedersehen?

Man hätte Alan warnen müssen. Die Kerle im Süden sind harte Burschen. Vor allem, wenn sie einen Falschspieler erwischen. Wie wurde er erledigt? Mit einer Schrotflinte? Hat hinterher wohl nicht mehr so gut ausgesehen. Tja, so ist das Leben.

Jedenfalls: Alan gibt's nicht mehr. Ihre Eltern sind tot. Bleibt also nur Chessy als nächste Verwandte. Ob sie einen Prozess durchsteht? Wissen Sie, dass es bei Mord keine Verjährung gibt? Dafür wird man auch nach zwanzig, dreißig Jahren noch belangt. Lohnt sich, darüber nachzudenken.«

Harry rutschte von Fargnolis Schreibtisch. »Ich will diesen Auftrag. Er entschädigt mich für harte Zeiten. Und Sie, Detective Magellan, werden den Fall mit mir bearbeiten.«

Fargnoli betrat das Büro.

Harrys Lippen formten zwei Worte für Ross. *Ihr Anruf.*

Fargnoli ging hinter seinen Schreibtisch, setzte sich aber nicht sofort. Stattdessen schaute er Harry sekundenlang an.

Dann sagte er: »Alles klar?«

Harry grinste. »Alles in Butter. Sämtliche Missverständnisse sind beseitigt.«

Fargnoli wandte sich an Ross.

Sie ließ den Kopf hängen und nickte.

Fargnoli gestattete sich ein Lächeln. »Ist das nicht ein großartiges Land? Okay, Leute, hört zu.«

Noch im Stehen schlug er eine Akte auf seinem Schreibtisch auf. »Über das hier wird nicht geredet, kein Wort. Ihr redet nicht im Schlaf, ihr redet nicht mit den Bäumen, ihr redet mit niemandem darüber. Das hier kommt von ganz oben. Vom Präsidium, falls ihr das vergessen habt.«

Fargnoli setzte sich. »Aus dem Präsidium sind Unterlagen über mitgeschnittene Telefonate verschwunden. Wir reden hier von politischem Dynamit. Diese Mitschnitte sind illegal, weil wir im NYPD unerlaubte Lauschangriffe vorgenommen haben. Lassen Sie mich das erklären.«

Er klopfte auf die Akte. »Hier ist das Problem beschrieben, mit dem wir es zu tun haben. Wenn ich damit fertig bin, lauten meine Befehle, jeden Zettel in dieser Akte zu verbrennen und die Asche die Toilette hinunterzuspülen. Was euch beide betrifft, wird nichts zu Papier gebracht. Nichts von mir an Sie. Nichts von Ihnen an mich. Dieses Gespräch hat nie stattgefunden.«

Er lehnte sich zurück und verschränkte die Hände hinter dem Kopf. »Zwei Menschen wurden wegen dieser Mitschnitte umgebracht. Das sind zwei Morde in weniger als vierundzwanzig Stunden. Man muss kein Mathematiker sein, um sich auszurechnen, dass noch mehr Leute dran glauben müssen, wenn wir diese Aufzeichnungen nicht bald zurückbekommen. Das heißt also gestern.«

Er schaute zur Zimmerdecke. »Wieso ausgerechnet ich, Herr?«

Er fixierte Ross und Harry. »Wenn ihr zwei das nicht schafft, stehen wir bis zum Hals in der Scheiße, die Medien werden uns zerreißen und dann das Präsidium. Ein paar gestohlene Bänder sind legal, also harmlos. Es sind die illegalen Bänder, die manchen um Kopf und Kragen bringen können. Es gibt Gerichtsbeschlüsse, bevor wir eine Abhöraktion starten. Also legen wir los. Wenn nötig, beantragen wir eine neuerliche richterliche Verfügung. Was haben wir falsch gemacht? Wir haben das ›erlaubte Mindestmaß‹ nicht beachtet. Das war unser verdammter Fehler. Das wurde missachtet, und die Kacke ist am Dampfen. Jetzt seid ihr dran.«

Ross wollte nach ihrem Notizbuch greifen. Dann erinnerte sie sich: Nichts Schriftliches.

›Erlaubtes Mindestmaß‹ bei einem Lauschangriff bedeutete: Wenn das Gespräch eines Verdächtigen abgehört wird und er sagt etwas, das nichts mit seinem Fall zu tun hat, muss das Gerät ausgeschaltet werden. Und zwar sofort. Aufzeichnungen, die nicht mit der richterlichen Verfügung eines Falles übereinstimmen, sind illegal und dürfen nicht abgehört werden. Illegale Lauschangriffe haben ganze Ermittlungen gefährdet und dazu geführt, dass Richter, Medien und Bürgerrechtler einen Vorwand hatten, auf Polizisten einzudreschen.

Ross holte einen Kaugummi aus der Tasche. Bis zum Hals in der Scheiße, das war genau die richtige Bezeichnung.

Fargnoli beugte sich vor. »Ich erwähnte, dass zwei Leute erschossen wurden. Beide waren Informanten. Jemand hat ihre Namen auf den Bändern gehört und ihnen einen Besuch abgestattet. Es war auch die Rede von Erpressung. Es geht uns nichts an, wenn ein Typ schwul ist oder eine Frau fremdgeht, oder ein Stadtrat ein Nummernkonto auf den Bahamas hat. Wir hatten keine richterliche Verfügung, diese Gespräche abzuhören. Deshalb ist diese Information wertlos. Aber nicht für den, der die Bänder geklaut hat. Der Dieb sitzt auf einer Goldmine.«

Er fuhr sich wieder durch das grau melierte Bürstenhaar. »Ihr beiden stellt die Bänder sicher, oder wir sind alle tot. Und ihr beschafft sie, bevor ein Politiker, ein Richter oder die liberale Presse Wind davon bekommt.«

Er wandte sich an Harry. »Ich möchte mit Ross alleine sprechen.«

Ross beobachtete Harry auf dem Weg ins Vorzimmer. Sein Grinsen sagte ihr, dass er wusste, was jetzt kommen würde. Sie verspürte einen stechenden Schmerz in den Schläfen.

Als die Tür hinter Harry zuklappte, sagte Fargnoli: »Connie Pavlides steht im Verdacht, die Bänder entwendet zu haben.«

Ross sah ihn ungläubig an. »Soll das ein Witz sein?«

»Ich wünschte, es wäre so. Das Department will Sie auf ihn ansetzen, wie bei einer verdeckten Ermittlung. Es mag sich zynisch anhören, aber ich habe keine andere Wahl. Sie gewinnen Connies Vertrauen und tun, was getan werden muss.«

Tun, was getan werden muss. Connie hinhängen.

Ross schüttelte den Kopf. »Nichts zu machen. Nehmen Sie einen anderen. Ich stoße Connie nicht das Messer in den Rücken. Sie haben kein Recht, mich in eine solche Situation zu bringen.«

»Sie haben sich selbst in diese Situation gebracht an dem Tag, als Sie zur Polizei gingen. Ich tu so, als hätte ich Ihren Einwand nicht gehört, sonst müsste ich Ihnen Ihre Dienstmarke abnehmen. Das Department ist kein demokratischer Verein, sondern eine militärische Organisation, und das bedeutet, eine Kette von Befehlen. Man führt Befehle aus oder sucht sich einen anderen Job. Dazwischen gibt es nichts. Und das hat nichts mit Mann oder Frau zu tun. Ein Cop führt Befehle aus. Sie sind ein guter Cop, und deshalb will ich von Ihnen keinen Unsinn hören. Die Leute, die den Auftrag an mich weitergeleitet haben, denken wie ich.«

Er legte beide Hände auf den Schreibtisch. »Sie haben einen Diensteid geleistet. Entweder Sie halten sich daran oder nicht. Ist es richtig, von Ihnen zu verlangen, Ihren Freund hinter seinem Rücken zu bespitzeln? Nein, es ist nicht richtig. Aber erwarten Sie kein Mitleid, denn NYPD und eine Milliarde Chinesen interessieren sich einen Dreck dafür. Hier geht es um Leute in hohen Positionen. Die sind dem Präsidium wichtig, nicht Ross Magellan.«

Seine Stimme wurde weich. »Es könnte schlimmer sein. Wenn Sie Ihre Marke abgeben, übernimmt ein anderer den Auftrag, und dann ist Connie viel schlechter dran. Vielleicht können Sie ihm sogar was Gutes tun. Keine Ahnung, wie. Ich sag's nur mal so.«

Denn wer zum Schwert greift, wird durch das Schwert umkommen.

Ross hatte Mühe, ihre Stimme wiederzufinden. »Wie ... ich meine ... was bringt Connie mit den Bändern in Zusammenhang?«

»Der Hauptverdächtige ist ein Computerfreak aus Connies Sicherheitsfirma: Denny Rinko. Connie wird verdächtigt, ihn dazu angestiftet zu haben.«

Sie schloss die Augen. Harry hatte gewusst, dass Connie in der Klemme saß und sie ihn bespitzeln musste.

Hatte Harry ihn reingelegt?

36

Zurückhaltung

Im Wohnzimmer seines Apartments in Brooklyn Heights mit Blick auf die Brooklyn Bridge ging Connie Pavlides mit einem schwarzen Müllsack aus Plastik auf Ross zu.

»Du musst also weiter mit Harry arbeiten.« Er wirkte zerstreut, irgendwie besorgt.

»Was ist los?«, erkundigte sich Ross.

Er setzte sich neben sie auf die Couch und warf den Müllsack auf den Boden.

»Nichts, womit ich nicht fertig werde«, sagte er und tätschelte ihr Knie. »Tut mir Leid, dass es schlecht für dich gelaufen ist. Ich weiß, wie gern du den Kerl loswärst.«

»Das Department ist wegen dieser geklauten Bänder in einer prekären Situation, da zählen meine Wünsche nicht. Es kommt nur darauf an, die Bänder so schnell wie möglich wieder zu beschaffen. Harry und ich sind darauf angesetzt, also hab ich ihn vorerst weiterhin am Hals.«

Sie hatten chinesisches Essen bestellt und zwei Flaschen Merlot. Ross ließ ein Stück ihrer Frühlingsrolle liegen, knabberte ein paar Sojasprossen und stocherte im gebratenen Reis. Auch Connie aß ohne rechten Appetit.

Zunächst vermutete sie, er wisse, dass sie auf ihn angesetzt war. Doch als er die Bänder nicht wieder erwähnte, kam Ross zu dem Schluss, dass ihn etwas anderes bedrückte.

Sie goss sich ein Glas Wein ein und erzählte Connie von ihrer morgendlichen Unterredung mit Fargnoli. Über die gestohlenen Bänder und Harrys Drohung, Chessy wegen Mordes anzuklagen, falls Ross nicht weiter mit ihm arbeitete.

Was hatte sie zurückgehalten?

Sie hatte Connie verschwiegen, dass er verdächtigt wurde, die Bänder gestohlen zu haben. Und sie verschwieg, dass sie auf ihn angesetzt war, um ihn auszuhorchen. Wie lange konnte sie das durchhalten? Sie hatte keinen blassen Schimmer. Sie wusste nur, dass sie Connie nicht verlieren wollte.

Connie nahm sich ein Schweinerippchen. »Merkwürdig,

euch beiden diesen Auftrag zu geben. Ihr steckt doch mitten in einer anderen wichtigen Ermittlung. Wenn die Überführung eines korrupten obersten Richters nicht Priorität hat, was dann?«

Mit Stäbchen balancierte Ross ein paar Erbsen zum Mund. Connie war ein guter Cop. Zu gut, um das Naheliegende zu übersehen.

»Harry und ich arbeiten verdeckt. Wir ermitteln gegen verdächtige Kolumbianer, Russen, Chinesen, Italiener. Leute mit schwebenden Verfahren, die daran interessiert sind, Informanten und Zeugen aufzuspüren, die gegen sie aussagen. Die zahlen ein Vermögen, um an die Bänder zu kommen.«

»Wer immer sie geklaut hat, bringt es über Nacht zum Millionär.«

»So großes Geld hinterlässt Spuren. Wer weiß, wohin die führen.«

Connie knabberte an dem Rippchen. »Wie willst du mit Harry verfahren?«

»Ich lasse nicht zu, dass er Chessy vor Gericht bringt, das ist sicher. Wenn ihr Fall wieder aufgerollt wird, droht ihr eine Gefängnisstrafe. Das überlebt sie nicht.«

»Der Kerl kann das Schnüffeln nicht lassen. Wenn ihr euch das nächste Mal trefft, geht deine Kanone vielleicht los.«

»Chessy muss im Sanatorium bleiben. Aber versuch mal, das einem Geschworenen klar zu machen.«

»Du weißt, was über unser Rechtssystem gesagt wird. Dein Schicksal liegt in der Hand von zwölf Leuten, die zu blöd sind, sich der Geschworenenpflicht zu entziehen.«

»Und ob ich das weiß.«

Sie legte die Stäbchen beiseite. »Du bist dran.«

»Ich?«

»Der Müllsack – was ist damit?«

Connie legte den abgenagten Knochen auf den Pappteller und wischte sich die Finger an einer Serviette ab. Aus dem Müllsack holte er zwei Videokassetten heraus und legte sie Ross in den Schoß.

»Wenn du dich übergeben musst, dreh den Kopf zur anderen Seite«, ermahnte er sie.

Ross nahm eine Kassette in die Hand. »O mein Gott.«

Connie griff wieder in den Sack. »Es kommt noch schlimmer.«

Ross hielt ein Kinderporno-Video in der Hand. Neben ihr holte Connie weiteres Pornomaterial aus dem Sack – Videos, Magazine, Rundschreiben, Listen von Agenturen und Webseiten für Pädophilie. Fotos von Erwachsenen, die es mit Kindern trieben.

Ross hob die Hände und wandte sich ab. »Mir wird tatsächlich schlecht. Wie kommst du an das Zeug?«

»Schau genauer hin. Auf manchen steht mein Name.«

»Wovon redest du?«

»Ich stehe auf Adressenlisten und Webseiten, die alle mit Kinderpornos zu tun haben. Es laufen Dutzende Abonnements unter meinem Namen auf Pornomagazine, einschlägige Buchclubs und, und, und. Ich habe solchen Schweinekram nie bestellt. So was würde ich nicht mit der Kneifzange anfassen.«

»Wer kann dir so etwas antun?«

»Ich tippe auf Denny Rinko. Er hasst mich wie die Pest und hat Zugang zu meinem Computer. Ich habe sein Liebesleben versaut, erinnerst du dich?«

Ross nahm Connies Hand. »Wie haben sie in der Firma darauf reagiert?«

»Ich will mal so sagen, man hat mir ein paar Fragen gestellt. Tom, mein Boss, ist cool. Wir kennen uns seit fünfzehn Jahren. Er weiß, dass ich mit so was nichts am Hut habe. Aber es hat sich bereits bei ein paar Kunden und deren Ehefrauen rumgesprochen. Mir wurden Aufträge entzogen, angeblich nur vorübergehend, aber du weißt, wie so was läuft. Ich sagte Tom, ich möchte Urlaub, um die Sache zu bereinigen. Kein Problem. Er zahlt mir das volle Gehalt weiter, vorläufig jedenfalls. Wenn ich etwas brauche, soll ich zu ihm kommen.«

Er griff nach seinem Weinglas. »Wenn ich in diesem Job meinen Ruf verliere, kann ich einpacken. Ein paar Leute stehen hinter mir. Andere werden sagen, sie wussten von Anfang an, dass ich's mit kleinen Jungs treibe. Ich muss Denny

Rinko finden, und dann geht's zur Sache. Er hat mir einiges zu erklären.«

»Könnte mehr daran sein als Dennys Rache?«

»Wer weiß? Jedenfalls wurde das eingefädelt, um mich zu vernichten. Denny ist nicht so durchtrieben. Ich finde ihn, glaub mir, und dann wird er reden.«

Ross schüttelte angewidert den Kopf. »Connie, das ist an Niedertracht nicht zu überbieten. Wer auch immer die Fäden zieht, er ist ein krankes Schwein.«

»Ich hab mich ein wenig umgehört. Eine Videofirma, ein Verlag und eine Webseite sagen alle das Gleiche. Meine Adresse kam per E-Mail. Das Interessante daran: Alle Bestellungen gingen am gleichen Tag ein.«

»Wenn ich was tun kann, sag es mir.«

»Ich hab Denny im East Village gesucht. Er war zwei Tage nicht zu Hause. Ich hab in Nachtclubs, Bars, Internet-Cafés und Schachclubs nachgefragt. Nichts. Kein Mensch hat ihn gesehen. Eins hab ich rausgefunden. Ich bin nicht der Einzige, der nach ihm sucht. Noch jemand hat nach ihm gefragt: Ein Albino, kräftiger Kerl mit rosa Augen, hat sich ebenfalls nach ihm erkundigt.«

»Albino? Rosa Augen? Wer kann das sein?«

»Keine Ahnung.« Connie schnippte mit den Fingern. »Du solltest mit Denny über die gestohlenen Bänder reden. Er hat mehrere Stunden in der Woche im Präsidium zu tun. Für ihn wäre es ein Leichtes, dort was mitgehen zu lassen. Ich frage mich, ob sein Versteckspiel etwas mit diesen fehlenden Bändern zu tun hat.«

»Was soll er damit anfangen?«, fragte Ross. »Der Dieb kennt ihren Wert. Ehrlich gestanden, halte ich Denny nicht für besonders schlau.«

»Das ist er auch nicht. Wenn er sie geklaut hat, dann hat er es im Auftrag getan.«

»Fragt sich nur, für wen.«

»Denny ist nicht wirklich kriminell. Nur ein Schwachkopf, der es mit Minderjährigen treibt.«

Connie legte den Arm um Ross. »Tut mir Leid, wenn ich dich mit meinem Kram nerve, du hast selbst genug um die

Ohren. Ich wünschte, ich könnte dir helfen, aber im Moment sitz ich in der Klemme …«

Ross legte ihm einen Finger an den Mund. »Schnapp dir Denny, und mach dir meinetwegen keine Sorgen. Ich krieg das in den Griff.«

»Ich würde Harry nicht unterschätzen. Er hat Freunde im Department.«

»Ich weiß.«

»Warum setzt du dich nicht mit Jackie Blue in Verbindung?«, schlug Connie vor. »Sag ihm, du willst möglichst schnell an Sanchez ran, da ihr das Gleiche wie Graciella blühen könnte. Du kannst Jackie Blue auch wegen der fehlenden Bänder aushorchen.«

Ross nickte. »Mach ich.«

»Würde Jackie Blue zugeben, ein Käufer zu sein?«

»Jackie ist mein Mann. Er gehört mir. Harry ist das Problem. Wenn ich mich mit Sanchez treffe, spioniert er mir nach.«

»Lenk ihn ab. Schick Harry auf eine falsche Fährte, bevor du mit Sanchez sprichst.«

»Klar. Aber Harry ist kein Dummkopf. Er ist gerissen. Eine linke Tour durchschaut er im Handumdrehen.«

»Unterschätz dich nicht. Du verhandelst mit den großen Fischen, nicht Harry. Verlass dich einfach auf deine Intuition.« Er zog Ross an sich und küsste ihr Haar. »Harry kann dich nicht schlagen. Nicht, wenn du deine Tricks ausspielst. Du steckst ihn locker in die Tasche.«

Ross klammerte sich an ihn. In ihrem ganzen Leben hatte sie sich nicht so elend gefühlt.

37

Kann heute nicht kommen

Um halb neun Uhr morgens ging Harry Earles in den Keller seines Hauses in Queens, öffnete den im Boden eingelassenen Safe und holte eine nicht registrierte 22er heraus, die er einem Kleinganoven in der U-Bahn abgenommen hatte. Die Kanone verschwand in der Tasche seines Bademantels.

Dann rief er Hilton Prigo über Handy an.

»Wie weit sind wir mit Denny?«

»Ich denke, ich hab was.«

»Lass hören.«

»Er ist immer noch im East Village.«

Das wunderte Harry nicht. Leute, die untertauchten, suchten immer Zuflucht in ihrer Umgebung, bei Familienangehörigen und Freunden. Es war menschlich, vertraute Dinge an vertrauten Orten finden zu wollen.

»Sonst noch was?«, fragte Harry.

»Ein Rausschmeißer in einem Nachtclub in der Amsterdam Avenue sagt, er habe Rinko Koks und Ecstasy verkauft. Rinko hat den Club um drei Uhr morgens mit einer jungen Weißen verlassen.«

»Eine Ausreißerin. Würde mich wundern, wenn sie älter als zwölf ist. Weiter.«

»Dann wurde er noch von einer alten Frau gesehen, die im Tompkins Square Park rumhängt. Rinko und das Mädchen haben am Nachmittag im Park Pizza gegessen und Bier getrunken. Er hat der Alten ein Bier spendiert.«

»Hilton, ich will den kleinen Schleimer, und ich will die restlichen Bänder. Er ist im East Village, bleib an ihm dran. Früher oder später macht er einen Fehler.«

Harry schaute auf die Uhr. »Melde dich alle zwei Stunden. Du hast meine Handynummer. Bleib im East Village, bis ich dir was anderes sage.«

»Wo sind Sie?«

Harry legte die Hand an die 22er. »Ich hab was zu erledigen. Am späten Nachmittag bin ich bei dir. Dann knöpfen wir uns den linken Vogel gemeinsam vor. Muss mich auch um Detective Magellan kümmern. Wenn mich nicht alles täuscht, will sie schnell an Jenn Sanchez ran.«

»Wieso?«

»Weil ich dafür gesorgt habe, dass sie ihren Freund bespitzeln muss. So was vergisst eine Frau wie sie nicht. Ich nehme an, sie nimmt Kontakt mit Jackie Blue auf. Ich beobachte ihn und lasse den Dingen ihren Lauf.«

»Jackie Blue. Dem würde ich zu gern eine Kugel in den Kopf jagen.«

»Alles zu seiner Zeit. Erst muss er mich zu Sanchez führen. Ich bin noch etwa eine Stunde zu Hause, bis die Pflegerin kommt. Ruf mich an, wenn du was hast. Wenn Rinko auftaucht, tu ihm nichts. Halt ihn fest, bis ich da bin. Ich will diese Bänder. Vermutlich hat er sie abgehört und denkt, er kann sie zu Geld machen.«

Er hat was über Harry gehört.

»Scheint eine geldgeile Ratte zu sein«, bemerkte Prigo.

»Keine Sorge. Seine Tage sind gezählt.«

Harry klappte das Handy zu. Er hatte Denny unterschätzt und sich von dem Wichser reinlegen lassen. Ein Fehler, den Harry korrigieren würde.

Er schloss den Safe. Seinen Gewinn an den Bändern schätzte er auf fünfzig Millionen Dollar. Damit lag er ziemlich gut. Interessenten meldeten sich von nah und fern. Einem großen Drogendealer blieb gar nichts anderes übrig, als zu kaufen. Wenn er nicht kaufte, tat es sein Konkurrent. Harry konnte nicht verlieren.

Es sei denn, er selbst war bespitzelt worden, und Denny mit der knallroten Perücke hatte alles auf Band.

Harry ging nach oben in die Küche, trank Orangensaft und Kaffee. Helene schlief noch im Wohnzimmer. Grenada kam erst in einer Stunde. Solange wollte er Helene schlafen lassen.

Er schaute sich in der Küche um. Ein paar Reparaturen waren nötig. Die Fliegengittertür. Ein neuer Küchenboden und ein neuer Abfalleimer waren fällig. Draußen gab es auch zu tun. Das Garagendach war undicht, die Veranda musste neu gefliest und der Grillplatz gesäubert werden. Harry hatte nicht gerne Fremde im Haus, deshalb war er ein ziemlich guter Heimwerker geworden. In letzter Zeit aber hatte Magellan viel von seiner Zeit beansprucht. Er war nicht mal dazu gekommen, einen Hammer anzusehen, geschweige denn, ihn zur Hand zu nehmen. Egal. Er war gern mit ihr zusammen. *Du Born all meiner Wonnen und all meines Grams.*

Harry schenkte sich Kaffee nach. Er hatte große Sehnsucht nach Magellan. Das dunkle Haar, die verführerischen Augen, der anmutige Gang, den nur Latinas hatten … Manchmal wirkte ihre bloße Gegenwart wie eine Droge auf ihn.

Und ihr praktischer Nutzen. Sie würde Harry zu Sanchez führen. Er schnippte mit den Fingern, als ihm einfiel, dass er sich um Marisa Durres kümmern wollte, jene Dame, die immer noch von diesem albanischen Gauner belästigt wurde, mit dem sie mal verheiratet war. Harry beabsichtigte, Mrs. Durres zu besuchen und sie zu überreden, ihre Story zu widerrufen. Sie sollte zugeben, es sei ein Fehler gewesen, Magellan zu sagen, sie sei Harry nie begegnet. Es war schließlich ein Vorrecht der Frauen, ihre Meinung zu ändern.

Er hob die Kaffeetasse zu einem Trinkspruch. *Auf Abhörbänder, die größte Erfindung seit der Löschtaste auf der Computertastatur.* Wollen Sie einen Gauner schnappen? Nichts leichter als das. Flüstern Sie ihm *Abhörbänder* ins Ohr, und er legt ein lückenloses Geständnis ab. Tonbänder hatten etwas Zuverlässiges, Absolutes an sich. Ganz zu schweigen von der Ironie, dass ein Verbrecher sich an seinen eigenen Worten erhängte.

Harry wusste um die Bedeutung von Lauschangriffen. Gegen die Drogenbanden waren Cops heute ziemlich machtlos. Vorbei die Tage, als eine Magellan ein paar Gramm bolivianischen Schnee kaufen konnte, ehe sie einen Multimillionen-Deal hochgehen ließ. Achtzig Prozent der Händler saßen außerhalb der Staaten, wickelten die Geschäfte aus ihrem Heimatland ab – Kolumbien, Mexiko, Russland, China, Bolivien und weiß Gott wo. Damit waren sie natürlich außer Reichweite amerikanischer Undercover-Operationen. Deshalb brauchte man Abhöranlagen, legal oder illegal.

Harry erwartete nicht, dass Bürgerrechtler das begriffen. Sobald etwas von illegalen Mitschnitten an die Öffentlichkeit durchsickerte, wäre NYPD völlig angeschissen. Wie so oft wäre das, was für Liberale einen Schritt in eine bessere Welt bedeutet, für die Polizei ein schwerer Rückschlag.

Das Telefon klingelte.

Grenada war dran, sie war völlig aus dem Häuschen.

»Es tut mir so Leid, Mr. Earles«, schluchzte sie, »aber ich kann heute nicht kommen.«

»Was ist los? Wieso weinen Sie?«

»Es ist wegen Levell. Die Polizei hat ihn abgeholt. Ich muss versuchen, ihn rauszukriegen. Er hält es nicht aus, noch mal im Knast zu sitzen, Mr. Earles. Das steht er nicht durch.«

»Nun mal ganz ruhig, Grenada. Was hat Levell angestellt?«

»Keine Ahnung. Die Polizei sagt, hinreichender Tatverdacht, das kann alles heißen. Er ist schwarz, und er war schon mal im Knast – mehr brauchen die nicht. Ich treff mich mit einem Anwalt, mal sehn, was wir tun können.«

»Grenada, kommen Sie her. Ich kümmere mich um Levell. Jemand muss bei Helene bleiben. Ich kann sie nicht allein lassen.«

»Mr. Earles, Sie wissen, wie sehr ich an Levell hänge. Ich hab keine ruhige Minute, wenn er im Knast sitzt. Ich muss ihn rausholen.«

38

Kirchentreffen

Jackie Blue wartete auf Ross Magellan in einer der hinteren Bänke in einer Harlemer Kirche und machte ein unglückliches Gesicht.

»Ich hab ein Problem«, begann er. »Sie müssen mir helfen.«

»Entschuldige, aber wir sind hier, um *mein* Problem zu besprechen, nicht deins.«

Jackie Blue fuhr mit dem Daumen über einen Diamantring am kleinen Finger. »Ein Typ muss von der Bildfläche verschwinden. Sie müssen diesem Idioten klar machen, dass er kein Recht hat, in New York rumzuhängen. Er hat nämlich vor, mir mein Geschäft wegzunehmen.«

Ross setzte sich in die Kirchenbank neben den Drogendealer. »Du hast mir Sanchez versprochen. Keine weiteren Spielchen, Jackie. Bring sie mir, oder ich bin weg.«

Jackie Blue hatte Ort und Zeit bestimmt. Zwölf Uhr mittags in Harlem. Eine leere Baptistenkirche an der hundredsixteenth Street West, in der Nähe der Malcolm-Shabazz-Moschee, nach dem ermordeten Malcolm X benannt.

In der Bank hinter Jackie saß Big Mac und glotzte ihm in den Rücken. Wegen Platzmangel war der hundertachtzig Kilo schwere Bodyguard gezwungen, schräg in der Bank zu sitzen und eines seiner Elefantenbeine in den Mittelgang zu strecken.

Ross schaute über die Schulter. Zwei Schwarze bewachten das Kirchenportal von innen. Draußen hatte sie sechs Posten gezählt. Soweit Ross wusste, war sie mit Jackie Blue und den Wachposten alleine in der Kirche. So wie die Dinge aussahen, war über Jackie Blue der Belagerungszustand verhängt. Und solche Leute hatten nicht gern Gesellschaft.

»Wenn du mich hierher gelockt hast, um mich zu überreden, einen Bandenkrieg zu dulden, verschwendest du unsere Zeit. Ich halte mich da raus.«

»Lassen Sie mich wenigstens ausreden.«

Ross stand auf. »Guten Tag, Jackie.«

Big Mac stand auf und versperrte ihr den Weg.

Ross sprach leise, den Blick auf den Leibwächter gerichtet.

»Du hast noch acht Jahre vor dir«, sagte sie. »Wenn du mir nicht sofort aus dem Weg gehst, lasse ich die Haftverschonung rückgängig machen. Ein Anruf genügt. Kein Prozess, keine Anhörung, keine Kaution. Du nimmst noch heute das Abendessen in einem Staatsgefängnis ein und brummst die volle Strafe ab. Tätlicher Übergriff auf eine Polizistin, unbefugter Waffenbesitz, Kontakte zu einer kriminellen Vereinigung. Das sind noch mal zehn Jahre. Macht achtzehn, wenn ich richtig rechne.«

Ein nervöser Jackie Blue erhob sich aus der Kirchenbank. »Nigger, hast du den Verstand verloren? Schieb deinen fetten Arsch beiseite. *Sofort.*«

Big Mac verdrückte sich eilig.

Jackie Blue wandte sich an Ross. »Ich entschuldige mich. Der Mann wollte nicht respektlos sein, er ist einfach nur strohdumm.«

Er hob den Kopf zur Empore. »Sehen Sie mal.«

Ross schaute nach oben. Interessant. Drei Leute – zwei Männer, eine Frau – standen an der Brüstung. Die Männer waren muskelbepackte junge Schwarze mit dunklen Sonnenbrillen und rasierten Schädeln. Die Frau, eine magere Latina, war trotz des schwülen Wetters in eine Sportjacke gehüllt, als wolle sie sich vor der Kälte schützen. Ross konnte ihre Gesichtszüge aus der Ferne nicht erkennen, was auch keinen Sinn machte. Sie hätte Jenn Sanchez oder Königin Elizabeth sein können. Jackie Blue wäre nicht der erste Informant, der versuchte, Ross reinzulegen.

»Sie soll runterkommen.«

Jackie Blue winkte dem Trio und wandte sich wieder an Ross.

»Sie haben den ›Herzog‹ heute nicht mitgebracht«, bemerkte er.

»Momentan hat er keine Zeit. Im Übrigen ist er kein eifriger Kirchgänger.«

»Ich weiß, was in dem Café passiert ist. Jedes Mal, wenn er auf der Bildfläche erscheint, stirbt jemand.«

»Heute nicht.«

Der Drogenhändler grinste. »Ich schwöre bei Gott, Sie schaffen es noch, dass ich Ihnen glaube. Verdammt, ich glaube Ihnen tatsächlich. Schätzchen, Sie haben was auf dem Kasten.« Jackie Blue nahm seinen Platz in der Kirchenbank wieder ein. »Ich brauche Ihre Hilfe. So ein Dreckskerl will mir mein Geschäft wegnehmen.«

»Ich höre – aber das bedeutet nicht, dass ich mich da reinziehen lasse.«

»Verstehe. Vor zwei Jahren kaufte ich einem Dominikaner namens Hilton Prigo eine Straßenecke in Washington Heights ab. Der Scheißkerl ist Albino. Rote Augen, weiße Haare. Wie aus einem Tom-und-Jerry-Comic.«

»Ein Albino, sagst du?«

»Genau. Sie kennen Hilton Prigo?«

»Nicht persönlich. Ich weiß aber, dass er Stoff verkauft hat, bis er untertauchte. Jetzt höre ich zum zweiten Mal innerhalb von vierundzwanzig Stunden seinen Namen.«

»Wie gesagt, ich kaufe Prigo die Straßenecke ab. Für richtiges Geld.«

Ross hörte Schritte auf der Holztreppe von der Empore herunterkommen. Sie wollte sich nicht zu früh freuen. Nicht, bevor sie der Frau ins Gesicht gesehen und mit ihr geredet hatte. Was Jackie Blue anging, der Preis, den er für Hilton Prigos Ecke bezahlt hatte, war ein offenes Geheimnis. Eine Million zweihunderttausend in Cash. Ein günstiger Preis für ein Geschäft in bester Lage, ohne dafür kämpfen zu müssen.

»Der Ganove nimmt mein Geld«, fuhr Jackie Blue fort, »und legt sich in Santo Domingo auf die faule Haut, stopft sich mit gebratenen Bananen voll und vögelt magere Chinesinnen, auf die er steht. Hat Pech gehabt dort unten. Ein Wirbelsturm hat sein Haus zertrümmert. Das Zuckerrohrgeschäft in Kuba ist nicht gelaufen. Eines seiner Chinesenweiber ist mit zweihundert Riesen nach Brasilien durchgegangen. Bisschen viel Kohle für eine dürre Schnalle.«

Jackie Blue legte einen Arm auf die Rückenlehne der Kirchenbank. »Vor einer Woche taucht Prigo in New York auf, kommt zu mir und will seine Ecke wiederhaben. Einfach so. Ich soll ihm geben, was mir gehört.«

»Hat er dir ein Angebot gemacht?«

»Und ob. Ich soll ihm das Ding überlassen, oder er lässt mich hopsgehen.«

Die Schritte klapperten nun auf den Steinplatten im Kirchenschiff. Ross drehte sich nicht um. »Sprich weiter.«

»Der Drecksack will mein Geld behalten *und* die Ecke zurückhaben. Ist das ein Schwein?«

»Was hast du ihm geantwortet?«

»Ich denk drüber nach, hab ich gesagt. Ich brauche Zeit, weil ich ihm nämlich einen Scheißdreck gebe. Will sehen, wieso er sich so sicher fühlt, mit wem er unter einer Decke steckt. Bandenkrieg schadet dem Geschäft. Tote stopfen dir die Taschen nicht mit Geld voll, wenn Sie wissen, was ich meine. Aber ich kann die Ecke nicht weggeben. Meine Leute verlieren die Achtung vor mir. Wenn ich mich von Prigo verarschen lasse, bin ich unten durch und kann mich nicht mehr auf der Straße blicken lassen.«

»Und was willst du von mir?«

Jackie Blue holte tief Atem. »Ich will, dass Sie Prigo aus dem Verkehr ziehen. Keine drastische Lösung. Etwas, das seinen lausigen Arsch die nächsten zwanzig Jahre aus dem Verkehr zieht.«

Er hob den Blick zum Kirchengewölbe. »Wir arrangieren ein günstiges Geschäft für ihn, dann schlagen wir zu.«

»Wir?«

»Ja. Sie und ich.«

Ross verschränkte die Arme vor der Brust. »Was springt für mich dabei raus? Du bleibst im Geschäft – wo bleibe ich? Und ich rede nicht von der Frau, von der du behauptest, sie sei Sanchez. Ich will mehr.«

»Die Lady will mehr. Jackie Blue hat kapiert. Hören Sie, wieso hat Hilton mir seine Ecke überhaupt verkauft? Der Mann verschwand aus New York, weil er dazu gezwungen war. Er hat sich zur Ruhe gesetzt, um am Leben zu bleiben. Er hat gesehen, wie Ihr ›Herzog‹ einen Undercover-Cop erledigt hat. Die Frau hat er bei lebendigem Leib verbrannt.«

Um ihre Erregung zu verbergen, legte Ross eine Hand an den Mund.

Ein Augenzeuge, der Harry des Mordes an einer Polizistin überführen kann. Das war ungeheuerlich.

»Prigo treibt's mit einer chinesischen Hure in dieser Absteige, die für Stoff anschaffen geht. Er beobachtet, wie der ›Herzog‹ sich reinschleicht mit der Frau im Arm. Sieht, wie er sie an einen Heizkörper kettet, sie anzündet, obwohl sie noch lebt. Prigo ist widerwärtig. Wir *wissen*, dass der Kerl Abschaum ist. Aber sein Verstand arbeitet klar. Er weiß, dass er zu viel gesehen hat, und beschließt, an einem Ort zu leben, wo die Leute sich nicht gegenseitig anzünden. Wollen Sie wissen, woher ich das habe? Ihr Freund, der ›Herzog‹, hat es Sanchez erzählt und Sanchez mir.«

»Was ist aus der Frau geworden, mit der Prigo zusammen war?«

»Endete wie die meisten Crack-Huren. Ging an Aids drauf. Die Leute sagen immer, sie haben Tbc, obwohl sie genau wissen, dass sie Aids haben.«

Etwas stimmt hier nicht, dachte Ross. Einer, der Harry Earles erwischt, wie er eine Polizistin umbringt, verschwindet aus der Stadt und lässt sich nie wieder blicken.

»Wieso kam Prigo nach New York zurück?«, erkundigte sie sich.

»Der ›Herzog‹ hat ihn kommen lassen.«

»Was?«

»Der Mann hat Prigo einen Job angeboten, und Prigo hat angenommen.«

»Mal langsam.« Ross überlegte fieberhaft. »Du sagst, Harry hat eine Polizistin vor einem Zeugen ermordet. Dann bietet er dem Zeugen einen Job an, den dieser annimmt. Du hast zu viel Weihrauch geschnüffelt.«

Jackie lächelte. »Regel Nummer eins: vergreif dich nie am Stoff. *Sell it, don't smell it.* Hören Sie, Prigo nahm den Job an, weil er gutes Geld dafür kriegt. Und weil Ihr ›Herzog‹ ihn am Leben lässt. Für manche ist das ein gutes Geschäft.«

»Von welchem Job reden wir?«

»Der ›Herzog‹ kam irgendwie an Tonbandmitschnitte aus dem Präsidium ran.«

Ross verzog keine Miene. »Weiter.«

»Auf diesen Bändern ist 'ne Menge interessantes Zeug. Du erfährst, wer als Zeuge gegen dich aussagt, ob ein Informant dich geleimt hat und wie du im Gerichtssaal dastehst mit Unschuldsblick und der Hand auf der Bibel. Der ›Herzog‹ verschenkt nichts. Er verlangt reichlich Zaster für diese Bänder.«

Ross schaute zum Altar. Harry hatte die heimlichen Mitschnitte mit Denny Rinkos Hilfe gestohlen. Hilton Prigo hatte den Auftrag, die Bänder an den Mann zu bringen, und auf Connie lenkt er den Verdacht. Dieser Scheißkerl!

Sie schloss die Augen und senkte den Kopf, als habe sie soeben eine göttliche Eingebung erhalten. Sie hatte Harry in der Hand. Sie musste nur das Richtige tun, und Harry war erledigt. Er hatte Ross mit der Wiederbeschaffung der Bänder beauftragt, um Connie den Diebstahl anzuhängen. Ganz so würde es nicht kommen. Ross hatte vor, Harry zu beschuldigen, die Bänder gestohlen zu haben. Diesmal würden die Cops, vor allem die Bosse, ihr den Rücken stärken. Die Mauer des Schweigens würde Harry nichts nützen. Nicht, wenn eine Menge Polizistenkarrieren auf dem Spiel standen.

Ross brauchte Verstärkung. Denny Rinko oder Hilton Prigo mussten Harry in den Rücken fallen. Wer war Ross als Spitzel lieber? Keine Frage. Alles wies auf Hilton Prigo.

Prigo hatte beobachtet, wie Celia Cuevas bei lebendigem Leibe von Harry angezündet wurde. Bring ihn zum Reden, und du hast Harry wegen Mordes in der Tasche. Am besten war Prigo mit Beihilfe dranzukriegen. Wieso auch nicht? Er hatte den Mord nicht gemeldet und nichts unternommen, um ihn zu verhindern. Außerdem hat er Beweise eines Verbrechens vertuscht, nicht eines beliebigen Verbrechens, sondern eines Mordes an einer Polizistin. Und jetzt war er am Diebstahl und Verkauf von Polizeimaterial beteiligt. Er würde im Knast sitzen, bis er sehr alt und grau war.

Oder er war klug und sagte sich von Harry los. Er musste aussagen, dass dieser Celia Cuevas umbrachte und dass Harry, nicht Connie, die Bänder geklaut hatte.

Ross hörte Jackie Blues Stimme, aber sie war mit ihren Gedanken woanders. In Harrys Akten war kein Hinweis auf Celia Cuevas zu finden, auch kein Hinweis auf die anderen verdeckten Ermittlerinnen, einschließlich Sanchez. Man könnte denken, er hätte in seiner gesamten Karriere nicht ein einziges Mal als Gespenst für Undercover-Agentinnen gearbeitet.

Ross hielt sich an der Bank vor ihr fest. Harry hatte einen Beschützer.

Einen Beschützer, der genug Einfluss hatte, um ganze Akten verschwinden zu lassen.

»Sehen Sie. Die Lady neben Ihnen ist Detective Sanchez.«

39

Heiligenschreine

Jenn Sanchez war eine hochgewachsene Latina mit schmalem Gesicht, traurigen braunen Augen und dunklem, zu einem Pferdeschwanz gebundenen Haar. Sie trug beige Hosen, eine Eishockeyjacke der Islanders, grüne Schuhe mit Plateausohlen und Metallhaken und Ösen. Ihre Haut war fleckig, unter ihren Augen hingen Tränensäcke. An der Stirn hatte sie eine Schnittwunde und Bläschen im Mundwinkel. Trotz des schwülen Wetters fröstelte sie in der wattierten Jacke. Außerdem kratzte sie sich ständig an Händen und Armen. Der Juckreiz kam vom Chinin, mit dem das Heroin versetzt wurde.

Sanchez gähnte und setzte sich in die Bankreihe vor Ross.

»Detective Sanchez, ich bin Detective Magellan. Ich versuche seit einiger Zeit, Kontakt mit Ihnen aufzunehmen ...«

»Ich bin kein Detective mehr.« Sanchez redete undeutlich und schleppend wie alle Junkies. »Keine Ahnung, was, zum Teufel, ich eigentlich bin. Aber ein Cop bin ich längst nicht mehr.« Sie klang, als würde sie es bedauern.

Sie fixierte Ross, bevor sie weiterredete: »Sie wären wegen Graciella beinahe draufgegangen. Harry hat Sie reingelegt, um sich als Ihr Retter aufzuspielen. Er will, dass Sie ihm dankbar sind. Sie sollen sich auf Harry verlassen und auf niemanden sonst.«

Sie deutete auf die schwarzen Muskelmänner, die sie von der Empore herunter begleitet hatten. »Die Brüder zerrten mich aus meinem Nest. Sollte unbedingt mitkommen. Redeten davon, mit mir in die Kirche zu gehen. Ich dachte, die spinnen.«

Ross wandte sich an Jackie Blue. »Du kannst bleiben, schließlich kennst du die Geschichte.« Sie wies auf Big Mac und die anderen. »Deine Männer warten vor der Tür.«

Jackie Blue hob die Hand. Ein paar Sekunden später war er mit Ross und Sanchez allein.

»Wie war das mit Ihnen und Lou Angelo?«, fragte Ross.

»Wir besorgten uns Dope von Emilio Albert. Lou ist ein

Schatz. Wir kamen im Lokal ins Gespräch, in dem Emilio gearbeitet hat, und er fand mich sympathisch. Rein platonisch. Lou steht auf dunkelhäutige Schönheiten wie Sie wissen. Aber er hilft gern, wenn's einem dreckig geht. Wenn ich pleite bin oder ein Bett brauche, um mich auszupennen, ist er für mich da. Sie schicken ihn ins Gefängnis, stimmt's?«

»Darüber kann ich nicht reden.«

»Im Moment ist er der einzige Hoffnungsschimmer in meinem Leben. Gibt's keine Möglichkeit, ihn laufen zu lassen?«

»Solange die Ermittlungen nicht abgeschlossen sind, darf ich nicht darüber sprechen. Das brauche ich Ihnen nicht zu erklären.«

»Es hat sich nichts geändert. Wir schleichen uns in ihr Vertrauen, dann vernichten wir sie. Das vermisse ich nicht an dem Job. Ein Scheißjob, falls Sie das noch nicht wissen. Was wäre, wenn ich Lou vor Ihnen warne?«

»Das wäre ein großer Fehler. Ich nehme Angelo fest, ob Sie ihn warnen oder nicht. Und Sie sind bei NYPD und FBI unten durch, bei mir übrigens auch. Jackie Blue wird Ihnen bestätigen, dass das nicht angenehm ist.«

»So ist es«, sagte Jackie Blue.

»Denken Sie nach«, drängte Ross. »Harry hat's auf Sie abgesehen. Er will Sie umbringen. Sie brauchen alle Freunde, die Sie kriegen können. Sie brauchen auch Freunde, wenn Lou Angelo im Knast ist. Ich kann Ihnen noch was sagen, wenn Sie sich verplappern. Ich könnte Angelo wissen lassen, dass Sie mir geholfen haben, ihn zu schnappen. Also bleiben Sie cool und halten den Mund.«

Sanchez nickte. »Sie machen Ihren Job echt gut. Sie kümmern sich einen Dreck um jemand. Aber Sie haben Recht. Ich will nicht, dass ich auf Ihrer Abschussliste stehe.«

Ross holte einen Umschlag aus ihrer Umhängetasche und gab ihn Sanchez.

Die frühere Polizistin schaute hinein und sah das Geld.

»Tausend Dollar.« Ross wandte sich an Jackie Blue. »Sorg dafür, dass ihr das Geld nicht abhanden kommt. Ich mach dich dafür verantwortlich.«

Jackie Blue nickte. »Big Mac bringt sie nach Hause und passt auf, dass sie unterwegs nichts verliert.«

Sanchez blätterte die Scheine durch. »Wofür ist das?«

»Was Sie damit machen, ist Ihre Sache. Ich rate Ihnen, kaufen Sie sich was Anständiges zum Essen. Aber wir beide wissen, dass Sie das nicht tun.«

Sanchez lächelte verzerrt. »Halten Sie mir jetzt einen Vortrag über die Gefahren des Drogenmissbrauchs? Wäre der richtige Ort dafür.«

»Guter Rat ist vergebens. Keiner hört drauf, also wozu Zeit verschwenden?«

Sanchez grinste und zeigte Zahnlücken im Oberkiefer. »Mein Vater hat immer gesagt, Menschen fragen erst um Rat, wenn sie die Antwort schon wissen, die sie nicht hören wollen.«

»Er hatte Recht.«

Sanchez hielt den Umschlag hoch. »Danke. Kann ich gut brauchen. Sie wollen also über Harry reden?«

»Ja, mir fehlen nur noch ein paar Details.«

»Wenn Sie sich nur nicht irren. Aber reden Sie.«

»Er hat mindestens zwei Sonderermittlerinnen getötet. Er hat versucht, Sie zu töten. Alle drei Opfer entsprechen dem gleichen Profil – beruflich und physisch. Junge Cops, sämtliche Latinas, die als verdeckte Ermittlerinnen arbeiteten und Harry als Gespenst hatten.«

»Eine vierte passt ebenfalls ins Profil.«

»Ich weiß, dass er auch mich im Visier hat. Sie waren eine der Ersten, die mir das sagten. Erinnern Sie sich?«

Sanchez' Augen funkelten in dem dämmrigen Kirchenschiff. »Schätzchen, Sie stehen in seinem Tagebuch. Alles, was Sie tun, sagen und denken. Ich rate Ihnen, sehen Sie in Ihrer Wohnung nach und in Ihrem Büro. Ihnen fehlen Sachen.«

»Was für Sachen?«

»Kleidung, Schmuck, ein Schuh, CDs. Persönlicher Kram, den Harry geklaut hat. Aber er ist clever. Damit es nicht auffällt, nimmt er nie größere Sachen mit.«

»Was will er mit dem Kram?«

»Damit baut er einen Heiligenschrein, den er Ihnen widmet.« Sanchez schniefte und wischte sich die Nase mit dem Handrücken. »Der Schrein ist in seinem Zimmer, das stets verschlossen ist. Ihr Jahrbuch aus der Highschool, Geburtsurkunde, Heiratsurkunde, wenn Sie verheiratet sind. Alles da. Videoaufzeichnungen von Weihnachten in der Familie. Komisches Zeug. Sammelt Eintragungen bei Ämtern, um Ihren Familienstammbaum zusammenzustellen. Er schreibt sich Hochzeitstage, Geburtstage und Adressen von Verwandten auf. Die speichert er auf Disketten oder trägt sie in sein Tagebuch ein.«

Ross nickte. »Sie waren also in seinem Haus.«

»Harry war immer dagegen, dass ich was nehme. Ein Puritaner. Hasst Drogen wie die Pest. Aber ich war schon drauf, bevor wir zusammen arbeiteten, und hatte keine Lust, es für ihn aufzugeben. Als Undercover kommst du ständig mit Drogen in Berührung. Drogen, Geld und Leute, die tun, was sie wollen. Ich steh auf solche Typen. Wenn man sich in der Szene bewegt, wird es immer mühsamer, das Zeug *nicht* zu nehmen. Sie wissen, was ich meine?«

»Ja.«

»Anfangs hab ich's genommen, um nicht aufzufallen. Dann fand ich Geschmack daran. Und bald konnte ich ohne Drogen nicht arbeiten. Ich brauchte den Kick, auch nachts. Die verdammten Nächte waren am schlimmsten. Du liegst hellwach im Bett und denkst, wie knapp du wieder an einer Kugel vorbeigeschrammt bist – oder einer Vergewaltigung. Ich stellte mir immer vor, dass mich ein paar irre Mexikaner irgendwo aufs Land verschleppen und mich abschlachten. Scheiße, ich brauchte das Zeug eben.«

»Harry …«

»Das muss ich ihm zugute halten. Er hat alles versucht, um mich von dem Zeug runterzukriegen. Ich hab getan, was jeder Süchtige tut. Ich hab gelogen, hoch und heilig versprochen, ich würde aufhören. Flunkerte ihm vor, ich sei clean, und hab mir die Spritzen zwischen die Zehen und unter die Schamhaare gesetzt, wo keiner die Einstiche sieht. Eines Nachts im Auto wurde mir schlecht. Ich musste kotzen und war völlig fertig. Harrys Haus war in der Nähe, also brachte er mich zu sich. Seine Frau sitzt im Rollstuhl, und als er sich um sie gekümmert hat, fing ich an rumzuschnüffeln.«

Ross berührte Sanchez' Arm. »Und Sie haben Ihren Schrein entdeckt.«

»In diesem Haus konnte ich keine Minute länger bleiben. Ich rannte raus, schnappte mir ein Taxi und ließ ihn im Bademantel auf der Straße stehen.«

»Erzählen Sie mir von dem Drogendealer, den Sie und Harry festnahmen und an die Bande auslieferten, die ihn umbrachte.«

Sanchez lächelte. »Ein echter Profi, macht seine Schularbeiten. Ja, den Fiesling haben wir ausgeliefert. Ich brauchte Geld für Stoff, deswegen hab ich mich mit Harry auf Sachen eingelassen, auf die ich nicht stolz bin. Der Kerl, den wir verkauften, hieß Viktor Ramiz. Arbeitete mit einer Bande Albaner aus der Bronx. Die haben spitz gekriegt, dass Ramiz sie ans FBI verpfeifen will, also haben sie eingegriffen.«

Jackie Blue meldete sich zu Wort. »Von dem Typen hab ich Ihnen erzählt. Den haben sie mit diesen Hightech-Stäben so lange geröstet, bis er am Spieß gebraten war.«

Sanchez nahm ein Gesangbuch zur Hand. »Da wir von Fehlern reden … Bei diesem Deal habe ich einen Riesenfehler gemacht. Hätte mich fast umgebracht. Ich wollte sozusagen ein bisschen Geld nebenbei machen. Nicht sehr klug, das hat mich in meine jetzige Lage gebracht.«

»Sie versuchten es mit Erpressung.«

Sanchez sah sie an. »Da staune ich aber. Wie kommen Sie darauf?«

»Mehrere Gründe. Sie wollten mehr Geld. Ramiz wurde umgebracht. Sie wollten jemand unter Druck setzen, der von der Ramiz-Sache wusste. Harry zu erpressen war nicht sehr klug.«

Sanchez hielt Daumen und Zeigefinger eng aneinander. »Das war so knapp.«

»Was war so knapp?«

»Harry will meinen Tod – aber als seine Freundin ist das eine andere Sache.«

»Freundin?«

»Ich landete in einem Wagen mit der Nadel im Arm und atmete Kohlenmonoxyd ein. Harry verpasste mir einen heißen Schuss – Heroin und Rattengift. Sollte nach Selbstmord aussehen, Harrys Spezialität. Das war nicht sein erster Versuch, glauben Sie mir. Ich sollte sterben. Meine Zeit war offenbar noch nicht abgelaufen. Ich hatte schon länger den Verdacht, dass er mich umbringen will. Hat sich wahnsinnig geärgert, als ich mich weigerte, nach Italien zu gehen …«

»Mit ihm und seiner Frau«, ergänzte Ross.

»Sie wissen also davon. Mit ihm zu arbeiten war eine Sache, aber ich gab ihm zu verstehen, dass ich mir lieber eine Kugel durch den Kopf jage, bevor ich mich mit ihm einlasse. Von der Sekunde an war mir klar, dass er mich kaltmachen wollte. War nur eine Frage der Zeit. Und dann habe ich ihm noch einen zweiten Grund geliefert, mich auszuschalten.«

»Sie versuchten seinen Freund zu erpressen.«

Sanchez hatte sich an Harrys Beschützer rangewagt.

»Ein Mädchen braucht schließlich was zu essen«, erwiderte Sanchez.

»Den Namen«, drängte Ross. »Ich brauche einen Namen.«

Sanchez' Augen hatten sich zu Schlitzen verengt. Sie machte schlapp.

Sie begann zu lallen. »Er weiß, wann du brav und wann du böse warst, also sei um Himmels willen brav.«

Sie wackelte mit dem Zeigefinger in Ross' Richtung. »Er kennt jeden Schritt, den du machst. Er weiß alles.«

»Harry?«

Sanchez kicherte. »Nein. Santa Claus. Die beiden arbeiten seit langer Zeit zusammen. Ich wusste es nicht, bis Ramiz …«

Sie sackte in der Bank zusammen.

Jackie Blue beugte sich vor. »Sie ist fertig.«

»Nein, nein, nein«, lallte Sanchez. »Noch nicht.«

Ross sah Jackie Blue an. »Du weißt, von wem sie spricht?«

Der Dealer schüttelte den Kopf. »Von dem Typen höre ich zum ersten Mal, wer immer er ist.«

»Magellan, Harry hat es auf Sie abgesehen.«

»Ich weiß.«

»Er hat Celia Cuevas auf dem Gewissen und Raymunda Montano. Mich hätte er beinahe geschafft. Sind Sie sicher, dass er Ihnen nicht gefolgt ist?«

»Ganz sicher.«

»Sie haben Mumm, Schätzchen, das muss man Ihnen lassen. Der Schüler gibt's dem Lehrer.«

»Darüber bin ich nicht glücklich. Der Kerl kennt all meine Tricks. Ich muss was liefern, womit er nicht rechnet, sonst bin ich tot.«

»Nicht so, Schätzchen. Nicht in seiner Umgebung.«

»Was meinen Sie?«

Sanchez versuchte, sich aufzusetzen, sackte jedoch abermals zusammen. »Ich muss schlafen. Wollen Sie vor Harry sicher sein? Ich sage Ihnen, was Sie tun müssen.«

»Ich höre.«

Sanchez sagte, Ross habe nur eine Chance. Sie müsse Harry und seinen kleinen Freund gleichzeitig aus der Welt schaffen. Alle beide. War sie dazu fähig?

40

Eine Botschaft hinterlassen

Harry Earles erreichte den Central Park, als die Kirchenglocken zwölf Uhr schlugen. Ohne auf den Regen zu achten, spazierte er an leeren Bänken und verlassenen Fußballfeldern vorbei, bis er in den verwilderten Teil kam, den so genannten Ramble, der dicht mit Sträuchern und Bäumen bewachsen war.

Er bog nach rechts ab in einen gewundenen Weg, dem er bis zu einer Lichtung folgte. Frank Beebe wartete unter einem Ginkgobaum; zum Schutz vor dem Regen hatte er sich in einen braunen Regenmantel gegürtet und trug einen grauen Stetson.

Der FBI-Agent blickte in den grauen Himmel. »Wann hört eigentlich dieser verdammte Regen auf? Die ganze Stadt steht unter Wasser. Macht mich ganz krank. Bei dem Wetter kann man sich nur voll laufen lassen.«

Harry hob den Regenschirm, um Beebes Gesicht besser sehen zu können. Der FBI-Agent konnte New York nicht leiden, nicht bei Sonne und nicht bei Regen, eine Stadt, die er als elenden Steinhaufen bezeichnete, der die Landschaft verschandelte.

»Regen heißt nur, dass die Natur Freudentränen vergießt.«

»Ich weine auch gleich, aber das hat nichts mit Freude zu tun. Ich weine, weil ich bis zu den Knien im Dreck versinke. Wie heißt das hier noch mal?«

»›Ramble‹, der schönste Teil des Central Park. Ist normalerweise nicht so einsam wie heute. Am Tag kommen Vogelkundler hierher. Nachts ist es ein Schwulentreff.«

Beebe wies auf gebrauchte Kondome unter dem Ginkgobaum. »Ich mach es lieber ohne Schutz. Fühlt sich besser an.«

Er musterte Harry. »Sie sehen müde aus. War wohl 'ne lange Nacht?«

»Magellan hat mich gestern auf Trab gehalten.«

»Das sagten Sie. Hat sie nicht den Mann Ihrer Pflegerin festnehmen lassen?«

»Magellan wollte wohl verhindern, dass ich sie beschatte. Vermutlich hat sie sich mit Sanchez getroffen.«

»Cleveres Mädchen.«

»Manchmal zu clever. Sie schreckt nicht davor zurück, die Gesundheit meiner Frau aufs Spiel zu setzen. Ich musste den ganzen Tag zu Hause bleiben mit dem Telefonhörer am Ohr.«

»Wieso das?«

»Um Ersatz für eine Pflegerin zu finden, der es wichtiger ist, ihren Mann aus dem Knast zu holen, statt sich um meine Frau zu kümmern.«

Beebe nickte. »Wie traurig. Kann ein Glasauge zum Weinen bringen. Vermutlich weiß Magellan, dass Sie hinter ihr herschnüffeln. So viel zum Überraschungseffekt.«

»Mir gefällt der Gedanke nicht, dass Magellan glaubt, sie könnte so mit mir umspringen. Und ich habe die Absicht, sie wissen zu lassen, wie sehr mir das missfällt.«

»Davon bin ich überzeugt. Mann, ist die Frau auf Draht.

Und sie sieht gut aus. Wenn ich in der Todeszelle säße, würde ich sie mir als Henkersmahlzeit wünschen.«

Beebe zog ein Zigarrenetui aus der Innentasche seines Mantels, warf einen raschen Blick gen Himmel und schüttelte den Kopf.

»Nicht einmal eine geschmuggelte Havanna kann man in dieser Stadt rauchen«, brummte er. Das Etui verschwand wieder in seinem Mantel. »Wie hat Magellan sich den Mann geschnappt?«

»Er fährt Taxi. Magellan ließ ihn von einer Streife anhalten, wegen Verdachts auf Drogentransport. Ich hab rumtelefoniert, bis mir die Ohren abfielen. Ich kann meine Frau nicht alleine lassen, und das wusste Magellan.«

»Kann verstehen, dass Sie das wurmt«, bemerkte Beebe. »So was verletzt Ihren männlichen Stolz. Ich würde sagen, Sie haben Ihre Freundin unterschätzt.«

Harry festigte den Griff um den Regenschirm. »Sie ist wie eine lästige Fliege, die man nicht erwischt. Ja, sie ist auf Draht. Sie könnte Ihnen auf den Fersen sein, ohne dass Sie es ahnen.«

Beebe schüttelte den Kopf. »So gut ist keine Frau. Ich habe genau darauf geachtet, dass mir niemand folgt. Sehen Sie sich um, nur Sie und ich und tonnenweise nasses Laub. Sogar die so genannten Obdachlosen bleiben heute in ihren Löchern. Sie sagen, Magellan denkt, wir arbeiten hinter ihrem Rücken zusammen. Wie kommt sie auf die Idee?«

»Entweder waren wir unvorsichtig, oder sie hatte Glück. Jedenfalls hat sie das Fargnoli erzählt. Er denkt, sie phantasiert. Er kann sich nicht vorstellen, dass sein Cop hinter seinem Rücken mit dem FBI kungelt.«

»Wecken Sie den Mann nicht auf, er soll ruhig noch ein wenig länger schlafen.«

»Das ist noch nicht alles. Magellan lässt mich beschatten.«

Beebe lachte tief in sich hinein. »Tatsächlich? Ihr Lieutenant hält sie doch reif für die Klapsmühle. Wie schafft sie es, Ihnen ohne seine Hilfe nachzuspionieren?«

»Sie hat ihren Freund Connie Pavlides auf mich angesetzt. Auf dem Dienstweg kann sie mich nicht beschatten lassen, also versucht sie es inoffiziell.«

»Die große Liebe. Ein gutes Motiv. Wir arbeiten doch alle an ein und demselben Fall. Wenn ich mich privat mit Ihnen treffe, um ein paar Aspekte dieses Falls zu besprechen, geht sie das überhaupt nichts an.«

Harry rieb sich die Nase. »Wie ich bei unserem letzten Treffen schon sagte, an diesem Fall ist mehr, als Sie wissen. Mehr als Magellan rauslässt.«

»Hmm, kapiert. Im Augenblick sind wir allein. Denken Sie, ein zufälliger Passant hält uns für schwul? Das bringt mich zu der Frage: Was ist besser, als Nigger oder als Schwuchtel geboren zu werden?«

»Darüber hab ich noch nicht nachgedacht.«

Beebe lachte. »Als Nigger. Der muss wenigstens nicht vor seinen Leuten heimlich tun.«

Harry zog am Schirm seiner Baseballmütze. »Wenn Sie es sagen.«

»Sie meinten, es gäbe noch was anderes, worüber Sie mit mir reden wollen. Abgesehen von Magellan, meine ich. Etwas, das sie mir nur persönlich sagen können.«

»Ja. Ich will nicht, dass Magellan die Gesundheit meiner Frau aufs Spiel setzt. Deswegen hab ich beschlossen, ihr eine Botschaft zukommen zu lassen. Ein Teil dieser Nachricht wird von ihrer Schwester kommen.«

»Meinen Sie das Mädchen, das Magellan in einer Irrenanstalt in Long Island untergebracht hat?«

»Genau. Den zweiten Teil der Botschaft werden Sie ihr liefern.«

Beebe legte die Hand an die Brust. »Ich? Was, zum Henker, soll ich ihr sagen?«

Harry schaute sich um. »Oha, wir haben Gesellschaft. Drüben an dem Baum, neben der zerbrochenen Bank.«

Als der FBI-Agent sich in die angedeutete Richtung umdrehte, zog Harry die 22er und schoss ihm in den Hinterkopf.

41
Untergetaucht

An diesem Nachmittag betrat Ross Magellan Lieutenant Fargnolis Büro mit dreitausend Dollar in einem verschweißten Plastikbeutel. Sie legte den Beutel auf Fargnolis Schreibtisch und setzte sich auf den Stuhl neben dem Fenster. Sie wollte die Sonne spüren, die zum ersten Mal seit Tagen schien.

Fargnoli saß hinter seinem Schreibtisch und blätterte im *Spring 3100*, dem offiziellen NYPD-Magazin. Er sah müde und überarbeitet aus, wie die meisten Cops in seinem Dezernat. Die verstärkte Zuwanderungsrate hatte das organisierte Verbrechen in der Stadt anwachsen lassen. OCB hatte alle Hände voll zu tun mit Ganoven, die zwar nicht U-Bahn fahren konnten, aber genau wussten, wie sie Banken, Versicherungen und die staatliche Gesundheitsfürsorge übers Ohr hauen konnten.

Die blauäugige Meinung, die Ross einst Einwanderern entgegenbrachte, hatte sie längst abgelegt. Zu viele Einwanderer der schlimmsten Sorte mit den übelsten Absichten kamen in dieses Land.

Fargnoli zeigte auf den verschlossenen Plastikbeutel.

»Ein Mitbringsel«, erklärte Ross. »Ich war mit Mercy Howard auf Einkaufstour. Mit diesem Geld hat sie sich ein neues Kleid gekauft. Alle Scheine sind markiert.«

»Von dem Geld, das Sie Lou Angelo vor zwei Tagen gegeben haben?«

»Richtig. Zweite Rate auf meine so genannte Scheidung.«

»Dann hatten Sie also Recht. Angelo *ist* Reiners Kassierer. Und er betrügt Reiner.«

»Macht seinen Schnitt, bevor der Richter einen Cent von der Kohle sieht. Übrigens, Mercy und ich haben ein schönes Kleid ausgesucht.«

Fargnoli nahm die Füße vom Schreibtisch. »Sie wissen nicht zufällig, wo Connie sich im Moment aufhält?«

Ross zog die Augenbrauen hoch. Hatte sie richtig gehört?

»Verzeihung, ich hab Ihnen grade den Kerl ans Messer

geliefert, den wir brauchen, um Reiner festzunageln. Ich denke, das ist ein wichtiger Fall. Was hat Connie damit zu tun?«

»Nichts, soweit ich weiß. Es geht um Frank Beebe. Er wurde mit einem Loch im Kopf im Central Park gefunden. Das FBI hält Connie für einen Tatverdächtigen. Sie wollen mit ihm reden. Er scheint von der Bildfläche verschwunden zu sein.«

Ross stand auf, trat ans Fenster und blinzelte in die Sonne. Es dauerte lange, ehe sie sprach.

»Connie läuft vor niemandem davon. Wann wurde Beebe getötet?«

»Gestern zwischen zwölf und zwei Uhr mittags. Haben Sie eine Ahnung, wo Connie zu dieser Zeit war?«

Auf der Suche nach Denny Rinko, der die illegalen Mitschnitte aus dem Präsidium geklaut hat. Der Kerl, der Harrys Anweisungen befolgte und Connie Kinderpornos unterjubelte.

Ross drehte sich zu Fargnoli um. Sie zitterte, das Herz schlug ihr bis zum Hals. Sie musste ihre Worte sorgfältig wählen. Connie war hinter Denny Rinko her. Das bedeutete, er war auch hinter Harry her.

Harry arbeitete nicht allein. Er hatte einen Freund, der Akten verschwinden lassen konnte. War Fargnoli dieser Freund? Sanchez hätte Harrys Freund nennen können, wenn sie in der Kirche nicht schlapp gemacht hätte. Der Name war in irgendeinem Winkel ihres vollgedröhnten Hirns verborgen. Jackie Blue hatte behauptet, er höre zum ersten Mal von Harrys Beschützer. Aber er wollte dranbleiben. Wenn er was rausfand, wäre Ross die Erste, die davon erfuhr.

Er weiß, wann du brav und wann du böse warst, also sei um Himmels willen brav.

Fargnoli kannte ihre Fälle. Er hatte sie gezwungen, gegen ihren Willen weiter mit Harry zu arbeiten. Deckte er den Mord an zwei Sonderermittlerinnen und den Mordversuch an einer dritten?

Achte auf deine Worte.

»Wieso steht Connie unter Verdacht?«

»Seine Geschäftskarte steckte in Beebes Brieftasche.«

»Soll das ein Witz sein? Irgendwer hätte Beebe die Karte zustecken können. *Ich* hätte sie ihm geben können.«

»Haben Sie?«

Ross antwortete nicht.

»Das dachte ich mir.« Fargnoli beugte sich vor. »Zu Ihrer Information: Jemand hat beim FBI angerufen und gesagt, Connie plane einen Deal mit Beebe wegen gewisser verschwundener Unterlagen.«

»Ein anonymer Anrufer.«

»Sind das nicht alle?«

»Ich nehme an, ›verschwundene Unterlagen‹ bedeutet, Connie habe versucht, Beebe die gestohlenen Bänder zu verkaufen.«

Fargnoli hob die Schultern. »Das FBI erwähnte nichts von Bändern. Ich vermute, die haben keine Ahnung. Hat Connie die Bänder?«

»Nein, er hat sie nicht.«

»Sie würden es mir sagen, wenn er sie hätte, nicht wahr?«

Ross verschränkte die Arme vor der Brust. »Werde ich nicht dafür bezahlt, Connie hinzuhängen?«

Fargnoli schüttelte den Kopf. »Hören Sie, wenn Sie ihm helfen wollen, sagen Sie ihm, er soll so schnell wie möglich auftauchen. Das FBI will ihn verhören. Beebes Freunde im Büro haben es nicht gern, wenn einer aus ihrem Verein abgeknallt wird. Ich helfe Connie, so gut ich kann.«

»So wie Sie ihm jetzt helfen? Erst zwingen Sie mich, ihn auszuhorchen. Jetzt verlangen Sie von mir, ihn ans FBI auszuliefern.«

»Ich hab Ihnen die Typen vom Hals gehalten. Labriola wollte wissen, wo Connie steckt. Eines müssen Sie begreifen: Diese Leute nehmen den Mord an einem ihrer Agenten verdammt ernst. Ich sagte Labriola, wenn er sich an Sie ranmacht, hat er es mit dem Department zu tun. Er wäre imstande, die Ermittlungen im Fall Reiner an alle Nachrichtensender zu geben. Ich sagte ihm, Sie sind keines Verbrechens beschuldigt, also hat er kein Recht, Sie zu verhören. Ich habe ihm auch klar gemacht, dass Connie unschuldig ist, bis er als Täter überführt ist.«

»Vermutlich soll ich Ihnen dafür dankbar sein.«

»Sie sollen zuhören«, antwortete Fargnoli. »Das FBI hat es auf Connie abgesehen. An Ihrer Stelle würde ich das wörtlich nehmen.«

»Was hat er davon, wenn er sich einem Verhör stellt? Es ist doch völlig egal. Er wird über den Tisch gezogen, was er auch tut. Wenn er sich weigert, wird er auf der Straße erschossen. Er kann ins Department kommen oder zur Heilsarmee gehen, er wird in jedem Fall gelinkt. Das FBI wird die Zuständigkeit beanspruchen, weil Beebe FBI-Agent war, und die setzen sich durch. Sie nageln Connie ans Kreuz und entschuldigen sich später. Sie haben die Staatsmacht hinter sich und alles Geld des Finanzministeriums. Sie regieren die Welt. Fragen Sie die Typen, man wird es Ihnen bestätigen.«

Fargnoli kratzte sich an der Nasenspitze. »Können wir über die Bänder sprechen?«

»Was immer Sie wünschen, *Lieutenant*.«

»Ross, machen Sie es mir nicht noch schwerer, als es ohnehin schon ist.«

»Der Lieutenant möchte über ein anderes Thema sprechen. Okay, sprechen wir über die Bänder. Wie ich höre, behaupten die Brüder Montalvo, auf den Bändern wurde der Name des Zeugen genannt, der ihren Vater hingehängt hat.«

Fargnoli nickte. »Dieser Zeuge müsste der verstorbene Javier Trujillo sein, auch als ›Little Javy‹ bekannt. Ehemaliger Buchhalter der Drogenbosse Montalvo. Polizisten in Connecticut fanden seine Leiche gestern in den Wäldern in der Umgebung von New Haven. Eine etwas mühsame Sammelaktion, könnte man sagen. Ein Bein hier, ein Arm da. Nach einigen Stunden hatten sie schließlich Little Javy beisammen. Die Einzelteile wurden in Plastiksäcke verstaut. Das Little-Javy-Puzzle, Spaß für die ganze Familie.«

»Die drei Montalvos«, überlegte Ross. »Auch wenn Daddy im Knast sitzt, bleiben seine beiden Söhne im Geschäft.«

»Daddy Raphael sitzt in Lewisburg.«

»Ich weiß. Als der Richter ihm ›lebenslänglich‹ aufbrummte, drehten die Brüder durch und mussten gewaltsam aus dem Gerichtssaal geschafft werden. Bei diesem Urteil gibt es keinen Straferlass. Also haben die Brüder geschworen, sich um Little Javy zu kümmern.«

Fargnoli lehnte sich zurück. »Nach dem Prozess setzte sich Little Javy mit seiner Frau nach Aruba ab. Sechs Monate später bekommt er Heimweh nach dem Big Apple – die Nachtclubs, die Frauen, die Eishockeyspiele. Er kommt heimlich in die Stadt zurück. Ändert seinen Namen. Findet eine neue Lady. Sucht sich einen anderen Job. Diesmal frisiert er die Bücher für einen indischen Arzt, der eine Privatklinik in der Bronx leitet. Deshalb wurde sein Name auf einem dieser illegalen Mitschnitte erwähnt. Was haben Sie sonst noch für mich?«

Decken Sie Harrys Verbrechen?

»Sie fragen, ob ich von Connie etwas über die Bänder erfahren habe? Ja, habe ich.«

Schlag als Erste zu. Bei Harry hat es geklappt.

Fargnoli faltete die Hände auf dem Schreibtisch und wartete.

»Ich habe einen Namen«, fuhr Ross fort. »Denny Rinko. Computertechniker in Connies Sicherheitsfirma. Denny hat einen Teilzeitjob im Präsidium. Er saß an der Quelle.«

Fargnoli winkte ab. »Das Department kennt Mr. Rinko und möchte so rasch wie möglich mit ihm reden. Ich sehe zwar eine Gelegenheit, aber ich sehe kein Motiv. Was verbindet Mr. Rinko mit Gaunern wie den Montalvos?«

»Die Person, die Rinko den Auftrag erteilte.«

Harry zum Beispiel. Oder Sie.

»Für wen Denny auch arbeitet, der Typ weiß über die Bänder Bescheid: wie und warum sie mitgeschnitten wurden und welchen Wert sie auf dem freien Markt haben. Ich vermute, dieser Jemand ist ein Cop.«

»Klingt gut«, erwiderte Fargnoli. »Ich meinte es ernst, als ich sagte, ich will Connie helfen. Nicht nur wegen ihm, es geht mir auch um Sie.«

Ross' Handy klingelte.

Die Nummer auf dem Display war ihr unbekannt. Es konnte also jeder sein. Vielleicht rief Jackie Blue an, um ihr zu sagen, Sanchez sei bereit zu reden. Oder ein anderer Informant wartete mit einem Tipp auf, von dem er hoffte, er würde ihm das Gefängnis ersparen. Es könnte auch Chessy sein, die mit ihrer Freundin beim Pizzaessen war und aus Long Island anrief, einfach nur um zu plaudern.

Ross nahm den Anruf entgegen.

Connie meldete sich.

Ross wandte Fargnoli den Rücken zu, durchquerte den Raum und setzte sich auf die Couch.

»Ich bin in Lieutenant Fargnolis Büro. Wo steckst du?«

»In einem Rattenloch in der Avenue C. Ich hab Denny gefunden.«

»Prima.« *Keine Namen*, ermahnte sich Ross. Und mach's kurz. Besser noch, leg einfach auf.

»Ich kann jetzt nicht reden«, erklärte sie. »Ich rufe zurück.«

»Was ist los?«

»Ich bin beim Lieutenant. Ich rufe zurück.«

»Bevor du auflegst, hör zu. Ich weiß, was in Dennys Birne vorgeht. Hier unten ist ein Laden, der mit gebrauchter Software handelt. Denny benutzt ihn als Postadresse, dafür repariert er die Computer des Besitzers.«

»Prima. Wir reden später darüber.«

»Du musst dir das anhören. Denny sagt, er hat die Bänder gestohlen, aber es war Harrys Idee. Denny zufolge ist ein Band hoch explosiv. Es überführt Harry des Mordes an einem albanischen Drogendealer. Den Mord beging er, um einen großen Fisch zu schützen.«

Ross schaute durchs Zimmer. Fargnoli blätterte wieder im *Spring 3100*. So sah es jedenfalls aus.

»Noch was«, fügte Connie hinzu. »Denny behauptet, Harry und Hilton Prigo wollen ihn beseitigen, damit er nicht redet. Er sagt, er hat die Schnauze voll. Wenn du ihm Schutz garantierst …«

Connie hielt jäh inne. »Scheiße, es gibt Probleme.«

Schweigen.

Dann rief Connie: »O Gott. Denny, auf den Boden. Runter. *Runter!*«

»Connie, was ist los?«

Sie hörte *pop-pop-pop*.
Schüsse.
Und dann war die Leitung tot.

42

Zurück an den Absender

Harry Earles betrat im gestärkten Klinikweiß die große Halle des Oakes Institute auf Long Island. Auf seinem Namensschild stand GENESIS, ein Witz, über den Harrys Mutter sich die Haare gerauft hätte, wäre sie noch am Leben.

Die meisten Patienten hatten sich bereits zur Nacht zurückgezogen. Nur wenige saßen in der Halle und schauten die Spätnachrichten unter Aufsicht eines gelangweilten Pflegers. Unter einem Bild, Segelboote in der Bucht von Long Island, saß eine zwergenhafte grauhaarige Frau auf einem Stuhl. Sie lächelte Harry an, der ihr im Vorbeigehen zuwinkte.

Er hatte die Alte nie im Leben gesehen. Wieso winkte er? Weil ihm Freundlichkeit nichts ausmachte, wenn sie nichts von ihm forderte.

Er stieg eine geschwungene Marmortreppe in den ersten Stock hinauf. Der Treppenaufgang, die efeubewachsenen Mauern, die weißen Säulen, die das Portal flankierten, hätten aus *Vom Winde verweht* sein können, Helenes Lieblingsfilm. Fehlte nur das Damenkränzchen der weißen Oberschicht auf der Veranda, das von unterdrückten schwarzen Sklaven bedient wurde.

Das Oakes Institute war eine psychiatrische Privatklinik für reiche Irre. Für Leute, die genügend Geld besaßen, um nicht für ein Verbrechen, das sie im Zustand geistiger Umnachtung begangen hatten, ins Gefängnis zu wandern. Magellan hatte den richtigen Ort für ihre Schwester gewählt, die ihren abartigen Vater getötet hatte, da sie den sexuellen Missbrauch nicht länger ertrug. In den Augen ihrer Schwester hatte die Kleine kein Verbrechen begangen, und da Magellan genügend Kohle hatte, war sie bei Gericht damit durchgekommen.

Harry griff in die Tasche der weißen Pflegerjacke und tastete nach dem Elfenbeingriff des Rasiermessers. Wenn er mit Chessy fertig war, würde Schwesterchen so entstellt sein, dass sie nie wieder wagte, einen Blick in den Spiegel zu werfen. Magellan hatte sich das selbst zuzuschreiben. Sie musste endlich lernen, die Spielregeln einzuhalten. Sie hatte Helenes Pflegerin dazu benutzt, um Harry auszutricksen, eine Unverschämtheit, die er unmöglich hinnehmen konnte.

Im geistigen Duell zwischen Harry und Magellan war sie die Unterlegene. Er war der Lehrer, sie die Schülerin, ob sie es akzeptierte oder nicht.

Wenn sie es akzeptierte, würde sie von seiner Erfahrung profitieren. Wenn nicht, musste sie den Preis dafür bezahlen.

Auf dem Treppenabsatz warf er sich eine Cashewnuss in den Mund. Das Schicksal, die Macht, die den Verlauf eines Lebens bestimmte, schien ihm gewogen zu sein. Nehmen wir das Schicksal von Hilton Prigo. Der Albino hatte heute Denny Rinko ausfindig gemacht und war in einen Schusswechsel mit Connie Pavlides geraten. Der schwer verletzte Pavlides schaffte es, Prigo zu töten, und ersparte somit Harry die Mühe, ihn zu liquidieren. Harry war ein Mensch, der in die Zukunft dachte. Er sah keinen Sinn darin, Prigo noch länger am Leben zu lassen. Der Albino wusste einfach zu viel über ihn.

Prigos Tod war allerdings kein reiner Segen. Zwar musste Harry ihm seinen Anteil nicht ausbezahlen oder mit seinem Verrat rechnen, aber da war noch Pavlides. Wenn er seinen Schussverletzungen erlag, war Harry der Genugtuung beraubt, ihn öffentlich als Schwein hingestellt zu sehen, das es mit Kindern trieb. Ein toter Pavlides schied außerdem als Verdächtiger im Mordfall Frank Beebe aus.

Nach einigem Nachdenken kam Harry zu dem Schluss, dass ihm die Lage der Dinge letztlich doch Vorteile verschaffte. Die Schießerei, bei der Pavlides fast draufgegangen wäre, lieferte Harry genau das Ablenkungsmanöver, das er brauchte. Magellan saß besorgt an Pavlides' Krankenbett, während Harry ungestört ihren Schwachpunkt angreifen konnte – ihre kleine Schwester.

Er schob sich das Klemmbrett unter den Arm. ›Der alte Marinetrick‹, wie er ihn nannte. Das hatte er in der Grundausbildung gelernt. Nimm ein Klemmbrett unter den Arm, dann spazierst du unbehelligt durchs Gelände. Kein Sergeant belästigt dich, der Ausschau nach ›Freiwilligen‹ hält, um Kloschüsseln mit der Zahnbürste zu säubern. Mit einem Klemmbrett warst du ein Mann mit einer Mission, einer, der bereits vergeben war.

Harry blieb im ersten Stock stehen und holte einen Kugelschreiber aus der Brusttasche. Mit konzentrierter Miene schrieb er seinen Namen in ordentlichen Schriftzügen auf das erste Blatt des Klemmbretts. Dabei überprüfte er den Korridor.

Leer.

Chessys Zimmer lag am Ende des Flurs, dem Fluchtweg gegenüber. Das Mädchen brauchte offenbar viel Schlaf; sie war selten nach zehn Uhr noch wach. Und sie würde allein sein. Ihre Zimmergenossin hielt sich im Haus ihres Vaters auf, einem der reichsten Autohändler auf Long Island. Dort blieb sie bis nächste Woche.

Harry steckte den Stift in die Jackentasche zurück und näherte sich Chessys Zimmer. Die Sicherheitsvorkehrungen im Oakes Sanatorium waren ein Witz. Zwei pensionierte Cops, mit Taschenlampen und Funkgeräten ausgerüstet, machten ihre Runden auf dem Anwesen. Im Gebäude selbst waren die Vorkehrungen ebenso lax. Ein einziger Cop mit Funkgerät bewachte von Mitternacht bis acht Uhr morgens das Parterre und die beiden oberen Etagen des Hauses. Tagsüber war die Bewachung dem Klinikpersonal überlassen. Nach Harrys Erfahrung wollten die Menschen sich sicher fühlen und über Gefahren gar nicht erst nachdenken.

Er warf einen Blick über die Schulter. Der Flur war menschenleer. Er lächelte. Das würde Spaß machen.

Die weiße Klinikkleidung – Jacke, Hose, T-Shirt – war nur Teil seiner Kostümierung. Dazu trug er schwarze Schuhe, braune Kontaktlinsen und eine braune Perücke. Mit der Perücke fühlte er sich nicht ganz wohl, aber sie veränderte sein Aussehen, ließ sein Gesicht länger erscheinen und seine Nase größer.

Er trug die Klinikkleidung der Firma, die alle Mitarbeiter im Sanatorium belieferte, und gehörte zu seiner Kollektion authentischer Uniformen verschiedener Organisationen wie UPS, Elektrizitätswerk und Postzustellungsdienst. Jede Uniform war vorschriftsmäßig registriert und mit Namensschild versehen, das Harry unter verschiedenen Namen als Angestellten der jeweiligen Firma auswies. Er besaß auch alte, zerfetzte Kleider von Obdachlosen, darunter auch eine Armeedecke aus dem Zweiten Weltkrieg, die erbärmlich stank und die er deshalb in einem Plastiksack im Keller aufbewahrte. Zusammen mit seinen verbeulten Taxis hatte Harry alles, was er brauchte, um sein Aussehen jederzeit bis zur Unkenntlichkeit zu verändern.

Harry Earles. Das Gespenst mit dem größten Kostümfundus.

Vor Chessys Zimmer blieb er stehen. Äußerlich wirkte er gefasst und kühl. Im Innern aber fieberte er. Seine Haut war leicht gerötet, seine Augen glitzerten, als reflektierten sie Licht. Und wie immer, wenn er vorhatte, Frauen Gewalt anzutun, fühlte er sich sexuell erregt. Das Überstreifen der Gummihandschuhe war der letzte Akt seiner Vorbereitungen, das Schnappgeräusch des Gummis der Startschuss.

Ein letzter Blick den Korridor entlang. Er war allein.

Er öffnete die Tür, trat ein und schloss sie lautlos hinter sich.

Das Zimmer war erleuchtet. Und es war still, totenstill, als sei es unbewohnt.

Harry spannte sich an. Etwas stimmte nicht. Ganz und gar nicht.

Die zwei Betten waren unberührt. Niemand hatte darin geschlafen.

Das Zimmer war leer. Absichtlich und gefährlich leer.

Er war im richtigen Zimmer. Ein gerahmtes Foto von Magellan und Chessy zu Pferde stand auf einem Nachttisch. Ein

Jungmädchenzimmer. An den Wänden Poster von Rockstars und Fernsehidolen, Londoner Straßenschilder, Fähnchen des Islander Eishockeyteams und ein riesiges Farbposter, ausgerechnet von Präsident Clinton. Auf einem Computer-Monitor segelten Toaster über den Bildschirmschoner. Die Klimaanlage lief auf niedriger Stufe, es roch fruchtig nach einem Zitronenduft.

Harry trat in Aktion, seine Art, Wut zu verdrängen. Er überprüfte das Badezimmer. Die Kleiderschränke. Er schaute unter den Betten nach.

Keine Chessy.

Er durchquerte das Zimmer und stand mit dem Rücken zur Tür. *Sie hätte hier sein müssen.*

Er überlegte, ob er warten sollte. Keine gute Idee. Sie könnte jederzeit oder nie kommen.

Er griff hinter sich nach dem Türknauf und erstarrte. Etwas auf dem Bett, das ihm am nächsten stand, fiel ihm ins Auge.

Er trat näher und blickte lange auf den Gegenstand. Es dauerte Sekunden, ehe er es über sich brachte, ihn in die Hand zu nehmen.

Als er sich danach bückte, verhärtete sich seine Kiefermuskulatur.

Er hielt eine CD in der Hand. *Tosca*. Die Aufnahme, die er vor ein paar Tagen in Magellans Wohnung zurückgelassen hatte.

Zeitplan

23.35 Uhr

Manhattan

Denny Rinko wartete auf Ross Magellan in der Halle ihres West-Side-Wohnblocks mit einer Supermarkttüte in der Hand und verängstigtem Ausdruck im Gesicht. »Wir kennen uns nicht. Ich bin …«

»Ich weiß, wer du bist. Connie wäre beinahe draufgegangen, weil er dein wertloses Leben gerettet hat. Denny Rinko, ich verhafte dich wegen Diebstahl von Tonbändern aus dem Polizeipräsidium. Nimm die Hände hoch.«

Denny nahm die Hände hoch. »Warten Sie. Hören Sie mich an. Ich hab mit Connie große Scheiße gebaut. Es tut mir Leid. Deshalb bin ich hier. Ich will es wieder gutmachen. Er hat mir das Leben gerettet. Ich bin ihm was schuldig.«

Ross griff in ihre Schultertasche. »Du weißt außerdem nicht mehr, wo du dich verkriechen kannst. Ich sagte, Hände hoch.«

»Beruhigen Sie sich, okay? Ganz ruhig.«

Er hielt ihr die Plastiktasche hin. »Ich hab da was. Harry wollte mich zweimal umbringen, weil er so scharf darauf ist. Das Zeug ist heiß. Ich meine, wirklich *heiß*.«

Ross nahm die Hand aus der Umhängetasche. Die Hand war leer.

»Ich höre.«

»Sie wissen über die Bänder Bescheid …«

»Und über die Kinderpornos.«

»Das war Harrys Idee. Was Sie nicht wissen: Ich hab Harry nicht alle Bänder gegeben. Die Bänder, auf denen er drauf ist, hab ich behalten. Die wollen Sie sicher hören. Harry würde jeden für diese Bänder umlegen.«

»Er hat Connie beinahe getötet. Prigo war am Abzug, aber Prigo arbeitete für Harry.«

Denny nahm die Baseballmütze ab und strich sich fahrig über den rasierten Schädel. »Wie geht's Connie?«

»Ich habe sechs Stunden im Krankenhaus verbracht. Er schafft es, obwohl es eine Weile gar nicht gut aussah.«

Denny atmete hörbar aus. »Cool. Mann, das ist cool.«

»Er hat drei Kugeln abgekriegt, die für dich bestimmt waren.«

»Mein ganzes Leben haben mich Leute auf dem Kieker. Außer meinen Computerkenntnissen hab ich nichts zu bieten. Ich baue nur Scheiße. Kleine Mädchen, Dope, ich verpfusche anderer Leute Leben, wie bei Connie. Ich werfe Geld zum Fenster raus für ein Filmprojekt, das vermutlich in der Schublade landet. Aber heute hab ich gesehen, wie Connie sich Prigo in den Weg gestellt hat. Wie er die Kugeln für mich eingesteckt hat, nachdem ich diese Scheiße mit ihm gemacht habe …«

Denny begann zu weinen.

Ross nahm ihm die Einkaufstüte ab. »Und du wirst nie wieder einen Cop schlechtmachen, hab ich Recht?«

Sie hatte kein Mitleid mit Denny. Mitgefühl hatte in ihrer Welt im Augenblick keinen Platz. Mitgefühl hätte Denny zum Opfer gemacht, dazu bestand keine Veranlassung.

»Da ist Material über ein paar tote Polizistinnen und Harry dabei. Und über den Kerl, der Harry deckt …«

Ross sah ihn an. »Hast du die Bänder angehört?«

»Na klar. Ich wollte Harry extra Kohle abknöpfen. Dachte, diese Bänder sind was wert. Erreicht habe ich nur, dass Harry sauer auf mich ist und mich umlegen will.«

Ross wies auf den Lift. »Nach oben. Du wirst sie mir vorspielen.«

Sie betraten ihre Wohnung, als das Telefon klingelte.

Fargnoli war dran. Ross war zu müde, um mit ihm oder irgendeinem anderen zu reden. Sie war völlig erschöpft von dem Besuch bei Connie. Und möglicherweise war Fargnoli Harrys Beschützer. Ein ausführliches Gespräch mit ihrem Lieutenant musste warten.

Außerdem hatte sie andere Sorgen. Heute war das Ende ihrer Beziehung zu Harry. In ein paar Stunden war einer von ihnen oder beide tot.

»Schalten Sie den Fernseher an«, forderte Fargnoli sie auf. »Ihr Freund Richter Reiner macht Schlagzeilen.«

»Was ist mit ihm?«

»Er ist verstorben. Der Dreckskerl hat sich das Hirn weggeblasen.«

Queens

Im Keller seines Hauses in Queens stopfte Harry Earles die restlichen Bündel der achthunderttausend Dollar in den Fußbodensafe. Der Safe war voll. Kein einziger Schein hätte mehr reingepasst.

Und das warf ein Problem auf. Oben im Schlafzimmer, in zwei Koffern unter dem Bett, lagen weitere sechs Millionen in Cash. Die Bänder verkauften sich wie frische Brötchen. Harry zweifelte allerdings, ob frische Brötchen sich je so gut verkauft hatten.

Er verschloss den Safe und stellte seine alte Golftasche darüber. Er überlegte, ob er die sechs Millionen im Keller verstecken sollte, im Öltank unter alten Decken. Der Tank war leer und würde erst im Herbst gefüllt werden.

Er schüttelte den Kopf. Keine gute Idee. Der Tank war zu unsicher. Zu exponiert. Außerdem sollte er nächste Woche gereinigt werden. Das Schlafzimmer musste vorläufig genügen. Das war wenigstens abgeschlossen. Bald würde er einen besseren Ort finden.

Welche Ironie, dachte er. Du schuftest wie ein Blödmann, um zu Geld zu kommen. Dann schuftest du wieder wie ein Blödmann, um es zu behalten. Wann konnte man eigentlich entspannen und sein unredlich verdientes Geld genießen? Seiner Meinung nach war das Leben ein einziger gigantischer Widerspruch.

Er sperrte die Tür zum Lagerraum ab. Da er im Begriff war, sich schlafen zu legen, trug er Bademantel und Hausschuhe. Die Sache mit Chessy war ausgesprochen lästig. Er dachte immer noch darüber nach. Hatte Magellan nur Glück gehabt, oder war sein Kontaktmann im Oakes Sanatorium zum Feind übergelaufen?

Wie dem auch sei, Magellan hatte ihm ein Signal gegeben. Die Lady wollte Krieg.

Den sollte sie haben.

Er beabsichtigte, mit allen Mitteln zurückzuschlagen. Die Zeit zwischen Magellans Geburt und ihrem Tod neigte sich dem Ende zu.

Er brauchte zwei Tage, um sie loszuwerden. Einen Tag, um den Mord zu planen, einen zweiten, um ihn auszuführen. In achtundvierzig Stunden war Magellan ausgelöscht.

Erledigt.

Ihr Tod musste wie ein Unfall oder Selbstmord aussehen. Deshalb brauchte er Zeit. Sorgfältige Planung hatte sich in den anderen Fällen als nützlich erwiesen. Mochte Magellan heute Nacht das Leben ihrer Schwester gerettet haben, damit hatte sie lediglich ihren Tod besiegelt.

Harry betrat das Wohnzimmer, wo seine Frau sich die Spätnachrichten ansah und den Kopf schüttelte.

»Ach Gott, ach Gott«, jammerte sie. »Wie schrecklich.«

Sie sah Harry an. »Es kommt grade in den Nachrichten. Richter Reiner ist tot. Hat sich erschossen. Irgendwo draußen auf der Insel. Wie schrecklich.«

Harry schaute auf den Bildschirm. Ein Foto zeigte den lächelnden Richter Adam Reiner neben dem Gouverneur auf dem letzten Parteikongress zur Nominierung des Präsidentschaftskandidaten. Reiner, untersetzt, um die fünfzig, grauhaarig mit Mittelscheitel. Und mit einem gepflegten Schnurrbart, auf den er immer mächtig stolz war.

Helene schüttelte den Kopf. »Ob er wohl rausgekriegt hat, dass du hinter ihm her warst? Ich bin erstaunt, dass er dazu fähig war.«

Harry, die Hände in den Taschen seines Bademantels, wippte auf den Fersen vor und zurück. Er war nicht erstaunt. Nicht im geringsten.

00.15 Uhr

Manhattan

Ross Magellan verließ in Jeans und einem Kapuzenshirt die Halle ihres West-Side-Wohnblocks und näherte sich einer geparkten Limousine.

Sie wartete, bis Big Mac ausgestiegen war und die Beifahrertür öffnete.

Jackie Blue stieg zuerst aus. Lou Angelo folgte ihm.

Weder Jackie Blue noch sein Leibwächter sprachen mit Ross. Ohne ein Wort stiegen sie wieder in die Limousine und fuhren davon. Ross und Lou Angelo standen allein auf der nächtlichen Straße.

Lou Angelo wandte sich an Ross, er war verwirrt und wütend.

»Herrgott, was soll der Quatsch? Ich bringe Mercy in ihre neue Wohnung, und plötzlich stehe ich mit Ihnen auf der Straße. Ohne Brieftasche, ohne Ausweis und ohne die geringste Ahnung, was verdammt noch mal eigentlich los ist.«

»Wir müssen reden.«

»Haben Sie schon mal was von Telefon gehört? So was gibt es heutzutage in jeder Wohnung. Jackie steht vor der Tür. Ohne Anruf. Redet von Notfall, und in der nächsten Minute verfrachtet mich sein Wachhund in seinen Straßenkreuzer und bringt mich hierher. Ich will wissen, was, zum Teufel, los ist. Sie wollen mit Lou sprechen? Kein Problem. Sie greifen zum Hörer, wählen die Nummer und wir reden. Wenn Sie es wünschen, treffen wir uns. Aber doch nicht so.«

Ross griff in ihre Schultertasche, holte eine Kette aus schwarzen und roten Holzperlen hervor und legte sie sich um den Hals. Ihre Dienstmarke war daran befestigt. Sie trug die Marke nicht mehr an einer Kette, die zu sehr glänzte. Ganoven konnten sie von weitem als Polizistin ausmachen. Wie Lou Angelo jetzt.

Im Schein der Straßenlaterne sah er plötzlich sehr alt aus.

Er schüttelte den Kopf. »Sie sind ein Cop. Ich fasse es nicht.«

Ross spürte einen Regentropfen auf dem Gesicht. Sie schaute in den Himmel.

»Fängt gleich wieder an.« Sie wandte sich an Lou Angelo. »Mein Wagen steht in einer Garage um die Ecke. Gehen wir.«

Angelo schien vor ihr zu schrumpfen. Tränen standen in seinen Augen.

»Wir haben Ihnen vertraut«, stammelte er. »Mercy und ich, wir haben Ihnen vertraut. Verdammt, ich kann nicht ins Gefängnis gehen. Dafür bin ich zu alt. Das halte ich keine vier Wochen aus. Erschießen Sie mich doch gleich.«

»Jemand hat heute auf Connie geschossen. Zwei Kugeln in der Brust, eine in der Schulter. Darüber möchte ich mit Ihnen reden.«

Lou Angelo furchte die Stirn. »Herrgott, wieso muss alles zur gleichen Zeit passieren? Na klar, hätte ich mit Ihnen geredet. Hätten Sie mich angerufen. Ich hätte ihn vom besten Chirurgen der Stadt operieren lassen. Ist er okay?«

Der Anwalt schien aufrichtig besorgt zu sein.

»Es geht ihm gut«, antwortete Ross. »Hat viel Blut verloren, aber er schafft es. Danke für das Angebot. Aber ich will nicht über Ärzte mit Ihnen reden.«

»Connie ist der zweite heute. Ein Freund, Adam Reiner, hat Selbstmord begangen. Hat sich erschossen. Der Richter, mit dem ich über Ihre Scheidung geredet habe. Von Adam hätte ich nie erwartet, dass er sich eine Kugel in den Kopf schießt …«

Angelo sah Ross an. Er las es in ihrem Gesicht, und seine Augen weiteten sich.

»Verdammt!«, fluchte er. »Sie waren die ganze Zeit hinter Adam her, wie? Ihre ›Scheidung‹ war nur ein Vorwand. Sie haben mich benutzt, um an Adam ranzukommen. Er hat es rausgefunden und hat sich umgebracht, um nicht ins Gefängnis zu gehen.«

Ross nahm ihn beim Arm. »Die Scheidung war Schwindel, und ja, wir waren hinter Reiner her. Eine gemeinsame Operation mit dem FBI. Das macht den Fall zur Staatssache, seien Sie also vorsichtig. Noch etwas: Reiner hat nicht Selbstmord begangen. Er wurde ermordet.«

»Das ist nicht wahr! Wer sollte es wagen, einen der höchsten Richter umzubringen?«

»Eine Menge Leute. Wie die Dinge liegen, hat Reiners Partner das große Los gezogen.«

»Aber ich bin …«

Lou Angelo hielt erschrocken inne.

»Sie wollten grade sagen, Sie waren sein Partner. Falsch. Sie waren sein Geldeintreiber, sein Kassierer, aber nicht sein Partner. Er hat Ihnen nicht alles gesagt. Menschen in solchen einflussreichen Positionen tun so etwas nicht. Auf diese Weise behalten sie ihre Macht. Reiner ist tot. Und jetzt geht es Ihnen an den Kragen. Kassieren von Schmiergeldern. Weitergabe von geheimen Unterlagen. Zeugenbestechung. Das FBI wollte diese Punkte mit Reiner klären. Da er nicht mehr verfügbar ist, wird man sich an Sie wenden. Da wir von Freunden und Vetternwirtschaft reden, ist es nicht interessant, wie sehr Albaner und Italiener zusammenhalten? Das fällt beim organisierten Verbrechen auf. In Italien leben eine Menge Albaner. Vielleicht ein Drittel aller Albaner auf der ganzen Welt. Da bleibt es nicht aus, dass sie Geschäfte mit der Mafia in Italien und bei uns machen. Drogen, Kreditkartenmissbrauch, Falschgeld, Waffenschmuggel, Autodiebstahl … Albaner und Italiener verstehen sich prächtig. Sie sprechen Albanisch, stimmt's, Lou?«

»Hat mir meine Großmutter beigebracht. Albanisch ist in Italien die zweite Muttersprache. Und Italien ist die zweite Heimat für Albaner. Jeder denkt, *Albanese* sei ein italienischer Name. Aber es ist italienisch für Albaner. Sie sagen, da Adam nicht mehr lebt, bleibt alles an mir hängen.«

»Sie haben für Reiner Gelder kassiert, aber er nahm natürlich keinen Cent, bevor es nicht gewaschen war. Sie gaben die Gelder weiter an Investmentbanker, Werbeagenturen, Internetfirmen und andere Freunde. Von dort floss es als Spendengeld getarnt in Reiners dubiose Wahlkampfkasse. Und wie wir wissen, haben Sie sich jedes Mal ein Sümmchen davon abgezwackt, bevor Sie das Geld weiterleiteten. Sie kriegen die Steuerfahndung ins Haus. Dazu kommt der Mord an Viktor Ramiz – der Albaner, der von seinen Freunden beiseite geschafft wurde, bevor er sie beim FBI hinhängen konnte.«

Angelo schüttelte den Kopf. »Ich habe nichts mit diesem Mord zu tun.«

»Sind Sie sicher?«

»Okay, ich wusste vorher davon. Adam sagte etwas, und ich tat so, als hätte ich nichts gehört. Ich habe die Sache einfach verdrängt.«

»Das macht Sie zum Mitwisser«, überlegte Ross. »Hinzu kommt Wahlkampfbetrug, Geldwäsche, Steuerhinterziehung. Das reicht für viele Jahre. Jetzt, da Reiner weg vom Fenster ist, werden die Leute, die Ihnen beim Geldwaschen halfen, ihre Chance nutzen. Sie werden alle mit dem Finger auf Sie zeigen. Ihnen bleibt keine Zeit, Ihren Hals aus der Schlinge zu ziehen. Ich könnte Ihnen helfen, sogar im Mordfall Ramiz. Alles, was Sie tun müssen, ist ein Telefonanruf.«

»Ein Anruf?«

»Nach dem Anruf vergessen wir dieses Gespräch und auch, dass Sie den Anruf je getätigt haben. Hat Jenn Sanchez Ihnen den Namen des Cops genannt, der versuchte, sie zu töten?«

Angelo schüttelte den Kopf. »Nein. Sie sagte, es sei zu gefährlich für mich, wenn ich diesen Namen kenne.«

»Damit hatte sie Recht. Doch das nützt Ihnen nichts. Er wird unterstellen, dass Sanchez ihn verpfiffen hat, und er wird versuchen, Sie zu töten. Ein weiterer Grund, diesen Anruf zu machen.«

Angelo schüttelte den Kopf. »Wer sind Sie? Ich meine, darüber haben wir nie geredet.«

»Detective Ross Magellan. Abteilung Organisiertes Verbrechen.«

»Detective Magellan, ich nehme an, es ist zu viel verlangt, wenn ich Mercy Bescheid sage. Die Kleine ist wahnsinnig nervös, und wenn ich verhaftet werde, dreht sie vermutlich völlig durch.«

Er lächelte Ross traurig an. »Sie sind sehr gut, Schätzchen. Ich kenne die Arbeit einiger Cops, und glauben Sie mir, Sie zählen zu den besten. Sie haben mich vom Anbeginn an der

Nase herumgeführt. Nichts für ungut. Sie haben nur Ihren Job gemacht.«

»Sie brauchen nicht ins Gefängnis zu gehen.«

»Wovon reden Sie?«

»Machen Sie den Anruf.«

»Spielen Sie mit offenen Karten? Ich habe keine Ahnung, woran ich mit Ihnen bin.«

»Nur wir beide stehen hier im Regen. Keine Sondereinheit, kein Staatsanwalt, der mitten in der Nacht am Tatort eine Pressekonferenz gibt. Sie und ich. Das sollte Ihnen doch etwas sagen.«

Lou Angelo wischte sich mit der Hand den Regen vom nackten Unterarm.

»Es sagt mir lediglich, dass Sie etwas vorhaben, das nicht koscher ist. Etwas, das nie in einem Polizeiprotokoll auftaucht. Sie arbeiten allein, hab ich Recht?«

Lou Angelo hatte nie ein kälteres Lächeln bei einer Frau gesehen.

»Ich soll Ihnen vertrauen«, fuhr er fort. »Nach allem, was Sie mir angetan haben. Ich muss meinen verdammten Kopf untersuchen lassen. Wissen Sie, was das schlimmste daran ist?«

»Was?«

»Ich mag Sie immer noch. Das ist das schlimmste.«

Queens

Harry Earles betrat die Küche und nippte an seinem Kräutertee. An der Glastür stand ein breitschultriger Mann und starrte durch das Fliegengitter in die Regennacht.

Der Mann schaute auf seine Schuhe. »Bin durch die Hintertür gekommen, wie Sie sagten. Tut mir Leid wegen dem Dreck. Der Regen hat mich überrascht. Den ganzen Tag Sonne, und ich dachte, jetzt ist endlich Schluss mit dem Regen.« Er wies mit dem Kinn auf den matschigen Hof. »Sehen Sie sich nur dieses Sauwetter an.«

Er hob eine Bierdose hoch. »Hab ich mitgebracht. Es stört Sie hoffentlich nicht.«

Er hatte ein spitzes Kinn und sorgfältig geschnittenes, kurzes Haar.

Harry wies auf den Karton auf dem Küchentisch. »Hast du alles mitgebracht?«

»Alles, was zu finden war. Prüfen Sie's nach.«

»Das Geld?«

»Ich ließ ihn einen Safe im Wohnzimmer öffnen. In der Garage fand ich den Rest. Gezählt habe ich es nicht. Ich hab alles in den Karton getan. Ich nehme meine Hälfte und verschwinde.«

Harry warf einen Blick in die Schachtel. »Ich gehe davon aus, dass das Geld vollzählig ist.«

Der Mann grinste. »Hey, Kumpel, halten Sie mich für einen Trottel? Ich weiß, wie Sie arbeiten. Jemand, der Sie reinlegen will und damit durchkommt, muss erst geboren werden. Sie haben mich genommen, weil Sie wissen, dass ich ehrlich spiele. Und da Sie den Kerl bezahlt haben, wissen Sie auch, wie viel da drin sein muss. Wenn ich mir was davon nehme, stellen Sie Fragen. Und dann gibt's Probleme. Mit so was mache ich mir das Leben nicht schwer. Die Hälfte des Geldes in dem Karton gehört mir, das reicht. Außerdem könnten wir mal wieder ins Geschäft kommen. Wieso soll ich mir das versauen?«

Harry nickte anerkennend. »Dein Anteil dürfte sich auf vierhunderttausend Dollar belaufen. Kein schlechter Schnitt für eine Nacht.«

Der Mann hielt sich den gestreckten Zeigefinger an die Schläfe und krümmte den Daumen.

»Der Richter ist jedenfalls im Ruhestand.«

Harry nickte. »Wie gesagt, der Tod ist kein unbegründetes Gerücht. Leider sterben nicht genügend Leute zum richtigen Zeitpunkt. Der ehrenwerte Richter Reiner ist einer der Wenigen, die das erkannt haben.«

Er schlürfte Tee, dann sagte er: »Du nimmst Rigos Platz ein. Du verkaufst die Bänder und bringst mir das Geld. Ich setze den Preis fest. Gefeilscht wird nicht. Nun zu Denny.«

»Er ist in Magellans Wohnung in der West Side.«

Harry nickte. »Er ist morgen dran. Nimm ihm die Bänder

ab, bevor du ihn ins Jenseits beförderst. Und Finger weg von Magellan. Mit ihr habe ich noch was vor.«

»Geht klar, Kumpel. Zählen Sie mein Geld. Auf mich warten ein paar Damen, die ich glücklich machen will. Ohne Finanzen keine Romanzen, wie es so schön heißt.«

1.30 Uhr

Queens

Im Auto unter der Queensboro Bridge rauchte Ross Magellan ihre erste Zigarette nach drei Jahren. Die 38er lag auf dem Beifahrersitz.

Sie kurbelte das Fenster runter, um frische Luft reinzulassen. Der Platzregen war in ein Nieseln übergegangen. Im Scheinwerferlicht entgegenkommender Fahrzeuge sah der Regen aus wie ein Schauer glitzernder Nadeln.

Die Warterei zerrte an ihren Nerven. Deshalb rauchte sie wieder. Aber nur heute Nacht.

Morgen hörte sie wieder damit auf. Vorausgesetzt, sie war morgen noch am Leben.

Bis jetzt hatte sie nicht gewusst, wie sehr ihr das Rauchen fehlte.

Vor ihr, direkt hinter der Brücke, lag eine regennasse Straßenkreuzung. Von der Kreuzung her näherte sich langsam ein Mercury mit rauchendem Auspuff, bog am Ende des Blocks rechts ab und fuhr eine stille Straße mit einstöckigen Backsteinhäusern entlang. Ein Rücklicht des Mercury war kaputt.

Zu dieser nächtlichen Stunde waren die meisten Häuser dunkel. Ross zählte nur drei erleuchtete Fenster in etwa zwölf Häusern. Ein Licht in einem Erkerfenster mit grünen Vorhängen und Weihnachtsdekoration schien den Mercury zu interessieren. Er fuhr im Schritttempo vorbei bis zur nächsten Ecke, bog rechts ab und war verschwunden.

Ross zog an der Zigarette und wartete, bis ihr Herz langsamer schlug.

Sie beobachtete das Haus mit dem Erkerfenster und der Weihnachtsbeleuchtung. Abwarten, ob etwas passierte. Wenn nicht, hatte sie das wichtigste Glücksspiel ihres Lebens verloren.

Die Gegend war trostlos. Die Regennacht ließ zwar nicht viel erkennen, dennoch wusste Ross, dass sie hier nicht begraben sein wollte. Ärmliche Einfamilienhäuser in der Nähe von Gleisanlagen, Fabrikhallen und Plattenbauten. Die Straßen waren in einem elenden Zustand, der Asphalt gesprungen und voller Schlaglöcher. Vor ein paar Minuten hatte sie einen Obdachlosen von ihrem Wagen verscheucht, ihre Marke hochgehalten, damit der Penner sie sehen konnte. Danach hatte sie die Türen verriegelt und die Kanone griffbereit auf den Beifahrersitz gelegt.

Sie spielte mit dem Feuerzeug. Der Regen hatte auf manche Bewohner eine ähnliche Wirkung wie eine Vollmondnacht. Eine Frau hatte ihre Haustür aufgemacht, ihren widerstrebenden Hund ins Freie gezerrt, damit er sein Geschäft machte, und ihm die Tür vor der Schnauze zugeknallt, als er mit ihr ins Haus wollte. Ein Mann in Shorts und Sandalen trat ins Freie, verfluchte den Himmel und verzog sich wieder.

Ross tastete nach ihrer Dienstmarke um den Hals. *Hab Geduld, sagte Harry immer. Die meisten Leute machen Fehler, weil sie ungeduldig sind, sagte er. Hör zu und warte ab. Verhalte dich still.*

Versuch das mal, wenn du im Begriff bist, den Mann zu erledigen, der dir das alles beigebracht hat.

Sie trommelte mit den Fingern aufs Steuerrad, den Rhythmus zu ›Sammy Walked In‹, einem Michel-Camilo-Song. Michel am Klavier und Sammy Figueroa an den Congas, die zwei zogen eine Klasseshow ab. Eine ihrer liebsten Tanznummern. Nicht zu schnell und nicht zu langsam. Die Kassette war eingelegt, aber sie ließ sie nicht laufen. Auch etwas, das sie von Harry gelernt hatte. Nachts waren Geräusche lauter.

Ross hörte die Nummer im Kopf, jede Note, die Augen auf das Haus mit dem Erkerfenster, den gesprungenen Platten auf dem Gartenweg und der Weihnachtsdekoration gerichtet. Harrys Haus.

Sie hörte auf zu trommeln und zündete sich die nächste

Zigarette an. Lou Angelo hatte den Anruf gemacht. Hatte gesagt, was Ross von ihm verlangte. Der treue italienische Freund, der seinen albanischen Kumpels einen guten Rat gab.

Angst hatte seine Stimme gepresst klingen lassen. Er klang glaubwürdig, wenn auch gelegentlich etwas zusammenhanglos. Wichtig war, dass er ihre Anweisungen befolgte. Er hatte gelogen, dass sich die Balken bogen.

Es blieb abzuwarten, wie überzeugend er war.

Ross griff nach dem Feuerzeug, als der Mercury wieder auftauchte, um die Ecke bog und die stille, regennasse Straße ein zweites Mal entlang fuhr. Der Auspuff gab Rauchzeichen von sich. Ross warf die Zigarette aus dem Fenster und griff nach der 38er. Sie spürte Angst und Erregung.

Es war so weit.

Dann fuhr der Mercury an Harrys Haus vorbei und verschwand in der Dunkelheit. Ross sank enttäuscht in den Sitz zurück. Hatte sie sich in dem Mercury geirrt? Hatte sie sich in Lou Angelos Fähigkeit geirrt, unter Druck ein Schmierentheater abzuziehen?

Nein.

Jeden Nerv angespannt, richtete sie sich kerzengerade auf. Getroffen.

Sie kamen im Laufschritt aus der verregneten Dunkelheit. Aus dem Mercury. Auf Harrys Haus zu. Vier dunkle Männer mit Skimasken, die automatische Waffen trugen, wie Ross vermutete. Vor dem Haus trennten sie sich.

Zwei Männer verschwanden hinter dem Haus. Zwei blieben an der Haustür.

Ross, deren Herz raste, hielt die 38er so fest, dass ihre Hand schmerzte.

Sie öffnete die Autotür, schwang die Beine in den Regen, ohne auszusteigen.

Horchen und abwarten.

Ein Angreifer stand an Harrys Haustür und schaute auf seine Armbanduhr. Dann hob er eine Hand. *Die tun das nicht zum ersten Mal,* dachte Ross. In einem anderen Land, zu einer anderen Zeit. Und immer mit militärischer Präzision. Der

Mann, der auf seine Armbanduhr schaute, ließ die Hand sinken.

Das Signal.

Er ging in die Hocke, brachte die Waffe in Anschlag und feuerte. Die Haustür flog auf.

Aus der Hüfte schießend, drang der Angreifer ins Haus.

Ross wartete.

Im Haus schrie eine Frau. Das Erkerfenster zerbarst im Kugelhagel, Glasscherben, Holzsplitter und zerfetzte Weihnachtslichter flogen auf den Rasen. In nahe geparkten Autos gingen Alarmanlagen los.

Ross wartete.

Sie hörte das *pop-pop* einer Faustfeuerwaffe. Ein schwarz gekleideter Angreifer erschien in der Haustür, sackte in die Knie gegen den Türrahmen. Wieder Schüsse im Haus, eine Mischung aus Pistolenschüssen und Feuer aus automatischen Waffen. In den Nachbarhäusern gingen Lichter an.

Ross wartete.

Das Feuer stoppte. Im Haus schrie ein Mann etwas in einer fremden Sprache. Zwei Pistolenschüsse, dann war er still.

Jetzt.

Ross stieg aus. Sie musste am Haus sein, bevor die Polizei kam. Sie musste sichergehen.

Im Laufschritt näherte sie sich Harrys Haus, überquerte die regennasse Kreuzung, die 38er unter ihrem Sweatshirt verborgen, um sie vor der Nässe zu schützen. Harrys Nachbar, ein kahlköpfiger, spanisch aussehender Mann in Bermuda-Shorts und Leinenschuhen, stand auf seiner Veranda und starrte auf die Stelle, wo bis vor kurzem noch Harrys Erkerfenster war.

Ross gab sich als Polizistin zu erkennen, hielt ihre Marke hoch und bedeutete ihm, im Haus zu verschwinden.

Sie richtete die Kanone nicht auf ihn, zeigte sie ihm nur.

Er ging rückwärts, rannte ins Haus und schlug die Tür zu.

Am Eingang zu Harrys Haus befühlte sie den Hals des Mannes, der am Türrahmen kauerte. Er war tot. Seine Skimaske war hochgerutscht, er trug einen goldenen Ohrring und einen Schnauzbart im hageren Gesicht. Die automatische Waffe war halb unter seinem Knie verklemmt. Offenbar handelte es sich um eine Hightech-Automatik von sagenhafter Feuerkraft, wie sie Leute benutzten, die es wirklich ernst meinten.

Sie betrat eine kleine Diele, wandte sich nach rechts und stand im Wohnzimmer, das in ein Krankenzimmer umgewandelt war – mit Bett, Rollstuhl, Bettpfannen und einer Frisierkommode. Auf einem Nachttisch standen Medizinfläschchen. Unter dem Tisch lief ein Kassettenrecorder mit einer Messe von Bach. In den Wänden und Möbeln klafften riesige Einschusslöcher. In einer Ecke blinkte ein Weihnachtsbaum aus Plastik, unter herabfallendem Gips und Mörtel weiß geworden. Das Bett unter dem Erkerfenster war nass vom Regen. Davor lag ein toter Angreifer; der Teppich unter seinem Kopf färbte sich dunkel vom Blut aus einer Schusswunde im Hals. Irgendwie war ein blutverschmierter, gefalteter Papierfrosch auf seinem Rücken gelandet.

Ross hörte ein Geräusch hinter sich. Fuhr herum mit gestreckten Armen, die 38er in beiden Händen.

Sie sah Harry. Er kauerte auf dem Fußboden rechts neben dem Eingang mit dem Rücken an der Wand. Sie war an ihm vorbeigegangen, ohne ihn zu bemerken. *Ein Fehler.*

Er blutete stark aus Brust und Beinen. Seine linke Gesichtshälfte war ebenfalls blutig. *Jeder andere wäre tot*, dachte sie.

Er trug einen blauen Bademantel und braune Slipper. Seine Augen waren halb geschlossen. Die *Glock* lag in seiner linken Hand auf dem Knie.

Er wandte den Kopf langsam zu Ross.

»Ich denke, das wären alle«, presste er hervor. »Einer im Hinterhof und einer in der Küche. Mit den beiden hier sind es vier. Ich denke, das waren alle. Meine Frau – ich kann sie nicht sehen. Schauen Sie nach und sagen Sie mir, wie es ihr geht.«

Ross trat ans Bett. Mrs. Earles lag auf der Seite, eine unscheinbare Frau mit Lockenwicklern im Haar und einem Muttermal an der Schläfe. Sie war zweimal getroffen. Ihr Unterkiefer war weggeschossen, und im Rücken hatte sie ein Loch von der Größe einer Orange. Ihr Puls war schwach.

Ross drehte sich zu Harry um und erstarrte. Seine *Glock* zielte auf ihren Kopf.

»Legen Sie Ihre Kanone aufs Bett«, verlangte er. »Ganz langsam.«

Sie gehorchte.

»Sie waren zufällig in der Nähe, wie? Haben mich hingehängt, ganz zufällig.«

»Ihre Frau und Sie brauchen ärztliche Hilfe«, entgegnete Ross. »Lassen Sie mich einen Arzt anrufen.«

»Wie geht es meiner Frau?«

Sie stirbt. Oder sie ist schon tot. Genau wie du.

Ross holte tief Atem. »Ich glaube, es ist nicht sehr schlimm. Aber ich bin kein Arzt. Sie ist ohne Bewusstsein und blutet aus einer Wunde am Bein. Vermutlich steht sie unter Schock.«

Harry grinste. »Ist das nicht zum Lachen? Helene wird an einer Stelle getroffen, wo sie nichts spürt. Es passieren komische Sachen, wenn die Nerven im Rückenmark durchtrennt sind.«

»Harry, lassen Sie mich einen Arzt anrufen.«

Sie brauchte Zeit.

»Sie haben mich reingelegt. Sie haben diese Albaner heißgemacht. Die Kerle fahren bei strömendem Regen hier raus, weil ein Kubaner irgendwas geredet hat. Reiners Handlanger. Ein paar Hohlköpfe für die Drecksarbeit. Wie haben Sie es geschafft, diese Vollidioten an der Nase herumzuführen? Ich weiß genau, Sie stecken dahinter, also beleidigen Sie meine Intelligenz nicht, indem Sie lügen.«

Er schloss die Augen gegen den Schmerz, dann riss er sie weit auf. Er hielt die *Glock* immer noch auf sie gerichtet.

Ross brauchte eine Zigarette. Dringend. Doch eine unbedachte Bewegung könnte ihre letzte sein.

»Hören Sie, lassen Sie mich wenigstens den Krankenwagen für Ihre Frau anrufen. Die Polizei ist im Anmarsch, aber die kommt ohne Notarzt.«

»Wenn die Cops ankommen, sind Sie tot. Wir beide. Sie

und ich werden zusammen sein. Wenn nicht in dieser Welt, dann in einer anderen. Reden Sie mit mir. Sie sind gut im Reden.«

»Die Albaner haben Reiner verehrt, wie Sie wissen. Sie haben sich zusammengereimt, dass Sie Reiner umgebracht haben, das reichte als Motiv. Ich möchte einen Notarzt für Sie und Ihre Frau rufen. Das sind Sie ihr schuldig.«

»Helene! Helene!« Harry brüllte aus Leibeskräften.

Er stemmte sich gegen den Fußboden im Versuch aufzustehen. Doch er war zu schwach.

Er schloss die Augen. »Es tut weh. Sie ahnen nicht, was das für Schmerzen sind. Brust, Beine. Als hätte ich eine Woche zerstoßene Glasscherben gegessen.«

»Helene steht unter Schock und blutet stark. Sie braucht einen Arzt.«

Harry sah sie an. »Ich habe Sie geliebt, Ross. Das wissen Sie.«

»Sie wollten Macht über mich haben. Es hätte nicht funktioniert, das wissen wir beide. Sie hätten mich töten müssen. Harry, ich rufe jetzt den Notarzt für Ihre Frau. Ich greife in meine Tasche nach dem Handy.«

»Sie tragen nur eine Kanone. Ich kenne Sie. Das dachte ich jedenfalls. Rufen Sie an.«

Sie hatte noch ein wenig Zeit herausgeschunden.

Ross hob das Handy ans Ohr. In der Ferne hörte sie Polizeisirenen. Sie sah zu Harry hinüber. Er blutete und verfiel in einen Schockzustand. Wenn er die Polizeisirenen hörte, würde er sie töten und glücklich sterben.

Ross sprach mit lauter Stimme, um Harry von den Geräuschen vor dem Haus abzulenken.

»Hallo, Notrufzentrale? Hier spricht Detective Magellan.« Sie nannte ihre Dienstnummer. »Ein Polizist wurde angeschossen, ja, ein Officer. Detective Harry Earles vom OCCB. Auch eine Frau wurde verletzt. Mrs. Earles. Ja. Bewaffneter Raubüberfall. Genau.«

Sie nannte Harrys Adresse.

»Beeilen Sie sich«, bat sie. »Die Frau ist gelähmt und braucht dringend ärztliche Versorgung. Danke.«

Sie klappte das Handy zu und ließ es in die Tasche fallen.

Harry grinste. »Sie waren sehr fleißig. Alles in einer Nacht. Retten die Schwester, warten ein paar Stunden und lassen Harry ein paar Löcher in den Bauch schießen.«

»Zwei Tage. Sie brauchen zwei Tage, um alles zu planen. Ich wusste, dass Sie an Chessy Vergeltung üben würden. Niemand trickst Harry Earles aus. Sie hätten zugeschlagen, wenn ich nicht schneller gewesen wäre.«

»Deshalb haben Sie angegriffen, während ich noch über den Angriff nachdachte. Zeigt Eigeninitiative. Wo ist Chessy eigentlich?«

»Ein paar Kollegen aus Connies Firma kümmern sich um sie. Ich konnte mich nicht ans Department wenden, also habe ich mich anderweitig umgesehen und mich an Doktor DeCarlo gewandt. Redete offen mit ihm. Sagte ihm, es gibt jemanden im Sanatorium, den Sie über Chessy ausquetschen. Ich erwähnte, dass ein Zwischenfall dem Image des Sanatoriums schaden könnte. Doktor DeCarlo legt großen Wert auf ein gutes Image, was nicht verwunderlich ist. Er war ausgesprochen entgegenkommend. Ich sagte ihm, er soll Sie in Frieden lassen, Sie kommen und gehen lassen, wie es Ihnen gefällt, solange Sie keine Mordabsichten haben.«

Harry schaute an sich herunter. »Ich blute wie ein abgestochenes Schwein.«

Ross hielt den Atem an. *Mehr Zeit. Ich brauche mehr Zeit.*

»Ich könnte ein nasses Handtuch aus der Küche holen und …«

»Ich denke nicht. Bleiben Sie, wo Sie sind. Ich traue Ihnen nicht. Ich mache mir um Helene Sorgen. Ich habe Sie geliebt, Ross. Wieso können Sie das nicht verstehen?«

»Sie meinen, weil Sie mich beschattet haben und in meine Wohnung eingedrungen sind? Weil Sie versucht haben, Connie einen Mord anzuhängen? Hat Reiner Ihnen den Auftrag dazu gegeben?«

Harry atmete mehrmals tief durch. »Reiner wollte, dass ich Sie beschatte.«

Er holte wieder mühsam Luft.

Ross schüttelte den Kopf. »Sie haben mich vorher schon

beschattet. Aus persönlichen Gründen. Bis Reiner erfuhr, dass wir gegen ihn ermitteln. Dann schlug er vor, dass Sie mir weiterhin nachspionieren und ihm Bericht erstatten. Unsere Ermittlungen gegen Reiner waren von Anfang an zum Scheitern verurteilt. Sie waren immer schon sein Handlanger. Sie erledigten das, was er Lou Angelo nicht anvertraute. Die Drecksarbeit. Als Gegenleistung schützte Reiner Sie. Löschte bestimmte Dateien von Festplatten im Department. Ließ Beweismittel verschwinden, die Sie als Mörder überführt hätten. Ihr seid ein gutes Team gewesen. Wieso haben Sie ihn umgebracht?«

Harry nickte zufrieden, ein Lehrer, der stolz auf seine Lieblingsschülerin ist. »Wie ich sehe, haben Sie mit Denny geredet. Er und Reiner hatten etwas gemeinsam – Habgier. Denny wollte mich erpressen. Und Reiner beschloss, das ganze Geld aus den verkauften Bändern zu behalten. Denny erzählte mir von den Bändern, und ich setzte Reiner davon in Kenntnis. Dachte, ich tu ihm einen Gefallen, nach allem, was er für mich getan hat. Außerdem hätte er von seinen albanischen Freunden davon erfahren. Also, wieso sollte ich nicht der Erste sein? Aber wie es so schön heißt, keine gute Tat bleibt ungestraft. Der Dreckskerl wollte alles.«

Er hustete. »Jeden Cent. Dachte, er hätte genug gegen mich in der Hand, um mich im Regen stehen zu lassen. Der Mann war notorischer Spieler. Die sind die schlimmsten. Das sollten Sie wissen.«

Die Sirenen kamen näher. »Und Sie haben ihn weiterspielen lassen.«

»Das musste ich, damit Sie keinen Verdacht schöpfen. Wo bleibt der Notarztwagen?«

»Ich glaube, ich hab ihn grade gehört. Ich könnte rausgehen und nachsehen, wenn Sie wollen.«

»Bleiben Sie, wo ich Sie sehen kann. Denny ist der Abschaum der Menschheit. Ich hätte ihn umlegen sollen.«

Ross nickte. »Ich weiß, dass er bestimmte Bänder zurückgehalten hat. Bänder, aus denen hervorgeht, dass nicht alles mit rechten Dingen zugegangen ist beim Tod gewisser Sonderermittlerinnen, die mit Ihnen gearbeitet haben. Denny sagte, Reiner wusste vom ersten Tag an, dass wir gegen ihn ermitteln. Was immer wir vorhatten, Reiner wusste davon, weil Sie alles an ihn weiterleiteten. Ihre Art, ihm zu danken, weil er all die Jahre seine schützende Hand über Sie gehalten hat.«

»Dankbarkeit ist eine Form der Höflichkeit.«

»Und Höflichkeit ist Ihnen sehr wichtig. Der Richter wusste, dass ihm sogar illegale Tonbandaufzeichnungen gefährlich werden könnten. Also gab er Ihnen den Auftrag, sie zu beschaffen. Und das haben Sie getan. Reiner wurde abgehört, um nachzuweisen, dass er von den Albanern Schmiergelder nahm. Stattdessen habt ihr beiden euch über tote Ermittlerinnen unterhalten. Aber es geschah nichts. Die Unterlagen verschwanden, und niemand stellte weitere Fragen. Reiner war ein sehr mächtiger Mann. Und Sie? Sie haben Ihre Spuren geschickt verwischt.«

Harry spähte zum Bett hinüber. »Meine Frau …«

»Ich sehe nach ihr.«

Ross trat ans Bett und fühlte Helenes Puls.

Sie war tot.

Ross wandte sich an Harry. »Sie atmet, ist aber ohne Bewusstsein. Reiner wurde also zu habgierig. War es das?«

»Ein Freund von mir stattete ihm einen Besuch ab.«

»Ein Freund?«

Harry wies zum hinteren Teil des Hauses. Ross warf einen Blick über die Schulter und sah einen toten Schwarzen auf einer Couch mit einer 9-mm-Pistole in der Hand. Cleveland Nobles, der Cop, der Freddy Palacio als Reiners Fahrer abgelöst hatte.

»Seit dem Tag, an dem Sie in die Bibliothek gingen, wusste ich, dass Sie mich überprüfen. Wieso?«

»Damals wollte ich nichts über Sie herausfinden. Ich suchte nach Hinweisen über Sanchez, um herauszubekommen, wer hinter ihr her war. Wie lange haben Sie mich beschattet?«

Harry winkte ab. »Unwichtig. Die Albaner besuchten mich heute nicht, um ein höfliches Gespräch mit mir zu führen. Einer nahm sich die Zeit, mich einen Informanten zu nennen. Was sollte das denn?«

»Irgendwie hatten die Typen die Idee, Sie wollen morgen zum FBI gehen, um einen Handel abzuschließen. Um Ihren Hals aus der Schlinge zu ziehen, nachdem Sie Reiner getötet haben. Sie hatten die Absicht, sich Ihre Freiheit mit Aussagen, Bargeld und Belastungsmaterial über die Albaner zu erkaufen. Die Albaner liebten Reiner. Und er wurde von einem Mann getötet, der plante, sie zu verraten. Na ja, Sie können sich denken, wie die sich fühlten.«

»Wer hat sich mit den Albanern in Verbindung gesetzt? Sie nicht. Sie haben keine Kontakte.«

»Lou Angelo. Er ist ihr Anwalt, erinnern Sie sich? Und er spricht Albanisch.«

Harry nickte. »Viele Italiener sprechen Albanisch. Wussten Sie, dass die Albaner siebenunddreißig Alphabete haben? Nicht ein Alphabet mit siebenunddreißig Buchstaben, sondern siebenunddreißig Alphabete. Sie haben also Angelo als Köder benutzt. Ich würde meinen Hut vor Ihnen ziehen, wenn ich einen aufhätte.«

»Die Albaner wussten außerdem, dass in Ihrem Haus eine Menge Geld versteckt liegt.«

»Das wissen Sie von Denny.«

Ross trat einen Schritt auf ihn zu. »Ja, das weiß ich von Denny. Ich sagte Lou Angelo, dass Sie ihn eines Tages töten werden.«

»Reiner wollte ihn aus dem Weg schaffen. Angelo wusste zu viel. Aber er wusste nichts über Reiner und mich.«

Ross beobachtete, wie die *Glock* aus Harrys Hand glitt und auf den Fußboden fiel. Ohne Ross aus den Augen zu lassen, hob Harry die Waffe wieder hoch und richtete sie auf sie.

»Ich habe Sie geliebt«, flüsterte er.

»Sie töten Menschen, die Sie lieben. Früher oder später wäre ich an der Reihe gewesen.«

»Ich will meine Frau nicht töten. Will … will, dass sie okay ist. Notarzt. Wo ist …?«

»Ich habe mit Jenn Sanchez gesprochen. Sie sagte, Sie und Reiner haben den Mord an Viktor Ramiz gemeinsam geplant.«

Harry winkte müde ab. »Ramiz habe ich nicht getötet.

Hab ihn an Reiner ausgeliefert. Reiner hat ihn umgebracht …«

»Hat Reiner geplant, die illegalen Bänder zu benutzen, um unsere Ermittlungen zu vereiteln?«

Harrys Augen waren fast geschlossen. »Hat Denny Ihnen das nicht erzählt? Hat Denny nicht gesagt …«

»Reiner wollte uns mit den illegalen Bändern stoppen. Er hätte behauptet, wir hätten sie erst letzte Woche gemacht. Damit wäre das Department und das FBI in der Defensive und …«

Harry holte tief Atem. Seine Hände glitten von den Schenkeln und fielen auf den Boden. Er schloss die Augen.

Ross sprach mit weicher, einschmeichelnder Stimme. »Und wenn unsere Ermittlungen auf illegalen Abhörmanövern beruhten, wäre Reiner aus dem Schneider. Unsere Ermittlungen wären wertlos.«

Harry öffnete die Augen und sah Ross vor sich stehen – mit seiner Waffe in der Hand.

Seine Stimme war kaum noch zu verstehen. »Die Albaner sagen, atmen macht nicht süchtig, aber es wäre tödlich, damit aufzuhören. Meine Frau. Wie geht es…«

»Sie lebt. Der Notarzt fährt grade vor.«

Das bin ich ihm schuldig. Eine letzte Lüge.

Ross versprach, sich um sie zu kümmern. Harry lächelte und versuchte dankbar die Hand zu heben.

Die Hand glitt zu Boden und er starb.

Epilog

Sie saßen in Connies Krankenhauszimmer und hielten sich lange an den Händen. Ross brach zuerst das Schweigen. »Ich liebe den Sonnenuntergang.«

Sie deutete auf den East River. »Bringt das Wasser zum Brennen. Es glüht.«

Connie drückte ihr die Hand. »Wenn ich sehe, wie du die Beine in dem Minirock übereinander schlägst, fange ich zu glühen an.«

»Ich möchte nicht riskieren, dass du einen Rückfall erleidest. Bist du nicht vor kurzem angeschossen worden?«

»Ich befinde mich auf dem Weg der Besserung. Das schreibe ich deinem Minirock zu. Vielleicht sollte ich auch welche tragen.«

»Vergiss es. Du bist noch nicht soweit, um dir die Beine zu rasieren.«

»Da wir vom Rasieren sprechen – wie hast du Fargnoli deine Anwesenheit in Harrys Haus erklärt?«

»Ich sagte ihm, ich hätte einen Anruf von Harry bekommen, der mich sofort sehen wollte, ohne mir nähere Details zu nennen. Jeder weiß, dass er am Telefon nicht gern redet. Er war mein Gespenst, also nahm ich an, er hätte wichtige Informationen für mich. Ich fuhr nach Queens, kam aber zu spät. Harry war tot, erschossen von Albanern, gegen die er früher ermittelt hatte. Die Cops fanden mehr als neun Millionen Bargeld in Harrys Haus. Ausreichender Grund für einen Raubüberfall, würde ich sagen.«

Connie fuhr seinen Rollstuhl näher an den Nachttisch, nahm ein Glas und trank mit einem Glasröhrchen. »Fargnoli ist kein Blödmann. Er wird ins Grübeln kommen und Fragen stellen.«

»Er wird sich hüten. Das Department will einen Skandal vermeiden. Harry blieb für seine Morde an verdeckten Ermittlerinnen ungeschoren, und das Department würde ziemlich alt aussehen. Selbst wenn meine Story stellenweise nicht ganz wasserdicht ist, wird niemand weitere Fragen stellen. Schon gar nicht, nachdem sie diesen Altar zu meinen

Ehren in Harrys Haus gefunden haben. Und sein Tagebuch.«

»Auch wenn der Verdacht besteht, dass du Harry hingehängt hast, wird man dich in Ruhe lassen.«

»So ist es, Kumpel.«

Connie rollte näher an ihren Stuhl. »Was ist mit dem Zeug aus Reiners Haus? Die Unterlagen, die Nobles mitgehen ließ, nachdem er ihn umbrachte?«

Ross schüttelte den Kopf. »Welche Unterlagen? Das ist alles verschwunden. Harry starb bei einem Raubüberfall einer albanischen Verbrecherbande, die sich an ihm rächten. Reiner hat Selbstmord begangen, und Cleveland Nobles war dummerweise zur falschen Zeit am falschen Ort.«

»Und Lou Angelo?«

Ross nahm sich eine Zigarette, schaute sie an, brach sie auseinander und warf das ganze Päckchen in den Papierkorb.

»Big Lou wird sich etwas mit Labriola einfallen lassen«, antwortete sie. »Das heißt, er muss sich von seinen albanischen Freunden trennen. Ich habe mit Labriola geredet. Wenn Lou alles richtig macht, bleibt ihm eine Gefängnisstrafe erspart. Zudem könnte er ins Zeugenschutzprogramm kommen.«

»Mit Mercy an seiner Seite, die ihm in kalten Winternächten das Bett wärmt. Wird Lous Aussage nicht zu Richter Reiner führen?«

Ross nickte. »Möglich. Labriola würde nichts lieber tun, als einen toten Reiner noch dranzukriegen. Aber die allgemeine Meinung bei Gericht ist wohl, dass er damit nur seine Zeit verschwendet. Reiner ist so etwas wie ein Held geworden, in seiner Familie, bei Richterkollegen und Anwälten, in jüdischen Kreisen, und, und, und. Labriola wird sich damit begnügen müssen, gegen die Albaner vorzugehen.«

»Was ist mit Freddy Palacio?«

»Er sitzt sein Jahr im Knast ab und hält den Mund, wenn er weiß, was gut für ihn ist. Lou Angelo schweigt über den Anruf, zu dem ich ihn genötigt habe. Sonst sitzt er wegen Beihilfe im Mordfall Ramiz.«

Connie berührte den Verband an seiner Schulter. »Und wie sieht es mit Harry aus? Geht er leer aus?«

Ross verzog angewidert das Gesicht.

»Harry bekommt ein feierliches Begräbnis auf Staatskosten«, entgegnete sie. »In den Augen der Welt starb er als Held.«

Und ich werde nicht belangt, ihn umgebracht zu haben. Das war die Abmachung.

»Er geht als Held. Die Mauer des Schweigens hat wieder einmal gesiegt.«

Connie nickte. »Stimmt. Aber diesmal schützt die Mauer auch dich. Wie du schon sagtest, deine Geschichte wackelt ein bisschen. Sieben Leute starben bei der Schießerei in Harrys Haus. Zwei davon waren Cops. Wenn du ungeschoren bleibst, hast du das große Los gezogen. Je weniger über Harrys Beerdigung getuschelt wird, desto besser.«

Ross griff in ihre Umhängetasche und holte einen Kaugummi hervor. Connie hatte Recht. Noch ein Geheimnis, das es zu wahren galt.

Apropos Geheimnisse – sie hatte Connie verschwiegen, dass sie den Auftrag hatte, ihn auszuhorchen. Es war Fargnolis Vorschlag, die Sache zu vergessen. Und er hatte natürlich Recht. Connie würde es nicht lustig finden, von jemand, der ihm nahe stand, bespitzelt zu werden. Hätte er erfahren, dass Ross, auch gegen ihren Willen, auf ihn angesetzt war, hätte er ihr nie wieder vertrauen können.

Und da war noch Sanchez. Sie hatte angerufen und sich bei Ross bedankt, Lou Angelo nicht beim FBI hingehängt zu haben. Sie hatte auch gesagt, sie hätte gerne, dass Ross sich bei ihr meldet. Ich kann Ihnen helfen, hatte Sanchez gesagt, damit Sie nicht so enden wie ich.

Ross hielt Connies Hand und überlegte, ob sie Sanchez eines Tages zum Essen einladen sollte. Aus Angst vor dem, was sie möglicherweise von ihr erfahren würde, rief sie nie bei ihr an.

*****